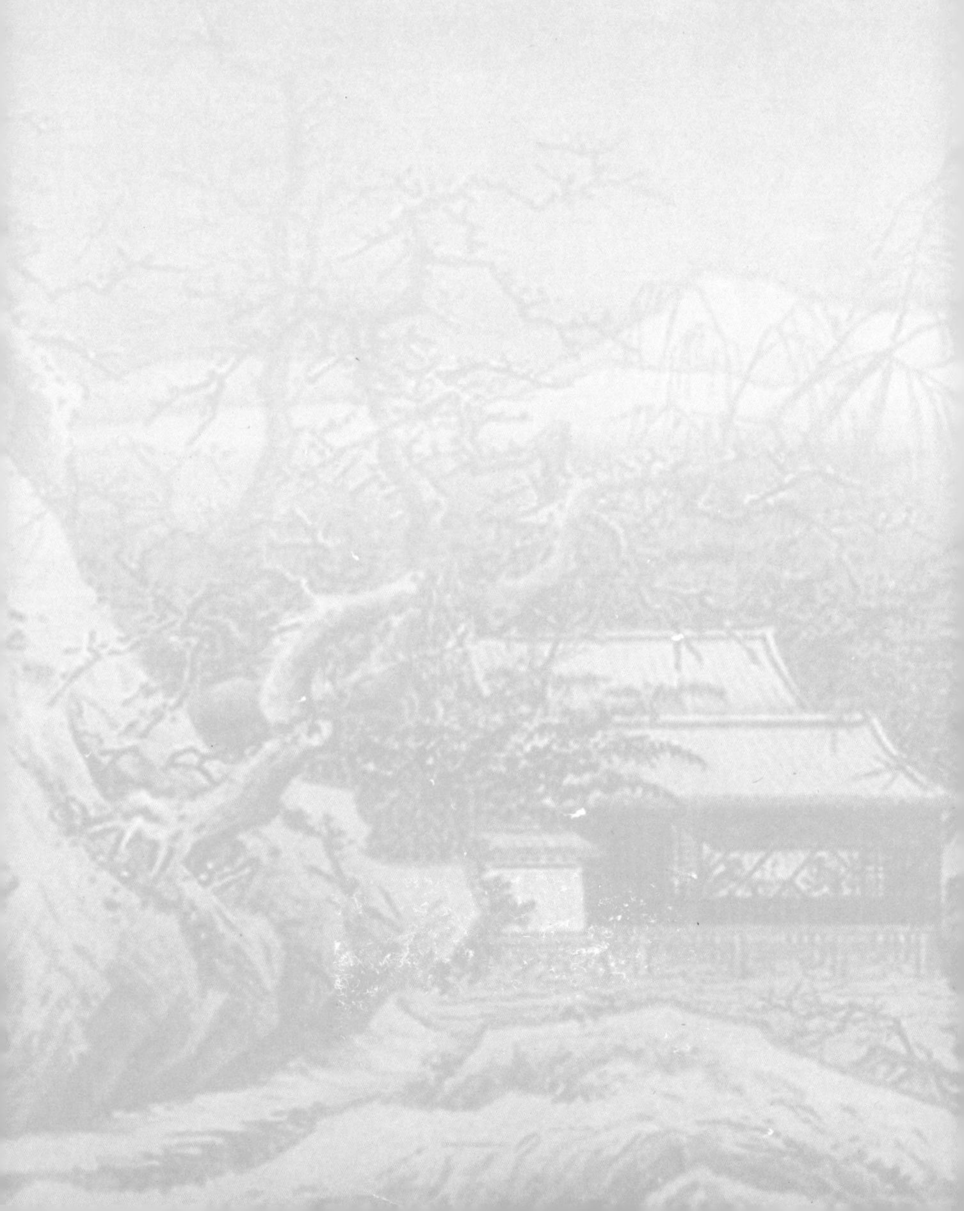

醒世恒言

〔明〕馮夢龍 編著
李金泉 點校

會校本

中

上海古籍出版社

生于錦繡叢中
死在牡丹花下

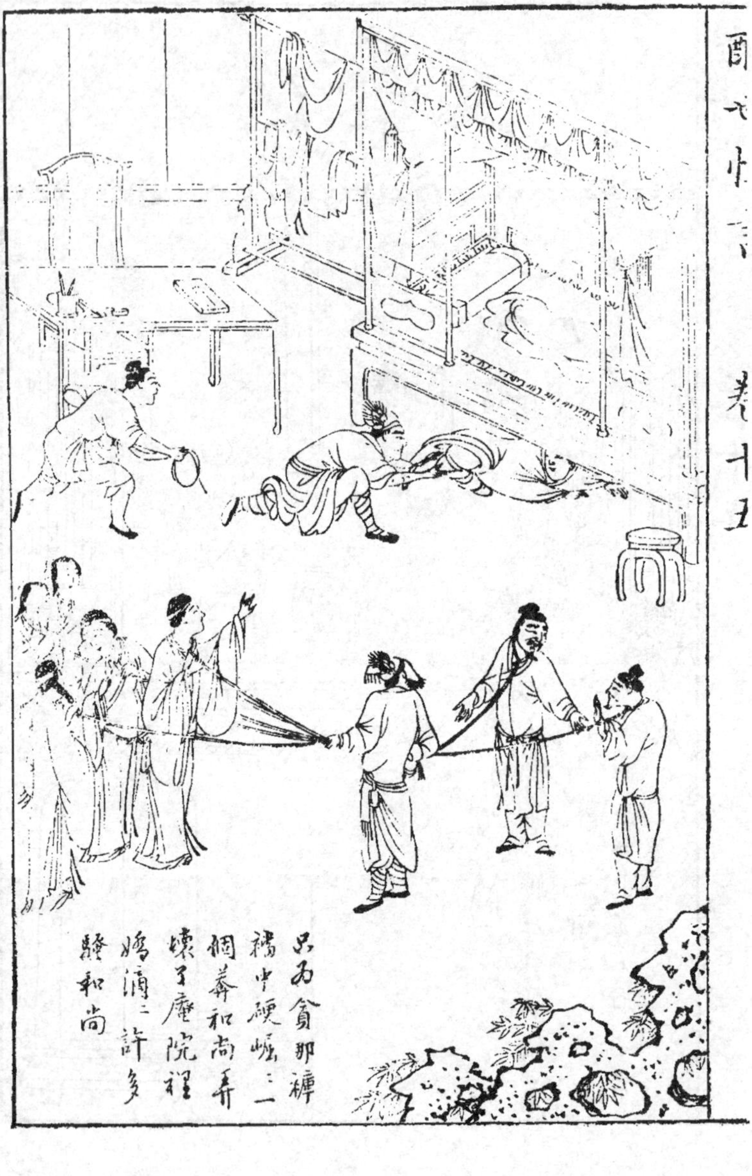
只為貪那褲
襠中硬嶇嶇一
個莽和尚弄
壞了麼院裡
嬌滴滴許多
醜和尚

第十五卷　赫大卿遺恨鴛鴦縧

皮包血肉骨包身，强作嬌妍誑惑人。
千古英雄皆坐此，百年同共一坑塵。

這首詩，乃昔日性如子所作，單戒那淫色自戕的。論來好色與好淫不同。假如古詩云：「一笑傾人城，再笑傾人國。豈不顧傾城與傾國，佳人難再得！」此謂之好色。若是不擇美惡，以多爲勝，如俗語所云：「石灰布袋，到處留迹。」其色何在？但可謂之好淫而已。然雖如此，在色中又有多般：假如張敞畫眉，相如病渴，雖爲儒者所譏，然夫婦之情，人倫之本，此謂之正色。又如嬌妾美婢，倚翠偎紅，金釵十二行，錦障五十里，櫻桃楊柳，歌舞擅場，碧月紫雲，風流姱艷；雖非一馬一鞍，畢竟有花有葉，此謂之傍色。又如錦營獻笑，花陣圖歡，(一)露水分司，身到偶然，留影風雲隨例，顏開那惜纏頭，旅館長途，堪消寂寞，花前月下，亦助襟懷；雖市門之游，豪客不廢，然女閒之遺，正人耻言，不得不謂之邪色。至如上蒸下報，同人道于獸禽，鑽穴踰墻，役心機于鬼域，偷暫時之歡樂，爲萬世之罪人，明有人誅，幽蒙鬼責，這謂之亂色。又有一種不是正色，不是傍色，雖然比不得亂色，却又比不得邪色。填塞了虚空圈套，污穢却清净門風，慘同神面刮金，惡勝佛頭澆糞，遠則地府填單，近則陽間業報。奉勸世人，切須謹慎！正是：

不看僧面看佛面，休把淫心雜道心。

説這本朝宣德年間，江西臨江府新淦縣，有個監生，姓赫名應祥，字大卿，爲人風流俊美，落拓不羈，專好的是聲色二事。遇着花街柳巷，舞榭歌臺，便流留不捨，就當做家裏一般，把老大一個家業，也弄去了十之三四。渾家陸氏，見他恁般花費，苦口諫勸。赫大卿到道老婆不賢，時常反目。因這上，陸氏立誓不管，領着三歲一個孩子喜兒，自在一間净室裏持齋念佛，由他放蕩。一日，正值清明佳節，赫大卿穿着一身華麗衣服，獨自一個到郊外踏青游玩。〔三〕有宋張詠詩爲證：

春游千萬家，美人顔如花。
三三兩兩映花立，飄飄似欲乘煙霞。

赫大卿只揀婦女叢聚之處，或前或後，往來摇擺，賣弄風流，希圖要逢着個有緣分的佳人。不想一無所遇，好不敗興。自覺無聊，走向一個酒館中，沽飲三杯。上了酒樓，揀沿街一副座頭坐下。酒保送上酒肴，自斟自飲，倚窗觀看游人。不覺三杯兩盞，吃勾半酣，起身下樓，算還酒錢，離了酒館，一步步任意走去。

此時已是未牌時分。行不多時，漸漸酒涌上來，口乾舌燥，思量得盞茶來解渴便好。正無處求覓，忽擡頭見前面林子中，旛影摇拽，磬韻悠揚，料道是個僧寮道院，心中歡喜，即忙趨向前去。抹過林子，顯出一個大庵院來。赫大卿打一看時，周遭都是粉墻包裹，門前十來株倒垂楊柳，中間向陽兩扇八字墻門，上面高懸金字扁額，寫着「非空庵」三字。赫大卿點頭道：「常聞得人説，城外非空庵中有標致尼姑，只恨没有工夫，未曾見得。不想今日趁了這便。」即整頓衣冠，走進庵門。轉東一條鵝卵石街，兩邊榆柳成行，甚是幽雅。行不多步，又進一重墻門，便是小小三間房子，供着韋馱尊者。庭中松栢參天，樹上鳥聲嘈雜。從佛背後轉進，又是一條横街。

大卿徑望東首行去，見一座雕花門樓，雙扉緊閉。上前輕輕扣了三四下，就有個垂髫女童，呀的開門。那女童身穿緇衣，腰繫絲縧，打扮得十分齊整，見了赫大卿，連忙問訊。大卿還了禮，跨步進去看時，一帶三間佛堂，雖不甚大，到也高敞。中間三尊大佛，相貌莊嚴，金光燦爛。大卿向佛作了揖，對女童道：「煩報令師，説有客相訪。」女童道：「相公請坐，待我進去傳說。」須臾間，一個少年尼姑出來，向大卿稽首。大卿急忙還禮，用那雙開不開，合不合，慣輸情，專賣俏，軟瞇瞇的俊眼，仔細一覷。這尼姑年紀不上二十，面龐白皙如玉，天然艷冶，韻格非凡。大卿看見恁般標致，喜得神魂飄蕩，一個揖作了下去，却像初出鍋的糍粑，軟做一塌，頭也伸不起來。禮罷，分賓主坐下，想道：「今日撞了一日，并不曾遇得個可意人兒，不想這所在到藏着如此妙人。須用些水磨工夫撩撥他，不怕不上我的鈎兒。」

大卿正在腹中打點草稿，誰知那尼姑亦有此心。從來尼姑庵也有個規矩，但凡客官到來，都是老尼迎接答話。那少年的如閨女一般，深居簡去，非細相熟的主顧，或是親戚，方纔得見。若是老尼出外，或是病卧，竟自辭客。就有非常勢要的，立心要來認那小徒，也少不得三請四喚，等得你個不耐煩，方纔出來。這個尼姑爲何挺身而出？有個緣故。他原是個真念佛，假修行，愛風月，嫌冷静，怨恨出家的主兒。偶然先在門隙裏，張見了大卿這一表人材，到有幾分看上了，所以挺身而出。當下兩隻眼光，就如針兒遇着磁石，緊緊的攝在大卿身上，笑嘻嘻的問道：「相公尊姓貴表？府上何處？至小庵有甚見諭？」大卿道：「小生姓赫名大卿，就在城中居住。今日到郊外踏青，偶步至此。久慕仙姑清德，順便拜訪。」尼姑謝道：「小尼僻居荒野，無德無能，謬承枉顧，蓬蓽生輝。此處來往人雜，請裏面軒中待茶。」大卿見説請到裏面吃茶，料有幾分光景，好不歡喜，即起身隨入。

行過幾處房屋，又轉過一條回廊，方是三間净室，收拾得好不精雅。外面一帶，都是扶欄，庭中植梧桐二樹，修竹數竿，百般花卉，紛紜輝映，但覺香氣襲人。正中間供白描大士像一軸，古銅爐中，香煙馥馥，下設蒲團一坐。左一間放着朱紅厨櫃四個，都有封鎖，想是收藏經典在内。右一間用圍屏圍着，進入看時，横設一張桐栢長書卓，左設花藤小椅，右邊靠壁一張斑竹榻兒，壁上懸一張斷紋古琴。書卓上筆硯精良，纖塵不染。側邊有經卷數帙。隨手拈一卷翻看，金書小楷，字體摹倣趙松雪，後注年月，下書「弟子空照薰沐寫」。大卿問：「空照是何人？」答道：「就是小尼賤名。」大卿反覆玩賞，誇之不已。兩個隔着卓子對面而坐。女童點茶到來，空照雙手捧過一盞，遞與大卿，自取一盞相倍。那手十指尖纖，潔白可愛。大卿接過，啜在口中，真個好茶！有吕洞賓茶詩爲證：

玉蕊旗鎗稱絶品，僧家造法極工夫。
兔毛甌淺香雲白，蝦眼湯翻細浪休。
斷送睡魔離幾席，增添清氣入肌膚。

幽叢自落溪巖外，不肯移根入上都。

大卿問道：「仙庵共有幾位？」空照道：「師徒四衆。家師年老，近日病廢在床，當家就是小尼。」指着女童道：「這便是小徒，他還有師弟在房裏誦經。」赫大卿道：「仙姑出家幾年了？」空照道：「自七歲喪父，送入空門，今已十二年矣。」赫大卿道：「青春十九，正在妙齡，怎生受此寂静？」空照道：「相公休得取笑！出家勝俗家數倍哩。」赫大卿道：「那見得出家的勝似俗家？」空照道：「我們出家人，并無閒事纏擾，又無兒女牽絆，終日誦經念佛，受用一爐香，一壺茶，倦來眠紙帳，閒暇理絲桐，好不安閒自在。」大卿道：「閒暇理絲桐，彈琴時也得個知音的人兒在傍喝采方好。這還罷了，則這倦來眠紙帳，萬一夢魘起來，没人推醒，好不怕哩！」空照已知大卿下鈎，含笑而應道：「夢魘殺了人也不要相公償命。」大卿也笑道：「别的魘殺了一萬個，全不在小生心上，像仙姑恁般高品，豈不可惜！」兩下你一句，我一聲，漸漸説到分際。大卿道：「有好茶再求另潑一壺來吃。」空照已會意了，便教女童去廊下烹茶。

大卿道：「仙姑卧房何處？是什麽紙帳？也得小生認一認。」空照此時欲心已熾，按納不住，口裏雖説道：「認他怎麽？」却早已立起身來。大卿上前擁抱，先做了個「吕」字。空照往後就走，大卿接脚跟上。空照輕輕的推開後壁，後面又有一層房屋，正是空照卧處，擺設更自濟楚。大卿也無心觀看，兩個相抱而入，遂成雲雨之歡。有《小尼姑》曲兒爲證：

小尼姑，在庵中，手拍着卓兒怨命。平空裏吊下個俊俏官人，坐談有幾句話，聲口兒相應。你貪我不捨，一拍上就圓成。雖然是不結髮的夫妻，也難得他一個字兒叫做肯。

二人正在酣美之處，不隄防女童推門進來，連忙起身。女童放下茶兒，掩口微笑而去。看看天晚，點起燈燭，空照自去收拾酒果蔬菜，擺做一卓，與赫大卿對面坐下，又恐兩個女童泄漏機關，也教來坐在傍邊相陪。空照道：「庵中都是吃齋，不知貴客到來，未曾備辦葷味，甚是有慢。」赫大卿道：「承賢師徒錯愛，已是過分。若如此說，反令小生不安矣。」當下四人杯來盞去，吃到半酣，大卿起身捱至空照身邊，把手勾着頸兒，將酒飲過半杯，遞到空照口邊。空照將口來承，一飲而盡。兩個女童見他肉麻，起身回避。空照一把扯道：「既同在此，料不容你脱白。」二人捽脱不開，將袖兒掩在面上。大卿上前抱住，扯開袖子，就做了個嘴兒。二女童年在當時，情竇已開，見師父容情，落得快活。四人摟做一團，纏做一塊，吃得個大醉，一床而卧，相偎相抱，如漆如膠。赫大卿放出平生本事，竭力奉承。尼姑俱是初得甜頭，恨不得把身子并做一個。

到次早，空照叫過香公，賞他三錢銀子，買囑他莫要泄漏，又將錢鈔教去買辦魚肉酒果之類。那香公平昔間，捱着這幾碗黄虀淡飯，没甚肥水到口，眼也是盲的，耳也是聾的，身子是軟的，脚兒是慢的。此時得了這三錢銀子，又見要買酒肉，便覺眼明手快，身子如虎一般健，走跳如飛。那消一個時辰，都已買完。安排起來，款待大卿，不在話下。

却説非空庵原有兩個房頭，東院乃是空照，西院的是静真，也是個風流女師，手下止有一個女童，一個香公。那香公因見東院連日買辦酒肉，報與静真。静真猜莫空照定有些不三不四的勾當，教女童看守房户，起身來到東院門口。恰好遇見香公，左手提着一個大酒壺，右手拿個籃兒，開門出來。兩下打個照面，即問道：「院主往那裏去？」静真道：「特來與師弟閒話。」香公道：「既如此，待我先去通報。」静真一手扯住道：「我都曉得了，不消你去打照會。」香公被道着心事，一個臉兒登時漲紅，不敢答應，只得隨在後邊，將院門閉上，跟至净室門口，高叫道：「西房院主在此拜訪。」空照聞言，慌了手脚，没做理會，教大卿閃在屏後，起身迎住静真。静真上前一把扯着空照衣袖，説道：「好阿，出家人幹得好事，敗壞山門，我與你到里正處去講。」

扯着便走。嚇得個空照臉兒就如七八樣的顔色染的，一搭兒紅，一搭兒青，心頭恰像千百個鐵槌打的，一回兒上，一回兒下，半句也對不出，半步也行不動。静真見他這個模樣，呵呵笑道：「師弟不消着急！我是耍你。但既有佳賓，如何瞞着我獨自受用？還不快請來相見？」空照聽了這話，方纔放心，遂令大卿與静真相見。大卿看静真姿容秀美，丰采動人，年紀有二十五六上下，雖然長于空照，風情比他更勝，乃問道：「師兄上院何處？」静真道：「小尼即此庵西院，咫尺便是。」大卿道：「小生不知，失於奉謁。」兩下閒叙半晌。静真見大卿舉止風流，談吐開爽，凝眸留盼，戀戀不捨，嘆道：「天下有此美士，師弟何幸，獨擅其美！」空照道：「師兄不須眼熱！倘不見外，自當同樂。」静真道：「若得如此，佩德不淺。今晚奉候小坐，萬祈勿外。」説罷，即起身作別，回至西院，凖備酒肴伺候。不多時，空照同赫大卿携手而來。女童在門口迎候。赫大卿進院看時，房廊花徑，亦甚委曲。三間凈室，比東院更覺精雅。但見：

蕭灑亭軒，清虚户牖。畫展江南煙景，香焚真臘沉檀。庭前修竹，風摇一派珮環聲；簾外奇花，日照千層錦繡色。松陰入檻琴書潤，山色侵軒枕簟凉。

静真見大卿已至，心中歡喜，不復叙禮，即便就坐。茶罷，擺上果酒肴饌。空照推静真坐在赫大卿身邊，自己對面相倍，又扯女童打横而坐。四人三杯兩盞，飲勾多時。赫大卿把静真抱置膝上，又教空照坐至身邊，一手勾着頸項兒，百般旖旎。傍邊女童面紅耳熱，也覺動情。直飲到黄昏時分，空照起身道：「好做新郎，明日早來賀喜。」討個燈兒，送出門口自去。女童叫香公關閉門户，進來收拾家火，將湯凈過手脚。赫大卿抱着静真上床，解脱衣裳，鑽入被中，酥胸緊貼，玉體相偎。赫大卿乘着酒興，儘生平才學，恣意搬演，把静真弄得魄喪魂消，骨酥體軟，四肢不收，委然席上。睡至巳牌時分，方纔起來。自此之後，兩院都買囑了香公，輪流取樂。

赫大卿淫欲無度，樂極忘歸。將近兩月，大卿自覺身子困倦，支持不來，思想回家。怎奈尼姑正是少年得趣之時，那肯放捨。赫大卿再三哀告道：「多承雅愛，實不忍别。但我到此兩月有餘，家中不知下落，定然着忙。待我回去，安慰妻孥，再來倍奉。不過四五日之事，卿等何必見疑？」空照道：「既如此，今晚備一酌爲餞，明早任君回去。但不可失信，作無行之人。」赫大卿設誓道：「若忘卿等恩德，猶如此日！」空照即到西院，報與静真。静真想了一回道：「他設誓雖是真心，但去了必不能再至。」空照道：「却是爲何？」静真道：「是這樣一個風流美貌男子，誰人不愛！况他生平花柳多情，樂地不少，逢着便留戀幾時。雖欲要來，勢不可得。」空照道：「依你說還是怎樣？」靜真道：「依我却有個絶妙策兒在此，教他無繩自縛，死心塌地守着我們。」空照連忙問計，靜真伸出手叠着兩個指頭，説將出來。有分教，赫大卿：

生于錦繡叢中，死在牡丹花下。

當下靜真道：「今夜若説餞行，多勸幾杯，把來灌醉了，將他頭髮剃净，自然難回家去。【眉批】好計。況且面龐又像女人，也照我們妝束，就是達摩祖師親來，也相不出他是個男子。落得永遠快活，且又不擔干紀，豈非一舉兩便？」空照道：「師兄高見，非我可及。」到了晚上，靜真教女童看守房户，自己到東院見了赫大卿道：「正好歡娱，因甚頓生别念？何薄情至此！」大卿道：「非是寡情，止因離家已久，妻孥未免懸望，故此暫别數日，即來倍侍。豈敢久抛，忘卿恩愛？」靜真道：「師弟已允，我怎好免强。但君不失所期，方爲信人。」大卿道：「這個不須多囑。」少頃，擺上酒肴，四尼一男，團團而坐。靜真道：「今夜此酒，乃離别之筵，須大家痛醉。」空照道：「這個自然！」當下更番勸酬，直飲至三鼓，把赫大卿灌得爛醉如泥，不省人事。靜真起身，將他巾幘脱下，空照取出剃刀，把頭髮剃得一莖不存，然後扶至房中去睡，各自分别就寢。

赫大卿一覺直至天明，方纔蘇醒，傍邊伴的却是空照。翻轉身來，覺道精頭皮在枕上抹過。連忙把手摸時，却是一個精光葫蘆。吃了一驚，急忙坐起，連叫道：「這怎麼説？」空照驚醒轉來，見他大驚小怪，也坐起來道：「郎君不要着惱！因見你執意要回，我師徒不忍分離，又無策可留，因此行這苦計，把你也要扮做尼姑，圖個久遠快活。」一頭説，一頭即倒在懷中，撒嬌撒癡，淫聲浪語，迷得個赫大卿毫無張主，乃道：「雖承你們好意，只是下手太狠！如今教我怎生見人？」空照道：「待養長了頭髮，見也未遲。」赫大卿無可奈何，只得依他做尼姑打扮，住在庵中，晝夜淫樂。空照、静真已自不肯放空，又加添兩個女童：

或時做聯床會，或時做亂點軍。那壁廂貪淫的肯行謙讓？這壁廂買好的敢惜精神？兩柄快斧不勾劈一塊枯柴，一個疲兵怎能當四員健將？燈將滅而復明，縱是强陽之火；漏已盡而猶滴，那有潤澤之時？任教鐵漢也消鎔，這個殘生難過活。

大卿病已在身，没人體恤。起初時還三好兩歉，尼姑還認是躲避差役。次後見他久眠床褥，方纔着急。意欲送回家去，却又頭上没了頭髮，怕他家盤問出來，告到官司，敗壞庵院，住身不牢；若留在此，又恐一差兩誤，這尸首無處出脱，被地方曉得，弄出事來，性命不保。又不敢請覓醫人看治，止教香公去説病討藥。猶如澆在石上，那有一些用處？空照、静真兩個，煎湯送藥，日夜服侍，指望他還有痊好的日子。誰知病勢轉加，淹淹待斃。空照對静真商議道：「赫郎病體，萬無生理，此事却怎麽處？」静真想了一想道：「不打緊！如今先教香公去買下幾擔石灰。等他走了路，也不要尋外人收拾，我們自己與他穿着衣服，依般尼姑打扮。棺材也不必去買，且將老師父壽材來盛了。我與你同着香公女童相幫擡到後園空處，掘個深穴，將石灰傾入，埋藏在内，神不知，鬼不覺，那個曉得！」不題二人商議。

且説赫大卿這日睡在空照房裏，忽地想起家中，眼前并無一個親人，淚如雨下。空照與他拭淚，安慰道：「郎君不須煩惱！少不得有好的日子。」赫大卿道：「我與二卿邂逅相逢，指望永遠相好。誰想緣分淺薄，中道而别，深爲可恨。但起手原是與卿相處，今有一句要緊話兒，托卿與我周旋，萬乞不要違我。」空照道：「郎君如有所囑，必不敢違。」赫大卿將手在枕邊取出一條鴛鴦縧來。如何喚做鴛鴦縧？原來這縧半條是鸚哥緑，半條是鵝兒黄，兩樣顔色合成，所以謂之鴛鴦縧。當下大卿將縧付與空照，含淚而言道：「我自到此，家中分毫不知。今將永别，可將此縧爲信，報知吾妻，教他快來見我一面，死亦瞑目。」空照接縧在手，忙使女童請静真到厢房内，將縧與他看了，商議報信一節。静真道：「你我出家之人，私藏男子，已犯明條，况又弄得淹淹欲死。他渾家到此，怎肯干休？必然聲張起來。你我如何收拾？」空照到底是個嫩貨，心中猶預不忍。静真劈手奪取絲來，望着天花板上一丢，眼見得這絲有好幾時不得出世哩。空照道：「你撇了這絲兒，教我如何去回復赫郎？」静真道：「你只說已差香公將絲送去了，他娘子自不肯來，難道問我個違限不成？」空照依言回復了大卿。大卿連日一連問了幾次，只認渾家懷恨，不來看他，心中愈加悽慘，嗚嗚而泣，又捱了幾日，大限已到，嗚呼哀哉。

地下忽添貪色鬼，人間不見假尼姑。

二尼見他氣絶，不敢高聲啼哭，飲泣而已。一面燒起香湯，將他身子揩抹乾净，取出一套新衣，穿着停當。教起兩個香公，將酒飯與他吃飽，點起燈燭，到後園一株大栢樹傍邊，用鐵鍬掘了個大穴，傾入石灰，然後擡出老尼姑的壽材，放在穴内。鋪設好了，也不管時日利也不利，到房中把尸首翻在一扇板門之上。衆尼相幫香公扛至後園，盛殮在内，掩上材蓋，將就釘了。又傾上好些石灰，把泥堆上，匀攤與平地一般，并無一毫形迹。可憐赫大卿自清明日纏上了這尼姑，到此三月有餘，斷送了性命，妻孥不能一見，撇下許多家業，埋于荒園之中，深爲可惜！有小詞爲證：

貪花的，這一番你走錯了路。千不合，萬不合，不該纏那小尼姑。小尼姑是

真色鬼，怕你纏他不過。頭皮兒都擂光了，連性命也嗚呼！埋在寂寞的荒園也，

這是貪花的結果。

話分兩頭。且説赫大卿渾家陸氏，自從清明那日赫大卿游春去了，四五日不見回家，只道又在那個娼家留戀，不在心上。已後十來日不回，叫家人各家去挨問，都道清明之後，從不曾見。陸氏心上着忙，看看一月有餘，不見踪迹，陸氏在家日夜啼哭，寫下招子，各處粘貼，并無下落。合家好不着急！那年秋間久雨，赫家房子倒壞甚多。因不見了家主，無心葺理。直至十一月間，方唤幾個匠人修造。一日，陸氏自走出來，計點工程，一眼覷着個匠人，腰間繫一條鴛鴦絲兒，依稀認得是丈夫束腰之物，吃了一驚，連忙唤丫環教那匠人解下來看。這匠人教做蒯三，泥水木作，件件精熟，有名的三料匠。赫家是個頂門主顧，故此家中大小無不認得。當下見掌家娘子要看，連忙解下，交與丫環。丫環又遞與陸氏。陸氏接在手中，反覆仔細一認，分毫不差。只因這一條絲兒，有分教：

貪淫浪子名重播，秽色尼姑禍忽臨。

原來當初買這絲兒，一樣兩條，夫妻各繫其一。今日見了那絲，物是人非，不覺撲簌簌流下淚來，即叫蒯三問道："這絲你從何處得來的？"蒯三道："在城外一個

尼姑庵裏拾的。」陸氏道：「那庵叫什麼庵？尼姑喚甚名字？」蒯三道：「這庵有名的非空庵。有東西兩院，東房叫做空照，西房叫做静真，還有幾個不曾剃髮的女童。」陸氏又問：「那尼姑有多少年紀了？」蒯三道：「都只好二十來歲，到也有十分顔色。」陸氏聽了，心中揣度：「丈夫一定戀着那兩個尼姑，隱在庵中了。我如今多着幾個人，將了這縧，叫蒯三同去做個證見，滿庵一搜，自然出來的。」方纔轉步，忽又想道：「焉知不是我丈夫掉下來的？且莫要枉殺了出家人，我再問他個備細。」陸氏又叫住蒯三問道：「你這縧幾時拾的？」蒯三道：「不上半月。」

陸氏又想道：「原來半月之前，丈夫還在庵中。事有可疑！」又問道：「你在何處拾的？」【眉批】問得精細。蒯三道：「在東院厢房内，天花板上拾的。也是大雨中淋漏了屋，教我去翻瓦，故此拾得。不敢動問大娘子，爲何見了此縧，只管盤問？」陸氏道：「這縧是我大官人的。自從春間出去，一向并無踪迹。今日見了這縧，少不得縧在那裏，人在那裏。如今就要同你去與尼姑討人。尋着大官人回來，照依招子上重重謝你。」蒯三聽罷，吃了一驚：「那裏説起！却在我身上要人！」便道：「縧便是我拾得，實不知你們大官人事體。」陸氏道：「你在庵中共做幾日工作？」蒯三道：「西院共有十來日，至今工錢尚還我不清哩。」陸氏道：「可曾見我大官人在他庵裏麽？」

蒯三道：「這個不敢説謊，生活便做了這幾日，任我們穿房入户，却從不曾見大官人的影兒。」陸氏想道：「若人不在庵中，雖有此緣，也難憑據。」左思右算，想了一回，乃道：「這縧在庵中，必定有因。或者藏于别處，也未可知。適纔蒯三説庵中還少工錢，我如今賞他一兩銀子，教他以討銀爲名，不時去打探，少不得露出些圭角來。那時着在尼姑身上，自然有個下落。」即唤過蒯三，分付如此如此，恁般恁般：「先賞你一兩銀子。若得了實信，另有重謝。」那匠人先説有一兩銀子，後邊還有重謝，滿口應承，任憑差遣。陸氏回到房中，將白銀一兩付與，蒯三作謝回家。

到了次日，蒯三捱到飯後，慢慢的走到非空庵門口，只見西院的香公坐在門檻上，向着日色脱開衣服捉虱子。蒯三上前叫聲「香公」。那老兒擡起頭來，認得是蒯匠，便道：「連日不見，怎麽有工夫閒走？院主正要尋你做些小生活，來得凑巧。」蒯匠見説，正合其意，便道：「不知院主要做甚麽？」香公道：「説便恁般説，連我也不知。同進去問，便曉得。」把衣服束好，一同進來。灣灣曲曲，直到裏邊净室中。静真坐在那裏寫經。香公道：「院主，蒯待詔在此。」静真把筆放下道：「剛要着香公來叫你做生活，恰來得正好。」蒯三道：「不知院主要做甚様生活？」静真道：「佛前那張供卓，原是祖傳下來的，年深月久，漆都剥落了。一向要换，没有個施主。前日蒙錢奶奶發心捨下幾根木子，今要照依東院一般做張佛櫃，選着明日是個吉期，便要動手。必得你親手製造，那樣没用副手，一個也成不得的。工錢索性一并罷。」蒯三道：「恁樣，明日準來。」口中便説，兩隻眼四下瞧看。净室内空空的，料没個所在隱藏。即便轉身，一路出來，東張西望，想道：「這緣在東院拾的，還該到那邊去打探。」

走出院門，别了香公，徑到東院。見院門半開半掩，把眼張看，并不見個人兒。輕輕的捱將進去，捏手捏脚逐步步走入。見鎖着的空房，便從門縫中張望，并無聲息。却走到厨房門首，只聽得裏邊笑聲，便立定了脚，把眼向窗眼中一覷，見兩個女童攪做一團頑耍。須臾間，小的跌倒在地，大的便扛起雙足，跨上身去，學男人行事，捧着親嘴。小的便喊。大的道：「孔兒也被人弄大了，還要叫喊！」【眉批】光景好。蒯三正看得得意，忽地一個噴嚏，驚得那兩個女童連忙跳起，問道：「那個？」蒯三走近前去，道：「是我。院主可在家麽？」口中便説，心内却想着兩個舉動，忍笑不住，格的笑了一聲。女童覺道被他看見，臉都紅了，道：「蒯待詔，有甚説話？」蒯三道：「没有甚話，要問院主借工錢用用。」女童道：「師父不在家裏，改日來罷。」蒯三見回了，不好進去，只得覆身出院。兩個女童把門關上，口内駡道：「這蠻子好像做賊的，聲息不見，已到厨下了，恁樣可惡！」蒯三明明聽得，未見實迹，不好發作，一路思想：「『孔兒被人弄大了』，這話雖不甚明白，却也有些蹺蹊。且到明日再來探聽。」

至次日早上，帶着家火，徑到西院，將木子量劃尺寸，運動斧鋸裁截。手中雖做家火，一心察聽赫大卿消息。約莫未牌時分，靜真走出觀看，兩下說了一回閒話。忽然擡頭見香燈中火滅，便教女童去取火。女童去不多時，將出一個燈盞火兒，放在卓上，便去解繩，放那香燈。不想繩子放得忒鬆了，那盞燈望下直溜。事有湊巧，物有偶然，香燈剛落下來，恰好靜真立在其下，不歪不斜，正打在他的頭上。撲的一聲，那盞燈碎做兩片，這油從頭直澆到底。【眉批】俗忌污油爲晦氣，果然。靜真心中大怒，也不顧身上油污，赶上前一把揪住女童頭髮，亂打亂踢，口中罵着：「騷精淫婦娼根，被人入昏了，全不照管，污我一身衣服！」蒯三撇下手中斧鑿，忙來解勸開了。靜真怒氣未息，一頭走，一頭罵，往裏邊更換衣服去了。那女童打得頭髮散做一背，哀哀而哭，見他進去，口中喃喃的道：「打翻了油，便恁般打罵！你活活弄死了人，該問甚麼罪哩？」【眉批】天使開口。蒯三聽得這話，即忙來問。正是：

情知語似鈎和綫，從頭釣出是非來。

原來這女童年紀也在當時，初起見赫大卿與靜真百般戲弄，心中也欲得嘗嘗滋味。怎奈靜真情性利害，比空照大不相同，極要拈酸吃醋。只爲空照是首事之人，姑容了他。漢子到了自己房頭，囫圇吃在肚裏，還嫌不勾，怎肯放些須空隙與人！女童含忍了多時，銜恨在心，今日氣怒間，一時把真話説出，不想正湊了蒯三之趣。當下蒯三問道：「他怎麽弄死了人？」女童道：「與東房這些淫婦，日夜輪流快活，將一個赫監生斷送了。」蒯三道：「如今在那裏？」女童道：「東房後園大栢樹下埋的不是？」蒯三還要問時，香公走將出來，便大家住口。女童自哭向裏邊去了。

蒯三思量這話，與昨日東院女童的正是暗合，眼見得這事有九分了。不到晚，只推有事，收拾家火，一口氣跑至赫家，請出陸氏娘子，將上項事一一説知。陸氏見説丈夫死了，放聲大哭。連夜請親族中商議停當，就留蒯三在家宿歇。到次早，唤集童僕，共有二十來人，帶了鋤頭鐵鍬斧頭之類，陸氏把孩子教養娘看管，乘坐轎子，蜂湧而來。那庵離城不過三里之地，頃刻就到了。

陸氏下了轎子，留一半人在門口把住，其餘的擔着鋤頭鐵鍬，隨陸氏進去。蒯三在前引路，徑來到東院扣門。那時庵門雖開，尼姑們方纔起身。香公聽得扣門，出來開看，見有女客，只道是燒香的，進去報與空照知道。那蒯三認得後園路徑，引着衆人，一直望裏邊徑闖，劈面遇着空照。空照見蒯三引着女客，便道：「原來是蒯待詔的宅眷。」上前相迎。蒯三、陸氏也不答應，將他擠在半邊，衆人一溜煙向園中去了。

空照見勢頭勇猛，不知有甚緣故，隨脚也赶到園中。見衆人不到別處，徑至大栢樹下，運起鋤頭鐵鍬，往下亂撬。空照知事已發覺，驚得面如土色，連忙覆身進來，對着女童道：「不好了！赫郎事發了！快些隨我來逃命！」兩個女童都也嚇得目睜口呆，跟着空照罄身而走。方到佛堂前，香公來報說：「庵門口不知爲甚，許多人守住，不容我出去。」空照連聲叫：「苦也！且往西院去再處。」

四人飛走到西院，敲開院門，分付香公閉上：「倘有人來扣，且勿要開。」赶到裏邊。那時靜真還未起身，門尚閉着。空照一片聲亂打。靜真聽得空照聲音，急忙起來，穿着衣服，走出問道：「師弟爲甚這般忙亂？」空照道：「赫郎事體，不知那個漏了消息。蒯木匠這天殺的，同了許多人徑赶進後園，如今在那裏發掘了。我欲要逃走，香公說門前已有人把守，出去不得，特來與你商議。」靜真見說，吃這一驚，却也不小，說道：「蒯匠昨日也在這裏做生活，如何今日便引人來？却又知得恁般詳細。必定是我庵中有人走漏消息，這奴狗方纔去報新聞，不然何由曉得我們的隱事？」那女童在旁聞得，懊悔昨日失言，好生驚惶。東院女童道：「蒯匠有心，想非一日了。前日便悄悄直到我家厨下來打聽消耗，被我們發作出門。但不知那個泄漏的？」空照道：「這事且慢理論。只是如今却怎麽處？」靜真道：「更無別法，只有一個走字。」

空照道：「門前有人把守。」静真道：「且看後門。」先教香公打探，回説并無一人。空照大喜，一面教香公把外邊門户一路關鎖，自己到房中取了些銀兩，其餘盡皆棄下。連香公共是七人，一齊出了後門，也把鎖兒鎖了。空照道：「如今走到那裏去躲好？」静真道：「大路上走，必然被人遇見，須從僻路而去，往極樂庵暫避。此處人煙稀少，無人知覺。了緣與你我情分又好，料不推辭。待事平定，再作區處。」空照連聲道是，不管地上高低，望着小徑，落荒而走，投極樂庵躲避，不在話下。

且説陸氏同蒯三衆人，在栢樹下一齊着力，鋤開面上土泥，露出石灰，都道是了。那石灰經了水，并做一塊，急切不能得碎。弄了大一回，方纔看見材蓋。陸氏便放聲啼哭。衆人用鐵鍬鑿去兩邊石灰，那材蓋却不能開。外邊把門的等得心焦，都奔進來觀看，正見弄得不了不當，一齊上前相幫，掘將下去，把官木弄浮，提起斧頭，砍開棺蓋。打開看時，不是男子，却是一個尼姑。衆人見了，都慌做一堆，也不去細認，俱面面相覷，急把材蓋掩好。説話的，我且問你：赫大卿死未周年，雖然没有頭髮，夫妻之間，難道就認不出了？看官有所不知。那赫大卿初出門時，紅紅白白，是個俊俏子弟，在庵中得了怯症，久卧床褥，死時只剩得一把枯骨。就是引鏡自照，也認不出當初本身了。况且驟然見了個光頭，怎的不認做尼姑？當下陸氏到埋怨蒯三起來，道：「特地教你探聽，怎麽不問個的確，却來虛報？如今弄這把戲，如何是好？」蒯三道：「昨日小尼明明説的，如何是虛報？」衆人道：「見今是個尼姑了，還强辨到那裏去！」蒯三道：「莫不掘錯了？再在那邊墾下去看。」内中有個老年親戚道：「不可，不可！律上説，開棺見尸者斬。况發掘墳墓，也該是個斬罪。目今我們已先犯着了，倘再掘起一個尼姑，到去頂兩個斬罪不成？不如快去告官，拘昨日説的小尼來問，方纔扯個兩平。若被尼姑先告，到是老大利害。」衆人齊聲道是。急忙引着陸氏就走，連鋤頭家伙到棄下了。從裏邊直至庵門口，并無一個尼姑。那老者又道：「不好了！這些尼姑，不是去叫地方，一定先去告狀了，快走，快走！」嚇得衆人一個個心下慌張，巴不能脱離了此處。教陸氏上了轎子，飛也似亂跑，望新淦縣前來禀官。進得城時，親戚們就躲去了一半。

正是話分兩頭，却説陸氏帶來人衆内，有個雇工人，叫做毛潑皮，只道棺中還有甚東西，閃在一邊，讓衆人去後，揭開材蓋，掀起衣服，上下一翻，更無别物。也是數合當然，不知怎地一扯，那褲子直褪下來，露出那件話兒。毛潑皮看了笑道：「原來不是尼姑，却是和尚。」依舊將材蓋好，走出來四處張望。見没有人，就踅到一個房裏，正是空照的净室。只揀細軟取了幾件，揣在懷裏，離了非空庵。急急追到縣前，正值知縣相公在外拜客，陸氏同衆人在那裏伺候。毛潑皮上前道：「不要着忙。我放不下，又轉去相看。雖不是大官人，却也不是尼姑，到是個和尚。」衆人都歡喜道：「如此還好！只不知這和尚，是甚寺裏，却被那尼姑謀死？」

你道天下有恁般巧事！正說間，傍邊走出一個老和尚來，問道：「有甚和尚，謀死在那個尼姑庵裏？怎麽一個模樣？」衆人道：「是城外非空庵東院，一個長長的黄瘦小和尚，像死不多時哩。」老和尚見說，便道：「如此說來，一定是我的徒弟了。」衆人問道：「你徒弟如何却死在那裏？」老和尚道：「老僧是萬法寺住持覺圓，有個徒弟叫做去非，今年二十六歲，專一不學長俊，老僧管他不下。自今八月間出去，至今不見回來。他的父母又極護短，不説兒子不學好，反告小僧謀死，今日在此候審。若得死的果然是他，也出脱了老僧。」毛潑皮道：「老師父，你若肯請我，引你去看如何？」老和尚道：「若得如此，可知好麽！」

正待走動，只見一個老兒，同着一個婆子，赶上來，把老和尚接連兩個把掌，罵道：「你這賊禿！把我兒子謀死在那裏？」老和尚道：「不要嚷，你兒子如今有着落了。」那老兒道：「如今在那裏？」老和尚道：「你兒子與非空庵尼姑串好，不知怎樣死了，埋在他後園。」指着毛潑皮道：「這位便是證見。」扯着他便走。那老兒同婆子一齊跟來，直到非空庵。那時庵傍人家盡皆曉得，若老若幼，俱來觀看。毛潑皮引着老和尚，直至裏邊。只見一間房裏，有人叫響。毛潑皮推門進去看時，却是一個將死的老尼姑，睡在床上叫喊：「肚裏餓了，如何不將飯來我吃？」毛潑皮也不管他，依舊把門拽上，同老和尚到後園栢樹下，扯開材蓋。那婆子同老兒擦磨老眼仔細認看，依稀有些相像，便放聲大哭。看的人都擁做一堆。問起根由，毛潑皮指手劃脚，剖説那事。老和尚見他認了，只要出脱自己，不管真假，一把扯道：「去，去，去，你兒子有了，快去稟官，拿尼姑去審問明白，再哭未遲。」那老兒只得住了，把材蓋好，離了非空庵，飛奔進城。到縣前時，恰好知縣相公方回。

那拘老和尚的差人，不見了原被告，四處尋覔，奔了個滿頭汗。赫家衆人見毛潑皮、老和尚到了，都來問道：「可真是你徒弟麽？」老和尚道：「千真萬真！」衆人道：「既如此，并做一事，進去稟罷。」差人帶一干人齊到裏邊跪下。到先是赫家人上去稟説家主不見緣由，并見蒯匠絲縧，及庵中小尼所説，開棺却是和尚尸首，前後事一一細稟。然後老和尚上前稟説，是他徒弟，三月前驀然出去，不想死在尼姑庵裏，被伊父母訐告：「今日已見明白，與小僧無干，望乞超豁。」知縣相公問那老兒道：「果是你的兒子麽？不要錯了。」老兒稟道：「正是小人的兒子，怎麽得錯！」知縣相公即差四個公差到庵中拿尼姑赴審。

差人領了言語，飛也似赶到庵裏，只見看的人便擁進擁出，那見尼姑的影兒？直尋到一間房裏，單單一個老尼在床，將死快了。內中有一個道：「或者躲在西院。」急到西院門口，見門閉着，敲了一回，無人答應。公差心中焦躁，俱從後園墻上爬將過去。見前后門户，盡皆落鎖。一路打開搜看，并不見個人迹。差人各溜過幾件細軟東西，到拿地方同去回官。知縣相公在堂等候，差人稟道：「非空庵尼姑都逃躲不知去向，拿地方在此回話。」知縣問地方道：「你可曉得尼姑躲在何處？」地方道：「這個小人們那裏曉得！」知縣喝道：「尼姑在地方上偷養和尚，謀死人命。這等不法勾當，都隱匿不報。如今事露，却又縱容躲過，假推不知。既如此，要地方何用？」喝教拿下去打。地方再三苦告，方纔饒得。限在三日內，準要一干人犯。召保在外，聽候獲到審問。又發兩張封皮，將庵門封鎖不題。

且說空照、靜真同着女童、香公來到極樂庵中。那庵門緊緊閉着，敲了一大回，方纔香公開門出來。衆人不管三七二十一，一齊擁入，流水叫香公把門閉上。庵主了緣早已在門傍相迎，見他們一窩子都來，且是慌慌張張，料想有甚事故。請到佛堂中坐下，一面教香公去點茶，遂開言問其來意。靜真扯在半邊，將上項事細説一遍，要借庵中躲避。了緣聽罷，老大吃驚，沉吟了一回，方道：「二位師兄有難來投，本當相留。但此事非同小可！往遠處逃遁，或可避禍。我這裏墻卑室淺，耳目又近。倘被人知覺，莫説師兄走不脱，只怕連我也涉在渾水内，如何躲得！」你道了緣因何不肯起來？他也是個廣開方便門的善知識，正勾搭萬法寺小和尚去非，做了光頭夫妻，藏在寺中三個多月。雖然也扮作尼姑，常恐露出事來，故此門户十分緊急。今日静真也爲那樁事敗露來躲避，〔三〕恐怕被人緝着，豈不連他的事也出醜，因這上不肯相留。空照師徒見了緣推托，都面面相覷，没做理會。到底静真有些賊智，曉得了緣平昔貪財，便去袖中摸出銀子，揀上二三兩，遞與了緣道：「師兄之言，雖是有理。但事起倉卒，不曾算得個去路，急切投奔何處？望師兄念向日情分，暫容躲避兩三日。待勢頭稍緩，然後再往别處。這些少銀兩，送與師兄爲盤纏之用。」果然了緣見着銀子，就忘了利害，乃道：「若只住兩三日，便不妨得，如何要師兄銀子！」静真道：「在此攪擾，已是不當，豈可又費師兄。」了緣假意謙讓一回，把銀收過，引入裏邊去藏躲。

且説小和尚去非，聞得香公説是非空庵師徒五衆，且又生得標致，忙走出來觀看。兩下却好打個照面，各打了問訊。静真仔細一看，却不認得，問了緣道：「此間師兄，上院何處？怎麽不曾相會？」了緣扯個謊道：「這是近日新出家的師弟，故此師兄還認不得。」那小和尚見靜真師徒姿色勝似了緣，心下好不歡喜，想道：「我好造化，那裏説起！天賜這幾個妙人到此，少不得都刮上他，輪流兒取樂快活！」當下了緣備辦些素齋款待。靜真、空照心中有事，耳熱眼跳，坐立不寧，那裏吃得下飲食？到了申牌時分，向了緣道：「不知庵中事體若何？欲要央你們香公去打聽個消息，方好計較長策。」了緣即教香公前去。

那香公是個老實頭，不知利害，一徑奔到非空庵前，東張西望。那時地方人等正領着知縣鈞旨，封鎖庵門，也不管老尼死活，反鎖在内，兩條封皮，交叉封好，方待轉身，見那老兒探頭探腦，幌來幌去，情知是個細作，齊上前喝道：「官府正要拿你，來得恰好！」一個拿起索子，向頸上便套。唬得香公身酥脚軟，連聲道：「他們借我庵中躲避，央來打聽的，其實不干我事。」衆人道：「原曉得你是打聽的。快説是那個庵裏？」香公道：「是極樂庵裏。」

衆人得了實信，又教幾個幫手，押着香公齊到極樂庵，將前後門把好，然後叩門。裏邊曉得是香公回了，了緣急出來開門。衆人一擁而入，迎頭就把了緣拿住，押進裏面搜捉，不曾走了一個。那小和尚着了忙，躲在床底下，也被搜出。了緣向衆人道：「他們不過借我庵中暫避，其實做的事體，與我分毫無干，情願送些酒錢與列位，怎地做個方便，饒了我庵裏罷。」衆人道：「這使不得！知縣相公好不利害哩！倘然問在何處拿的，教我們怎生回答？有干無干，我們總是不知，你自到縣裏去分辨。」了緣道：「這也容易。但我的徒弟乃新出家的，這個可以免得，望列位做個人情。」衆人貪着銀子，却也肯了。內中又有個道：「成不得！既是與他没相干，何消這等着忙，直躲入床底下去？一定也有些蹺蹊。我們休擔這樣干紀。」衆人齊聲道是。都把索子扣了，連男帶女，共是十人，好像端午的粽子，做一串兒牽出庵門，將門封鎖好了，解入新淦縣來。一路上了緣埋怨静真連累，静真半字不敢回答。正是：

老龜蒸不爛，移禍於空桑。

此時天色傍晚，知縣已是退衙，地方人又帶回家去宿歇。了緣悄悄與小和尚説道：「明日到堂上，你只認做新出家的徒弟，切莫要多講。待我去分説，料然無事。」到次日，知縣早衙，地方解進去稟道：「非空庵尼姑俱躲在極樂庵中，今已緝獲，連極樂庵尼姑通拿在此。」知縣教跪在月臺東首，即差人喚集老和尚、赫大卿家人、蒯三并小和尚父母來審。那消片刻，俱已喚到。令跪在月臺西首。小和尚偷眼看見，驚異道：「怎麽我師父也涉在他們訟中？連爹媽都在此，一發好怪！」心下雖然暗想，却不敢叫唤，又恐師父認出，到把頭兒别轉，伏在地上。【眉批】這場官司真好看。那老兒同婆子，也不管官府在上，指着尼姑，帶哭帶駡道：「没廉耻的狗淫婦！如何把我兒子謀死？好好還我活的便罷！」小和尚聽得老兒與静真討人，愈加怪異，想道：「我好端端活在此，那裏説起，却與他們索命？」静真、空照還認是赫大卿的父母，那敢則聲。

知縣見那老兒喧嚷，呵喝住了，唤空照、静真上前問道：「你既已出家，如何不守戒律，偷養和尚，却又將他謀死？從實招來，免受刑罰。」静真、空照自己罪犯已重，心慌膽怯，那五臟六腑猶如一團亂麻，没有個頭緒。這時見知縣不問赫大卿的事情，却問什麽和尚之事，一發摸不着個頭路。静真那張嘴頭子，平時極是能言快語，到這回恰如生漆護牢，魚膠粘住，掙不出一個字兒。【眉批】又照出静真。知縣連問四五次，剛剛掙出一句道：「小尼并不曾謀死那個和尚。」知縣喝道：「見今謀死了萬法寺和尚去非，埋在後園，還敢抵賴！快夾起來！」兩邊皂隸答應如雷，向前動手。了緣見知縣把尸首認做去非，追究下落，打着他心頭之事，老大驚駭，身子不摇自動，想道：「這是那裏説起！他們乃赫監生的尸首，却到不問，反牽扯我身上的事來，真也奇怪！」心中没想一頭處，將眼偷看小和尚。小和尚已知父母錯認了，也看着了緣，面面相覷。

且説静真、空照俱是嬌滴滴的身子，嫩生生的皮肉，如何經得這般刑罰，夾棍剛剛套上，便暈迷了去，叫道：「爺爺不消用刑，容小尼從實招認。」知縣止住左右，聽他供招。二尼異口齊聲説道：「爺爺，後園埋的不是和尚，乃是赫監生的尸首。」赫家人聞説原是家主尸首，同蒯三俱跪上去，聽其情款。知縣道：「既是赫監生，如何却是光頭？」二尼乃將赫大卿到寺游玩，勾搭成奸，及設計剃髮，扮作尼姑，病死埋葬，前後之事，細細招出。知縣見所言與赫家昨日説話相合，已知是個真情，又問道：「赫監生事已實了，那和尚還藏在何處？一發招來！」二尼哭道：「這個其實不知，就打死也不敢虚認。」

知縣又唤女童、香公逐一細問，其説相同，知得小和尚這事與他無干。又唤了緣并小和尚上去問道：「你藏匿静真、空照等在庵，一定與他是同謀的了，也夾起來！」了緣此時見静真等供招明白，小和尚之事，已不牽纏在内，腸子寬了，從從容容的禀道：「爺爺不必加刑，容小尼細説。静真等昨到小尼庵中，假説被人扎詐，權住一兩日，故此誤留。其他奸情之事，委實分毫不知。」又指着小和尚道：「這徒弟乃新出家的，與静真等一發從不相認。况此等無耻勾當，敗壞佛門體面，即使未曾發覺，小尼若稍知聲息，亦當出首，豈肯事露之後，還敢藏匿？望爺爺詳情超豁。」知縣見他説得有理，笑道：「話到講得好。只莫要心不應口。」遂令跪過一邊，喝叫皂隸，將空照、静真各責五十，東房女童各責三十，兩個香公各打二十，都打得皮開肉綻，鮮血淋漓。打罷，知縣舉筆定罪：静真、空照設計恣淫，傷人性命，依律擬斬。東房二女童，減等，杖八十，官賣。兩個香公，知情不舉，俱問杖罪。非空庵藏奸之藪，拆毁入官。了緣師徒雖不知情，但隱匿奸黨，杖罪納贖。西房女童，判令歸俗。赫大卿自作之孽，已死勿論。尸棺着令家屬領歸埋葬。判畢，各令畫供。

那老兒見尸首已不是他兒子，想起昨日這場啼哭，好生没趣，愈加忿恨，跪上去稟知縣，依舊與老和尚要人。老和尚又説徒弟偷盗寺中東西，藏匿在家，反來圖賴。兩下争執，連知縣也委决不下。意爲老和尚謀死，却不見形迹，難以入罪；將爲果躲在家，這老兒怎敢又與他討人？想了一回，乃道：「你兒子生死没個實據，怎好問得！且押出去，細訪個的確證見來回話。」當下空照、静真、兩個女童都下獄中。了緣、小和尚并兩個香公，押出召保。老和尚與那老兒夫妻，原差押着，訪問去非下落。其餘人犯，俱釋放寧家。

大凡衙門，有個東進西出的規矩。這時一干人俱從西邊丹墀下走出去。那了緣因哄過了知縣，不曾出醜，與小和尚兩下暗地歡喜。小和尚還恐有人認得，把頭直低向胸前，落在衆人背後。也是合當敗露。剛出西脚門，那老兒又揪住老和尚罵道：「老賊秃！謀死了我兒子，却又把别人的尸首來哄我麽？」夾嘴連腮，只管亂打。老和尚正打得連聲叫屈，没處躲避，不想有十數個徒弟徒孫們，在那裏看出官，見師父被打，齊赶向前推翻了那老兒，揮拳便打。小和尚見父親吃虧，心中着急，正忘了自己是個假尼姑，竟上前勸道：「列位師兄不要動手。」衆和尚舉眼觀看，却便是去非，即忙放了那老兒，一把扯住小和尚叫道：「師父，好了！去非在此！」押保差人還不知就裏，乃道：「這是極樂庵裏尼姑，押出去召保的，你們休錯認了。」衆和尚道：「哦！元來他假扮尼姑在極樂裏快活，却害師父受累！」衆人方纔明白是個和尚，一齊都笑起來。傍邊只急得了緣叫苦連聲，面皮青染。老和尚分開衆人，揪過來，一連四五個耳聒子，罵道：「天殺的奴狗！你便快活，害得我好苦！且去見老爺來。」拖着便走。那老兒見兒子已在，又做了假尼姑，料道到官必然責罰，向着老和尚連連叩頭道：「老師父，是我無理得罪了！情願下情陪禮。乞念師徒分上，饒了我孩兒，莫見官罷！」老和尚因受了他許多荼毒，那裏肯聽，扭着小和尚直至堂上。差人押着了緣，也隨進來。

知縣看見問道：「那老和尚爲何又結扭尼姑進來？」老和尚道：「爺爺，這不是真尼姑，就是小的徒弟去非假扮的。」知縣聞言，也忍笑不住道：「如何有此異事？」喝教小和尚從實供來。去非自知隱瞞不過，只得一一招承。知縣録了口詞，將僧尼各責四十，去非依律問徒，了緣官賣爲奴，極樂庵亦行拆毁。老和尚并那老兒，無罪釋放。又討連具枷枷了，各搽半邊黑臉，滿城迎游示衆。那老兒、婆子，因兒子做了這不法勾當，啞口無言，惟有滿面鼻涕眼淚，扶着枷稍，跟出衙門。那時閧動了滿城男女，扶老挈幼俱來觀看。有好事的，作個歌兒道：

可憐老和尚，不見了小和尚；原來女和尚，私藏了男和尚。分明雄和尚，錯認了雌和尚。爲個假和尚，帶累了真和尚。斷過死和尚，又明白了活和尚。滿堂只叫打和尚，滿街争看迎和尚。只爲貪那褌襠中硬崛崛一個莽和尚，弄壞了庵院裏嬌滴滴許多騷和尚。

且説赫家人同蒯三急奔到家，報知主母。陸氏聞言，險此哭死，連夜備辦衣衾棺椁，禀明知縣，開了庵門，親自到庵，重新入殮，迎到祖塋，擇日安葬。那時庵中老尼，已是餓死在床。地方報官盛殮，自不必説。這陸氏因丈夫生前不肯學好，好色身亡，把孩子嚴加教誨。後來明經出仕，官爲别駕之職。【眉批】收拾乾净，無一毫滲漏，的是高手。

有詩爲證：

野草閒花恣意貪，化爲蜂蝶死猶甘。
名庵并入游仙夢，是色非空作笑談。

【校記】

〔一〕「圖歡」，底本作「團歡」，據衍慶堂本改。

〔二〕「踏青游玩」，底本及衍慶堂本作「游青游玩」，據東大本改。

〔三〕「爲」字，底本缺失，東大本作「會」，據衍慶堂本補。

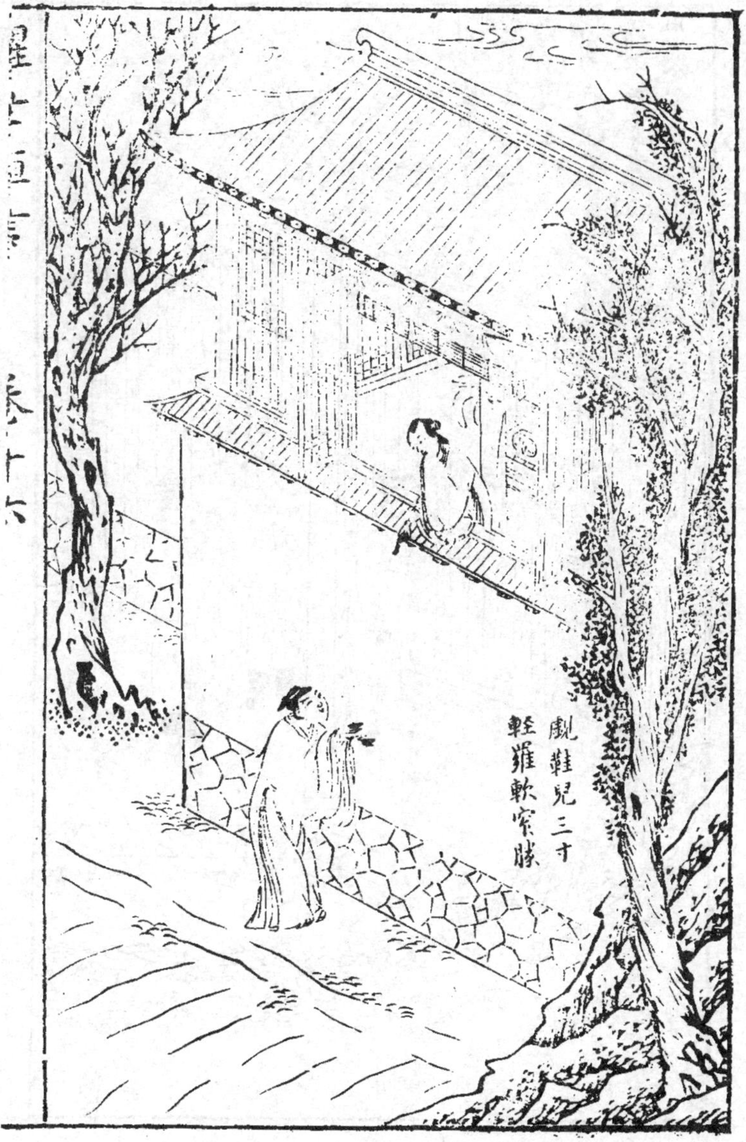
戲鞋兒三寸
輕羅軟窄勝

賊近盜兮姦
近殺古人說
語不曾差姦
賭兩般都不
染太平無事
做人家

第十六卷　陸五漢硬留合色鞋

得便宜處笑嘻嘻，不遂心時暗自悲。
誰識天公顛倒用，得便宜處失便宜。

近時有一人，姓强，平日好占便宜，倚强凌弱，里中都懼怕他，㸋出一個諢名，叫做「强得利」。一日，偶出街市行走，看見前邊一個單身客人，在地下檢了一個兜肚兒，提起頗重，想來其中有物，慌忙赶上前攔住客人，說道：「這兜肚是我腰間脱下來的，好好還我。」客人道：「我在前面走，你在後面來，如何到是你腰間脱下來的？好不通理！」强得利見客人不從，就劈手去搶，早扯住兜肚上一根帶子。兩下你不鬆，我不放，街坊人都走攏來，問其緣故。二人各爭執是自己的兜肚兒。衆人不能剖判。其中一個老者開言道：「你二人口説無憑，且説兜肚中什麽東西，合得着便是他的。」强得利道：「誰耐煩與你猜謎道白！我只認得自己的兜肚，還我便休；若不還時，與你并個死活。」只這句話，衆人已知不是强得利的兜肚了。多有懼怕强得利的，有心幫襯他，便上前解勸道：「客人，你不識此位强大哥麼？是本地有名的豪傑。這兜肚，你是地下檢的，料非己物，就把來結識了這位大哥，也是理所當然。」客人被勸不過，便道：「這兜肚果然不是小人的。只是財可義取，不可力奪。既然列位好言相勸，小人情願將兜肚打開，看是何物。若果有些采頭，分作三股：小人與强大哥各得一股，那一股送與列位們做個利市，店中共飲三杯，以當酬勞。」【眉批】這客儘通。那老者道：「客官最說得是。强大哥且放手，都交付與老漢手裏。」

老者取兜肚打開看時，中間一個大布包，包中又有三四層紙，裹着光光兩錠雪花樣的大銀，每錠有十兩重。强得利見了這兩錠銀子，愛不可言，就使欺心起來，便道：「論起三股分開，可惜鑿壞了這兩個錁兒。我身邊有幾兩散碎銀子，要去買生口的，把來送與客人，留下這錁兒與我罷。」一頭說，一頭在腰裏摸將出來三四個零碎包兒，凑起還稱不上四兩銀子，連衆人吃酒東道都在其內。客人如何肯收？兩下又争嚷起來，又有人點撥客人道：「這位强大哥不是好惹的！你多少得些采去罷。」老者也勸道：「客官，這四兩銀子，都把與你，我們衆人這一股不要了。那一日不吃酒，省了這東道奉承你二位罷。」口裏說時，那兩錠銀子在老者手中，已被强得利擘手搶去了。那客人没奈何，只得留了這四兩銀子。强得利道：「雖然我身邊没有碎銀，前街有個酒店，是我舅子開的。有勞衆位多時，少不得同去一坐。」衆人笑道：「恁地時，連客官也去吃三杯。今後就做個相識。」一行十四五人，同走到前街朱三郎酒店裏大樓上坐下。强得利一來白白裏得了這兩錠大銀，心中歡喜；二來感謝衆人幫襯；三來討了客人的便宜，又賴了衆人一股利市，心上也未免有些不安。况且是自己舅子開張的酒店，越要賣弄，好酒好食，只顧教搬來，吃得個不亦樂乎。衆人個個醉飽，方纔撒手。共吃了三兩多銀子。强得利教記在自家帳上。衆人出門作别，各自散訖。客人乾净得了四兩銀子，也自歸家去了。

過了兩日，强得利要買生口，舅子店裏又來取酒錢，家中别無銀兩，只得把那兩錠雪白樣的大銀，在一個傾銀舖裏去傾銷，指望加出些銀水。那銀匠接銀在手，翻覆看了一回，手内顛上幾顛，問道：「這銀子那裏來的？」强得利道：「是交易上來的。」銀匠道：「大郎被人哄了。這是鐵胎假銀，外邊是細絲，只薄薄一層皮兒，裏頭都是鉛鐵。」强得利不信，只要鏨開。銀匠道：「鏨壞時，大郎莫怪。」銀匠動了手，乒乓乒乓鏨開一個口子，那銀皮裂開，裏面露出假貨。强得利看了，自也不信：一生不曾做這折本的交易，自作自受，埋怨不得别人，坐在櫃卓邊，呆呆的對着這兩錠銀子只顧看。引下許多人進店，都來認那鐵胎銀的，說長說短。强得利心中越氣，正待尋事發作，只見門外兩個公差走入，大喝一聲，不由分說，將鏈子扣了强得利的頸，連這兩錠銀子，都解到一個去處來。原來本縣庫上錢糧收了幾錠假銀，知縣相公暗差做公的在外緝訪。這兜肚裏銀子，不知是何人掉下的，那錠樣正與庫上的相同，因此被做公的拿了，解上縣堂。知縣相公一見了這錠樣，認定是造假銀的光棍，不容分訴，一上打了三十毛板，將强得利送入監裏，要他賠補庫上這幾錠銀子。三日一比較。强得利無可奈何，只得將田産變價上庫，又央人情在知縣相公處說明這兩錠銀子的來歷。知縣相公聽了分上，饒了他罪名，釋放寧家，共破費了百外銀子。一個小小家當，弄得七零八落，被里中做下幾句口號，傳做笑話，道是：

强得利，强得利，做事全不濟。得了兩錠寡鐵，破了百金家計。公堂上毛板是我打來，酒店上東道別人吃去。似此折本生涯，下次莫要淘氣。從今改强爲弱，得利喚做失利。再來嚇里欺鄰，只怕縮不上鼻涕。【眉批】妙絶。

這段話，叫做「强得利貪財失采」。正是：得便宜處失便宜。如今再講一個故事，叫做「陸五漢硬留合色鞋」，也是爲討別人的便宜，後來弄出天大的禍來。正是：

爽口食多應損胃，快心事過必爲殃。

話説國朝弘治年間，浙江杭州府城，有一少年子弟，姓張名藎，積祖是大富之家。幼年也曾上學攻書，只因父母早喪，没人拘管，把書本抛開，專與那些浮浪子弟往來，學就一身吹彈蹴踘，慣在風月場中賣弄，煙花陣裏鑽研。因他生得風流俊俏，多情知趣，又有錢鈔使費，小娘們多有愛他的，奉得神魂顛倒，連家裏也不思想。妻子累諫不止，只索由他。一日正值春間，西湖上桃花盛開。隔夜請了兩個名妓，一個唤做嬌嬌，一個叫做倩倩，又約了一般幾個子弟，教人唤下湖船，要去游玩。自己打扮起來，頭戴一頂時樣縐紗巾，身穿着銀紅吴綾道袍，裏邊繡花白綾襖兒，脚下白綾襪，大紅鞋，手中執一柄書畫扇子。後面跟一個垂髫標致小厮，叫做清琴，是他的寵童。左臂上挂着一件披風，右手拿着一張弦子，一管紫簫，都是蜀錦製成囊兒盛裏。離了家中，望錢塘門摇擺而來。却打從十官子巷中經過，忽然擡頭，看見一家臨街樓上，有個女子揭開簾兒，潑那梳妝殘水。那女子生得甚是嬌艷。怎見得？有《清江引》爲證：

誰家女兒，委實的好，賽過西施貌。面如白粉團，鬢似烏雲繞。若得他近身時，魂靈兒都掉了。

張藎一見，身子就酥了半邊，便立住脚，不肯轉身，假意咳嗽一聲。【眉批】咳嗽何與女子事？亦是不尊重處。那女子潑了水，正待下簾，忽聽得咳嗽聲響，望下觀看，一眼瞧見個美貌少年，人物風流，打扮喬畫，也凝眸流盼。兩面對覷，四目相視，那女子不覺微微而笑。張藎一發魂不附體。只是上下相隔，不能通話。正看間，門裏忽走出個中年人來，張藎急忙回避。等那人去遠，又復走轉看時，女子已下簾進去。站立一回，不見蹤影。教清琴記了門面，明日再來打探。臨行時，還回頭幾次。那西湖上，平常是他的脚邊路，偏這日見了那女子，行一步，懶一步，就如走幾百里山路一般，甚是厭煩。出了錢塘門，來到湖船上。那時兩個妓女和着一班子弟，都已先到。見張藎上船，俱走出船頭相迎。張藎下了船，清琴把衣服、弦子、簫兒放下。稍子開船，向湖心中去。那一日天色晴明，堤上桃花含笑，柳葉舒眉，往來踏春士女，携酒挈榼，紛紛如蟻。有詩爲證：

山外青山樓外樓，西湖歌舞幾時休？
暖風薰得游人醉，錯把杭州作汴州。

且說張藎船中這班子弟們，一個個吹彈歌唱，施逞技藝。偏有張藎一意牽挂那樓上女子，無心歡笑，托腮呆想。他也不像游春，到似傷秋光景。衆人都道：「張大爺平昔不是恁般，今日爲何如此不樂？必定有甚緣故。」張藎含糊答應，不言所以。

衆人又道：「大爺不要敗興，且開懷吃酒，有甚事等我衆弟兄與你去解紛。」又對嬌嬌、倩倩道：「想是大爺怪你們不來幫襯，故此着惱，還不快奉杯酒兒下禮！」嬌嬌、倩倩真個篩過酒來相勸。張藎被衆人鬼諢，勉强酬酢，心不在焉，未到晚，就先起身，衆人亦不强留。

上了岸，進錢塘門，原打十官子巷經過。到女子門首，復咳嗽一聲，【眉批】十年從師，單學得一聲咳嗽。不見樓上動静。走出巷口，又踅轉來，一連數次，都無音響。清琴道：「大爺，明日再來罷。若只管往來，被人疑惑。」張藎依言，只得回家。明日到他家左近訪問，是何等人家。有人説：「他家有名叫做潘殺星潘用，夫妻兩個，止生一女，年纔十六，唤做壽兒。那老兒與一官宦人家薄薄裏有些瓜葛，冒着他的勢頭，專在地方上嚇詐人的錢財，騙人酒食。地方上無一家不怕他，無一個不恨他。是個賴皮刁鑽主兒。」張藎聽了，記在肚裏，慢慢的在他門首踱過。恰好那女子開簾遠望，兩下又復相見。彼此以目送情，轉加親熱。自此之後，張藎不時往來其下探聽，以咳嗽爲號。有時看見，有時不見。眉來眼去，兩情甚濃，只是無門得到樓上。

一夜，正是三月十五，皓月當天，渾如白晝。張藎在家坐立不住，吃了夜飯，趁着月色，獨步到潘用門首，(一)并無一個人來往。見那女子正捲起簾兒，倚窗望月。張蓋在下看見，輕輕咳嗽一聲。上面女子會意，彼此微笑。張藎袖中摸出一條紅綾汗巾，結個同心方勝，團做一塊，望上擲來。【眉批】買奸物。那女子雙手來接，恰好正中。就月底下仔細看了一看，把來袖過，就脱下一隻鞋兒投下。張藎雙手承受，看時，是一隻合色鞋兒。【眉批】結禍根。將指頭量摸，剛剛一折，把來繫在汗巾頭上，納在袖裏，望上唱個肥喏。女子還了個萬福。正在熱鬧處，那女子被父母呼喚，只得將窗兒閉上，自下樓去。張藎也興盡而返。

歸到家裏，自在書房中宿歇，又解下這隻鞋兒，在燈前細玩，果是金蓮一瓣，且又做得甚精細。怎見得？也有《清江引》爲證：

覷鞋兒三寸，輕羅軟窄，勝蕖花片。若還繡滿花，只費分毫綫。怪他香噴噴不沾泥，只在樓上轉。

張藎看了一回，依舊包在汗巾頭上，心中想道：「須尋個人兒通信與他，怎生設法上得樓去方好。若只如此空砑光，眼飽肚飢，有何用處！」左思右算，除非如此，方能到手。明日午前，袖了些銀子，走至潘家門首，望樓上不見可人，便遠遠的借個人家坐下，看有甚人來往。事有凑巧，坐不多時，只見一個賣婆，手提着個小竹撞，進他家去。約有一個時辰，依原提着竹撞出來，從舊路而去。張藎急赶上一步，看時，不是別人，却是慣走大家賣花粉的陸婆，就在十官子巷口居住。那婆子以賣花粉爲名，專一做媒作保，做馬泊六，正是他的專門，故此家中甚是活動。兒子陸五漢在門前殺猪賣酒，平昔酗酒撒潑，是個兇徒，連那婆子時常要教訓幾拳的。婆子怕打，每事到都依着他，不敢一毫違拗。【眉批】伏案。當下張藎叫聲「陸媽媽」。陸婆回頭認得，便道：「呀，張大爺何來？連日少會。」張藎道：「適纔去尋個朋友不遇，便道在此經過。你怎一向不到我家走走？那些丫頭們，都望你的花哩。」陸婆道：「老身日日要來拜望大娘，偏有這些沒正經事，絆住身子，不曾來得。」一頭説，已到了陸婆門首。只見陸五漢在店中賣肉賣酒，十分熱鬧。陸婆道：「大爺吃茶去便好。只是家間齷齪，不好屈得貴人。」張藎道：「茶到不消，還要借幾步路説話。」陸婆道：「少待。」連忙進去，放了竹撞出來道：「大爺有甚事作成老媳婦？」張藎道：「這裏不是説話之處，且隨我來。」直引到一個酒樓上，揀個小閤兒中坐下。

酒保放下杯筯，問道：「可還有别客麽？」張藎道：「只我二人。上好酒暖兩瓶來，時新果子先將來案酒，好嗄飯只消三四味就勾了。」酒保答應下去。不一時，都已取到，擺做一卓子。斟過酒來，吃了數杯。張藎打發酒保下去，把閤子門閉了，對陸婆道：「有一事要相煩媽媽，只怕你做不來。」那婆子笑道：「不是老身誇口，憑你天大樣疑難事體，經着老身，一了百當。大爺有甚事，只管分付來，包在我身上與你完成。」張藎道：「只要如此便好。」當下把兩臂靠在卓上，舒着頸，向婆子低低說道：「有個女子，要與我勾搭，只是没有做脚的，難得到手。曉得你與他家最熟，特來相求，去通個信兒。若說法得與我一會，决不忘恩。今日先有十兩白物在此，送你開手。事成之後，還有十兩。」便去袖裏摸出兩個大錠，放在卓上。陸婆道：「銀子是小事，你且說是那一家的雌兒？」張藎道：「十官子巷潘家壽姐，可是你極熟的麽？」陸婆道：「原來是這個小鬼頭兒。我常時見他端端正正，還是黄花女兒，不像要尋野食吃的，怎生着了你的道兒？」張藎把前後遇見，并夜來贈鞋的事，細細與婆子說知。

陸婆道：「這事到也有些難處哩。」張藎道：「有甚難處？」陸婆道：「他家的老子利害，家中并無一個雜人，止有嫡親三口，寸步不離。况兼門户謹慎，早閉晏開，如何進得他家？這個老身不敢應承。」張藎道：「媽媽，你適纔說天大極難的事，經了你就成，這些小事，如何便推故不肯與我周全？想必嫌謝禮微薄，故意作難麽？我也不管，是必要在你身上完成。我便再加十兩銀子，兩匹段頭，與你老人家做壽衣何如？」陸婆見着雪白兩錠大銀，眼中已是出火，却又貪他後手找帳，心中不捨，想了一回，道：「既大爺恁般堅心，若老身執意推托，只道我不知敬重了。待老身竭力去圖，看你二人緣分何如。倘圖得成，是你造化了；若圖不成，也勉强不得，休得歸罪老身。這銀子且留在大爺處，待有些效驗，然後來領。他與你這隻鞋兒，到要把來與我，好去做個話頭。」張藎道：「你若不收銀子，我怎放心！」陸婆道：「既如此，權且收下，若事不諧，依舊璧還。」把銀揣在袖裏。張藎摸出汗巾，解下這隻合色鞋兒，遞與陸婆。陸婆接在手中，細細看了一看，喝采道：「果然做得好！」將來藏過。【眉批】一段好姻緣，惜乎所托非人。兩個又吃了一回酒食，起身下樓，算還酒錢，一齊出門。臨別時，陸婆又道：「大爺，這事須緩緩而圖，性急不得的。若限期限日，老身就不敢奉命了。」張藎道：「只求媽媽用心，就遲幾日也不大緊。倘有些好消息，竟到我家中來會。」道罷，各自分別而去。正是：

要將撮合三杯酒，結就歡娛百歲緣。

且說潘壽兒自從見了張藎之後，精神恍惚，茶飯懶沾，心中想道：「我若嫁得這個人兒，也不枉爲人一世！但不知住在那裏？姓甚名誰？」那月夜見了張藎，恨不得生出兩個翅兒，飛下樓來，隨他同去。得了那條紅汗巾，就當做情人一般，抱在身邊而卧。【眉批】描寫癡女心迷，情態逼真。睡到明日午牌時分，還癡迷不醒。直待潘婆來喚，方纔起身。又過兩日，早飯已後，潘用出門去了，壽兒在樓上，又玩弄那條汗巾，只聽得下面有人說話響，却又走上樓來。壽兒連忙把汗巾藏過。走到胡梯邊看時，不是別人，却是賣花粉的陸婆。手内提着竹撞，同潘婆上來。到了樓上，陸婆道：「壽姐，我昨日得了幾般新樣好花，特地送來與你。」連忙開了竹撞，取出一朵來道：「壽姐，你看何如？可像真的一般麽？」壽兒接過手來道：「果然做得好！」陸婆又取出一朵來，遞與潘婆道：「大娘，你也看看，只怕後生時，從不曾見恁樣花樣哩。」潘婆道：「真個我幼時只戴得那樣粗花兒，不像如今做得這樣細巧。」陸婆道：「這個只算中等，還有上上號的。若看了，眼盲的就亮起來，老的便少起來，連壽還要增上幾年哩。」【眉批】插科打諢，是馬泊六入門訣。壽兒道：「你一發拿出來與我瞧瞧。」陸婆道：「只怕你不識貨，出不得這樣貴價錢。」壽兒道：「若買你的不起，看是看得起的。」陸婆陪笑道：「老身是取笑話兒，壽姐怎認真起來？就連我這籃兒都要了，也值得幾何！待我取出來與你看。只揀好的，任憑取擇。」又取出幾朵來，比前更加巧妙。壽兒揀好的取了數朵，道：「這花怎麽樣賣？」陸婆道：「呀！老身每常何曾與你争慣價錢，却要問價起來？但憑你分付罷了。」又道：「大娘，有熱茶便相求一碗。」【眉批】使智發脱潘婆。潘婆道：「看花興了，連茶都忘記去取。你要熱的，待我另燒起來。」説罷，往樓下而去。

陸婆見潘婆轉了身，把竹撞内花朵整頓好了，却又從袖中摸出一個紅紬包兒，也放在裹邊。壽兒問道：「這包的是什麽東西？」陸婆道：「是一件要緊物事，你看不得的。」壽兒道：「怎麽看不得？我偏要看。」把手便去取。陸婆口中便説：「决不與你看！」却放個空，讓他一手拈起，【眉批】漸漸入港，儘有細作。連叫「阿呀」，假意來奪時，被壽兒搶過那邊去。打開看時，却是他前夜贈與那生的這隻合色鞋兒。壽兒一見，滿面通紅。陸婆便劈手奪去道：「别人的東西，只管亂搶！」壽兒道：「媽媽，只這一隻鞋兒，甚麽好東西，恁般尊重！把紬兒包着，却又人看不得。」陸婆笑道：「你便這樣説不值錢！却不道有個官人，把這隻鞋兒當似性命一般，教我遍處尋訪那對兒哩。」

壽兒心中明白是那人教他來通信，好生歡喜，便去取出那一隻來，笑道：「媽媽，我到有一隻在此，正好與他恰是對兒。」【眉批】伶俐。陸婆道：「鞋便對着了，你却怎麽發付那生？」壽兒低低道：「這事媽媽總是曉得的了，我也不消瞞得，索性問個明白罷！那生端的是何等之人？姓甚名誰？平昔做人何如？」【眉批】細膩。婆子道：「他姓張名藎，家中有百萬家私，做人極是温存多情。爲了你，日夜牽腸挂肚，廢寢忘食，曉得我在你家相熟，特央我來與你討信。可有個法兒放他進來麽？」壽兒道：「你是曉得我家，爹爹又利害，門户甚是緊急，夜間等我吹息燈火睡過了，還要把火來照過一遍，【眉批】謹防。方纔下去歇息。怎麽得個策兒與他相會？媽媽，你有什麽計策，成就了我二人之事，奴家自有重謝。」陸婆相了一相道：「不打緊，有計在此。」壽兒連忙問道：「有何計策？」陸婆道：「你夜間早些睡了，等爹媽上來照過，然後起來，只聽下邊咳嗽爲號，把幾匹布接長垂下樓來，待他從布上攀緣而上。到五更時分，原如此而下。【眉批】巧計。就往來百年，也没有那個知覺。任憑你兩個取樂，可不好麽？」壽兒聽説，心中歡喜道：「多謝媽媽玉成！還是幾時方來？」陸婆道：「今日天晚已來不及，明日侵早去約了他，到晚來便可成事。只是再得一件信物與他，方見老身做事的當。」【眉批】老虔婆真的當。壽兒道：「你就把這對鞋兒，一總拿去爲信。他明晚來時，依舊帶還我。」【眉批】小妮子亦能幹。説猶未了，潘婆將茶上來。陸婆慌忙把鞋藏于袖中，啜了兩杯茶。壽兒道：「陸媽媽，花錢今日不便，改日奉還罷。」陸婆道：「就遲幾日不妨得。老身不是這瑣碎的。」取了竹撞，作别起身。潘婆母子直送到中門口。壽兒道：「媽媽，明日若空，走來話話。」陸婆道：「曉得。」這是兩個意會的説話，潘婆那裏知道？【眉批】胡突娘。正是：

浪子心，佳人意，不禁眉來和眼去。雖然色膽大如天，中間還要人傳會。伎倆熟，口舌利，握雨携雲多巧計。虔婆綽號馬泊六，多少良家受他累。不怕天，不怕地，不怕傍人閒放屁。只須瞞却父和娘，暗中撮就鴛鴦對。朝想對，暮想對，想得人如癡與醉。不是冤家不聚頭，殺却虔婆方出氣。

且説陸婆也不回家，徑望張藎家來。見了他渾家，只説賣花，問張藎時，却不在家。張藎合家那些婦女，把他這些花都搶一個乾净，也有見，也有賒，混了一回，等他不及，作別起身。明日絶早，袖了那雙鞋兒，又到張家問時，説：「昨夜没有回來，不知住在那裏。」【眉批】兩番不遇，合當有禍。陸婆依舊回到家中。恰好陸五漢要殺一口猪，因副手出去了，在那裏焦躁，見陸婆歸家，道：「來得極好！且相幫我縛一縛猪兒。」那婆子平昔懼怕兒子，不敢不依，道：「待我脱了衣服幫你。」望裏邊進去。陸五漢就隨他進來，見婆子脱衣時，落下一個紅紬包兒。陸五漢只道是包銀子，拾起來，走到外邊，解開看時，却是一雙合色女鞋，喝采道：「誰家女子，有恁般小脚！」相了一會，又道：「這樣小脚女子，必定是有顔色的，若得抱在身邊睡一夜，也不枉此一生！」又想道：「這鞋如何在母親身邊？却又是穿舊的，有恁般珍重，把紬兒包着，其中必有緣故。待他尋時，把話兒嚇他，必有實信。」原把來包好，揣在懷裏。

婆子脱過衣裳，相幫兒子縛猪來殺了，净過手，穿了衣服，却又要去尋張藎。臨出門，把手摸袖中時，那雙鞋兒却不見了。連忙復轉身尋時，影也不見，急得那婆子叫天叫地。陸五漢冷眼看母親恁般着急，由他尋個氣嘆，方纔來問道：「不見了什麼東西？這樣着急！」婆子道：「是一件要緊物事，說不得的。」陸五漢道：「若說個影兒，或者你老人家目力不濟，待我與你尋看。如說不得的，你自去尋，不干我事。」婆子見兒子說話蹺蹊，便道：「你若拾得，還了我，有許多銀子在上，勾你做本錢哩。」陸五漢見說有銀子，動了火，問道：「拾到是我拾得，你說那根由與我，方纔還你。」婆子叫到裏邊去，一五一十，把那兩個前後的事，細細說與。陸五漢探了婆子消息，心中歡喜，假意驚道：「早是與我說知，不然，幾乎做出事來。」婆子道：「却是爲何？」陸五漢道：「自古說得好，若要不知，除非莫爲。這樣事，怎掩得人的耳目！況且潘用那個老强盗，可是惹得他的麼？倘或事露，曉得你賺了銀兩，與他做脚，那時不要說把我做本錢，只怕連我的店底都倒在他手裏，還不像意哩。」【眉批】雖設奸謀，言亦中理。陸婆被兒子一嚇，心中老大驚慌，道：「兒說得有理！如今我把這銀子和鞋兒還了他，只說事體不諧，不管他閒帳罷了。」陸五漢笑道：「這銀子在那裏？」陸婆便去取出來與兒子看。五漢把來袖了道：「母親，這銀子和鞋兒，留在這裏。萬一後日他們從別處弄出事來，連累你時，把他做個證見。若不到這田地，那銀子落得用的，他敢來討麽？」陸婆道：「倘張大老來問回音，却怎麽處？」五漢道：「只説他家門户緊急，一時不能。若有機會，便來通報。回他數次，自然不來了。」那婆子銀子鞋兒都被五漢拿去，又不敢討，手中没了把柄，又怕弄出事來，也不敢去約張藎。

且説陸五漢把這十兩銀子，辦起幾件華麗衣服，也買一頂縐紗巾兒。到晚上等陸婆睡了，約莫一更時分，將行頭打扮起來，把鞋兒藏在袖裏，取鎖反鎖了大門，一徑到潘家門首。其夜微雲籠月，不甚分明，且喜夜深人静。陸五漢在樓墻下，輕輕咳嗽一聲。上面壽兒聽得，連忙開窗。那窗臼裏，呀的有聲。壽兒恐怕驚醒爹媽，即卓上取過茶壺來，灑些茶在裏邊，開時却就不響。【眉批】賊智。把布一頭緊緊的縛在柱上，一頭便垂下來。陸五漢見布垂下，滿心歡喜，撩衣拔步上前，雙手挽住布兒，兩脚挺在墻上，逐步捱將上去，頃刻已到樓窗邊，輕輕跨下。壽兒把布收起，將窗兒掩上。陸五漢就雙手抱住，便來親嘴。壽兒即把舌兒度在五漢口中。此時兩情火熱，又是黑暗之中，那辨真假，相偎相抱，解衣就寢。五漢將壽兒雙股拍開，騰身上去，壽兒亦聳身而就。真個你貪我愛，被陸五漢恣情取樂。正是：

豆蔻包香，却被枯藤胡纏；海棠含蕊，無端暴雨摧殘。【眉批】可惜，可恨。鵂鶹占錦鴛之窠，鳳皇作凡鴉之偶。一個口裏呼肉肉肝肝，還認做店中行貨；一個心裏想親親愛愛，那知非樓下可人。【眉批】如見，如聞。紅娘約張珙，錯訂鄭恒；郭素學王軒，偶迷西子。可憐美玉嬌香體，輕付屠酤市井人。當下雨散雲收，方纔叙闊。五漢將出那雙鞋兒，細述向來情款。壽兒也訴想念之由。情猶未足，再赴陽臺，愈加恩愛。到了四更，即便起身。開了窗，依舊把布放下。五漢攀援下去，急奔回家。壽兒把布收起藏過，輕輕閉上窗兒，原復睡下。自此之後，但是雨下月明，陸五漢就不來，餘則無夜不會。

往來約有半年，十分綢繆。那壽兒不覺面目語言，非復舊時。潘用夫妻，心中疑惑，幾遍將女兒盤問，壽兒只是咬定牙根，一字不吐。那晚五漢又來，壽兒對他説道：「爹媽不知怎麽有些知覺，不時盤問。雖然再四白賴過了，兩夜防謹愈嚴。倘然候着，大家不好。今後你且勿來。待他懈怠些兒，再圖歡會。」五漢口中答道：「説得是！」心内甚是不然。【眉批】若五漢肯從壽兒之言，淫人落得便宜，天道豈容之乎！到四更時，又下樓去了。

當夜，潘用朦朧中，覺道樓上有些唧唧噥噥，側着耳要聽個仔細，然後起來捉奸。不想聽了一回，忽地睡去，天明方醒，對潘婆道：「阿壽這賤人，做下不明白的勾當是真了，他却還要口硬。我昨夜明明裏聽得樓上有人説話。欲待再聽幾句，起身去捉他，不想却睡着去。」潘婆道：「便是我也有些疑心。但算來這樓上没個路道兒通得外邊。難道是神仙鬼怪，來無迹，去無踪？」潘用道：「如今少不得打他一頓，拷問他真情出來。」潘婆道：「不好！常言道：『家醜不可外揚。』若還一打，鄰里都要曉得了，傳説開去，誰肯來娶他？如今也莫論有這事没這事，只把女兒卧房遷在樓下，臨卧時將他房門上落了鎖，萬無他虞。你我兩口搬在他樓上去睡，看夜間有何動静，便知就裏。」【眉批】潘婆儘通理。潘用道：「説得有理。」到晚間吃夜飯時，潘用對壽兒道：「今後你在我房中睡罷，我老夫妻要在樓上做房了。」壽兒心中明白，不敢不依，只暗暗地叫苦。當夜互相更换。潘用把女兒房門鎖了，對老婆道：「今夜有人上樓時，拿住了，只做賊論，結果了他，方出我這氣。」把窗兒也不扣上，準候拿人。【眉批】捉賊不如趕賊，殺機在此。不題潘用夫妻商議。

且説陸五漢當夜壽兒叮囑他且緩幾時來，心上不悦，却也熬定了數晚，果然不去。過了十餘日，忽一晚淫心蕩漾，按納不住，又想要與壽兒取樂。恐怕潘用來捉奸，身邊帶着一把殺猪的尖刀防備。出了大門，把門反鎖好了，直到潘家門首，依前咳嗽。等候一回，樓上毫無動静，只道壽兒不聽見，又咳嗽兩聲，更無音響，疑是壽兒睡着了。如此三四番，看看等至四鼓，事已不諧，只得回家，心中想道：「他見我好幾夜不去，如何知道我今番在此？這也不要怪他。」到次夜又去，依原不見動靜。等得不耐煩，心下早有三分忿怒。到第三夜，自己在家中吃個半酣，等到更闌，掮了一張梯子，直到潘家樓下。也不打暗號，一徑上到樓窗邊，把窗輕輕一拽，那窗呀的開了。五漢跳身入去，抽起梯子，閉上窗兒，摸至床上來。正是：

一念願邀雲雨夢，片時飛過鳳皇樓。

却說潘用夫妻初到樓上這兩夜，有心採聽風聲，不敢熟睡。一連十餘夜，静悄悄地老鼠也不聽得叫一聲，心中已疑女兒没有此事，隄防便懈怠了。事有偶然，恰好這一夜壽兒房門上的搭鈕斷了，下不得鎖。潘婆道：「只把前後門鎖斷，房門上用個封條封記，這一夜料没甚事。」潘用依了他説話。其夜老夫妻也用了幾杯酒，帶着酒興，兩口兒一頭睡了，做了些不三不四没正經的生活，身子困倦，緊緊抱住睡熟。故此五漢上來，開閉窗槅，分毫不知。且說五漢摸到床邊，正要解衣就寢，却聽得床上兩個人在一頭打鼾，心中大怒道：「怪道兩夜咳嗽，他只做睡着不瞅采我！原來這淫婦又勾搭上了別人，却假意推説父母盤問，教我且不要來，明明斷絶我了！這般無恩淫婦，要他怎的！」身邊取出尖刀，把手摸着二人頸項，輕輕透入，尖刀一勒，先將潘婆殺死。還怕咽喉未斷，把刀在内三四捲，眼見不能活了。覆刀轉來，也將潘用殺死。

【眉批】殺星遇害，亦是平時孽報。揩抹了手上血污，將刀藏過。推開窗子，把梯兒墜下，跨出樓窗，把窗依舊閉好。輕輕溜將下來，擔起梯子，飛奔回家去了。

且說壽兒自换了卧房，恐怕情人又來打暗號，露出馬脚，放心不下。到早上不見父母説起，那一日方纔放心。到十餘日後，全然没事了。這一日睡醒了，守到巳牌時分，還不見父母下樓，心中奇怪。曉得門上有封記，又不敢自開，只在房中聲唤道：「爹媽起身罷！天色晏了，如何還睡？」叫唤多時，并不答應，只得開了房門，走上樓來。揭開帳子看時，但見滿床流血，血泊裏挺着兩個尸首。壽兒驚倒在地，半晌方蘇，撫床大哭，不知何人殺害。哭了一回，想道：「此事非同小可！若不報知鄰里，必要累及自己。」即便取了鑰匙，開門出來，却又怕羞，【眉批】到此處偏怕羞，何也？立在門内喊道：「列位高鄰，不好了！我家爹媽不知被甚人殺死！乞與奴家做主！」連喊數聲。那些對門間壁，并街上過往的人聽見，一齊擁進，把壽兒到擠在後邊，都問道：「你爹媽睡在那裏？」壽兒哭道：「昨夜好好的上樓，今早門户不開。不知何人，把來雙雙殺死。」

衆人見説在樓上，都赶上樓。揭開帳子看時，老夫妻果然殺死在床。衆人相看這樓，又臨着街道，上面雖有樓窗。下面却是包檐墻，無處攀援上來。壽兒又説門户都是鎖好的，適纔方開，家中却又無別人。都道：「此事甚是蹺蹊，不是當耍的！」即時報地方，總甲來看了，同着四鄰，引壽兒去報官。可憐壽兒從不曾出門，今日事在無奈，只得把包頭齊眉兜了，鎖上大門，隨衆人望杭州府來。那時閧動半個杭城，都傳説這事。陸五漢已曉得殺錯了，心中懊悔不及，失張失智，顛倒在家中尋鬧。陸婆向來也曉得兒子些來踪去迹，今番殺人一事，定有干涉，只是不敢問他，却也懷着鬼胎，不敢出門。正是：

理直千人必往，心虧寸步難移。

且説衆人來到杭州府前，正值太守坐堂，一齊進去稟道：「今有十官子巷潘用家，夜來門户未開，夫妻俱被殺死，同伊女壽兒特來稟知。」太守唤上壽兒問道：「你且細説，父母什麼時候睡的？睡在何處？」壽兒道：「昨夜黄昏時，吃了夜飯，把門户鎖好，雙雙上樓睡的。今早巳牌時分，不見起身。上樓看時，已殺在被中。樓上窗槅依舊關閉，下邊門户一毫不動，封鎖依然。」太守又問道：「可曾失甚東西？」壽兒道：「件件俱在。」太守道：「豈有門户不開，却殺了人？東西又一件不失。事有可疑。」想了一想，又問道：「你家中還有何人？」壽兒道：「止有嫡親三口，并無別人。」太守道：「你父親平昔可有仇家麽？」壽兒道：「并没有甚仇家。」太守道：「這事却也作怪。」

沉吟了半晌，心中忽然明白，教壽兒擡起頭來，見包頭蓋着半面。太守令左右揭開看時，生得非常艷麗。太守道：「你今年幾歲了？」壽兒道：「十七歲了。」太守道：「可曾許配人家麽？」壽兒低低道：「未曾。」太守道：「你的睡處在那裏？」壽兒道：「睡在樓下。」太守道：「怎麽你到住在下邊，父母反居樓上？」【眉批】此太守善于折獄。壽兒道：「一向是奴睡在樓上，半月前換下來的。」太守道：「爲甚換了下來？」壽兒對答不來，道：「不知爹媽爲甚要換。」太守喝道：「這父母是你殺的！」壽兒着了急，哭道：「爺爺，生身父母，奴家敢做這事？」太守道：「我曉得不是你殺的，一定是你心上人殺的，快些説他名字上來！」壽兒聽説，心中慌張，賴道：「奴家足迹不出中門，那有此等勾當！若有時，鄰里一定曉得。爺爺問鄰里，便知奴家平昔爲人了。」太守笑道：「殺了人，鄰里尚不曉得，這等事鄰里如何曉得？此是明明你與奸夫往來，父母知覺了，故此半月前换你下邊去睡，絶了奸夫的門路。他便忿怒殺了。不然，爲甚换你在樓下去睡？」

俗語道：「賊人心虚。」壽兒被太守句句道着心事，不覺面上一回紅，一回白，口内如吃子一般，半個字也説不清潔。太守見他這個光景，一發是了，喝教左右拶起。

那些皂隸飛奔上前，扯出壽兒手來，如玉相似，那禁得恁般苦楚。拶子纔套得指頭上，疼痛難忍，即忙招道：「爺爺，有，有，有個奸夫！」太守道：「叫甚名字？」壽兒道：「叫做張藎。」【眉批】冤哉！太守道：「他怎麽樣上你樓來？」壽兒道：「每夜等我爹媽睡着，他在樓下咳嗽爲號。奴家把布接長，繫一頭在柱上垂下，他從布上攀引上樓。未到天明，即便下去。如此往來，約有半年。爹媽有些知覺，幾次將奴盤問，被奴賴過。奴家囑付張藎，今後莫來，省得出醜。張藎應允而去。自此爹媽把奴換在樓下來睡，又將門户盡皆下鎖。奴家也要隱惡揚善，情願住在下邊，與他斷絕。只此便是實情。其爹媽被殺，委果不知情由。」太守見他招了，喝教放了拶子，起籤差四個皂隸，速拿張藎來審。那四個皂隸飛也似去了。這是：

閉門家裏坐，禍從天上來。

且説張藎自從與陸婆在酒店中別後，即到一個妓家住了三夜。【眉批】誤人。回家知陸婆來尋過兩遍，急去問信時，陸婆因兒子把話嚇住，且又没了鞋子，假意説道：「鞋子是壽姐收了，教多多拜上，如今他父親利害，門户緊急，無處可入。再過幾時，父親即要出去，約有半年方纔回來。待他起身後，那時可放膽來會。」【眉批】飛語紿人。張藎只道是真話，不時探問消息。落後又見壽兒幾遭，相對微笑。兩下都是錯認。

壽兒認做夜間來的即是此人，故見了喜笑；張藎認做要調戲他上手，時常現在他眼前賣俏。【眉批】俱在夢中。〔一〕日復一日，并無確信。張藎漸漸憶想成病，在家服藥調治。

那日正在書房中悶坐，只見家人來説：「有四個公差在外面，問大爺什麽説話。」張藎見説，吃了一驚，想道：「除非妓弟家什麽事故？」不免出廳相見，問其來意。公差答道：「想是爲什麽錢糧里役事情，到彼自知。」張藎便放下了心，討件衣服換了，又打發些錢鈔，隨着皂隸望府中而來，後面許多家人跟着。一路有人傳説潘壽兒同奸夫殺了爹媽。張藎聽了，甚是驚駭。心下想道：「這丫頭弄出恁樣事來？早是我不曾與他成就！原來也是個不成才的爛貨！險些把我也纏在是非之中。」

不一時，來到公廳。太守舉目觀看張藎，却是個標致少年，不像個殺人兇徒，心下有些疑惑，乃問道：「張藎，你如何姦騙了潘用女兒，又將他夫妻殺死？」那張藎乃風流子弟，只曉得三瓦兩舍，行奸賣俏，是他的本等，何嘗看見官府的威嚴。一拿到時，已是膽戰心驚，如今聽説把潘壽兒殺人的事，坐在他身上，就是青天裏打下一個霹靂，嚇得半個字也説不出，掙了半日，方纔道：「小人與潘壽兒雖然有意，却未曾成奸。莫説殺他父母，就是樓上從不曾到。」太守喝道：「潘壽兒已招與你通奸半年，如何尚敢抵賴！」張藎對潘壽兒道：「我何嘗與你成奸，却來害我？」起初潘壽兒還道不是張藎所殺，這時見他不認奸情，連殺人事到疑心是真了，一口咬住，哭哭啼啼。張藎分辯不清，太守喝教夾起來。只聽得兩傍皂隸一聲吆喝，蜂擁上前，扯脚拽腿。可憐張藎從小在綾羅堆裏滚大的，就捱着綫結也還過不去，如何受得這等刑罰。夾棍剛套上脚，就殺猪般喊叫，連連叩頭道：「小人願招。」太守教放了夾棍，快寫供狀上來。張藎只是啼哭道：「我并不知情，却教我寫甚麽來！」【眉批】世上冤情如此類者甚多，但不得虚心聽訟如此好太守耳。又向潘壽兒説道：「你不知被那個奸騙了，却扯我抵當！如今也不消説起，但憑你怎麽樣説來，我只依你的口招承便了。」潘壽兒道：「你自作自受，怕你不招承！難道你不曾在樓下調戲我？你不曾把汗巾丢上來與我？你不曾接我的合色鞋？」張藎道：「這都是了，只是我没有上樓與你相處。」太守喝道：「一事真，百事真。【眉批】百事真，也有一事不真的。太守之言謬矣。還要多説！快快供招！」張藎低頭。只聽潘壽兒説一句，便寫一句，輕輕裏把個死罪認在身上。畫供已畢，呈與太守看了，將張藎問實斬罪。壽兒雖不知情，因奸傷害父母，亦擬斬罪。各責三十，上了長板。張藎押付死囚牢裏，潘壽自入女監收管，不在話下。

且説張藎幸喜皂隸們知他是有鈔主兒，還打個出頭棒子，不致十分傷損。來到牢裏叫屈連聲，無門可訴。這些獄卒分明是挑一擔銀子進監，那個不歡喜，那個不把他奉承？都來問道：「張大爺，你怎麽做恁般勾當？」張藎道：「列位大哥，不瞞你説，當初其實與那潘壽姐曾見過一面。兩下雖然有意，却從不曾與他一會。不知被甚人騙了，却把我來頂缸！你道我這樣一個人，可是個殺人的麽？」衆人道：「既如此，適纔你怎麽就招了？」張藎道：「我這瘦怯怯的身子可是熬得刑的麽？况且新病了數日，剛剛起來，正是雪上加霜一般。若招了，還活得幾日；若不招，這條性命今夜就要送了。這也是前世冤業，不消説起。但潘壽姐適纔説話，歷歷有據，其中必有緣故。我如今願送十兩銀子與列位買杯酒吃，引我去與潘壽姐一見，細細問明這事，我死亦瞑目。」内中一個獄卒頭兒道：「張大爺要看見潘壽兒也不難，只是十兩太少。」張藎道：「再加五兩罷。」禁子頭道：「我們人衆，分不來，極少也得二十兩。」張藎依允。兩個禁子扶着兩腋，直到女監栅門外。潘壽兒正在裏面啼哭。獄卒扶他到栅門口，見了張藎，便一頭哭，一頭罵道：「你這無恩無義的賊！我一時迷惑，被你姦騙，有甚虧了你，下這樣毒手，殺我爹媽，害我性命！」張藎道：「你且不要嚷，如今待我細細説與你詳察：起初見你時，多承顧盼留戀，彼此有心。以後月夜我將汗巾贈你，你將合色鞋來酬我。我因無由相會，打聽賣花的陸婆在你家走動。先送他十兩銀子，將那鞋兒來討信，他來回說：鞋便你收了，只因父親利害，門户緊急，目下要出去幾個月。待起身後，即來相約。是從那日爲始，朝三暮四，約了無數日子，已及半年，并無實耗。及至有時見你，却又微笑。教我日夜牽挂，成了思憶之病，【眉批】可憐。在家服藥，何嘗到你樓上，却來誣害我至此地位！」壽兒哭道：「負心賊！你還要賴哩！那日你教陸婆將鞋來約會了，定下計策，教我等爹媽睡着，聽下邊咳嗽爲號，把布接長，垂下來與你爲梯。到次夜，你果然在下邊咳嗽。我依法用布引你上樓，你出鞋爲信。此後每夜必來。不想爹媽有些知覺，將我盤問幾次。我對你説：『此後且莫來，恐防事露，大家壞了名聲。等爹媽不隄防了，再圖相會。』那知你這狠心賊，就銜恨我爹媽。昨夜不知怎生上樓，把來殺了。如今到還抵賴，連前面的事，都不肯承認！」

張藎想了一想道：「既是我與你相處半年，那形體聲音，料必識熟。你且細細審視，可不差麼？」【眉批】夢醒問。衆人道：「張大爺這話説得極是。若果然不差，你也須不是人了。不要説問斬罪，就問淩遲也不爲過。」壽兒見説，躊躇了半晌，又睁目把他細細觀看。張藎連問道：「是不是？快些説出，不要遲疑。」壽兒道：「聲音甚是不同，身子也覺大似你。向來都是黑暗中，不能詳察，止記得你左腰間有個瘡痕腫起，大如銅錢。只這個便是色認。」【眉批】倘無此瘡痕，何處見天日乎？衆人道：「這個一發容易明白。張大爺，你且脱下衣來看，若果然没有，明日稟知太爺，我衆人與你爲證，出你罪名。」張藎滿心歡喜道：「多謝列位。」連忙把衣服褪下。衆人看時，遍身潔白如玉，腰間那有瘡痕？壽兒看了，啞口無言。張藎道：「小娘子，如今可知不是我麽？」衆人道：「不消説了，這便真正寃枉。明日與你稟官。」當下依舊扶到一個房頭，住了一宵。

明早，太守升堂，衆禁子跪下，將昨夜張藎與潘壽兒面證之事，一一稟知。太守大驚，即便吊出二人覆審，先唤張藎上去，張藎從頭至尾，細訴一遍。太守道：「你那隻鞋兒付與陸婆去後，不曾還你？」張藎道：「正是。」又唤壽兒上去。壽兒也把前後事，又細細呈説。太守道：「那鞋兒果是原與陸婆拿去，明晚張藎到樓，付你的麽？」壽兒道：「正是。」太守點頭道：「這等，是陸婆賣了張藎，將鞋另與别人冒名奸騙你了。」【眉批】藎係風流罪過，此天定勝人，寃氣盡消，覆盆獲照矣。真神斷！即便差人去拿那婆子。

不多時，婆子拿到。太守先打四十，然後問道：「當初張藎央你與潘壽兒通信，既約了明晚相會，你如何又哄張藎不教他去，却把鞋兒與别人冒名去奸騙？從實説來，饒你性命！若半句虚了，登時敲死。」那婆子被這四十打得皮開肉綻，那敢半字虚妄。把那賣花爲由，定策期約，連尋張藎不遇，回來幫兒子殺猪，落掉鞋子，并兒子恐嚇説話，已後張藎來討信，因無了鞋子，含糊哄他等情，一一細訴。其奸騙殺人情由，却不曉得。太守見説話與二人相合，已知是陸五漢所爲，即又差人將五漢拿到。太守問道：「陸五漢，你奸騙了良家女子，却又殺他父母，有何理説？」陸五漢賴道：「爺爺，小人是市井愚民，那有此事！這是張藎央小人母親做脚，奸了潘家女兒，殺了他父母，怎推到小人身上！」壽兒不等他説完，便喊道：「奸騙奴家的聲音，正是那人！爺爺止驗他左腰可有腫起瘡痕，便知真假！」太守即教皂隸剥下衣服看時，左腰間果有瘡痕腫起。陸五漢方纔口軟，連稱情願償命，把前後奸騙、誤殺潘用夫妻等情，一一供出。【眉批】潘用兇惡，天以一女酬之；陸五漢忤逆，天以一女斃之；張藎淫縱，天以一女誤之。天之所以用此女者，大矣，可不慎與！太守喝打六十，問成斬罪，追出行兇尖刀上庫。壽兒依先原擬斬罪。陸婆説誘良家女子，依律問徒。張藎不合希圖奸騙，雖未成奸，實爲禍本，亦問徒罪，召保納贖。當堂一一判定罪名，備文書申報上司。那潘壽兒思想：「却被陸五漢奸騙，父母爲我而死，出乖露醜！」懊悔不及，無顔再活，立起身來，望丹墀階沿青石上一頭撞去，腦漿迸出，頃刻死于非命。【眉批】死得乾净。

可憐慕色如花女，化作含冤帶血魂。

太守見壽兒撞死，心中不忍，喝教把陸五漢再加四十，湊成一百，下在死囚牢裏，聽候文書轉日，秋後處决。又拘鄰里，將壽兒尸骸擡出，把潘用房産家私盡皆變賣，備棺盛殮三尸，買地埋葬。餘銀入官上庫，不在話下。

且説張藎見壽兒觸階而死，心下十分可憐，想道：「皆因爲我，致他父子喪身亡家。」回至家中，將銀兩酬謝了公差獄卒等輩，又納了徒罪贖銀，調養好了身子，到僧房道院禮經懺超度潘壽兒父子三人。自己吃了長齋，立誓再不奸淫人家婦女，連花柳之地也絶足不行。在家清閒自在，直至七十而終。時人有詩嘆云：

賭近盗兮奸近殺，古人説話不曾差。
奸賭兩般都不染，太平無事做人家。

【校記】

〔一〕「潘用」，底本及校本均作「潘五用」，據前後文改。

〔二〕「俱」字，底本缺失，據東大本補。

臨崖立馬收
韁晚船到江心
補漏遲

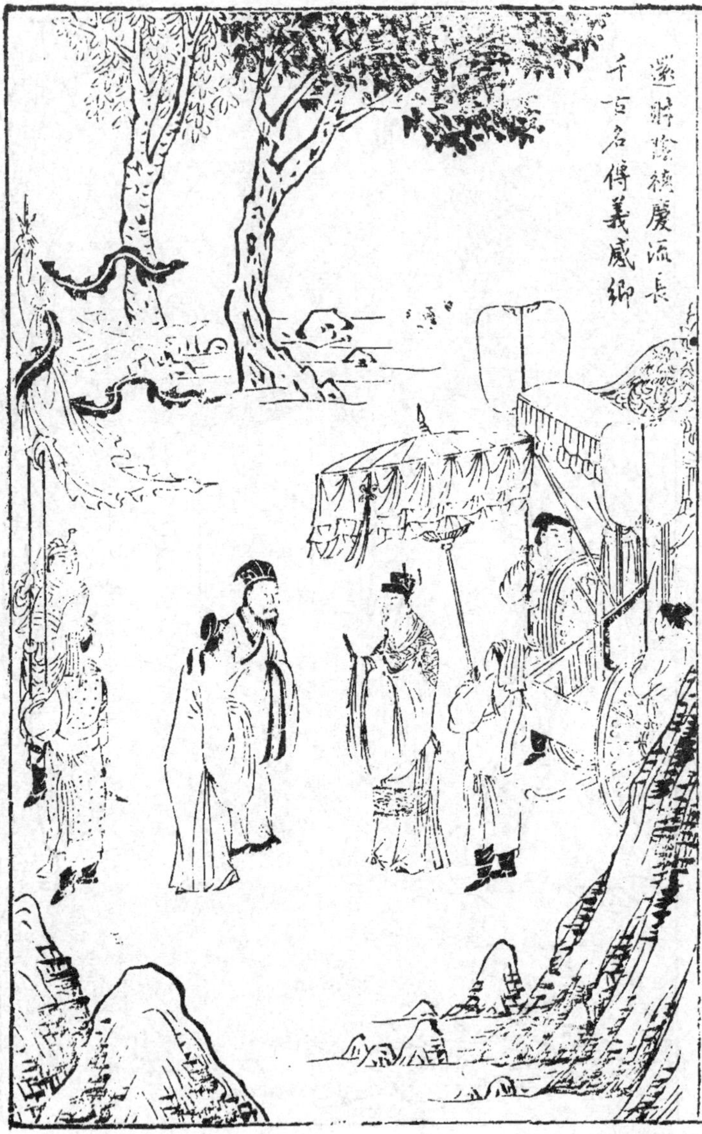
遂時榮祿慶流長
千古名傳義感鄉

第十七卷　張孝基陳留認舅

士子攻書農種田，工商勤苦掙家園。

世人切莫閒游蕩，游蕩從來誤少年。

嘗聞得老郎們傳説，當初有個貴人，官拜尚書，家財萬貫，生得有五個兒子，只教長子讀書，以下四子農工商賈，各執一藝。那四子心下不悦，却不知甚麽緣故，央人問老尚書：「四位公子何故都不教他習儒？况且農工商賈勞苦營生，非上人之所爲。府上富貴安享有餘，何故捨逸就勞，棄甘即苦？只恐四位公子不能習慣。」老尚書呵呵大笑，叠着兩指，説出一篇長話來，道是：

世人盡道讀書好，只恐讀書讀不了。

讀書個個望公卿，幾人能向金階跑？

郎不郎時秀不秀，長衣一領遮前後。

畏寒畏暑畏風波，養成嬌怯難生受。
算來事事不如人，氣硬心高妄自尊。
稼穡不知貪逸樂，那知逸樂會亡身。
農工商賈雖然賤，各務營生不辭倦。
從來勞苦皆習成，習成勞苦筋力健。
春風得力總繁華，不論桃花與菜花。
自古成人不自在，若貪安享豈成家？
老夫富貴雖然愛，戲場紗帽輪流戴。
子孫失勢被人欺，不如及早均平派。
一脉書香付長房，諸兒恰好四民良。
暖衣飽食非容易，常把勤勞答上蒼。

老尚書這篇話，至今流傳人間，人多服其高論。爲何的？多有富貴子弟，擔了個讀書的虛名，不去務本營生，戴頂角巾，穿領長衣，自以爲上等之人，習成一身輕薄。稼穡艱難，全然不知。到知識漸開，戀酒迷花，無所不至，甚者破家蕩産，有上稍時没下稍。所以古人云：五穀不熟，不如荑稗；貪却賒錢，失却見在。這叫做：

受用須從勤苦得，淫奢必定禍災生。

説這漢末時，許昌有一巨富之家，其人姓過名善，真個田連阡陌，牛馬成群，莊房屋舍，幾十餘處，童僕厮養，不計其數。他雖然是個富翁，一生省儉做家，從没有穿一件新鮮衣服，吃一味可口東西；也不曉得花朝月夕，同個朋友到勝景處游玩一番；也不曾四時八節，備個筵席，會一會親族，請一請鄉黨。終日縮在家中，皺着兩個眉頭，吃這碗枯茶淡飯。一把匙鑰，緊緊拴在身邊，絲毫東西，都要親手出放。房中卓上，更無别物，單單一個算盤，幾本帳簿。身子恰像生鐵鑄就，熟銅打成，長生不死一般，日夜思算，得一望十，得十望百，堆積上去，分文不捨得妄費。正是：

世無百歲人，枉作千年調。

那過善年紀五十餘外，合家稱做太公。媽媽已故，止有兒女二人。兒子過遷，已聘下方長者之女爲媳。女兒淑女，尚未議姻。過善見兒子人材出衆，性質聰明，立心要他讀書，却又慳吝，不肯延師在家，送到一個親戚人家附學。誰知過老本是個看財童子，兒子却是個敗家五道，【眉批】慳父定生敗兒，一聚一散，自然之理也。平昔有幾件毛病：見了書本，就如冤家；遇着婦人，便是性命。喜的是吃酒，愛的是賭錢。蹴踘打彈，賣弄風流。放鷂擎鷹，争誇豪俠。耍拳走馬骨頭輕，使棒輪鎗心竅癢。

自古道：「物以類聚。」過遷性喜游蕩，就有一班浮浪子弟引誘打合。這時還懼怕父親，早上去了，至晚而歸。過善一心單在錢財上做工夫的人，每日見兒子早出晚入，只道是在學裏，那個去查考。況且過遷把錢買囑了送飯的小廝，日逐照舊送飯到半路上作成他飽啖，歸來瞞得鐵桶相似。過善何由得知？過遷在先生面前，只說家中有事，不得工夫。過幾日，間或去點個卯兒，又時常將些小東西孝順。那先生一來見他不像個讀書之人，二來見他老官兒也不像認真要兒讀書的，三來又貪着些小利，總然有些知覺，也妝聾作啞，只當不知，不去拘管他。所以過遷得恣意無藉，家中毫不知覺。

常言說得好：「若要不知，除非莫爲。」不想方長者曉得了，差人上覆過善。過善不信，想道：「若在外恁般游蕩，也得好些銀子使費，他却從何而來？況且小廝日日送飯到學，并不說起不在，那有這事！」又想道：「方親家是個真誠之人，必是有因，方纔來說，不可不信。」便喚送飯的小廝來問道：「小官人日日不在學裏，你把飯都與那個吃了？」這小廝是個教熟猢猻，便道：「呀！小官人無一日不在學裏，那個却掉這樣大謊？」過善只道小廝家是實話，更不再問。到晚間過遷回來，這小廝先把信兒透與知道。到了房中，過善問道：「你如何不在學裏讀書，每日在外游蕩？」過遷道：「這是那個說？快叫來，打他幾個耳聒子，戒他下次不許說謊！我那一日不在學裏？造這話來謗我！」過善一來是愛子，二來料他没銀使費，况說話與小廝一般，遂信以爲實然，更不題起。正是：

因無背後眼，只當耳邊風。

過了幾日，方長者又教人來說：「太公如何不拘管小官人到學裏讀書，仍舊縱容在外狂放？」過善道：「不信有這等事！」即教人到學裏去問，看他今日可在。家人到學看時，果然不見個影兒。問那先生時，答道：「他說家中有事，好幾日不到學了。」家人急忙歸家，回復了過善。過善大怒道：「這畜生元來恁地！」即將送飯小厮拷打起來。這小廝吃打不過，說道：「小官人每日不知在何處頑耍，果然不到學中，再三教我瞞着太公。」過善聽說，氣得手足俱戰，恨不得此時那不肖子就立在眼前，一棒敲死，方泄其忿。却得淑女在傍解勸。捱到晚間，過遷回家，老兒滿肚子氣，已自平下了一半，纔駡得一句：「畜生！你在外胡爲，瞞得我好！」淑女就接口道：「哥哥，你這幾日在那裏頑耍？氣壞了爹爹，還不跪着告罪？」過遷真個就跪下去，扯個謊道：「孩兒一向在學攻書。這三兩日因同學朋友家中賽神做會，邀孩兒去看，誠恐爹爹嗔責，分付小厮莫說。望爹爹恕孩兒則個！」淑女道：「爹爹息怒，哥哥從今讀書便了。」過善被他一片謊言瞞過，又信以爲實。當下罵了一場，關他在家中看書，不放出門。

隔了兩日，有人把幾伯畝田賣與過善，議定價錢，做下文書。到後房一隻箱内去取銀子，開箱看時，吃了一驚，那箱内約有二千餘金，已去其大半。原來過遷曉得有銀在内，私下配個匙鑰，夜間俟父親妹子睡着，便起來悄悄捵開，偷去花費。陸續取溜了，他也不知用過多少。當下過善叫屈連天。淑女聽得，急忙來問，見説没了銀子，便道：「這也奇怪，在此間的東西，如何失了？爹莫不記錯了，没有這許多？」過善道：「不錯，不錯！説來這畜生偷我的銀子在外花費。」即忙尋了一條棒子，唤過遷到來。此時銀子爲重，把憐愛之情，閣過一邊。不由分説，扯過來一頓棍棒，只打得滿地亂滚。淑女負命解勸，將過善拉過一邊，扯住了棒兒。過善喝道：「畜生！你怎樣偷的？在那處花費？實説出來，還有個商量。若一句支吾，定然活活打死！」過遷打急了，只得一一直説，連那匙鑰在裩帶上解將下來。氣得過善雙脚亂跳道：「留你這畜生，總是不肖之子，被人耻笑！不如早死，到得乾净。」又要來打。

那時闔家男女都來下跪討饒。過善討條鏈子，鎖在一間空房裏去，連這田也不買了，氣倒在一個壁角邊坐地。這老兒雖是一時氣不過，把兒子痛打一頓，却又十分肉疼，想道：「看他這模樣兒，也不像落莫的，誰道到是個敗子！怎地使他回心轉意便好？」心下躊躇，無計可施。淑女勸道：「爹爹，事已至此，氣亦無益。只因哥哥年紀幼小，被人誘引，以致如此。今後但在家中讀書，不要放他出門，遠着這班人，他的念頭自然息了。」衆家人也勸道：「太公關鎖小官人，也不是長法。如今年已長大，何不與他完了姻事？有娘子絆住身子，料必不想到外邊游蕩，豈不兩全其美？」過善見說，深以爲然。兩三日後，放其鎖禁，又將好言教誨。過遷受了這場打罵，勉强住在家中，不敢出門。半月之後，過善擇了吉日，叫媒人往方家去説，要娶媳婦過門。方長者也是大富之家，妝奩久已完備，一諾無辭。到了吉期，迎娶來家。那過善素性儉樸，諸事減省，草草而已。

且説過遷初婚時，見渾家面貌美麗，妝奩富盛，真個日日住在家中，橫竪成雙，全不想到外邊游蕩。過善見兒子如此，甚是歡喜。過了幾時，方氏歸寧回去。過遷在家無聊，三不知閃出去尋着舊日這班子弟，到各處頑耍。只是手中没有錢鈔使費，不能恣意。想起渾家箱籠中必然有物，將出舊日手段，逐一撬開搜尋去撒漫。使得手滑了，連衣飾都把來弄得罄盡。不一日，渾家歸來，見箱籠俱空，叫苦不迭，盤問過遷時，只推不知。夫妻反目起來。過善聞知，氣得手足麻冷，唤出兒子來，一把頭髮揪翻，亂踢亂打。這番連淑女也勸解不住了。過善喝道：「只道你這畜生改悔前非，尚有成人之日。不想原復如是，我還有甚指望！不如速死，留我老性命再活幾日！」見旁邊有個棒槌，便搶在手，劈頭就打。嚇得淑兒魂不附體，雙手扳住臂膊哭道：「爹爹，別件打猶可，這東西斷然使不得的！」方氏見勢頭利害，心中懼怕，説道：「公公請息怒，媳婦没不多幾件東西，不爲大事。」過善方纔放手。淑女勸父親到房中坐下，告道：「爹爹只有一子，怎生如此毒打？萬一失手打壞，後來倚靠何人？」過善道：「這畜生到底不成人的了！還指望倚靠着他？打死了也省得被人談耻。」淑女道：「自古道：『敗子回頭便作家。』哥哥方纔少年，那見得一世如此！不争今日一時之怒，一下打死，後來思想，悔之何及！」過善被女兒苦勸一番，怒氣少息，欲要訪問同游這班人告官懲治，又怕反用銀子，只得忍耐。自此之後，過遷日日躲在房裏，不敢出門，連父親面也不敢見。

常言道：「偷食猫兒性不改。」他在外邊放蕩慣了，看着家中，猶如牢獄一般，那裏坐立得住？過了月餘，瞞着父親，悄悄却又出去。渾家再三苦諫，全不作准。欲要向過善説知，又見打得利害，不敢開口，只得到與他隱瞞。【眉批】過寬過嚴，皆壅閉之招也。過遷此時身邊并無財物，寡闖了幾日，甚覺没趣。料道家中，决然無處出豁，私下將田產央人四處抵借銀子，日夜在花街柳巷、酒館賭坊迷戀，不想回家。方氏察聽得實，恐怕在外學出些不好事來，只得告知過善。過善大驚道：「我只道這畜生還躲在房裏，元來又出去了！」埋怨方氏道：「娘子，這畜生初出去時，何不就說，直至今日方言？」方氏道：「因見公公打得利害，故不敢說。」過善道：「這樣不肖子，打死罷了，要他何用！」當下便差人四下尋覓。淑兒姑嫂二人，反替他擔着愁擔子，將棍棒之類，預先都藏過了。早有人報知過遷。過遷量得此番歸家，必然鎖禁，不能出來，索性莫歸罷，遂請着妓者藏在閒漢人家取樂。覺道有人曉得，即又換場，一連在外四五個月。這些家人們雖然知得些風聲，那個敢與小主人做冤家？只推没處尋覓。過善愈加氣惱，寫一紙忤逆狀子，告在縣裏。却得閒漢們替過遷衙門上下使費，也不上緊拿人。

常言道：「水平不波，人平不言。」這班閒漢替過遷衙門打點使錢，亦是有所利而爲之。若是得利均分，到也和其光而同其塵了。因有手遲脚慢的，眼看别人賺錢，心中不忿，却去過老面前搬嘴，説：「令郎與某人某人往來，怎樣鬭賭，將田產與某處抵銀多少，算來共借有三千銀子。」把那老兒嚇得面如土色，想道：「畜生恁般大膽，如此花費，能消幾時！再過一二年，連我身子也是别人的了。」問道：「如今這畜生在那裏?」其人道:「見在東門外三里橋北堍下老王三家。他前門是不開的,進了小巷,中間有個小小竹園,便是他後門。內有茅亭三間,此乃令郎安頓之所。」過善得了下落,喚了五六個家人跟隨,一徑出東門,到三里橋,分付衆人在橋下伺候:「莫要驚走了那畜生。待我喚你們時,便一齊上前。」也是這日合當有事,過遷恰好和一個朋友說話,不覺送出園門,作別過了,方欲轉身,忽聽得背後吆喝一聲:「畜生那裏走!」過遷回頭一看,原來是父親,唬得雙脚俱軟,寸步也移不動。說時遲,那時快,過善赶上一步,不由分說,在地下揀起一塊大石塊,口裏恨着一聲,照過遷頂門劈將去,咕刺一聲響,只道這畜生今番性命休矣。正是:

地府忽增不肖鬼,人間已少敗家精。

這一響,只道打碎天靈蓋了。不想過遷後生眼快,見父親來得兇惡,剛打下時,就傍邊一閃。那石塊恰恰中在側邊一堆亂磚上,打得磚頭亂滚下來。過遷望着巷口便跑。不想去得力猛,反把過善衝倒。過善爬起身來,一頭赶,一頭喊道:「殺爺的逆賊走了!快些拿住!」衆家人聽得家長聲喚,都走攏來看時,過遷已自去得好遠。過善氣得一句話也說不出,只叫快赶,赶着的有賞。衆人領命,分頭追赶小官人。過善獨自個氣忿忿地坐在橋上,約有兩個時辰,不見回報。天色將晚,只得忍着氣,一步步捱到家裏。淑女見父親餘怒未息，已猜着八九，上前問其緣故。過善細細告説如此如此。淑女含淚勸道：「爹爹年過五旬，又無七男八女，只有這點骨血。總雖不肖，但可教誨，何忍下此毒手！適來幸喜他躲閃得快，不致傷身。倘有失錯，豈不覆宗絶祀！爹爹，今後斷不可如此？」〔二〕過善咬牙切齒恨道：「我便爲無祀之鬼也罷！這畜生定然饒他不得！」

不題淑女苦勸父親。且説過遷得了性命，不論高低，只望小路亂跑。正行間，背後二人飛也似赶來，一把扯住，定要小官人同回。你道這二人是誰？乃過善家裏義孫小三、小四兄弟。兩個領着老主之命，做一路兒追赶小官人。恰好在此遇見。過遷捽脱不開，心中忿怒，提起拳頭，照着小四心窩裏便打。小四着了拳，只叫得一聲：「阿㾿！」〔三〕仰後便倒，更不做聲。小三見兄弟跌悶在地，只道死了，高聲叫起屈來，扭住小官人死也不放。事到其間，過遷也没了主意：「左右是個左右，不是他，便是我，一發并了命罷！」捏起兩個拳頭，没頭没腦，亂打將來。他曾學個拳法，【眉批】學拳法打自家人。頗有些手脚。小三如何招架得住，只得放他走了。回身看小四時，已自蘇醒。小三扶他起來，就近處討些湯水，與他吃了。兩個一同回家，報與家主。別個家人赶不着的，也都回了。過善只是嘆氣，不在話下。

且說過遷一頭走，一頭想：「父親不懷好意了。見今縣裏告下忤逆，如今又打死小四，罪上加罪。這條性命休矣！稱身邊還存得三四兩銀子可做盤纏，且往遠處逃命，再作區處。」算計已定，連夜奔走。正是：

忙忙如喪家之狗，急急如漏網之魚。

過遷去有半年，杳無音信，里中傳爲已死。這些幫閒的要自脱干係，攛掇債主，教人來過家取討銀子，若不還銀，要收田産。那債主都是有勢有力之家，過善不敢衝撞，只得緩詞謝之。回得一家去時，接脚又是一家來説。門上絡繹不絶，都是討債之人。過善索性不出來相見。各家見不應承，齊告在縣裏。差人拘來審問。縣令看了文契，對過善道：「這都是你兒子借的，須賴不得！」過善道：「逆子不遵教誨，被這班小人引誘爲非，將家業蕩費殆盡，向告在臺，逃遁于外，未蒙審結。所存些少，止勾小人送終之用，豈可復與逆子還債？况子債亦無父還之理。」縣令笑道：「汝尚不肯與子還債，外人怎肯把銀與汝子白用！且引誘汝子者，决非放債之人，如何賴得？總之，汝子不肖，莫怪别人。但父在子不得自專，各家貪圖重利，與敗子私自立券，其心亦是不良。今照契償還本銀，利錢勿論。【眉批】斷得是。銀完之日，原契當堂銷毁。居中人重責問罪。」過善被官府斷了，怎敢不依，只得逐一清楚，心中愈加痛恨。到以兒子死在他鄉爲樂，全無思念之意。正是：

種田不熟不如荒，養兒不肖不如無。

話休煩絮。且説過善女兒淑女，天性孝友，相貌端莊，長成一十八歲，尚未許人。你道恁樣大富人家，爲甚如此年紀猶未議婚？過善只因是個愛女，要覓個嗜嘛女婿爲配，所以高不成，低不就，揀擇了多少子弟，没個中意的，蹉跎至今。又因兒子不肖，越把女兒值錢，要擇個出人頭地的贅入家來，付托家事，故此愈難其配。

話分兩頭。却説過善鄰近有一人，姓張名仁，世代耕讀，家頗富饒。夫妻兩口，單生一子，取名孝基，生得相貌魁梧，人物濟楚，深通今古，廣讀詩書。年方二十，未曾婚配。張仁正央媒人尋親，恰好説至過家。過善已曾看見孝基這個丰儀，却又門當户對，心中大喜，道：「得此子爲婿，我女終身有托矣！」張仁是個獨子，本不捨得贅出。因過善央媒再三來説，又聞其女甚賢，故此允了。少不得問名納綵、奠雁傳書，贅入過家。孝基雖然贅在過家，每日早晚省視父母，并無少怠。夫妻相待，猶如賓客；敬重過善，同于父母。又且爲人謙厚，待人接物，一團和氣，上下之人，無不悦服。過善愛之如子。凡有疑難事體，托他支理，看其材幹。孝基條分理析，井井有方。過善因此愈加歡喜。只有方氏在房，思想丈夫，不知在于何處，并無消耗，未知死活存亡，日夜悲傷不已。

光陰如箭，張孝基在過家不覺又是二年有餘。過善忽然染病，求神罔效，用藥無功。方氏姑嫂二人，晝夜侍奉湯藥。孝基居在外厢，綜理諸事。那老兒漸漸危篤，自料不起，分付女兒治酒，遍請鄰里親戚到家，囑付道：「列位高親在上。老漢托賴天地祖宗，挣得這些薄産，指望傳諸子孫，世守其業。不幸命薄，生此不肖逆賊，破費許多。向已潛遁在外，未知死生。幸爾尚有一女，所配得人，聊慰老景。不想今得重疾，不久謝世。故特請列位到來，做個證明，將所有財産，盡傳付女夫，接紹我家宗祀。久已寫下遺囑，煩列位各署個花押。倘或逆子猶在，探我亡後，回家争執，竟將此告送官司，官府自然明白。」遂於枕邊摸出遺囑，教家人遞與衆人觀看。

此時衆人疑是張孝基見識，尚未開言，只見張孝基説道：「多蒙岳父大恩。但岳父現有子在，萬無財産反歸外姓之理。以小婿愚見，當差人四面訪覓大舅回來，將家業付之，以全父子之情，小婿夫妻自當歸宗。設或大舅身已不幸，尚有舅嫂守節，當交與掌管，然後訪族中之子，立爲後嗣。此乃正理。若是小婿承受，外人必有逐子愛婿之謗。鳩僭鵲巢，小婿亦被人談論。這決不敢奉命。」淑女也道：「哥哥只因懼怕爹爹責罸，故躲避在外，料必無恙。丈夫乃外姓之人，豈敢承受。」衆人見他夫妻説話出於至誠，遂齊聲説道：「令婿令愛之言，亦似有理。且待尋訪小官人，一年半載，待有的信，再作區處。」過善道：「小婿之言，不是愛我，乃是害我。」衆人道：「如何是害太公？」過善道：「老漢一生辛苦，掙得這些家事，逆子視之猶如糞土，不上半年，破散四千餘金。如此揮霍，便銅斗家計，指日可盡。財産既盡，必至變賣塋墓。那時不惟老漢不能入土，恐祖宗在土之骨，反暴棄荒野矣。」孝基又道：「大舅昔因年幼，爲匪人誘惑所致。今已年長，又有某輩好言勸喻，料必改過自新，決不至此。」過善道：「未必，未必！有我在日，嚴加責罸，尚不改悛。我死之後，又何人得而禁之？」衆人都道：「依着我們愚見，不若均分了，兩全其美。令郎回時，也没得話説。」過善只是不許。孝基夫婦再三苦辭，過善大怒道：「汝亦效逆子要毆死我麽？」衆人見他發惡，乃對孝基道：「令岳執意如此，不必辭了。」遂將遺囑各寫了花押，遞與過老。淑女又道：「爹爹家財盡付與我夫婦，嫂嫂當置于何地？」過善道：「我已料理在此，不消你慮。」將遺囑付過孝基，孝基夫婦泣拜而受。

過善又摸出一紙捏在手中，請過方長者，近前説道：「逆子不肖，致令愛失其所天，老漢心實不安。但耽誤在此，終爲不了。老漢已寫一執照于此，付與令愛。老漢亡後，煩親家引回，另選良配。萬一逆子回來有言，執此赴官訴理。外有田百畝，以償逆子所費妝奩。」道罷，將二紙遞與。方長者也不來接，答道：「小女既歸令郎，乃親家家事，已與老夫無干。況寒門從無二嫁之女，非老夫所願聞，親家請勿開口。」道罷，往外就走，孝基苦留不住。

過善呼媳婦出來説知，方氏大哭道：「妾聞婦人之義，從一而終。夫死而嫁，志者耻爲。何况妾夫尚在，豈可爲此狗彘之事！」過善又道：「逆子總在，這等不肖，守之何益！」方氏道：「妾夫雖不肖，妾志不可改。必欲奪妾之志，有死而已。」過善道：「你有此志氣，固是好事。但我亡後，家産已付女夫掌管。你居于此，須不穩便。」淑女道：「爹爹，嫂嫂既肯守節，家業自然該他承受。孩兒歸于夫家，纔是正理。」方氏道：〔三〕「姑娘，我又無子嗣，要這些家財何用！公公既有田百畝與我，當歸母家，以贍此生。即丈夫回家，亦可度日。」衆人齊聲稱好。過善道：「媳婦，你與過門争氣，這百畝田尚少，再增田二百畝，銀子二百兩，與你終身受用。」方氏含淚拜謝。分撥已定，過善教女婿留親戚鄰里於堂中飲酒，至晚方散。

那過善本來病勢已有八九分了，却又勉强料理這事，喉長氣短，費舌勞唇，勞碌這半日，到晚上愈加沉重。女兒、媳婦守在床邊，啼啼哭哭。張孝基備辦後事，早已停當。又過數日，嗚呼哀哉！正是：

三寸氣在千般用，一旦無常萬事休。

女兒、媳婦都哭得昏迷幾次。張孝基也十分哀痛。衣衾棺椁，極其華美。七七之中，開喪受吊，延請僧道，修做好事，以資冥福。擇選吉日，葬于祖塋。〔四〕每事務從豐厚。殯葬之後，方氏收拾歸于母家。姑嫂不忍分捨，大哭而別，不在話下。且說張孝基將丈人所遺家産錢財米穀，一一登記帳簿，又差人各處訪問過遷，并無踪影。時光似箭，歲月如流，倏忽便過五年。那時張孝基生下兩個兒子，門首添個解當鋪兒，用個主管，總其出入，家事比過善手内，又增幾倍。

話休煩絮。一日張孝基有事來到陳留郡中，借個寓所住下。偶同家人到各處游玩，末後來至市上，只見個有病乞丐，坐在一人家檐下。那人家驅逐他起身。張孝基心中不忍，教家人朱信捨與他幾個錢鈔。那朱信原是過家老僕，極會鑑貌辨色，隨機應變，是個伶俐人兒。當下取錢遞與這乞丐，把眼觀看，吃了一驚，急忙赶來，對張孝基説道：「官人向來尋訪小官人下落。適來丐者，面貌好生厮像。」張孝基便定了脚，分付道：「你再去細看。若果是他，必然認得你。且莫説我是你家女婿，太公産業都歸于我。只説家已破散，我乃是你新主人，看他如何對答。然後你便引他來相見，我自有處。」

朱信得了言語，覆身轉去，見他正低着頭，把錢繫在一根衣帶上，藏入腰裏。朱信仔細一看，更無疑惑。那丐者起先捨錢與他時，其心全在錢上，那個來看捨錢的是誰。這次朱信去看時，他已把錢藏過，也舉起眼來，認得是自家家人，不覺失聲叫道：「朱信，你同誰在這裏？」朱信便道：「小官人，你如何流落至此？」過遷泣道：「自從那日逃奔出門，欲要央人來勸解爹爹，不想路上恰遇着小三、小四兄弟兩個攔阻住了，務要拖我回家。我想爹爹正在盛怒之時，這番若回，性命決然難活。匆忙之際，一拳打去，不意小四跌倒便死。心中害怕，連夜逃命，奔了幾日，方到這裏。在客店中歇了幾時，把身邊銀兩吃盡，被他赶入出來，無可奈何，只得求乞度命。日夜思家，没處討個信息，天幸今日遇你。可實對我説，那日小四死了，爹爹有何話説？」朱信道：「小四當時醒了轉來，不曾得死。太公已去世五年矣。」

過遷見説父親已死，叫聲：「苦也！」望下便倒。朱信上前扶起，喉中哽咽，哭不出聲，嗚嗚了好一回，方纔放聲大哭道：「我指望回家，央人求告收留，依原父子相聚，誰想已不在了！」悲聲慘切，朱信亦不覺墮淚。哭了一回，乃問道：「爹爹既故，這些家私是誰掌管？」朱信道：「太公未亡之前，小官人所借這些債主，齊來取索。太公不肯承認，被告官司，衙門中用了無數銀子。及至審問，一一斷還，田産已去大半。小娘子出嫁，妝奩又去了好些。太公臨終時，恨小官人不學好，盡數分散親戚。存下些少，太公死後，家無正主，童僕等輩，一頓亂搶，分毫不留。止存住宅，賣與我新主人張大官人，把來喪中殯葬之用。如今寸土俱無了。」過遷見説，又哭起來道：「我只道家業還在，如今掙扎性命回去，學好爲人，不料破費至此！」又問道：「家産便無了，我渾家却在何處？妹子嫁于那家？」朱信道：「小娘子就嫁在近處人家，大嫂到不好説。」過遷道：「却是爲何？」朱信道：「太公因久不見小官人消息，只道已故，送歸母家，令他改嫁。」過遷道：「可曉得嫁也不曾？」朱信道：「老奴爲投了新主人，不時差往遠處，在家日少，不曾細問，想是已嫁去了。」

過遷撫膺大慟道：「只爲我一身不肖，家破人亡，財爲他人所有，妻爲他人所得，誠天地間一大罪人也！要這狗命何用，不如死休！」望着階沿石上便要撞死。朱信一把扯住道：「小官人，螻蟻尚且貪生，如何這等短見！」過遷道：「昔年還想有歸鄉的日子，故忍耻偷生。今已無家可歸，不如早些死了，省得在此出醜。」朱信道：「好死不如惡活！不可如此。老奴新主人做人甚好，待我引去相見，求他帶回鄉里。倘有用得着你之處，就在他家安身立命，到老來還有個結果。若死在這裏，有誰收取你的尸骸？却不枉了這一死！」過遷沉吟了一回道：「你話到説得是。但羞人子，怎好去相見？萬一不留，反干折這番面皮。」朱信道：「至此地位，還顧得什麼羞耻！」過遷道：「既如此，不要説出我真姓名來，只説是你的親戚罷。」朱信道：「適纔我先講過了，怎好改得？」當下過遷無奈，只得把身上破衣裳整一整，隨朱信而來。

張孝基遠遠站在人家屋下，望見他啼哭這一段光景，覺道他有懊悔之念，不勝嘆息。過遷走近孝基身邊，低着頭站下。朱信先説道：「告官人，正是老奴舊日小主人，因逃難出來，流落在此。求官人留他則個。」便叫道：「過來見了官人。」過遷上前欲要作揖，去扯那袖子，却都只有得半截，又是破的，左扯也蓋不來手，右扯也遮不着臂，只得抄着手，唱個喏。張孝基看了，愈加可憐，因是舅子，不好受他的禮，還了個半禮，乃道：「嗳！你是個好人家子息，怎麽到這等田地？但收留你回去，沒有用處，却怎好？」朱信道：「告官人，隨分胡亂留他罷！」張孝基道：「你可會灌園麽？」過遷道：「小人雖然不會，情願用心去學。」張孝基道：「只怕你是受用的人，如何吃得恁樣辛苦？」過遷道：「小人到此地位，如何敢辭辛苦！」張孝基道：「這也罷。只是依得三件事，方帶你回去，若依不得，不敢相留。」過遷道：「不知是那三件？」張孝基道：「第一件，只許住在園上，飯食教人送與你吃，不許往外行走。若跨出了園門，就不許跨進園門。」過遷道：「小人玷辱祖宗，有何顏見人，往外行走？住在園上，正是本願。這個依得。」張孝基見說話有自愧之念，甚是歡喜，又道：「第二件，要早起晏息，不許貪眠懶怠偷工。」過遷道：「小人天未明就起身，直至黑了方止。若有月的日子，夜裏也做，怎敢偷工？這個也依得。」孝基又道：「夜裏到不消得，只日裏不偷工就勾了。第三件，若有不到之處，任憑我責罰，不許怨悵。」過遷道：「既蒙收養，便是重生父母，但憑責罰，死而無怨。」張孝基道：「既都肯依，隨我來。」也不去閒玩，覆轉身引到寓所門口，過遷隨將進來。

主人家見是個乞丐，大聲叱咤，不容進門。張孝基道：「莫趕他，這是我家的人。」主人家道：「這乞丐常是在這裏討飯吃，怎麽是府上家人？」朱信道：「一向流落在此，今日遇見的。」到裏邊開了房門，張孝基坐下，分付道：「你隨了我，這模樣不好看相。朱信，你去教主人家燒些湯與他洗浄了身子，省兩件衣服與他換了，把些飯食與他吃。」朱信便去教主人家燒起湯來，喚過遷去洗浴。過遷自出門這幾年，從不曾見湯面，今日這浴，就如脱皮退殼，身上鏖糟，足足洗了半缸。朱信將衣服與他穿起，梳好了頭髮，比前便大不相同。朱信取過飯來，恣意一飽。那過遷身子本來有些病體，又苦了一苦，又在當風處洗了浴，見着飯又多吃了碗，三合湊，到夜裏生起病來。張孝基倩醫調治，有一個多月，方纔痊愈。

張孝基事體已完，算還了房錢，收拾起身。又雇了個生口與過遷乘坐。一行四衆，循着大路而來。張孝基開言道：「過遷，你是舊家子弟，我不好喚你名字，如今改教做過小乙。」又分付朱信：「你們叫他小乙哥，兩下穩便。」朱信道：「小人知道。」張孝基道：「小乙，今日路上無聊，你把向日興頭事情，細細説與我消遣。」過遷道：「官人，往事休題！若説起來，羞也羞死了。」張孝基道：「你當時是個風流趣人，有甚麽羞？且略説些麽。」過遷被逼不過，只得一一直説前後浪費之事。張孝基道：「你起初恁般快活，前日街頭這樣苦楚，可覺有些過不去麽？」過遷道：「小人當時年幼無知，又被人哄騙，以致如此。懊悔無及矣！」張孝基道：「只怕有了銀子，還去快活哩！」過遷道：「小人性命已是多的了，還做這樁事，便殺我也不敢去！」【眉批】此是張孝基作用。張孝基又對朱信道：「你是他老家人，可曉得太公少年時也曾恁般快活過麽？」朱信道：「可憐他日夜只想做人家，何曾捨得使一文屈錢！却想這樣事！」孝基道：「你且説怎地樣做人家？」朱信扳指頭一歲起運，細説怎地勤勞，如何辛苦，方掙得這等家事：「不想小乙哥把來看得像土塊一般，弄得人亡家破。」過遷聽了，只管哀泣。張孝基道：「你如今哭也遲了，只是將來學做好人，還有個出頭日子。」一路上熱一句，冷一句，把話打着他心事。過遷漸漸自怨自艾，懊悔不迭。正是：

臨崖立馬收繮晚，船到江心補漏遲。

在路行了幾日，來到許昌。張孝基打發朱信先將行李歸家，報知渾家，自同過遷徑到自己家中，見過父母，將此事説知。令過遷相見已畢，遂引到後園，打掃一間房子，把出被窩之類，交付安歇，又分付道：「不許到别處行走。我若查出時，定然責罰！」過遷連聲答應：「不敢，不敢！」孝基别了父母，回至家中，悄悄與渾家説了，渾家再三稱謝，不題。

且説過遷當晚住下，次日清早便起身，擔着器具去鋤地。看那園時，甚是廣闊，周圍編竹爲籬。張太公也是做家之人，并不種甚花木，單種的是蔬菜。灌園的非止一人。過遷初時，那裏運弄得來？他也不管，一味蠻墾。過了數日，漸覺熟落，好不歡喜。每日擔水灌澆，刈草鋤墾，也不與人搭話。從清晨直至黄昏，略不少息。或遇凄風楚雨之時，思想父親，吞聲痛泣。欲要往墳上叩個頭兒，又守着規矩，不敢出門。想起妹子，聞説就嫁在左近，却不知是那家。意欲見他一面，又想：「今日落于人後，何顏去見妹子？總不嫌我，倘被妹夫父母兄弟奚落，却不自取其辱！」索性把這念頭休了。

且説張孝基日日差人察聽，見如此勤謹，萬分歡喜。又教人私下試他，説：「小乙哥，〔五〕你何苦日夜這般勞碌？偷些工夫同我到街坊上頑耍頑耍，請你吃三杯，可好麽？」過遷大怒道：「你這人自己怠惰，已是不該，却又來引誘我爲非！下次如此，定然禀知官人。」一日，張孝基自來查點，假意尋他事過，高聲叱喝要打。過遷伏在地上，説道：「是小人有罪，正該責罰。」張孝基恨了幾聲，乃道：「姑恕你初次，且不計較。倘若再犯，定然不饒。」過遷頓首唯唯。自此之後，愈加奮勵。約莫半年，并無倦怠之意，足迹不敢跨出園門。

張孝基見他悔過之念已堅，一日，教人拿着一套衣服并巾幘鞋襪之類，來到園上，對過遷道：「我看你作事勤謹，甚是可用。如今解庫中少個人相幫，你到去得，可戴了巾幘，隨我同去。」過遷道：「小人得蒙收留灌園，已出望外，豈敢復望解庫中使令？」張孝基道：「不必推辭，但得用心支理，便是你的好處了。」過遷即便裹起巾幘，整頓衣裳。此時模樣，比前更是不同。隨孝基至堂中，作別張太公出門。路上無顔見人，低着頭而走。不一時，望見自家門首，心中傷感，暗自掉下淚來。到得門口，只見舊日家人都叉手拱立兩邊，讓張孝基進門。過遷想道：「我家這些人，如何都歸在他家？想是隨屋賣的了。」却也不敢呼唤，只低着頭而走。衆家人隨後也跟進來。到了堂中，便立住脚不行，見卓椅家火之類，俱是自家故物，愈加悽慘。張孝基道：「你隨我來，教你見一個人。」過遷正不知見那個，只得又隨着而走，却從堂後轉向左邊。過遷認得這徑道乃他家舊時往家廟去之路。漸漸至近，孝基指着堂中道：「有人在裏邊，你進去認一認。」過遷急忙走去，擡頭便見父親神影，翻身拜倒在地，哭道：「不肖子流落卑污，玷辱家門，生不能侍奉湯藥，死不能送骨入土，忤逆不道，粉骨難贖！」以頭叩地，血被于面。

正哭間，只聽得背後有人哭來，叫道：「哥哥，你一去不回，全不把爹爹爲念！」過遷舉眼見是妹子，一把扯住道：「妹子，只道今生已無再見之期，不料復得與你相會！」哥妹二人，相持大哭。

昔年流落實堪傷，今日相逢轉斷腸。
不是一番寒徹骨，怎得梅花撲鼻香！

哥妹哭了一回，過遷向張孝基拜謝道：「若非妹丈救我性命，必作異鄉之鬼矣！大恩大德，將何補報！」張孝基扶起道：「自家骨肉，何出此言！但得老舅改過自新，以慰岳丈在天之靈，勝似報我也。」過遷泣謝道：「不肖謹守妹丈向日約束，倘有不到處，一依前番責罰。」張孝基笑道：「前者老舅不知詳細，故用權宜之策。今已明白，豈有是理！但須自戒可也。」

當下張孝基喚衆家人來，拜見已畢，回至房中。淑女整治酒肴款待。過遷乃問：「我的大嫂嫁了何人？」淑女道：「哥哥，你怎説這話？却不枉殺了人！當日爹爹病重，主張教嫂嫂轉嫁，嫂嫂立志不從。」乃把前事細説一遍，又道：「如今見守在家，怎麽説他嫁人！」過遷見説妻子貞節，又不覺淚下，乃道：「我那裏曉得！都是朱信之言。」張孝基道：「此乃一時哄你的話。待過幾時，同你去見令岳，迎大嫂來家。」過遷道：「這個我也不想矣，但要到爹爹墓上走遭。」張孝基道：「這事容易！」到次早，備辦祭禮，同到墓上。過遷哭拜道：「不肖子違背爹爹，罪該萬死！今願改行自新，以贖前非，望乞陰靈洞鑒。」祝罷，又哭。張孝基勸住了，回到家裏，把解庫中銀錢點明，付與過遷掌管。那過遷雖管了解庫，一照灌園時早起晏眠，不辭辛苦，出入銀兩，公平謹慎。往來的人，無不歡喜。將張孝基夫妻恭敬猶如父母。倘有疑難之事，便來請問。終日住在店中，毫無昔日之態。【眉批】灌園時猶可及也。此時已知張孝基是妹夫，家園解庫，皆已故物，而毫不動心，服勤如故，乃是大有骨力人，何可易及。此時親戚盡曉得他已回家，俱來相探。彼此只作個揖，未敢深談。

過了兩三個月，張孝基還恐他心活，又令人來試他説：「小官人，你平昔好頑，没銀時還各處抵借來用。今見放着白晃晃許多東西，到呆坐看守！近日有個絶妙的人兒，有十二分才色，藏在一個所在。若有興，同去吃杯茶，何如？」過遷聽罷，大喝道：「你這鳥人！我只因當初被人引誘壞了，弄得破家蕩産，幾乎送了性命。心下正恨着這班賊男女，你却又來哄我！」便要扯去見張孝基。那人招稱不是，方纔罷了。孝基聞知如此，不勝之喜。

時光迅速，不覺又是半年。張孝基把庫中帳目，細細查算，分毫不差，乃對過遷説道：「不孝有三，無後爲大。向日你初回時，我便要上覆令岳，迎大嫂與老舅完聚。恐他還疑你是個敗子，未必肯許，故此止了。今你悔過之名，人都曉得，去迎大嫂，料無推托。如今可即同去。」過遷依允。淑女取出一副新鮮衣服與他穿起，同至方家。方長者出來相見。過遷拜倒在地道：「小婿不肖，有負岳父、賢妻！今已改過前非，欲迎令愛完聚。」方長者扶起道：「不消拜，你之所行，我盡已知道。小女既歸于汝，老夫自當送來。」張孝基道：「親翁還在何日送來？」方長者道：「就明日便了。」張孝基道：「親翁亦求一顧，尚有話説。」方長者應允。二人作別，回到家裏。張孝基遍請親戚鄰里，于明日吃慶喜筵席。

到次日午前，方氏已到。過遷哥妹出去相迎。相見之間，悲喜交集。方氏又請張孝基拜謝。少頃，諸親俱到，相見已畢，無不稱贊孝基夫婦玉成之德，過遷改悔之善，方氏志節之堅。不一時，酒筵完備。張孝基安席定位，聚齒而坐。〔六〕酒過數巡，食供三套，張孝基起身進去，教人捧出一個箱兒，放於卓上，討個大杯，滿斟熱酒，親自遞與過遷道：「大舅，滿飲此杯。」過遷見孝基所敬，不敢推托，雙手來接道：「過遷理合敬妹丈，如何反勞尊賜？」張孝基道：「大舅就請乾了，還有話說。」過遷一吸而盡。孝基將鑰匙開了那隻箱兒，箱内取出十來本文簿，遞與過遷道：「請收了這幾本帳目。」過遷接了，問道：「妹丈，這是什麽帳？」張孝基道：「你且收下，待我細說。」乃對衆人道：「列位尊長在上，小生有一言相禀。」衆人俱站立起身道：「不知足下有何見諭？老漢們願聞清誨。」〔七〕遂側耳拱聽。張孝基疊出兩個指頭，説將出來，言無數句，使聽者無不嘖嘖稱羨。正是：

錢財如糞土，仁義值千金。
曾記床頭語，窮通不二心。

當下張孝基説道：「昔年岳父祇因大舅蕩費家業，故將財産傳與小生。當時再三推辭，岳父執意不從。因見正在病中，恐觸其怒，反非愛敬之意，故勉强承受。此皆列位尊長所共見，不必某再細言。及岳父棄世之後，差人四處尋訪大舅，四五年間，毫無踪影。天意陳留得遇，當時本欲直陳，交還原産，仍恐其舊態猶存，依然浪費，豈不反負岳父這段恩德？故將真情隱匿，使之耕種，繩以規矩，勞其筋骨，苦其心志，兼以良言勸喻，隱語諷刺，冀其悔過自新。幸喜彼亦自覺前非，怨艾日深，幡然遷改。及令管庫，處心公平，臨事馴謹。數月以來，絲毫不苟，某猶恐其心未堅，幾遍教人試誘，心如鐵石，片語難投，竟爲志誠君子矣！故特請列位尊長到此，將昔日岳父所授財産，并歷年收積米穀布帛銀錢，分毫不敢妄用，一一開載帳上。今日交還老舅，明早同令妹即搬歸寒舍矣。」【眉批】不利人之有非難，能成人之美爲難，千古一孝基也。又在篋中取出一紙文書，也奉與過遷道：「這幅紙乃昔年岳父遺囑，一發奉還。適來這杯酒，乃勸大舅，自今以後兢兢業業，克儉克勤，以副岳父泉臺之望。勿得意盈志滿，又生别念。戒之，戒之！」

衆人到此，方知昔年張孝基苦辭不受，乃是真情，稱嘆不已。過遷見説，哭拜于地道：「不肖悖逆天道，流落他鄉，自分横死街衢，永無歸期。此産豈爲我有！幸逢妹丈救回故里，朝夕訓誨，激勵成人，全我父子，完我夫婦，延我宗祀，正所謂生我者父母，成我者妹丈。此恩此德，高天厚地，殺身難報。即使執鞭隨鐙，亦爲過分，豈敢復有他望！況不肖一生違逆父命，罪惡深重，無門可贖。今此産乃先人主張授君，如歸不肖，却不又逆父志，益增我罪！」張孝基扶起道：「大舅差矣！岳父一世辛苦，實欲傳之子孫世守。不意大舅飄零于外，又無他子可承，付之于我，此乃萬不得已，豈是他之本念。今大舅已改前愆，守成其業，正是繼父之志。岳父在天，亦必徜徉長笑，怎麽反增你罪？」過遷又將言語推辭。兩下你讓我却，各不肯收受，連衆人都没主意。

方長者開言對張孝基道：「承姑丈高誼，小婿義不容辭。但全歸之，其心何安！依老夫愚見，各受其半，庶不過情。」衆人齊道：「長者之言甚是！昔日老漢們亦有此議，只因太公不允，所以止了。不想今日原從這着。可見老成之見，大略相同。」張孝基道：「親翁，子承父業，乃是正理，有甚不安？若各分其半，即如不還一般了。這怎使得！」方長者又道：「既不願分，不若同居于此，協力經營。待後分之子孫，何如？」張孝基道：「寒家自有敝廬薄産，子孫豈可占過氏之物？」衆人見執意不肯，俱勸過遷受領。過遷却又不肯，跑進裏邊，見妹子正與方氏飲酒。過遷上前哭訴其事，教妹子勸張孝基受其半。那知淑女説話與丈夫一般。過遷夫婦跪拜哀求，只是不允。過遷推托不去，再拜而受。衆人齊贊道：「張君高義，千古所無！」唐人羅隱先生有贊云：

能生之，不能富之；能富之，不能教之。死而生之，貧而富之，小人而君子之。嗚呼孝基，真可爲百世之師！【眉批】贊妙。

當日直飲至晚而散。到次日，張孝基教渾家收拾回家。過遷苦留道：「妹丈財産既已不受，且同居于此，相聚幾時，何忍遽别！」張孝基道：「我家去此不遠，朝暮便見，與居此何異。」過遷料留不住，乃道：「既如此，容明日治一酌與妹丈爲餞，後日去何如？」孝基許之。次日，過遷大排筵席，廣延男女親鄰，并張太公夫婦。張媽媽守家不至。請張太公坐了首席，其餘賓客依次而坐。裏邊方氏姑嫂女親，自不必説。是日筵席，水陸畢備，極其豐富。衆客盡歡而别。客去後，張孝基對過遷道：「大舅，岳父存日，從不曾如此之費。下次只宜儉省，不可以此爲則。」過遷唯唯。次日，孝基夫婦，止收拾妝奩中之物，其餘一毫不動，領着兩個兒子，作辭起身。過遷、方氏同婢僕直送至張家，置酒款待而回。自此之後，過遷操守愈勵，遂爲鄉閭善士。只因勤苦太過，漸漸習成父親慳吝樣子。【眉批】過猶不及。後亦生下一子，名師儉。因懲自己昔年之失，嚴加教誨。此是後話不題。

且説里中父老，敬張孝基之義，將其事申聞郡縣，郡縣上之于朝。其時正是曹丕篡漢，欲收人望，遂下書徵聘。孝基惡魏乃僭竊之朝，耻食其禄，以親老爲辭，不肯就辟。【眉批】更高。後父母百年後，哀毁骨立，喪葬合禮，其名愈著。州郡復舉孝廉。凡五詔，俱以疾辭。有人問其緣故，孝基笑而不答。隱于田里，躬耕樂道，教育二子。長子名繼，次子名紹，皆仁孝，有學行，里中咸願與之婚，孝基擇有世德者配之。孝基年五十外，忽夢上帝膺召，夫婦遂雙雙得疾。二子日夜侍奉湯藥，衣不解帶。過遷聞知，率其子過師儉同來，亦如二子一般侍奉。孝基謝而止之。過遷道：「感君之德，恨不能身代。今聊效區區，何足爲謝。」過了數日，夫婦同逝。臨終之時，異香滿室。鄰里俱聞空中車馬音樂之聲，從東而去。二子哀慟，自不必說。那過遷哭絶復蘇，至于嘔血。喪葬之費，俱過遷爲之置辦。二子泣辭再三，過遷不允。

一月後，有親友從洛中回來，至張家吊奠，述云：「某日于嵩山游玩，忽見旌幢騶御滿野。某等避在林中觀看，見車上坐着一人，絳袍玉帶，威儀如王者，兩邊錦衣花帽，侍衛多人。仔細一認，乃是令先君。某等驚喜，出林趨揖。令先君下車相慰。某等問道：『公何時就徵，遂爲此顯官？』令先君答云：『某非陽官，乃陰職也。上帝以某還財之事，命主此山。煩傳示吾子，不必過哀。』言訖，倏然不見。方知令先君已爲神矣。」二子聞言，不勝哀感。那時傳遍鄉里，無不嘆異。相率爲善，名其里爲「義感鄉」。晉武帝時，州郡舉二子孝廉，俱爲顯官。過遷年至八旬外而終。兩家子孫繁盛，世爲姻戚云。

還財陰德慶流長，千古名傳義感鄉。
多少競財疏骨肉，應知無面向嵩山。

【校記】

〔一〕此處東大本有眉批「過善何如有此賢女」，底本及衍慶堂本均無。

〔二〕「阿癢」，東大本作「嗳嗄」，衍慶堂本作「阿呀」。

〔三〕「方氏」，底本作「方者」，據衍慶堂本改。

〔四〕「祖塋」，底本及校本均作「祖營」，據文意改。

〔五〕「小乙哥」，底本及校本均作「小一哥」，據前後文改。

〔六〕「聚齒」，衍慶堂本作「叙齒」。

〔七〕「清誨」，底本及東大本作「請誨」，據衍慶堂本改。

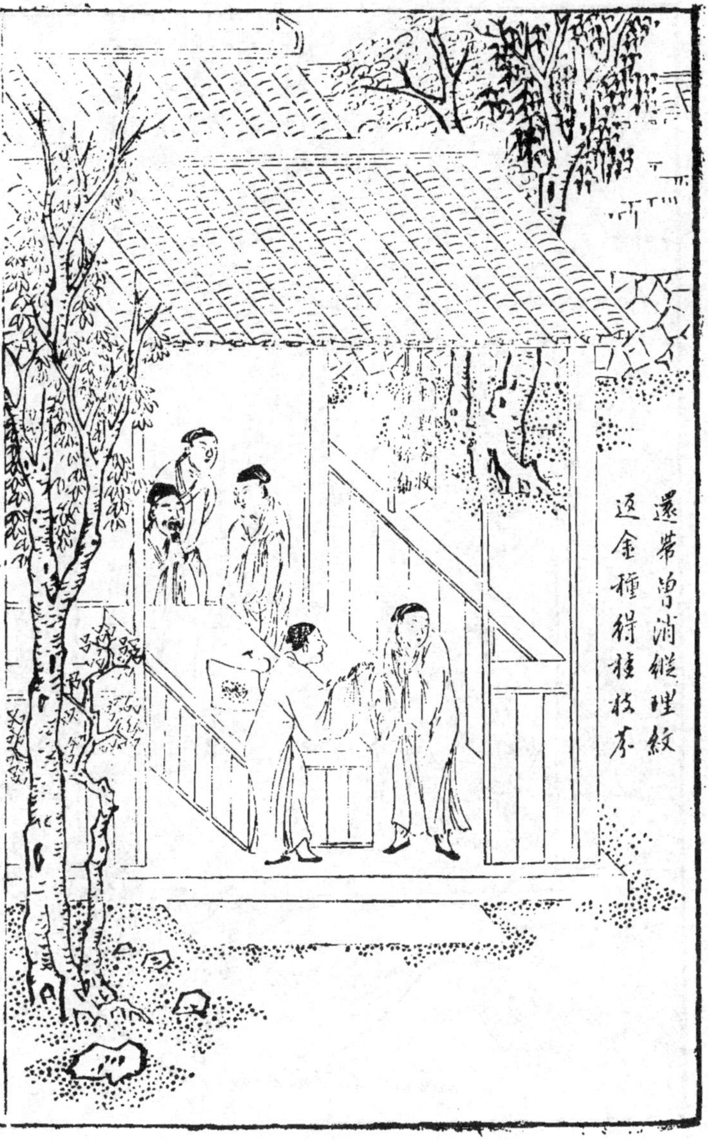
還帶曾消縱理紋
返金種得桂枝芬

昔聞楊寶酬恩
雀今見施君報
德雖物性有知
皆似此人情好
殺復何為

第十八卷　施潤澤灘闕遇友

還帶曾消縱理紋，返金種得桂枝芬。
從來陰騭能回福，舉念須知有鬼神。

這首詩，引着兩個古人陰騭的故事。第一句說「還帶曾消縱理紋」，乃唐朝晉公裴度之事。那裴度未遇時，一貧如洗，功名蹭蹬，就一風鑑，以決行藏。那相士說：「足下功名事，且不必問。更有句話，如不見怪，方敢直言。」裴度道：「小生因在迷途，故求指示，豈敢見怪！」相士道：「足下臘蛇縱理紋入口，數年之間，必致餓死溝渠。」連相錢俱不肯受。裴度是個知命君子，也不在其意。【眉批】縱理紋驗于鄧通、周亞夫，而獨不驗于裴公，始知人可回天。

一日，偶至香山寺閒游。只見供卓上光華耀目，近前看時，乃是一圍寶帶。裴度檢在手中，想道：「這寺乃冷落所在，如何却有這條寶帶？」翻閱了一回，又想道：

「必有甚貴人，到此禮佛更衣。祇候們不小心，遺失在此，定然轉來尋覓。」乃坐在廊廡下等候。不一時，見一女子走入寺來，慌慌張張，徑望殿上而去，向供卓上看了一看，連聲叫苦，哭倒于地。裴度走向前問道：「小娘子，因何恁般啼泣？」那女子道：「妾父被人陷于大辟，無門伸訴。妾日至此懇佛陰祐，近日幸得從輕贖鍰。妾家貧無措，遍乞高門，昨得一貴人矜憐，助一寶帶。妾以佛力所致，適携帶呈于佛前，稽首叩謝。因贖父心急，竟忘收此帶，倉忙而去。行至半路方覺。急急趕來取時，已不知爲何人所得。今失去這帶，妾父料無出獄之期矣！」説罷又哭。裴度道：「小娘子不必過哀，是小生收得，故在此相候。」把帶遞還。那女子收淚拜謝：「請問姓字，他日妾父好來叩謝。」裴度道：「小娘子有此冤抑，小生因在貧鄉，不能少助爲愧。還人遺物，乃是常事，何足爲謝！」不告姓名而去。過了數日，又遇向日相士，不覺失驚道：「足下曾作何好事來？」裴度答云：「無有。」相士道：「足下今日之相，比先大不相牟。陰德紋大見，定當位極人臣，壽登耄耋，富貴不可勝言。」裴度當時猶以爲戲語。後來果然出將入相，歷事四朝，封爲晉國公，年享上壽。有詩爲證：

縱理紋生相可憐，香山還帶竟安然。
淮西盪定功英偉，身繫安危三十年。

第二句説是「返金種得桂枝芬」，乃五代竇禹鈞之事。那竇禹鈞薊州人氏，官爲諫議大夫，年三十而無子。夜夢祖父説道：「汝命中已該絶嗣，壽亦只在明歲。及早行善，或可少延。」禹鈞唯唯。他本來是個長者，得了這夢，愈加好善。一日薄暮，于延慶寺側，拾得黄金三十兩、白金二百兩。至次日清早，便往寺前守候。少頃，見一後生涕泣而來。禹鈞迎住問之。後生答道：「小人父親身犯重罪，禁于獄中。小人遍懇親知，共借白金二百兩、黄金三十兩。昨將去贖父，因主庫者不在而歸，爲親戚家留款，多吃了杯酒，把東西遺失。今無以贖父矣！」竇公見其言已合銀數，乃袖中摸出還之，道：「不消着急，偶爾拾得在此，相候久矣。」這後生接過手，打開看時，分毫不動，叩頭泣謝。竇公扶起，分外又贈銀兩而去。其他善事甚多，不可枚舉。一夜，復夢祖先説道：「汝合無子無壽。今有還金陰德種種，名挂天曹，特延算三紀，賜五子顯榮。」竇公自此愈積陰功，後果連生五子：長儀，次儼，三侃，四偁，五僖，俱仕宋爲顯官。竇公壽至八十二，沐浴相别親戚，談笑而卒。安樂老馮道有詩贈之云：

燕山竇十郎，教子有義方。
靈椿一株老，丹桂五枝芳。

説話的，爲何道這兩樁故事？只因亦有一人曾還遺金，後來雖不能如二公這等大富大貴，却也免了一個大難，享個大大家事。正是：

種瓜得瓜，種豆得豆。
一切禍福，自作自受。

說這蘇州府吴江縣離城七十里，有個鄉鎮，地名盛澤，鎮上居民稠廣，土俗淳樸，俱以蠶桑爲業。男女勤謹，絡緯機杼之聲，通宵徹夜。那市上兩岸紬絲牙行，約有千百餘家，遠近村坊織成紬疋，俱到此上市。四方商賈來收買的，蜂攢蟻集，挨擠不開，路途無佇足之隙，乃出産錦繡之鄉，積聚綾羅之地。江南養蠶所在甚多，惟此鎮處最盛。有幾句口號爲證：

東風二月暖洋洋，江南處處蠶桑忙。
蠶欲温和桑欲乾，明如良玉發奇光。
繰成萬縷千絲長，大筐小筐隨絡床。
美人抽繹沾唾香，一經一緯機杼張。
咿咿軋軋諧宫商，花團錦簇成疋量。
莫憂入口無餐糧，朝來鎮上添遠商。

且説嘉靖年間，這盛澤鎮上有一人，姓施名復，渾家喻氏，夫妻兩口，别無男女。

家中開張紬機，每年養幾筐蠶兒，妻絡夫織，甚好過活。這鎮上都是温飽之家，織下紬疋，必積至十來疋，最少也有五六疋，方纔上市。那大户人家積得多的便不上市，都是牙行引客商上門來買。施復是個小户兒，本錢少，織得三四疋，便去上市出脱。一日，已積了四疋，逐疋把來方方摺好，將個布袱兒包裹，一徑來到市中。只見人煙輳集，語話喧闐，甚是熱鬧。施復到個相熟行家來賣，見門首擁着許多賣紬的，屋裏坐下三四個客商。主人家跕在櫃身裏，展看紬疋，估喝價錢。施復分開衆人，把紬遞與主人家。主人家接來，解開包袱，逐疋翻看一過，將秤準了一準，喝定價錢，遞與一個客人道：「這施一官是忠厚人，不耐煩的，把些好銀子與他。」那客人真個只揀細絲稱準，付與施復。施復自己也摸出等子來準一準，還覺輕些，又争添上一二分，也就罷了。討張紙包好銀子，放在兜肚裏，收了等子包袱，向主人家拱一拱手，叫聲有勞，轉身就走。

行不上半箭之地，一眼覷見一家街沿之下，一個小小青布包兒。施復趲步向前，拾起袖過，走到一個空處，打開看時，却是兩錠銀子，又有三四件小塊，兼着一文太平錢兒，把手擷一擷，約有六兩多重，心中歡喜道：「今日好造化，拾得這些銀兩，正好將去湊做本錢。」連忙包好，也揣在兜肚裏，望家中而回。一頭走，一頭想：「如今家中見開這張機，儘勾日用了。有了這銀子，再添上一張機，一月出得多少紬，有許多利息。這項銀子，譬如沒得，再不要動他。積上一年，共該若干，到來年再添上一張，一年又有多少利息。算到十年之外，便有千金之富。那時造什麼房子，買多少田產。」正算得熟滑，看看將近家中，忽地轉過念頭，想道：「這銀兩若是富人掉的，譬如牯牛身上拔根毫毛，打甚麼緊，落得將來受用；若是客商的，他拋妻棄子，宿水餐風，辛勤挣來之物，今失落了，好不煩惱！如若有本錢的，他拚這帳生意扯直，也還不在心上；儻然是個小經紀，只有這些本錢，或是與我一般樣苦挣過日，或賣了紬，或脱了絲，這兩錠銀乃是養命之根，不争失了，就如絶了咽喉之氣，一家良善，没甚過活，互相埋怨，必致鬻身賣子，儻是個執性的，氣惱不過，骯髒送了性命，也未可知。【眉批】只絜矩二字，便是上等好人。我雖是拾得的，不十分罪過，但日常動念，使得也不安穩。就是有了這銀子，未必真個便營運發積起來。一向没這東西，依原將就過了日子。不如原往那所在，等失主來尋，還了他去，到得安樂。」隨覆轉身而來，正是：

多少惡念轉善，多少善念轉惡。
勸君諸善奉行，但是諸惡莫作。

當下施復來到拾銀之處，靠在行家櫃邊，等了半日，不見失主來尋。他本空心出門的，腹中漸漸饑餓，欲待回家吃了飯再來，猶恐失主一時間來，又不相遇，只得忍着等候。少頃，只見一個村莊後生，汗流滿面，闖進行家，高聲叫道：「主人家，適來銀子忘記在櫃上，你可曾檢得麽？」主人家道：「你這人好混帳！早上交銀子與了你，這時節却來問我。你若忘在櫃上時，莫説一包，再有幾包也有人拿去了。」〔一〕那後生連把脚跌道：「這是我的種田工本，如今没了，却怎麽好？」施復問道：「約莫有多少？」那後生道：「起初在這裏賣的絲銀六兩二錢。」施復道：「把什麽包的？有多少件數？」那後生道：「兩大錠，又是三四塊小的，一個青布銀包包的。」施復道：「恁樣，不消着急。我拾得在此，相候久矣。」便去兜肚裏摸出來，遞與那人。那人連聲稱謝，接過手，打開看時，分毫不動。

那時往來的人，當做奇事，擁上一堆，都問道：「在那裏拾的？」施復指道：「在這階沿頭拾的。」那後生道：「難得老哥這樣好心，在此等候還人。若落在他人手裏，安肯如此！如今到是我拾得的了。情願與老哥各分一半。」施復道：「我若要，何不全取了，却分你這一半？」那後生道：「既這般，送一兩謝儀與老哥買果兒吃。」施復笑道：「你這人是個呆子！六兩三兩都不要，要你一兩銀子何用！」那後生道：「老哥，銀子又不要，何以相報？」衆人道：「看這位老兄，是個厚德君子，料必不要你報。

不若請到酒肆中吃三杯，見你的意罷了。」那後生道：「説得是。」便來邀施復同去。施復道：「不消得，不消得，我家中有事，莫要擔閣我工夫。」轉身就走。那後生留之不住。衆人道：「你這人好造化！掉了銀子，一文錢不費，便撈到手。」那後生道：「便是，不想世間原有這等好人。」把銀包藏了，向主人叫聲打攪，下階而去。衆人亦贊嘆而散。也有説：「施復是個騃的，拾了銀子不會將去受用，却騃站着等人來還。」也有説：「這人積此陰德，後來必有好處。」不題衆人。

且説施復回到家裏，渾家問道：「爲甚麽去了這大半日？」施復道：「不要説起，將到家了，因着一件事，覆身轉去，擔閣了這一回。」渾家道：「有甚事擔閣？」施復將還銀之事，説向渾家。渾家道：「這件事也做得好。自古道：『横財不富命窮人。』儻然命裏没時，得了他反生災作難，到未可知。」施復道：「我正爲這個緣故，所以還了他去。」當下夫婦二人，不以拾銀爲喜，反以還銀爲安。衣冠君子中，多有見利忘義的，不意愚夫愚婦到有這等見識。

從來作事要同心，夫唱妻和種德深。
萬貫錢財如糞土，一分仁義值千金。

自此之後，施復每年養蠶，大有利息，漸漸活動。【眉批】天補善人。那育蠶有十體、二光、八宜等法，三稀、五廣之忌。第一要擇蠶種。蠶種好，做成繭小而明厚堅細，可以繅絲。如蠶種不好，但堪爲綿纊，不能繅絲，其利便差數倍。第二要時運。有造化的，就蠶種不好，依般做成絲繭；若造化低的，好蠶種，也要變做綿繭。北蠶三眠，南蠶俱是四眠。眠起飼葉，各要及時。又蠶性畏寒怕熱，惟温和爲得候。晝夜之間，分爲四時。朝暮類春秋，正晝如夏，深夜如冬，故調護最難。江南有謡云：

做天莫做四月天，蠶要温和麥要寒。
秧要日時麻要雨，採桑娘子要晴乾。

那施復一來蠶種揀得好，二來有些時運，凡養的蠶，并無一個綿繭，繅下絲來，細員勻緊，潔净光瑩，再没一根粗節不勻的。每筐蠶，又比別家分外多繅出許多絲來。照常織下的紬拿上市去，人看時光彩潤澤，都增價競買，比往常每疋平添錢方銀子。因有這些順溜，幾年間，就增上三四張紬機，家中頗頗饒裕。里中遂慶個號兒叫做「施潤澤」。却又生下一個兒子，寄名觀音大士，叫做觀保，年纔二歲，生得眉目清秀，到好個孩子。

話休煩絮。那年又值養蠶之時，纔過了三眠，合鎮闕了桑葉，施復家也只勾兩日之用，心下慌張，無處去買。大率蠶市時，天色不時陰雨，蠶受了寒濕之氣，又食了冷露之葉，便要僵死，十分之中，只好存其半，這桑葉就有餘了。那年天氣温暖，家家無恙，葉遂短闕。且説施復正没處買桑葉，〔二〕十分焦躁，忽見鄰家傳説洞庭山餘下桑葉甚多，合了十來家過湖去買。施復聽見，帶了些銀兩，把被窩打個包兒，也來趁船。這時已是未牌時候，開船摇櫓，離了本鎮。過了平望，來到一個鄉村，地名灘闕。這去處在太湖之傍，離盛澤有四十里之遠。天已傍晚，過湖不及，遂移舟進一小港泊住，穩纜停橈，打點收拾晚食，却忘帶了打火刀石。衆人道：「那個上涯去取討個火種便好？」施復却如神差鬼使一般，【眉批】不是神差鬼使，亦是惟勤有功。便答應道：「待我去。」取了一把麻骨，跳上岸來。見家家都閉着門兒。你道爲何天色未晚，人家就閉了門？那養蠶人家，最忌生人來衝。從蠶出至成繭之時，約有四十來日，家家緊閉門户，無人往來。任你天大事情，也不敢上門。

當下施復走過幾家，初時甚以爲怪，道：「這些人家，想是怕鬼拖了人去，日色還在天上，便都閉了門。」忽地想起道：「呸！自己是老看蠶，到忘記了這取火乃養蠶家最忌的，却兜攬這帳！如今那裏去討？」欲待轉來，又想道：「方纔不應承來，到也罷了，若空身回轉，教别個來取得時，反是老大没趣；或者有家兒不養蠶的也未可知。」依舊又走向前去。只見一家門兒半開半掩，他也不管三七廿一，做兩步跨到檐下，却又不敢進去。站在門外，舒頸望着裏邊，叫聲：「有人麽？」裏邊一個女人走出來，問道：「什麽人？」施復滿面陪着笑，道：「大娘子，要相求個火兒。」婦人道：「這時節別人家是不肯的，只我家没忌諱，便點個與你也不妨得。」施復道：「如此多謝了。」即將麻骨遞與。婦人接過手，進去點出火來。施復接了，謝聲打攪，回身便走。走不上兩家門面，背後有人叫道：「那取火的轉來，掉落東西了。」施復聽得，想道：「却不知掉了甚的？」又覆走轉去。婦人説道：「你一個兜肚落在此了。」遞還施復。施復謝道：「難得大娘子這等善心。」婦人道：「何足爲謝！向年我丈夫在盛澤賣絲，落掉六兩多銀子，遇着個好人拾得，住在那裏等候。我丈夫尋去，原封不動，把來還了，連酒也不要吃一滴兒。這樣人方是真正善心人！」施復見説，却與他昔年還銀之事相合，甚是駭異，問道：「這事有幾年了？」婦人把指頭扳算道：「已有六年了。」施復道：「不瞞大娘子説，我也是盛澤人，六年前也曾拾過一個賣絲客人六兩多銀子，等候失主來尋，還了去。他要請我，也不要吃他的。但不知可就是大娘子的丈夫？」婦人道：「有這等事！待我教丈夫出來，認一認可是？」施復恐衆人性急，意欲不要，不想手中麻骨火將及點完，乃道：「大娘子，相認的事甚緩，求得個黄同紙去引火時，一發感謝不盡。」婦人也不回言，徑望裏邊去了，頃刻間，同一個後生跑出來。彼此睁眼一認，雖然隔了六年，面貌依然，正是昔年還銀義士。正是：

一葉浮蘋歸大海，人生何處不相逢。

當下那後生躬身作揖道：「常想老哥，無從叩拜，不想今日天賜下顧。」施復還禮不迭。二人作過揖，那婦人也來見個禮。後生道：「向年承老哥厚情，只因一時倉忙，忘記問得尊姓大號住處。後來幾遍到貴鎮賣絲，問主人家，却又不相認。四面尋訪數次，再不能遇見，不期到在敝鄉相會。請裏面坐。」施復道：「多承盛情垂念，但有幾個朋友，在舟中等候火去作晚食，不消坐罷。」後生道：「何不一發請來？」施復道：「豈有此理！」後生道：「既如此，送了火去來坐罷。」便教渾家取個火來，婦人即忙進去。後生問道：「老哥尊姓大號？今到那裏去？」施復道：「小子姓施名復，號潤澤。今因缺了桑葉，要往洞庭山去買。」後生道：「若要桑葉，我家儘有，老哥今晚住在寒舍，讓衆人自去。明日把船送到宅上，可好麼？」【眉批】行善何曾吃虧？施復見説他家有葉，好不歡喜，乃道：「若宅上有時，便省了小子過湖，待我回覆衆人自去。」婦人將出火來，後生接了，説：「我與老哥同去。」又分付渾家，快收拾夜飯。

當下二人拿了火來至船邊，把火遞上船去。衆人一個個眼都望穿，將施復埋怨道：「討個火什麼難事！却去這許多時？」施復道：「不要説起，這裏也都看蠶，没處去討。落後相遇着這位相熟朋友，說了幾句話，故此遲了，莫要見怪！」又道：「這朋友偶有葉餘在家中，我已買下，不得相陪列位過湖了。包袱在艙中，相煩拿來與我。」衆人檢出付與。那後生便來接道：「待我拿罷！」施復叫道：「列位，暫時抛撇，歸家相會。」

別了衆人，隨那後生轉來，乃問道：「適來忙促，不曾問得老哥貴姓大號。」答道：「小子姓朱名恩，表德子義。」施復道：「今年貴庚多少？」答道：「二十八歲。」施復道：「恁樣，小子叨長老哥八年！」又問：「令尊令堂同居麽？」朱恩道：「先父棄世多年，止有老母在堂，今年六十八歲了，吃一口長素。」

二人一頭說，不覺已至門首。朱恩推開門，請施復屋裏坐下。那卓上已點得燈燭。朱恩放下包裹道：「大嫂快把茶來。」聲猶未了，渾家已把出兩杯茶，就門簾内遞與朱恩。朱恩接過來，遞一杯與施復，自己拿一杯相陪，又問道：「大嫂，鷄可曾宰麽？」渾家道：「專等你來相幫。」朱恩聽了，連忙把茶放下，跳起身要去捉鷄。原來這鷄就罩在堂屋中左邊。施復即上前扯住道：「既承相愛，即小菜飯兒也是老哥的盛情，何必殺生！況且此時鷄已上宿，不争我來又害他性命，于心何忍！」朱恩曉得他是個質直之人，遂依他說，仍復坐下道：「既如此說，明日宰來相請。」叫渾家道：

「不要宰鷄了，隨分有現成東西，快將來吃罷，莫餓壞了客人。酒盪熱些。」

施復道：「正是忙日子，却來蒿惱。幸喜老哥家没忌諱還好。」朱恩道：「不瞞你説，舊時敝鄉這一帶，第一忌諱是我家，如今只有我家無忌諱。」施復道：「這却爲何？」朱恩道：「自從那年老哥還銀之後，我就悟了這道理。凡事是有個定數，斷不由人，故此絶不忌諱，依原年年十分利息。乃知人家都是自己見神見鬼，全不在忌諱上來。妖由人興，信有之也。」施復道：「老哥是明理之人，説得極是。」朱恩又道：「又有一節奇事，常年我家養十筐蠶，自己園上葉吃不來，還要買些。今年看了十五筐，這園上桑又不曾增一棵兩棵，如今勾了自家，尚餘許多，却好又濟了老哥之用。這桑葉却像爲老哥而生，可不是個定數？」施復道：「老哥高見，甚是有理。〔三〕就如你我相會，也是個定數。向日你因失銀與我識面，今日我亦因失物，尊嫂見還。方纔言及前情，又得相會。」朱恩道：「看起來，我與老哥乃前生結下緣分，方得如此。意欲結爲兄弟，不知尊意若何？」施復道：「小子别無兄弟，若不相棄，可知好哩。」當下二人就堂中八拜爲交，認爲兄弟。施復又請朱恩母親出來拜見了。朱恩重復唤渾家出來，見了結義伯伯。一家都歡歡喜喜。

不一時，將出酒肴，無非魚肉之類。二人對酌。朱恩問道：「大哥有幾位令郎？」施復答道：「只有一個，剛纔二歲，不知賢弟有幾個？」朱恩道：「止有一個女兒，也纔二歲。」便教渾家抱出來，與施復觀看。朱恩又道：「大哥，我與你兄弟之間，再結個兒女親家何如？」施復道：「如此最好，但恐家寒攀陪不起。」朱恩道：「大哥何出此言！」兩下聯了姻事，愈加親熱。杯來盞去，直飲至更餘方止。

朱恩尋扇板門，把凳子兩頭閣着，支個鋪兒在堂中右邊，將薦席鋪上。施復打開包裹，取出被來抖好。朱恩叫聲安置，將中門閉上，向裏面去了。施復吹息燈火，上鋪臥下，翻來覆去，再睡不着。只聽得鷄在籠中不住吱吱喳喳，想道：「這鷄爲甚麼只管咭咶？」約莫一個更次，衆鷄忽然亂叫起來，却像被什麼咬住一般。施復只道是黃鼠狼來偷鷄，霍地跳起身，將衣服披着急來看這鷄。說時遲，那時快，纔下鋪走不上三四步，只聽得一聲響亮，如山崩地裂，不知甚東西打在鋪上，把施復唬得半步也走不動。

且說朱恩同母親渾家正在那裏飼蠶，聽得鷄叫，也認做黃鼠狼來偷，急點火出來看。纔動步，忽聽見這一響，驚得跌足叫苦道：「不好了！是我害了哥哥性命也！怎麼處？」飛奔出來。母妻也驚駭道：「壞了，壞了！」接脚追隨。朱恩開了中門，纔跨出脚，就見施復站在中間，又驚又喜，道：「哥哥，險些兒嚇殺我也！虧你如何走得起身，脱了這禍？」施復道：「若不是鷄叫得慌，起身來看，此時已爲虀粉矣。不知是甚東西打將下來？」朱恩道：「乃是一根車軸閣在上邊，不知怎地却掉下來？」將火照時，那扇門打得粉碎，凳子都跌倒了。車軸滚在壁邊，有巴斗粗大。施復看了，伸出舌頭縮不上去。此時朱恩母妻見施復無恙，已自進去了。那鷄也寂然無聲。朱恩道：「哥哥起初不要殺鷄，誰想就虧他救了性命。」二人遂立誓戒了殺生。有詩爲證：

昔聞楊寶酬恩雀，今見施君報德鷄。
物性有知皆似此，人情好殺復何爲？

當下朱恩點上燈燭，捲起鋪蓋，取出稻草，就地上打個鋪兒與施復睡了。到次早起身，外邊却已下雨。吃過早飯，施復便要回家。朱恩道：「難得大哥到此！須住一日，明早送回。」施復道：「你我正都在忙時，總然留這一日，各不安穩，不如早得我回去，等空閒時，大家寬心相叙幾日。」朱恩道：「不妨得！譬如今日到洞庭山去了，住在這裏話一日兒。」朱恩母親也出來苦留，施復只得住下。到巳牌時分，忽然作起大風，揚沙拔木，非常利害。接着風就是一陣大雨。朱恩道：「大哥，天遣你遇着了我，不去得還好。他們過湖的，有些擔險哩。」施復道：「便是。不想起這等大風，真個好怕人子！」那風直吹至晚方息，雨也止了。施復又住了一宿，次日起身時，朱恩桑葉已採得完備。他家自有船隻，都裝好了。吃了飯，打點起身。施復意欲還他葉錢，料道不肯要的，乃道：「賢弟，想你必不受我葉錢，我到不虛文了。但你家中脱不得身，送我去便擔閣兩日工夫，若有人顧一個摇去，却不兩便？」朱恩道：「正要認着大哥家中，下次好來往，如何不要我去？家中也不消得我。」施復見他執意要去，不好阻擋，遂作别朱恩母妻，下了船。朱恩把船摇動，剛過午，就到了盛澤。

施復把船泊住，兩人搬桑葉上岸。那些鄰家也因昨日這風，都擔着愁擔子，俱在門首等候消息，見施復到時，齊道：「好了，回來也！」急走來問道：「他們那裏去了不見？〔四〕共買得幾多葉？」施復答道：「我在灘闕遇着親戚家，有些餘葉送我，不曾同衆人過湖。」衆人俱道：「好造化，不知過湖的怎樣光景哩？」施復道：「料然没事。」衆人道：「只願如此便好。」

施復就央幾個相熟的，將葉相幫搬到家裏，謝聲有勞，衆人自去。渾家接着，道：「我正在這裏憂你，昨日恁樣大風，不知如何過了湖？」施復道：「且過來見了朱叔叔，慢慢與你細説。」朱恩上前深深作揖，喻氏還了禮。施復道：「賢弟請坐，大娘快取茶來，引孩子來見丈人。」喻氏從不曾見過朱恩，聽見叫他是賢弟，又稱他是孩子丈人，心中惑突，正不知是兀誰，忙忙點出兩杯茶，引出小厮來。施復接過茶，遞與朱恩，自己且不吃茶，便抱小厮過來，與朱恩看。朱恩見生得清秀，甚是歡喜，放下茶，接過來抱在手中。這小厮却如相熟的一般，笑嘻嘻全不怕生。施復向渾家説道：「這朱叔叔便是向年失銀子的，他家住在灘闕。」喻氏道：「元來就是向年失銀的。如何却得相遇？」施復乃將前晚討火落了兜肚，因而言及，方纔相會，留住在家，結爲兄弟，又與兒女聯姻。并不要宰鷄，虧鷄警報，得免車軸之難。所以不曾過湖，今日將葉送回。前後事細細説了一遍。喻氏又驚又喜，感激不盡，即忙收拾酒肴款待。

正吃酒間，忽聞得鄰家一片哭聲。施復心中怪異，走出來問時，却是昨日過湖買葉的翻了船，十來個人都淹死了，只有一個人得了一塊船板，浮起不死，虧漁船上救了回來報信。施復聞得，吃這驚不小，進來學向朱恩與渾家聽了，合掌向天稱謝，又道：「若非賢弟相留，我此時亦在劫中矣。」朱恩道：「此皆大哥平昔好善之報，與我何干！」【眉批】人有德，天委曲護之。人有報德之心，天亦委曲成之。誰云天道無知也。施復留朱恩住了一宿。到次早，朝膳已畢，施復道：「本該留賢弟閒玩幾日便是，曉得你家中事忙，不敢擔誤在此。過了蠶事，然後來相請。」朱恩道：「這裏原是不時往來的，何必要請。」施復又買兩盒禮物相送。朱恩却也不辭，别了喻氏，解纜開船。施復送出鎮上，方纔分手。正是：

只爲還金恩義重，今朝難捨弟兄情。

且說施復是年蠶絲利息比別年更多幾倍，欲要又添張機兒，怎奈家中窄隘，擺不下機床。大凡人時運到來，自然諸事遇巧。施復剛愁無處安放機床，恰好間壁鄰家住着兩間小房，連年因蠶桑失利，嫌道住居風水不好，急切要把來出脫，正凑了施復之便。那鄰家起初没售主時，情願減價與人。及至施復肯與成交，却又道方員無真假，比原價反要增厚，故意作難刁蹬，直徼個心滿意足，方纔移去。那房子還拆得如馬坊一般。施復一面喚匠人修理，一面擇吉鋪設機床，自己將把鋤頭去墾機坑。約摸鋤了一尺多深，忽鋤出一塊大方磚來，揭起磚時，下面圓圓一個罎口，滿滿都是爛米。施復說道：「可惜這一罎米，如何却埋在地下？」又想道：「上邊雖然爛了，中間或者還好。」丢了鋤頭，把手去捧那爛米，還不上一寸，便露出一搭雪白的東西來。舉目看時，不是別件，却是腰間細兩頭蹺，凑心的細絲錠兒。施復欲待運動，恐怕被匠人們撞見，沸揚開去，急忙原把土泥掩好，報知渾家。直至晚上，匠人去後，方纔搬運起來，約有千金之數。夫妻們好不歡喜！

施復因免了兩次大難，又得了這注財鄉，愈加好善。凡力量做得的好事，便竭力爲之；做不得的，他也不敢勉强。【眉批】若人人如此，便是堯舜之世。因此里中隨有長者之名。夫妻依舊省吃儉用，晝夜營運，不上十年，就長有數千金家事。又買了左近一所大房居住，開起三四十張紬機，又討幾房家人小厮，把個家業收拾得十分完美。兒子觀保，請個先生在家，教他讀書，取名德胤，行聘禮定了朱恩女兒爲媳。俗語道得好：六親合一運。那朱恩家事也頗頗長起。二人不時往來，情分勝如嫡親。

話休絮煩。且説施復新居房子，別屋都好，惟有廳堂攤塌壞了，看看要倒，只得興工改造。他本寒微出身，辛苦作家慣了，不做財主身分，日逐也隨着做工的搬磚弄瓦，拿水提泥。衆人不曉得他是勤儉，都認做借意監工，没一個敢怠惰偷力。工作半月有餘，擇了吉日良時，立柱上梁。衆匠人都吃利市酒去了，止有施復一人，兩邊檢點，柱脚若不平準的，便把來墊穩。看到左邊中間柱脚歪斜，把磚去墊。偏有這等作怪的事，左墊也不平，右墊又不穩，索性拆開來看，〔五〕却原來下面有塊三角沙石，尖頭正向着上邊，所以墊不平。乃道：「這些匠工精鳥帳！這塊石怎麽不去了，留在下邊？」便將手去一攀，這石隨手而起。拿開石看時，到吃一驚！下面雪白的一大堆銀子，其錠大小不一。上面有幾個一樣大的，腰間都束着紅絨，其色甚是鮮明。又喜又怪：喜的是得這一大注財物，怪的是這幾錠紅絨束的銀子，他不知藏下幾多年了，顔色還這般鮮明。當下不管好歹，將衣服做個兜兒，抓上許多，原把那塊石蓋好，飛奔進房，向床上倒下。喻氏看見，連忙來問：「是那裏來的？」施復無暇答應，見兒子也在房中，即叫道：「觀保快同我來！」口中便説，脚下亂跑。喻氏即解其意。父子二人來至外邊，教兒子看守，自己匀幾次搬完。這些匠人酒還吃未完哩。

施復搬完了，方與渾家説知其故。夫妻三人好不喜！把房門閉上，將銀收藏，約有二千餘金。紅絨束的，止有八錠，每錠准准三兩。收拾已完，施復要拜天地，换了巾帽長衣，開門出來。那些匠人，手忙脚亂，打點安柱上梁。見柱脚倒亂，乃道：「這是誰個弄壞了？又要費一番手脚。」施復道：「你們墊得不好，須還要重整一整。」工人知是家長所爲，誰敢再言。流水自去收拾，那曉其中奥妙。施復仰天看了一看，乃道：「此時正是卯時了，快些竪起來。」衆匠人聞言，七手八脚，一會兒便安下柱子，擡梁上去。裏邊托出一大盤拋梁饅首，分散衆人。鄰里們都將着果酒來與施復把盞慶賀。施復因掘了藏，愈加快活，分外興頭，就吃得個半醺。正是：

人逢喜事精神爽，月到中秋分外明。

施復送客去後，將巾帽長衣脱下，依原隨身短衣，相幫衆人。到巳牌時分，偶然走至外邊，忽見一個老兒龐眉白髮，年約六十已外，來到門首，相了一回，乃問道：

「這裏可是施家麽?」施復道:「正是,你要尋那個?」老兒道:「要尋你們家長,問句話兒。」施復道:「小子就是。老翁有甚話説?請裏面坐了。」那老兒聽見就是家主,把他上下只管瞧看,又道:「你真個是麽?」施復笑道:「我不過是平常人,那個肯假!」老兒舉一舉手,道:「老漢不爲禮了,乞借一步話説。」拉到半邊,問道:「宅上可是今日卯時上梁安柱麽?」施復道:「正是。」老兒又道:「官人可曾在左邊中間柱下得些財采?」施復見問及這事,心下大驚,想道:「他却如何曉得?莫不是個仙人!」因道着心事,不敢隱瞞,答道:「果然有些。」老兒又道:「内中可有八個紅絨束的錠麽?」施復一發駭異,乃道:「有是有的,老翁何由知得這般詳細?」老兒道:「這八錠銀子,乃是老漢的,所以知得。」施復道:「既是老翁的,如何却在我家柱脚下?」

老兒道:「有個緣故。老漢叫做薄有壽,就住在黄江涇鎮上,止有老荆兩口,别無子女。門首開個糕餅饅頭等物點心鋪子,日常用度有餘,積至三兩,便傾成一個錠兒。老荆孩子氣,把紅絨束在中間,無非尊重之意。因墻卑室淺,恐露人眼目,縫在一個暖枕之内,自謂萬無一失。積了這幾年,共得八錠,以爲老夫妻身後之用,儘有餘了。不想今早五鼓時分,老漢夢見枕邊走出八個白衣小厮,腰間俱束紅絲,在床前商議道：『今日卯時，盛澤施家豎柱安梁，親族中應去的，都已到齊了。我們也該去矣。』有一個問道：『他們都在那一個所在？』一個道：『在左邊中間柱下。』説罷，往外便走。有一個道：『我們住在這裏一向，如不別而行，覺道忒薄情了。』遂俱覆轉身向老漢道：『久承照管，如今却要拋撇，幸勿見怪！』【眉批】銀子實是薄情。這八錠還算多情的。那時老漢夢中，不認得那八個小厮是誰，也不曉得是何處來的，問他道：『八位小官人是幾時來的？如何都不相認？』小厮答道：『我們自到你家，與你只會得一面，你就把我們撇在腦後，故此我們便認得你，你却不認得我。』【眉批】錢者，泉也，以流而不滯爲樂。又指腰間紅絲道：『這還是初會這次，承你送的，你記得了麽？』老漢一時想不着幾時與他的，心中止掛欠無子，見其清秀，欲要他做個乾兒，又對他道：『既承你們到此，何不住在這裏，父子相看，幫我做個人家？怎麽又要往别處去？』八個小厮笑道：『你要我們做兒子，不過要送終之意。但我們該旺處去的。你這老官兒消受不起。』道罷，一齊往外而去。老漢此時覺道睡在床上，不知怎地身子已到門首，再三留之，頭也不回，惟聞得説道：『天色晏了，快走罷。』一齊亂跑。老漢追將上去，被草根絆了一交，驚醒轉來，與老荆説知，因疑惑這八錠銀子作怪。到早上拆開枕看時，都已去了。因要試驗此夢，故特來相訪，不想果然。」

施復聽罷，大驚道：「有這樣奇事！老翁不必煩惱，同我到裏面來坐。」薄老道：「這事已驗，不必坐了。」施復道：「你老人家許多路來，料必也餓了，見成點心吃些去也好。」這薄老兒見留他吃點心，到也不辭，便隨進來。只見新竪起三間堂屋，高大寬敞，木材巨壯，衆匠人一個個乒乒乓乓，耳邊惟聞斧鑿之聲，比平常愈加用力。你道爲何這般勤謹？大凡新竪屋那日，定有個犒勞筵席，利市賞錢。這些匠人打點吃酒要錢，見家主進來，故便假殷勤討好。薄老兒看着如此熱鬧，心下嗟嘆道：「怪道這東西欺我消受他不起，要望旺處去，原來他家恁般興頭！咦，這銀子却也勢利得狠哩！」不一時，來至一小客座中，施復請他坐下，急到裏邊向渾家說知其事。喻氏亦甚怪異，乃對施復道：「這銀子既是他送終之物，何不把來送還，做個人情也好。」施復道：「正有此念，故來與你商量。」

喻氏取出那八錠銀子，把塊布兒包好。施復袖了，分付討些酒食與他吃，復到客座中摸出包來，道：「你看，可是那八錠麽？」薄老兒接過打開一看，分毫不差，乃道：「正是這八個怪物！」那老兒把來左翻右相，看了一回，對着銀子說道：「我想你縫在枕中，如何便會出來？黄江涇到此有十里之遠，人也怕走，還要趁個船兒，你又没有脚，怎地一回兒就到了這裏？」口中便説，心下又轉着苦掙之難，失去之易，不覺眼中落下兩點淚來。施復道：「老翁不必心傷！小子情願送還，贈你老人家百年之用。」薄老道：「承官人厚情。但老漢無福享用，所以走了。今若拿去，少不得又要走的，何苦討恁般煩惱吃！」施復道：「如今乃我送你的，料然無妨。」薄老只把手來搖道：「不要，不要！老漢也是個知命的，勉强來，一定不妙。」施復因他堅執不要，又到裏邊與渾家商議。喻氏道：「他雖不要，只我們心上過意不去。」又道：「他或者消受這八錠不起，〔六〕一二錠量也不打緊。」施復道：「他執意一錠也不肯要。」喻氏道：「我有個道理在此。把兩錠裹在饅頭裏，少頃送與他作點心，到家看見，自然罷了，難道又送來不成？」施復道：「此見甚妙。」

喻氏先支持酒肴出去。薄老坐了客位，施復對面相陪。薄老道：「没事打攪官人，不當人子！」施復道：「見成菜酒，何足挂齒！」當下三杯兩盞，吃了一回。薄老兒不十分會飲，不覺半醉。施復討飯與他吃罷，將要起身作謝，家人托出兩個饅頭。施復道：「兩個粗點心，帶在路上去吃。」薄老道：「老漢酒醉飯飽，連夜飯也不要吃了，路上如何又吃點心？」施復道：「總不吃，帶回家去便了。」薄老兒道：「不消得，不消得！老漢家中做這項生意的，日逐自有，官人留下賞人罷。」施復把來推在袖裏道：「我這饅頭餡好，比你鋪中滋味不同。將回去吃，便曉得。」那老兒見其意殷勤，不好固辭，乃道：「沒甚事到此，又吃又袖，罪過，罪過！」拱拱手道：「多謝了！」往外就走。施復送出門前，那老兒自言自語道：「來便來了，如今去，不知可就有便船？」施復見他醉了，恐怕遺失了這兩個饅頭，乃道：「老翁，不打緊，我家有船，教人送你回去。」那老兒點頭道：「官人，難得你這樣好心！可知有恁般造化！」施復喚個家人，分付道：「你把船送這大伯子回去，務要送至家中，認了住處，下次好去拜訪。」家人應諾。

薄老兒相辭下船，離了鎮上，望黃江涇而去。那老兒因多了幾杯酒，一路上問長問短，十分健談。不一時已到，將船泊住，扶那老兒上岸，送到家中。媽媽接着，便問：「老官兒，可有這事麼？」老兒答道：「千真萬真。」口中便說，却去袖裏摸出那兩個饅頭，遞與施復家人道：「一官，宅上事忙，不留吃茶了，這饅頭轉送你當茶罷。」施家人答道：「我官人特送你老人家的，如何却把與我？」薄老道：「你官人送我，已領過他的情了。如今送你，乃我之情，你不必固拒。」家人再三推却不過，只得受了，相別下船，依舊搖回。到自己河下，把船纜好，拿着饅頭上岸。恰好施復出來，一眼看見，問道：「這饅頭我送薄老官的，你如何拿了回來？」答道：「是他轉送小人當茶，再三推辭不脫，勉强受了他的。」施復暗笑道：「原來這兩錠銀那老兒還沒福受用，却又轉送别人。」想道：「或者到是那人造化，也未可知。」乃分付道：「這兩個饅頭滋味，比别的不同，莫要又與别人！」答應道：「小人曉得。」

那人來到裏邊尋着老婆，將饅頭遞與，還未開言説是那裏來的，被夥伴中叫到外邊吃酒去了。原來那人已有兩個兒女，正害着疳瘦食積病症。當下婆娘接在手中，想道：「若被小男女看見，偷去吃了，到是老大利害，不如把去大娘换些别樣點心哄他罷。」即便走來向主母道：「大娘，丈夫適纔不知那裏拿這兩個饅頭，我想小男女正害肚腹病，儻看見偷吃了，這病却不一發加重！欲要求大娘换甚不傷脾胃的點心哄那兩個男女。」説罷，將饅頭放在卓上。喻氏不知其細，遂揀幾件付與他去，將饅頭放過。少頃，施復進來，把薄老轉與家人饅頭之事，説向渾家，又道：「誰想到是他的造化！」喻氏聽了，乃知把來换點心的就是，答道：「元來如此，却也奇異！」便去拿那兩個饅頭來，遞與施復道：「你拍這饅頭來看。」施復不知何意，隨手拍開，只聽得卓上噹的一響，舉目看時，乃是一錠紅絨束的銀子，問道：「饅頭如何你又取了他的？」喻氏將那婆娘來换點心之事説出。夫妻二人，不勝嗟嘆，方知銀子赶人，麾之不去；命裏無時，求之不來。施復因憐念薄老兒，時常送些錢米與他，到做了親戚往來。死後，又買塊地兒殯葬。後來施德胤長大，娶朱恩女兒過門，夫妻孝順。施復之富，冠于一鎮。夫婦二人，各壽至八十外，無疾而終。至今子孫蕃衍，與灘闕朱氏世爲姻誼云。有詩爲證：

六金還取事雖微，感德天心早鑒知。
灘闕巧逢恩義報，好人到底得便宜。

【校記】

〔一〕「拿去了」，底本無「拿」字，據衍慶堂本補。
〔二〕「沒處買桑葉」，底本作「沒買處桑葉」，據衍慶堂本改。
〔三〕「甚是」二字，底本缺失，據衍慶堂本補。
〔四〕「那裏」，底本作「都里」，據衍慶堂本改。
〔五〕「拆開」，底本作「拆間」，據衍慶堂本改。
〔六〕「八錠」，底本及衍慶堂本作「十錠」，據前後文改。

寧爲太平
犬莫作離
乱人

分鞋今日再
成双留与千
秋作話説

第十九卷　白玉娘忍苦成夫

兩眼乾坤舊恨，一腔今古閒愁。隋宮吴苑舊風流，寂寞斜陽渡口。　興到豪吟百首，醉餘憑吊千秋。神仙迂怪總虛浮，只有綱常不朽。

這首《西江月》詞，是勸人力行仁義，扶植綱常。從古以來，富貴空花，榮華泡影，只有那忠臣孝子，義夫節婦，名傳萬古，隨你負擔小人，聞之起敬。今日且説義夫節婦：如宋弘不棄糟糠，羅敷不從使君，此一輩豈不是扶植綱常的？又如黄允欲娶高門，（二）預逐其婦；買臣宦達太晚，見棄于妻。那一輩豈不是敗壞綱常的？真個是人心不同，涇渭各别。有詩爲證：

黄允棄妻名遂損，買臣離婦志堪悲。
夫妻本是鴛鴦鳥，一對棲時一對飛。

話中單表宋末時，一個丈夫姓程，雙名萬里，表字鵬舉，本貫彭城人氏。父親程文業，官拜尚書。萬里十六歲時，椿萱俱喪，十九歲以父蔭補國子生員。生得人材魁岸，志略非凡，性好讀書，兼習弓馬。聞得元兵日盛，深以爲憂，曾獻戰、守、和三策，以直言觸忤時宰，恐其治罪，棄了童僕，單身潛地走出京都。却又不敢回鄉，欲往江陵府，投奔京湖制置使馬光祖。未到漢口，傳説元將兀良哈歹統領精兵，長驅而入，勢如破竹。程萬里聞得這個消息，大吃一驚，遂不敢前行。躊躇之際，天色已晚，但見：

片片晚霞迎落日，行行倦鳥盼歸巢。

程萬里想道：「且尋宿店，打聽個實信，再作區處。」其夜，只聞得户外行人，奔走不絶，却都是上路逃難來的百姓，哭哭啼啼，耳不忍聞。程萬里已知元兵迫近，夜半便起身，趁衆同走。走到天明，方纔省得忘記了包裹在客店中。來路已遠，却又不好轉去取討，身邊又没盤纏，腹中又餓，不免到村落中告乞一飯，又好掙扎路途。約莫走半里遠近，忽然斜插裏一陣兵，直衝出來。程萬里見了，飛向側邊一個林子裏躲避。那枝兵不是别人，乃是元朝元帥兀良哈歹部下萬户張猛的游兵。前鋒哨探，見一個漢子，面目雄壯，又無包裹，躲向樹林中而去，料道必是個細作，追入林中，不管好歹，一索綑翻，解到張萬户營中。程萬里稱是避兵百姓，并非細作。張萬户見他面貌雄壯，留爲家丁。程萬里事出無奈，只得跟隨。每日間見元兵所過，殘滅如秋風掃葉，心中暗暗悲痛，正是：

寧爲太平犬，莫作離亂人。

却説張萬户乃興元府人氏，有千斤膂力，武藝精通。昔年在鄉里間豪横，守將知得他名頭，收在部下爲偏裨之職。後來元兵犯境，殺了守將，叛歸元朝。元主以其有獻城之功，封爲萬户，撥在兀良哈歹部下爲前部嚮導，屢立戰功。今番從軍日久，思想家裏，寫下一封家書，把那一路擄掠下金銀財寶，裝做一車，又將擄到人口男女，分做兩處，差帳前兩個將校，押送回家。可憐程萬里遠離鄉土，隨着衆人，一路啼啼哭哭，直至興元府，到了張萬户家裏，將校把家書金銀，交割明白，又令那些男女，叩見了夫人。那夫人做人賢慧，就各撥一個房户居住，每日差使伏侍。將校討了回書，自向軍前回覆去了。程萬里住在興元府，不覺又經年餘。

那時宋元兩朝講和，各自罷軍，將士寧家。張萬户也回到家中，與夫人相見過了，合家奴僕，都來叩頭。程萬里也只得隨班行禮。又過數日，張萬户把擄來的男女，揀身材雄壯的留了幾個，其餘都轉賣與人。張萬户唤衆人來分付道：「汝等不幸生于亂離時世，遭此塗炭，或有父母妻子，料必死于亂軍之手。就是汝等，還喜得遇我，所以尚在，若逢着别個，死去幾時了。今在此地，雖然是個異鄉，既爲主僕，即如親人一般。今晚各配妻子與你們，可安心居住，勿生異心。後日帶到軍前，尋些功績，博個出身，一般富貴。若有他念，犯出事來，斷然不饒的。」衆人都流淚叩頭道：「若得如此，乃老爹再生之恩，豈敢又生他念。」當晚張萬户就把那擄來的婦女，點了幾名。夫人又各賞幾件衣服。張萬户與夫人同出堂前，衆婦女跟隨在後。堂中燈燭輝煌，衆人都叉手侍立兩傍。張萬户一一喚來配合。衆人一齊叩首謝恩，各自領歸房户。且説程萬里配得一個女子，引到房中，掩上門兒，夫妻叙禮。程萬里仔細看那女子，年紀約有十五六歲，生得十分美麗，不像個以下之人。怎見得？有《西江月》爲證：

兩道眉彎新月，一雙眼注微波。青絲七尺挽盤螺，粉臉吹彈得破。望日嫦娥盼夜，秋宵織女停梭。畫堂花燭聽歡呼，兀自含羞怯步。

程萬里得了一個美貌女子，心中歡喜，問道：「小娘子尊姓何名？可是從幼在宅中長大的麽？」那女子見問，沉吟未語，早落下兩行珠淚。程萬里把袖子與他拭了，問道：「娘子爲何掉淚？」那女子道：「奴家本是重慶人氏，姓白，小字玉娘。父親白忠，官爲統制，四川制置使余玠調遣鎮守嘉定府。不意余制置身亡，元將兀良哈歹乘虛來攻。食盡兵疲，力不能支。破城之日，父親被擒，不屈而死。兀良元帥怒我父守城抗拒，將妾一門抄戮。張萬户憐妾幼小，幸得免誅，帶歸家中爲婢，伏侍夫人，不意今日得配君子。不知君乃何處人氏，亦爲所擄？」程萬里見説亦是羈囚，觸動其心，不覺也流下淚來。把自己家鄉姓名，被擄情由，細細説與。兩下悽慘一場，却已二鼓。夫妻解衣就枕，一夜恩情，十分美滿。明早起身，梳洗過了，雙雙叩謝張萬户已畢，玉娘原到裏邊去了。程萬里感張萬户之德，一切幹辦公事，加倍用心，甚得其歡。【眉批】得力處在此。其夜是第三夜了，程萬里獨坐房中，猛然想起功名未遂，流落異國，身爲下賤，玷宗辱祖，可不忠孝兩虛！欲待乘間逃歸，又無方便，長嘆一聲，潸潸淚下。正在自悲自嘆之際，却好玉娘自内而出。萬里慌忙拭淚相迎，容顔慘淡，餘涕尚存。玉娘是個聰明女子，見貌辨色，當下挑燈共坐，叩其不樂之故。萬里是個把細的人，倉卒之間，豈肯傾心吐膽。自古道：

夫妻且説三分話，未可全拋一片心。

當下强作笑容，只答應得一句道：「没有甚事！」玉娘情知他有含糊隱匿之情，更不去問他。直至掩户息燈，解衣就寢之後，方纔低低啓齒，款款開言道：【眉批】玉娘更把細。「程郎，妾有一言，日欲奉勸，未敢輕談。適見郎君有不樂之色，妾已猜其八九。郎君何用相瞞！」萬里道：「程某并無他意，娘子不必過疑。」玉娘道：「妾觀郎君才品，必非久在人後者，何不覓便逃歸，圖個顯祖揚宗？却甘心在此爲人奴僕，豈能得個出頭的日子？」程萬里見妻子説出恁般説話，老大驚訝，心中想道：「他是婦人女子，怎麽有此丈夫見識，道着我的心事？况且尋常人家，夫婦分别，還要多少留戀不捨。今成親三日，恩愛方纔起頭，豈有反勸我還鄉之理？只怕還是張萬户教他來試我。」便道：「豈有此理！我爲亂兵所執，自分必死。幸得主人釋放，留爲家丁，又以妻子配我，此恩天高地厚，未曾報得，豈可爲此背恩忘義之事？汝勿多言！」玉娘見説，嘿然無語。程萬里愈疑是張萬户試他。

到明早起身，程萬里思想：「張萬户教他來試我，我今日偏要當面説破，固住了他的念頭，不來隄防，好辦走路。」梳洗已過，請出張萬户到廳上坐下，説道：「稟老爹，夜來妻子忽勸小人逃走。小人想來，當初被游兵捉住，蒙老爹救了性命，留作家丁，如今又配了妻子。這般恩德，未有寸報。况且小人父母已死，親戚又無，只此便是家了，還教小人逃到那裏去？小人昨夜已把他埋怨一番。恐怕他自己情虚，反來造言累害小人，故此特稟知老爹。」張萬户聽了，心中大怒，即唤出玉娘罵道：「你這賤婢！當初你父抗拒天兵，兀良元帥要把你闔門盡斬，我可憐你年紀幼小，饒你性命，又恐爲亂軍所殺，帶回來恩養長大，配個丈夫。你不思報效，反教丈夫背我，要你何用！」教左右：「快取家法來，吊起賤婢打一百皮鞭。」那玉娘滿眼垂淚，啞口無言。衆人連忙去取索子家法，將玉娘一索綑翻。正是：

分明指與平川路，反把忠言當惡言。

程萬里在旁邊，見張萬户發怒，要吊打妻子，心中懊悔道：「原來他是真心，到是我害他了！」又不好過來討饒。正在危急之際，恰好夫人聞得丈夫發怒，要打玉娘，急走出來救護。原來玉娘自到他家，因德性温柔，舉止閒雅，且是女工中第一伶俐，夫人平昔極喜歡他的。名雖爲婢，相待却像親生一般，立心要把他嫁個好丈夫。因見程萬里人材出衆，後來必定有些好日，故此前晚就配與爲妻。今日見説要打他，不知因甚緣故，特地自己出來。見家人正待要動手，夫人止住，上前道：「相公因甚要吊打玉娘？」張萬户把程萬里所説之事，告與夫人。夫人叫過玉娘道：「我一向憐你幼小聰明，特揀個好丈夫配你，如何反教丈夫背主逃走？本不當救你便是，姑念初犯，與老爹討饒，下次再不可如此！」玉娘并不回言，但是流淚。夫人對張萬户道：「相公，玉娘年紀甚小，不知世務，一時言語差誤，可看老身分上，姑恕這次罷。」張萬户道：「既夫人討饒，且恕這賤婢。倘若再犯，二罪俱罰。」玉娘含淚叩謝而去。張萬户喚過程萬里道：「你做人忠心，我自另眼看你。」程萬里滿口稱謝，走到外邊，心中又想道：「還是做下圈套來試我！若不是，怎麽這樣大怒要打一百，夫人剛開口討饒，便一下不打？況夫人在裏面，那裏曉得這般快，就出來救護？且喜昨夜不曾說别的言語還好。」【眉批】萬里心硬，玉娘腸熱，俱是英雄本色。

到了晚間，玉娘出來，見他雖然面帶憂容，却没有一毫怨恨意思。程萬里想道：「一發是試我了。」説話越加謹慎。又過了三日，那晚，玉娘看了丈夫，上下只管相着，欲言不言，如此三四次，終是忍耐不住，又道：「妾以誠心告君，如何反告主人，幾遭箠撻？幸得夫人救免。然細觀君才貌，必爲大器，爲何還不早圖去計？若戀戀于此，終作人奴，亦有何望？」程萬里見妻子又勸他逃走，心中愈疑道：「前日恁般嗔責，他豈不怕，又來說起？一定是張萬户又教他來試我念頭果然决否。」也不回言，徑自收拾而卧。

到明早，程萬里又來禀知張萬户。張萬户聽了，暴躁如雷，連喊道：「這賤婢如此可恨，快拿來敲死了罷！」左右不敢怠緩，即向裏邊來喚。夫人見喚玉娘，料道又有甚事，不肯放將出來。張萬户見夫人不肯放玉娘出來，轉加焦躁，却又礙着夫人面皮，不好十分催逼，暗想道：「這賤婢已有外心，不如打發他去罷。倘然夫妻日久恩深，被這賤婢哄熱，連這好人的心都要變了。」乃對程萬里道：「這賤婢兩次三番誘你逃歸，其心必有他念，料然不是爲你。久後必被其害。待今晚出來，明早就教人引去賣了，別揀一個好的與你爲妻。」程萬里見説要賣他妻子，方纔明白渾家果是一片真心，懊悔失言，【眉批】至愛莫如夫妻，而一效忠言，猶有不相信者，况他人乎！言不可不慎也。便道：「老爹如今警戒兩番，下次諒必不敢。總再説，小人也斷然不聽。若把他賣了，只怕人説小人薄情，做親纔六日，就把妻子來賣。」張萬户道：「我做了主，誰敢説你！」道罷，徑望裏邊而去。夫人見丈夫進來，怒氣未息，恐還要責罰玉娘，連忙教閃過一邊，起身相迎，并不問起這事。張萬户却又怕夫人不捨得玉娘出去，也分毫不題。

且説程萬里見張萬户決意要賣，心中不忍割捨，坐在房中暗泣。直到晚間，玉娘出來，對丈夫哭道：「妾以君爲夫，故誠心相告，不想君反疑妾有異念，數告主人。主人性氣粗雄，必然懷恨。妾不知死所矣！然妾死不足惜，但君堂堂儀表，甘爲下賤，不圖歸計爲恨耳！」【眉批】女中豪俠。程萬里聽説，淚如雨下，道：「賢妻良言指迷，自恨一時錯見，疑主人使汝試我，故此告知，不想反累賢妻！」玉娘道：「君若肯聽妾言，雖死無恨。」程萬里見妻子恁般情真，又思明日就要分離，愈加痛泣，却又不好對他説知，含淚而寢，直哭到四更時分。玉娘見丈夫哭之不已，料必有甚事故，問道：

「君如此悲慟，定是主人有害妾之意，何不明言？」程萬里料瞞不過，方道：「自恨不才，有負賢妻。明日主人將欲鬻汝，勢已不能挽回，故此傷痛！」玉娘聞言，悲泣不勝。兩個攪做一團，哽哽咽咽，却又不敢放聲。【眉批】慘極矣！天未明，即便起身梳洗。玉娘將所穿繡鞋一隻，與丈夫換了一隻舊履，道：「後日倘有見期，以此爲證。萬一永別，妾抱此而死，有如同穴。」【眉批】絶好情節！可恨村學究妄造《分鞋記傳奇》，弄得雪淡。說罷，復相抱而泣，各將鞋子收藏。

到了天明，張萬户坐在中堂，教人來喚。程萬里忍住眼淚，一齊來見。張萬户道：「你這賤婢！我自幼撫你成人，有甚不好，屢教丈夫背主！本該一劍斬你便是。且看夫人分上，姑饒一死。你且到好處受用去罷。」叫過兩個家人分付道：「引他到牙婆人家去，不論身價，但要尋一下等人家，磨死這不受人擡舉的賤婢便了。」玉娘要求見夫人拜别，張萬户不許。玉娘向張萬户拜了兩拜，起來對着丈夫道聲「保重」，含着眼淚，同兩個家人去了。【眉批】難爲情。程萬里腹中如割，無可奈何，送出大門而回。正是：

世上萬般哀苦事，無非死别與生離。

比及夫人知覺，玉娘已自出門去了。夫人曉得張萬户情性，誠恐他害了玉娘性命。今日脱離虎口，到也由他。且説兩個家人，引玉娘到牙婆家中，恰好市上有個經紀人家，要討一婢，見玉娘生得端正，身價又輕，連忙兑出銀子，交與張萬户家人，將玉娘領回家去不題。

且説程萬里自從妻子去後，轉思轉悔，每到晚間，走進房門，便覺慘傷，取出那兩隻鞋兒，在燈前把玩一回，嗚嗚的啼泣一回。哭勾多時，方纔睡卧。【眉批】痛悔可知。次後訪問得，就賣在市上人家，幾遍要悄地去再見一面，又恐被人覷破，報與張萬户，反壞了自己大事，因此又不敢去。那張萬户見他不聽妻子言語，信以爲實，諸事委托，毫不隄防。程萬里假意殷勤，愈加小心。張萬户好不喜歡，又要把妻子配與。程萬里不願，道：「且慢着，候隨老爺到邊上去有些功績回來，尋個名門美眷，也與老爺争氣。」

光陰迅速，不覺又過年餘。那時兀良哈歹在鄂州鎮守，值五十誕辰，張萬户昔日是他麾下裨將，收拾了許多金珠寶玉，思量要差一個能幹的去賀壽，未得其人。程萬里打聽在肚裏，思量趁此機會，脱身去罷，即來見張萬户道：「聞得老爹要送兀良爺的壽禮，尚未差人。我想衆人都有掌管，脱身不得。小人總是在家没有甚事，到情願任這差使。」張萬户道：「若得你去最好。只怕路上不慣，吃不得辛苦。」程萬里道：

「正爲在家自在慣了，怕後日隨老爹出征，受不得辛苦，故此先要經歷些風霜勞碌，好跟老爹上陣。」張萬户見他説得有理，并不疑慮，就依允了，寫下問候書札，上壽禮帖，又取出一張路引，以防一路盤詰。諸事停當，擇日起身。程萬里打叠行李，把玉娘繡鞋都藏好了。到臨期，張萬户把東西出來，交付明白，又差家人張進作伴同行。又把十兩銀子與他盤纏。程萬里見又有一人同去，心中煩惱，欲要再禀，恐張萬户疑惑，且待臨時，又作區處。當下拜别張萬户，把東西裝上生口，離了興元，望鄂州而來。一路自有館驛支討口糧，并無擔閣。

不則一日，到了鄂州，借個飯店寓下。來日清早，二人賫了書札禮物，到帥府衙門挂號伺候。那兀良元帥是節鎮重臣，故此各處差人來上壽的，不計其數，衙門前好不熱鬧。三通畫角，兀良元帥開門升帳。許多將官僚屬，參見已過，然後中軍官引各處差人進見，呈上書札禮物。兀良元帥一一看了，把禮物查收，分付在外伺候回書。衆人答應出來，不題。

且説程萬里送禮已過，思量要走，怎奈張進同行同卧，難好脱身，心中無計可施。也是他時運已到，天使其然。那張進因在路上鞍馬勞倦，却又受了些風寒，在飯店上生起病來。程萬里心中歡喜：「正合我意！」欲要就走，却又思想道：「大丈夫作事，須要來去明白。」原向帥府候了回書，【眉批】頗似忠義堂上人物。到寓所看張進時，人事不省，毫無知覺。自己即便寫下一封書信，一齊放入張進包裹中收好。先前這十兩盤纏銀子，張進便要分用，程萬里要穩住張進的心，却總放在他包裹裏面。等到鄂州一齊買人事送人。今日張進病倒，程萬里取了這十兩銀子，連路引鋪陳打做一包，收拾完備，【眉批】將欲取之，必固與之，萬里亦縱横之才。却叫過主人家來分付道：「我二人乃興元張萬户老爹特差來與兀良爺上壽，還要到山東史丞相處公幹。不想同伴的路上辛苦，身子有些不健，如今行動不得。若等他病好時，恐怕誤了正事，只得且留在此調養幾日。我先往那裏公幹，回來與他一齊起身。」即取出五錢銀子遞與道：「這薄禮權表微忱，勞主人家用心看顧，得他病體痊安，我回時還有重謝。」主人家不知是計，收了銀子道：「早晚服侍，不消牽挂。但長官須要作速就來便好。」程萬里道：「這個自然。」又討些飯來吃飽，背上包裹，對主人家叫聲暫别，大踏步而走。正是：

鰲魚脱却金鈎去，擺尾摇頭再不來。

離了鄂州，望着建康而來。一路上有了路引，不怕盤詰，并無阻滯。此時淮東地方，已盡數屬了胡元，萬里感傷不已。一徑到宋朝地面，取路直至臨安。舊時在朝宰執，都另換了一班人物。訪得見任樞密副使周翰，是父親的門生，就館于其家。正直度宗收録先朝舊臣子孫，全虧周翰提挈，程萬里亦得補福建福清縣尉。尋了個家人，取名程惠，擇日上任。不在話下。

且説張進在飯店中，病了數日，方纔精神清楚，眼前不見了程萬里，問主人家道：「程長官怎麼不見？」主人家道：「程長官十日前説還要往山東史丞相處公幹，因長官有恙，他獨自去了，轉來同長官回去。」張進大驚道：「何嘗又有山東公幹！被這賊趁我有病逃了。」主人家驚問道：「長官一同來的，他怎又逃去？」張進把當初擄他情由細説，主人懊悔不迭。張進恐怕連他衣服取去，即忙教主人家打開包裹看時，却留下一封書信，并兀良元帥回書一封。路引盤纏，盡皆取去，其餘衣服，一件不失。張進道：「這賊狼子野心！老爹恁般待他，他却一心戀着南邊。怪道連妻子也不要！」又將息了數日，方纔行走得動，便去稟知兀良元帥，另自打發盤纏路引，一面行文挨獲程萬里。那張進到店中算還了飯錢，作別起身。星夜赶回家，參見張萬户，把兀良元帥回書呈上看過，又將程萬里逃歸之事稟知。張萬户將他遺書拆開看時，上寫道：

門下賤役程萬里，奉書恩主老爺臺下：萬里向蒙不殺之恩，收爲厮養，委以腹心，人非草木，豈不知感。但聞越鳥南棲，狐死首丘，萬里親戚墳墓，俱在南朝，早暮思想，食不甘味。意欲禀知恩相，乞假歸省，誠恐不許，以此斗膽輒行。在恩相幕從如雲，豈少一走卒？放某還鄉，如放一鴿耳。大恩未報，刻刻于懷。銜環結草，生死不負。

張萬户看罷，頓足道：「我被這賊用計瞞過，吃他逃了！有日拿住，教他碎尸萬段。」後來張萬户貪婪太過，被人參劾，全家抄没，夫妻雙雙氣死。此是後話，不題。

且説程萬里自從到任以來，日夜想念玉娘恩義，不肯再娶。但南北分争，無由訪覓。時光迅速，歲月如流，不覺又是二十餘年。程萬里因爲官清正廉能，已做到閩中安撫使之職。那時宋朝氣數已盡，被元世祖直擣江南，如入無人之境。逼得宋末帝奔入廣東厓山海島中駐蹕。止有八閩全省，未經兵火。然亦彈丸之地，料難抵敵。行省官不忍百姓罹于塗炭，商議將圖籍版輿，上表亦歸元主。元主將合省官俱加三級。程萬里升爲陝西行省參知政事。到任之後，思想興元乃是所屬地方，即遣家人程惠，將了向日所贈繡鞋，并自己這隻鞋兒，前來訪問妻子消息，不題。

且説娶玉娘那人，是市上開酒店的顧大郎，家中頗有幾貫錢鈔。夫妻兩口，年紀將近四十，并無男女。渾家和氏，每勸丈夫討個丫頭伏侍，生育男女。顧大郎初時恐怕淘氣，心中不肯。到是渾家叮囑牙婆尋覓，聞得張萬户家發出個女子，一力攛掇討回家去。渾家見玉娘人物美麗，性格温存，心下歡喜，就房中側邊打個舖兒，到晚間又準備些夜飯，擺在房中。玉娘暗解其意，佯爲不知，坐在厨下。和氏自家走來道：「夜飯已在房裏了，你怎麼反坐在此？」玉娘道：「大娘自請，婢子有在這裏。」和氏道：「我們是小户人家，不像大人家有許多規矩。止要勤儉做人家，平日只是姊妹相稱便了。」玉娘道：「婢子乃下賤之人，倘有不到處，得免嗔責足矣，豈敢與大娘同列！」和氏道：「不要疑慮！我不是那等嫉妒之輩，就是要你，也到是我的意思。只爲官人中年無子，故此勸他取個偏房。若生得一男半女，即如與我一般。你不要害羞，可來同坐，吃杯合歡酒。」玉娘道：「婢子蒙大娘擡舉，非不感激。但生來命薄，爲夫所棄，誓不再適。倘必欲見辱，有死而已！」【眉批】心堅鐵石，吐詞峻絶。和氏見説，心中不悦道：「你既自願爲婢，只怕吃不得這樣苦哩。」玉娘道：「但憑大娘所命。若不如意，任憑責罰。」和氏道：「既如此，可到房中伏侍。」玉娘隨至房中。他夫妻對坐而飲，玉娘在傍篩酒，和氏故意難爲他。直飲至夜半，顧大郎吃得大醉，衣也不脱，向床上睡了。玉娘收拾過家火，向厨中吃些夜飯，自來舖上和衣而睡。明早起來，和氏限他一日紡績。玉娘頭也不擡，不到晚都做完了，交與和氏。和氏暗暗稱奇，又限他夜中趲赶多少。玉娘也不推辭，直紡到曉。一連數日如此，毫無厭倦之意。

顧大郎見他不肯向前，日夜紡績，只道渾家妒忌，心中不樂，【眉批】錯認好。又不好説得，幾番背了渾家與玉娘調戲，玉娘嚴聲勵色。顧大郎懼怕渾家知得笑話，不敢則聲。過了數日，忍耐不過，一日對渾家道：「既承你的美意，娶這婢子與我，如何教他日夜紡績，却不容他近我？」和氏道：「非我之過。只因他第一夜，如此作喬，恁般推阻，爲此我故意要難他轉來。你如何反爲好成歉？」顧大郎不信道：「你今夜不要他紡織，教他早睡，看是怎麼？」和氏道：「這有何難！」到晚間，玉娘交過所限生活。和氏道：「你一連做了這幾時，今晚且將息一晚，明日做罷。」玉娘也十數夜不睡，覺道勞倦，甚合其意，吃過夜飯，收拾已完，到房中各自睡下。玉娘是久困的人，放倒頭便睡着了。顧大郎悄悄的到他鋪上，輕輕揭開被，捱進身子，把他身上一摸，却原來和衣而卧。顧大郎即便與他解脱衣裳。那衣帶都是死結，如何扯拽得開。顧大郎性急，把他亂扯，纔扯斷得一條帶子，玉娘在睡夢中驚醒，連忙跳起，被顧大郎雙手抱住，那裏肯放。玉娘亂喊「殺人」。顧大郎道：「既在我家，喊也没用，不怕你不從我！」和氏在床，假做睡着，聲也不則。玉娘掙脱不得，心生一計，道：「官人，你若今夜辱了婢子，明日即尋一條死路。張萬户夫人平昔極愛我的，曉得我死了，料然決不與你干休。只怕那時破家蕩産，連性命亦不能保，悔之晚矣。」【眉批】剛腸烈志，凛乎不可犯。顧大郎見説，果然害怕，只得放手，原走到自己床上睡了。玉娘眼也不合，直坐到曉。和氏見他立志如此，料不能强，反認爲義女。玉娘方纔放心，夜間只是和衣而卧，日夜辛勤紡織。

約有一年，玉娘估計積成布匹，比身價已有二倍，將來交與顧大郎夫婦，求爲尼姑。和氏見他誠懇，更不强留，把他這些布匹，盡施與爲出家之費，【眉批】和氏亦賢婦也。又備了些素禮，夫婦二人，同送到城南曇花庵出家。玉娘本性聰明，不勾三月，把那些經典諷誦得爛熟。只是心中記挂着丈夫，不知可能勾脱身逃走。將那兩隻鞋子，做個囊兒盛了，藏于貼肉。老尼出庵去了，就取出觀玩，對着流淚。次後央老尼打聽，知得乘機走了，心中歡喜，早晚誦經祈保。又感顧大郎夫婦恩德，也在佛前保祐。後來聞知張萬户全家抄没，夫婦俱喪。玉娘思念夫人幼年養育之恩，大哭一場，禮懺追薦，詩云：

數載難忘養育恩，看經禮懺薦夫人。
爲人若肯存忠厚，雖不關親也是親。

且説程惠奉了主人之命，星夜赶至興元城中，尋個客店寓下。明日往市中，訪到顧大郎家裏。那時顧大郎夫婦，年近七旬，鬢鬢俱白，店也收了，在家持齋念佛，人都稱他爲顧道人。程惠走至門前，見老人家正在那裏掃地。程惠上前作揖道：「太公，借問一句説話。」顧老還了禮，見不是本處鄉音，便道：「客官可是要問路徑麽？」程惠道：「不是。要問昔年張萬户家出來的程娘子，可在你家了？」顧老道：「客官，你是那裏來的？問他怎麽？」程惠道：「我是他的親戚，幼年離亂時失散，如今特來尋訪。」顧老道：「不要説起！當初我因無子，要娶他做個通房。不想自到家來，從不曾解衣而睡。我幾番捉弄他，他執意不從。見伊立性貞烈，不敢相犯，到認做義女，與老荆就如嫡親母子。且是勤儉紡織，有時直做到天明。不上一年，將做成布匹，抵償身價，要去出家。我老夫妻不好强留，就將這些布匹，送與他出家費用。又備些素禮，送他到南城曇花庵爲尼。如今二十餘年了，足迹不曾出那庵門。我老夫婦到時常走去看看他，也當做親人一般。又聞得老尼説，至今未嘗解衣寢卧，不知他爲甚緣故。這幾時因老病不曾去看得。客官，既是你令親，徑到那裏去會便了，路也不甚遠。見時，到與老夫代言一聲。」

程惠得了實信，别了顧老，問曇花庵一路而來。不多時就到了，看那庵也不甚大。程惠走進了庵門，轉過左邊，便是三間佛堂。見堂中坐着個尼姑誦經，年紀雖是中年，人物到還十分整齊。程惠想道：「是了。」且不進去相問，就在門檻上坐着，袖中取出這兩隻鞋來細玩，自言自語道：「這兩隻好鞋，可惜不全！」【眉批】好見識。那誦經的尼姑，却正是玉娘。他一心對在經上，忽聞得有人説話，方纔擡起頭來。見一人坐在門檻上，手中玩弄兩隻鞋子，看來與自己所藏無二，那人却又不是丈夫，心中驚異，連忙收掩經卷，立起身向前問訊。程惠把鞋放在檻上，急忙還禮。尼姑問道：「檀越，借鞋履一觀。」程惠拾起遞與，尼姑看了，道：「檀越，這鞋是那裏來的？」程惠道：「是主人差來尋訪一位娘子。」尼姑道：「你主人姓甚？何處人氏？」程惠道：「主人姓程名萬里，本貫彭城人氏，今現任陝西參政。」尼姑聽説，即向身邊囊中取出兩隻鞋來，恰好正是兩對。【眉批】悲喜交集。尼姑眼中流淚不止。【眉批】痛定思痛。

程惠見了，倒身下拜道：「相公特差小人來尋訪主母。適纔問了顧太公，指引到此，幸而得見。」尼姑道：「你相公如何得做這等大官？」程惠把歷官閩中，并歸元升任至此，説了一遍。又道：「相公分付，如尋見主母，即迎到任所相會。望主母收拾行裝，小人好去雇倩車輛。」尼姑道：「吾今生已不望鞋履復合。今幸得全，吾願畢矣，豈別有他想。你將此鞋歸見相公、夫人，爲吾致意，須做好官，勿負朝廷，勿虐民下。我出家二十餘年，無心塵世久矣。此後不必挂念。」【眉批】超然世外。程惠道：「相公因念夫人之義，誓不再娶。【行側批】是。夫人不必固辭。」尼姑不聽，望裏邊自去。程惠央老尼再三苦告，終不肯出。【行側批】高。

程惠不敢苦逼，將了兩雙鞋履，回至客店，取了行李，連夜回到陝西衙門，見過主人，將鞋履呈上，細述顧老言語，并玉娘認鞋，不肯同來之事。程參政聽了，甚是傷感，把鞋履收了，即移文本省。那省官與程參政昔年同在閩中爲官，有僚友之誼，見了來文，甚以爲奇，即行檄仰興元府官吏，具禮迎請。興元府官不敢怠慢，準備衣服禮物，香車細輦，笙簫鼓樂，又取兩個丫鬟伏侍，同了僚屬，親到曇花庵來禮請。那時滿城人家盡皆曉得，當做一件新聞，扶老挈幼，争來觀看。

且説太守同僚屬到了庵前下馬，約退從人，徑進庵中。老尼出來迎接。太守與老尼説知來意，要請程夫人上車。老尼進去報知，玉娘見太守與衆官來請，料難推托，只得出來相見。太守道：「本省上司奉陝西程參政之命，特着下官等具禮迎請夫人上車，往陝西相會。車輿已備，望夫人易换袍服，即便登輿。」教丫鬟將禮物服飾呈上。玉娘不敢固辭，教老尼收了，謝過衆官，即將一半禮物送與老尼爲終老之資，餘一半囑托地方官員將張萬户夫妻以禮改葬，報其養育之義。【眉批】白氏仇兀良氏而不仇張，亦其平也。又起七晝夜道場，追薦白氏一門老小。好事已畢，丫鬟將袍服呈上。玉娘更衣，到佛前拜了四拜，又與老尼作别，出庵上車。府縣官俱隨于後。玉娘又分付：「還要到市中去拜別顧老夫妻。」路上鼓樂喧闐，直到顧家門首下車。顧老夫婦出來，相迎慶喜。玉娘到裏邊拜別，又將禮物贈與顧老夫婦，謝他昔年之恩。【眉批】不念舊惡，不忘報施，皆如烈丈夫所爲。老夫妻流淚收下，送至門前，不忍分別。玉娘亦覺慘然，含淚登車。各官直送至十里長亭而別。太守又委僚屬李克復，率領步兵三百，防護車輿。

一路經過地方，官員知得，都來迎送饋禮。直至陝西省城，那些文武僚屬，準備金鼓旗幡，離城十里迎接。【眉批】榮極。程參政也親自出城遠迎。一路金鼓喧天，笙簫振地，百姓們都滿街結綵，香花燈燭相迎，直至衙門後堂私衙門口下車。程參政分付僚屬明日相見，把門掩上，回至私衙。夫妻相見，拜了四雙八拜，起來相抱而哭。各把別後之事，細説一遍。説罷又哭。然後奴僕都來叩見，安排慶喜筵席，直飲至二更，方纔就寢。可憐成親止得六日，分離到有二十餘年。此夜再合，猶如一夢。次日，程參政升堂，僚屬俱來送禮慶賀。程參政設席款待，大吹大擂，一連開宴三日。各處屬下曉得，都遣人稱賀，自不必説。

且説白夫人治家有方，上下欽服。因自己年長，料難生育，廣置姬妾。【眉批】夫人之賢，參政之福，何前嗇而後豐也。程參政連得二子，自己直加銜平章，封唐國公，白氏封一品夫人，二子亦爲顯官。後人有詩爲證：

六日夫妻廿載別，剛腸一樣堅如鐵。
分鞋今日再成雙，留與千秋作話説。

【校記】

〔一〕「黄允」，底本及衍慶堂本作「王允」，據《後漢書》改。下徑改，不出校。

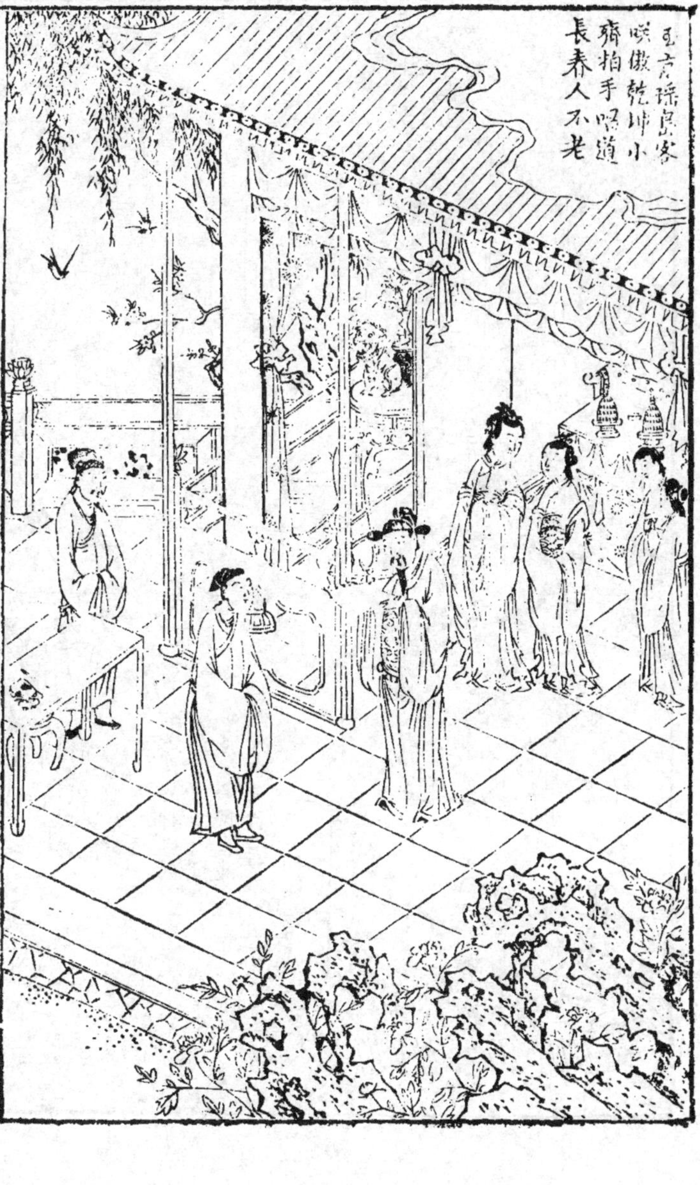
玉京謫仙客
喚做乾坤小
齊拍手呵道
長春人不老
郭卓然刻

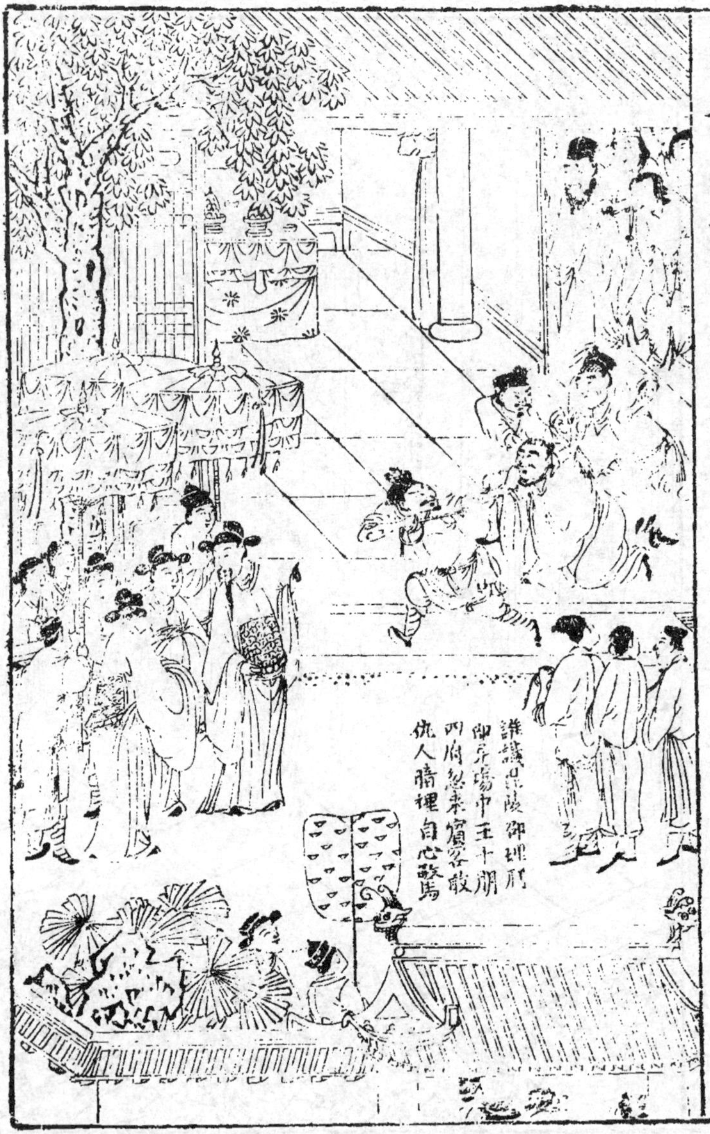
誹譏昆陵御理肝
仰屈場中王十朋
兩府忽來寬容敢
仇人暗裡自心驚

第二十卷　張廷秀逃生救父

萬事由天莫强求，何須苦苦用機謀。
飽三餐飯常知足，得一帆風便可收。
生事事生何日了，害人人害幾時休。
冤家宜解不宜結，各自回頭看後頭。

話説國朝自洪武爺開基，傳至萬曆爺，乃第十三代天子。那爺爺聖武神文，英明仁孝，真個朝無倖位，野没遺賢。内中單表江西南昌府進賢縣，有一人姓張名權，祖上原是富家，報充了個糧長。那知就這糧長役内壞了人家，把房産陸續弄完。傳到張權父親，已是寸土不存，這役子還不能脱。間壁是個徽州小木匠店。張權幼年間終日在那店門首閒看，拿匠人的斧鑿學做，這也是一時戲耍。不想父母因家道貧乏，見兒子没甚生理，就送他學成這行生意。後來父母亡過，那徽州木匠也年老歸鄉，張權便頂着這店。因做人誠實，儘有主顧，苦挣了幾年，遂娶了個渾家陳氏。夫妻二人將就過活。怎奈里役還不時纏擾。張權與渾家商議，離了故土，搬至蘇州閶門外皇華亭側邊，開個店兒，自起了個別號，去那白粉墻上寫兩行大字，道：「江西張仰亭精造堅固小木家火，不誤主顧。」

張權自到蘇州，生意順溜，頗頗得過。却又踏肩生下兩個兒子。常言道得好：「只愁不養，不愁不長。」不覺已到七八歲上。送在鄰家一個義學中讀書。大的取名廷秀，小的唤做文秀。這學中共有十來個孩子，止他兩個教着便會。不上幾年，把經書讀得希爛。看看廷秀長成一十三歲，文秀一十二歲，都生得眉目疏秀，人物軒昂。那時先生教他學做文字，却就學布局鍊格，琢句修詞。這張權雖是手藝之人，因見二子勤謹讀書，也有個向上之念。誰想這年一秋無雨，做了個旱荒，寸草不苗。大户人家有米的，却又關倉遏糶。只苦得那些小百姓，若老若幼，餓死無數。官府看不過，開發義倉，賑濟百姓。關支的十無三四，白白裏與吏胥做了人家。又發米于各處寺院煮粥，救濟貧民，却又把米侵匿，一碗粥中不上幾顆米粒。還有把糠粃木屑攙和在内，凡吃的俱各嘔吐，往往反速其死。上人只道百姓咸受其惠，那裏曉得恁般弊竇，有名無實。正是：

隨你官清似水，難逃吏滑如油。

且説張權因逢着荒年，只得把兒子歇了學，也教他學做木匠。二子天性聰明，那消幾日，就學會了，且又做得精細，比積年老匠更勝幾分。喜得張權滿面添花。只是木匠便會了，做下家火擺在門首，絶無人買。不勾幾時，將平日積下些小本錢，看看摸盡，連衣服都解當來吃在肚裏。張權心下着忙，與渾家陳氏商議，要尋個所在趁工幾時，度過荒年，再作區處。出去走了幾日，無個安身之地，只得依先在門首磨打家火，眼巴巴望個主顧來買。

一日正當午後，只見一人年紀五十以上，穿着一身紬絹衣服，後邊小厮跟隨，在街上踱將過去。忽擡頭看見張權門首擺列許多家火，做得精致，就停住脚觀看。張權瞧見，便放下手中生活，上前招架道：「員外要甚家火？裏面請看。」那人走上階頭問道：「這些家火都是你自己做的麽？」張權道：「盡是小子親手所造。木料又乾又厚，工夫精細，比别家不同。若是作成小子，情願奉讓加一。」那人道：「我買到不要買，問你可肯到人家做些家火麽？」張權道：「這也使得。不知尊府住在何處？要做甚家火？」那人道：「我家住在專諸巷内天庫前，有名開玉器舖的王家。要做一副嫁妝，木料儘多，只要做得堅固精巧。完了嫁妝，還要做些卓椅書厨等類。你若肯做時，再揀兩個好副手同來。」張權正要尋恁般所在，這却不是天賜其便？乃答道：「多承員外下顧，不知還在幾時動手？」那人道：「你若有工夫，就是明日做起。」張權道：「既如此，明日小子早到宅上伺候便了。」說罷，那人作別而去。

你道那人是何等樣人物？原來姓王名憲，積祖豪富，家中有幾十萬家私。傳到他手裏，却又開起一個玉器舖兒，愈加饒裕。人見他有錢，都稱做王員外。那王員外雖然是個富家，做人到也謙虛忠厚，樂善好施。只是一件，年過五旬，却没有子嗣。渾家徐氏，單生兩個女兒：長的唤做瑞姐，二年前已招贅了個女婿趙昂在家；次女玉姐，年方一十四歲，未有姻事，生得人物聰明，姿容端正，王員外夫婦鍾愛猶勝過長女。那趙昂元是個舊家子弟，王員外與其父是通家好友。因他父母雙亡，王員外念是故人之子，就贅入爲婿，又與他納粟入監，指望讀書成器。誰知趙昂一納了監生，就擴而充之起來，把書本撇開，穿着一套闊服，終日在街坊摇擺，爲人且又奸狡險惡。見王員外没有兒子，以爲自己是個贅婿，這家私恰像板牓上刊定是他承受，家業再没統移的了。遇着個老婆却又是個不賢慧的班頭，一心只向着老公。見父母喜歡妹子，恐怕也贅個女婿，分了家私，好生妒忌。有贅婿詩說得好：

人家贅婿一何癡，異種如何接本枝？

兩口未曾沾孝順，一心只想霸家私。
愁深衹爲防生舅，念狠兼之妒小姨。
半子虚名空受氣，不如安命没孩兒。

話分兩頭。且説張權正愁没飯吃，今日攬了這樁大生意，心中好不歡喜！到次日起來，弄了些柴米在家，分付渾家照管門户，同着兩個兒子，帶了斧鑿鋸子，進了閶門，來到天庫前。見個大玉器舖子，張權約莫是王家了，立住脚正要問人時，只見王員外從裏邊走將出來。張權即忙上前相見。王員外問道：「有幾個副手在此？」張權道：「止有兩個。」便教兒子過來見了員外。弟兄兩人將家火遞與父親，向前深深作揖。王員外還了個半禮，見是兩個小廝，便道：「我因要做好生活，故此尋你，怎麽教這小廝家來做？」張權正要開言，廷秀上前道：「員外，自古道：『後生可畏。』年紀雖小，手段不小。且試做來看，莫要就輕忽了人。」【眉批】開口已見一班。王員外看見二子人物清秀，且又能言快語，乃問道：「這兩個小厮是你甚人？」張權道：「是小子的兒子。」王員外道：「你到生得這兩個好兒子！」張權道：「不敢，只是没飯吃。」王員外道：「有了恁様兒子，愁甚没飯吃？隨我到裏邊來。」

當下父子三人一齊跟進大廳。王員外唤家人王進開了一間房子，搬出木料，交與張權，分付了樣式。父子三人量畫定了，動起斧鋸，手忙脚亂，直做到晚。吃了夜飯，又討些燈火，做起夜作，半夜方睡。一連做了五日，成了幾件家火，請王員外來看。王員外逐件仔細一觀，連聲喝采道：「果然做得精巧！」他把家火看了一回，又看張權兒子一回。見他弟兄兩個，只顧做生活，頭也不擡，【眉批】是個大器。不覺觸動無子之念，嘿然傷感。走入裏邊，坐在房中一個壁角邊，兩個眉頭蹙做一堆，骨篤了嘴，口也不開。渾家徐氏看見恁般模樣，連問幾聲，也不答應。急走到外邊來問：「員外適纔與誰惹氣？」都説：「纔看了新做的家火進來，并不曾與甚人惹氣。」

徐氏問明白了，又走到房裏，見丈夫依舊如此悶坐，乃上前道：「員外，家中吃的儘有，穿的儘有，雖没有萬貫家私，也算做是個財主。況今年紀五十之外，便日日快活，到八十歲也不上三十年了。着甚要緊，恁般煩惱！」王員外道：「媽媽，正爲後頭日子短了，因此煩惱。你想我辛勤了半世，掙得這些少家私，却不曾生得個兒子，傳授與他，接紹香煙。就是有兩個女兒，總養他乙百來歲，終是别人家媳婦，與我毫没相干。【眉批】明白。譬如瑞姐，自與他做親之後，一心只對着丈夫，把你我便撇在腦後，何嘗牽挂父母，着些疼熱！反不如張木匠是個手藝之人，看他年紀還小我十來年，到生得兩個好兒子，一個個眉清目秀，齒白唇紅，且又聰明勤謹，父子恩恩愛愛，不教而善。適纔完下幾件家火，十分精巧，便是積年老手段，也做他不過。只可惜落在他家，做了木匠。若我得了這樣一個兒子，就請個先生教他讀書，怕不是聯科及第，光耀祖宗。」徐氏見丈夫煩惱，便解慰道：「員外，這也不難！常言道：『着意種花花不活，無心插柳柳成陰。』既張木匠兒子恁般聰明俊秀，何不與他説，承繼一個，豈不是無子而有子？」王員外聞言，心中歡喜道：「媽媽所見極是！但不知他可肯哩？」當夜無話。

到次日飯後，王員外走到廳上。張權上前説道：「員外，小子今晚要回去看看家裏，相求員外借些工錢，買辦柴米，安頓了敝房，明日早來。」王員外道：「這個易處！我有句話兒問你。」張權道：「不知員外有甚分付？」王員外道：「兩位令郎今年幾歲？叫甚名字？」張權道：「大的名廷秀，年十四歲了；小的名文秀，年十二歲了。」王員外道：「可識字麼？」張權道：「也曾讀過幾年書。只爲讀不起，就住了，字到也識的。」王員外道：「我欲要承繼大令郎爲子，做個親戚往來，你可肯麼？」張權道：「員外休得取笑！小子乃手藝之人，怎敢仰攀宅上？就是小兒也没有恁樣福分。」王員外道：「何出此言！貧富那個是骨裏帶來的？你若肯時，就擇個吉日過門。我便請個先生教他。這些小家私好歹都是他的。」張權見王員外認真要過繼他兒子，滿面堆起笑來道：「既承員外提拔小兒，小子怎敢固辭。今晚且同回去，與敝房説知，待員外擇日過門罷。」王員外道：「説得是。」進來回覆了徐氏，取出乙兩銀子工錢，付與張權。到晚上領着二子，作别回家。陳氏接着，張權把王員外要過繼兒子一事，與渾家説知。夫妻歡天喜地。就是廷秀見説要請先生教他讀書，也甚欲得。

話休煩絮。王員外揀了吉日，做下一身新衣，送來穿着。張權將廷秀打扮起來，真個人是衣妝，佛是金妝，廷秀穿了一身華麗衣服，比前愈加丰采，全不像貧家之子。當下廷秀拜别母親，作辭兄弟。陳氏又將好言訓誨，教他孝順親熱，謙恭下氣。廷秀唯唯。雖然不是長别，母子未免流淚。張權親自送到王家。只見廳上大排筵席，親朋滿座。見説到了，盡來迎接。到廳與衆親戚作揖過了，先引去拜過家廟，然後請王員外夫婦到廳上坐下，廷秀上前四雙八拜，又與趙昂夫婦對拜，又到裏邊與玉姐相見。其餘内外男女親戚，一一拜見已畢，入席飲酒。就改名王廷秀。與玉姐兩下同年，因小兩個月，排行三官。廷秀在席上謙恭揖讓，禮數甚周，親友無不稱贊，内中止有趙昂夫婦心中不悦。當日大吹大擂，鼓樂喧天，直至更餘而散。次日，張權同着次子來謝過了王員外，依先到大廳上去做生活。王員外數日内便聘了個先生到家，又對張權道：「二令郎這樣青年美質，豈可將他埋没，何不教他同廷秀一齊讀書，就在這裏吃些現成茶飯？」張權道：「只是又來相擾，小子心上不安。」王員外道：「如今已是一家，何出此言！」自此文秀也在王家讀書。張權另叫副手相幫，不題。且説廷秀弟兄棄書原不多時，都還記得。那先生見二子聰明，盡心指教。乙年之間，三場俱通。此時王員外家火已是做完，張權趁了若干工錢。王員外分外又資助些銀兩，依舊在家開店過日。

雖然將上不足，也是比下有餘。

且説王員外次女玉姐，年已一十五歲，未有親事，做媒的絡繹不絶。王員外因是愛女，要擇個有才貌的女婿，不知説過多少人家，再没有中意的。看見廷秀勤謹讀書，到有心就要把他爲婿。還恐不能成就，私下詢問先生。先生極口稱贊二子文章，必然是個大器。王員外見先生贊得太過，只道是面諛之詞，反放心不下。即討幾篇文字，送與相識老學觀看，所言與先生相合。心下喜歡，來對渾家商議。徐氏也愛廷秀人材出衆，又肯讀書，一力攛掇。王員外主意已定，央族弟王三叔往張家爲媒。王三叔得了言語，一徑來到張家，（一）把王員外要贅廷秀爲婿的話，説與張權。張權推托門户不當，不肯應承。王三叔道：「此是家兄因愛令郎才貌，異日定有些好處，故此情願。又非你去求他，何必推辭。」張權方纔依允。王三叔回覆了王員外，便去擇選吉日行聘。不題。

單表趙昂夫妻，初時見王員外承繼張廷秀爲子，又請先生教他讀書，心中已是不樂，只不好來阻當。今日見説要將玉姐贅他爲婿，愈加妒忌。夫妻兩個商議了説話，要來攔阻這事。當下趙昂先走入來見王員外道：「有句話兒，本不該小婿多口。只是既在此間，事同一體，不得不説，又恐説時，反要招怪。不敢啓齒。」王員外道：「我有甚差誤處，得你點撥，乃是正理，怎麽怪你！」趙昂道：「便是小姨的親事。向來有多少名門舊族求親，岳父都不應承，如何却要配與三官？我想他是個小户出身，岳父承繼在家，不過是個養子，原不算十分正經，無人議論。今若贅做女婿，豈不被人笑話！」【眉批】主意。王員外笑道：「賢婿，這事不勞你過憂，我自有主見在此。常言道：『會嫁嫁對頭，不會嫁嫁門樓。』我爲這親事，不知揀過多少子弟，并没有一個入眼。他雖是小家子出身，生得相貌堂堂，人材出衆，况且又肯讀書，做的文字人人稱贊，説他定有科甲之分。放着恁般目知眼見的不嫁，難道到在那些酒包飯袋裏去搜覓？【眉批】説得痛快，當面罵趙昂而不知。若揀得個好的，也還有指望。倘一時没眼色，配着個不僧不俗、如醉如癡的蠢材，豈不反誤了終身！如今縱有人笑話，不過一時。倘後來有些好處，方見我有先見之明。」趙昂聽説，呵呵的笑道：「若論他相貌，也還有幾分可聽。若説他會做文字，人人稱贊，這便差了。且不要論別處，只這蘇州城裏有無數高才絶學，朝吟暮讀，受盡了燈窗之苦，尚不能勾飛黄騰達。他纔開荒田，讀得年把書，就要想中舉人進士？岳父你且想，每科普天下只中得三百個進士，就如篩眼裏隔出來一般，如何把來看得恁般容易？這些稱贊文字的，皆欺你不曉得其中道理，見你這樣認真，難好敗興，把凑趣的話兒哄你。如何便信以爲實？」

王員外正要開言，旁邊轉過瑞姐道：「爹爹，憑着我們這樣人家，妹子恁般容貌，怕没有門當户對人家來對親，却與這木匠的兒子爲妻？豈不玷辱門風，被人耻笑！據我看起來，這斧頭鋸子，便是他的本等，曉得文字怎麽樣做的！我妹子做了匠人的妻子，有甚好處！後來怎好與他相往？」王員外見説，心中大怒，道：「他既爲了我的子婿，傳授這些家業，縱然讀書不成，就坐吃到老，也還有餘。那見得原做木匠，與你難好相往？我看起來，他目下雖窮，後來只怕你還赶他脚跟不着哩。那個要你管這樣閒帳，可不扯淡麽！」一頭説，徑望裏邊而走。羞得趙昂夫妻滿面通紅，連聲道：「干我甚事！只爲體面上不好看，故此好言相勸，何消如此發怒！只怕後來懊悔，想我們今日的説話便遲了！」

王員外也不理他，直至房中，怒氣不息。徐氏看見，便問道：「爲甚氣得恁般模樣？」王員外將適來之事備細説知。徐氏也好生不悦。王員外因趙昂奚落廷秀，心中不忿，務要與他争氣，到把行聘的事閣起，收拾五百兩銀子，將拜匣盛了，教一個心腹家人拿着，自己悄悄送與張權，教他置買乙所房子，棄了木匠行業，另開别店，然後擇日行聘。張權夫妻見王員外恁般慷慨，千恩萬謝，感激不盡。

自古道：「無巧不成話。」張權正要尋覔大房，不想左間壁一個大布店，情願連房帶店出脱與人，却不是一事兩便？張權貪他現成，忍貴頂了這店，開張起來。又討下一房家人，一個養娘，家中置辦得十分次第。然後王員外選日行聘，大開筵席，廣請親朋。雖則廷秀行聘，却又不放回家。止有趙昂自覺没趣，躲了出去。瑞姐也坐在房裏，不肯出來。因是贅婿，到是王員外送聘，張權回禮。諸色豐盛，鄰里無不喝采。自此之後，張權店中日盛一日，挨擠不開，又僱了個夥計相幫。大凡人最是勢利，見張權恁般熱鬧，把張木匠三字撇過一邊，盡稱爲張仰亭。正是：

運退黄金失色，時來鐵也增光。

話分兩頭。且説趙昂自那日被王員外搶白了，把怒氣都遷到張家父子身上。又見張權買房開店，料道是丈人暗地與他的銀子，越加忿怒，成了個不解之讎。思量要謀害他父子性命，獨并王員外家私，只是没有下手之處，與老婆商議。那婆娘道：

「不難！我有個妙策在此，教他有口難分，死于獄底。」趙昂滿心歡喜，請問其策。那婆娘道：「誰不曉得張權是個窮木匠。今驟然買了房子，開張大店，只你我便知道是老不死將銀子買的，那些鄰里如何知得，心下定然疑惑。如今老厭物要親解白糧到京。趁他起身去後，拚幾十兩銀子買囑捕人，教强盗扳他同夥打劫，窩頓贓物在家。就拘鄰里審時，料必實説，當初其實窮的，不知如何驟富，合了强盗的言語。這個死罪那裏逃得過去！房産家私，必然入官變賣。那時老厭物已不在家，他又是異鄉之人，又無親族，誰人去照管。這條性命，决無活理！等張木匠死了，慢慢用軟計在老厭物面前冷丢，攛張廷秀出門。再尋個計策，做成圈套，裝在玉姐名下，只説與人有奸。老厭物是直性的人，聽得了恁樣話，自然逼他上路。去了這個禍根，還有甚人來分得我家的東西！」趙昂見説，連連稱妙，只等王員外起身解糧，便來動手。

且説王員外因田産廣多，點了個白糧解户。欲要包與人去，恐不了事，只得親往。【眉批】無子矣，復爲富所累，一解糧必親行，亦王老之愚也。趙昂每誇大口，且贅婿有代勞之義，何不遣之，事辦則已受其逸，不辦亦可以塞趙昂之口。順便帶些玉器，到京發賣，一舉兩得。遂將家中事體料理停當，即日起身。分付廷秀用心讀書，又教渾家好生看待。大凡人結交富家，自然有許多禮數。像王員外這般遠行，少不得親戚都要餞送，有好幾日酒席。那張權一來是大恩人，二來又是新親家，一發理之當然，自不必説。到臨行這日，張權父子三人直送至船上而别。

却説趙昂眼巴巴等丈人去後，要尋捕人陷害張權，却没有個熟脚，問兀誰好？忽地思量起來：「幼時有個同窗楊洪，聞得見今當充捕人，何不去投他？但不知住在那裏。」暗想道：「且走到府前去訪問，料必有人曉得。」即與老婆要了五十兩銀子，打做一包，又取了些散碎銀兩，忙忙的走到府門口，只見做公的東一堆，西一簇，好生熱鬧。趙昂有事在身，無心觀看，向一個老年公差，舉一舉手道：「上下可曉得巡捕楊洪住在何處？」那公差答道：「便是楊黑心麽？他住在烏鵲橋巷内，剛方走進總捕廳裏去了。」趙昂謝聲：「承教了。」飛向總捕廳衙前來看，只見楊洪從裏邊走出。趙昂上前迎住，拱手道：「有一件事，特來相求。屈兄一步。」楊洪道：「有甚見諭，就此説也不妨。」趙昂道：「這裏不是説話之處。」兩下厮挽着出了府門，到一個酒店中，揀副僻静座頭坐下，叙了些疏闊寒温。酒保將酒果嗄飯擺來，兩人吃了一回，趙昂開言低低道：「此來相煩，不爲别事。因有個讎家，欲要在兄身上，分付個强盗扳他，了其性命，出這口惡氣。」便摸出銀子來，放在卓上，把包攤開道：「白銀五十兩，先送與兄。事就之日，再送五十兩，凑成十數。千萬不要推托。」

自古道：「公人見錢，猶如蒼蠅見血。」那楊洪見了雪白的一大包銀子，怎不動火！連叫：「且收過了説話，恐被人看見，不當穩便。」趙昂依舊包好，放在半邊。楊洪道：「且説那讎家是何等樣人？姓甚名誰？有甚家事？拿了時，可有親丁出來打官司告狀的麽？」趙昂道：「他名叫張權，江西小木匠出身，住在閶門皇華亭側。舊時原是個窮漢，近日得了一注不明不白的錢財，買起一所大房，開張布店。止有兩個兒子，都還是黄毛小厮。此外更無别人，不消慮得。」楊洪道：「這樣不打緊！前日剛拿五個强盗，是打劫龐縣丞的。因總捕侯爺公出，尚未到官。待我分付了，叫他當堂招出，包你穩穩問他個死罪。那時就獄中結果他性命，如翻掌之易了。」趙昂深深作揖道：「全仗老兄着力！正數之外，另自有報。」楊洪道：「我與尊相從小相知，怎説恁樣客話！」把銀子袖過。兩下又吃了一大回酒，起身會鈔。臨出店門，趙昂又千叮萬囑。楊洪道：「不須多話，包你妥當！」拱拱手，原向府内去了。趙昂回到家裏，把上項事説與老婆知道，兩人暗自歡喜。

且説楊洪得了銀子，也不通夥計得知，到衙門前完了些公事，回到家中，將銀交與老婆藏好，便去買些魚肉安排起來。又打一大壺酒，盪得滚熱，又煮一大鍋飯。收拾停當，把中門閉上，走到後邊，將匙鑰開了穽房。那五個强盗見他進門，只道又來拷打，都慌張了，口中只是哀告。楊洪笑道：「我豈是要打你！只爲我們這些夥計，見我不動手，只道有甚私弊，故此不得不依他們轉動。兩日見你衆人吃這些痛苦，心中好生不忍。今日趁夥計都不在此，特買些酒肉與你們將息一日，好去見官。」那些强盗見説不去打他，反有酒肉來吃，喜出望外，一個個千恩萬謝。須臾搬進，擺做一檯。却是每人一碗肉，一碗魚，一大碗酒，兩大碗飯。楊洪先將一名開了鐵鍊，放他飲啖。那强盗連日没有酒肉到口，又受了許多痛苦，一見了，猶如餓虎見羊，不勾大嚼，頃刻吃個乾净。吃完了，依舊鎖好。又放一個起來，那未吃的口中好不流涎。不一時輪流都吃遍了。

楊洪收過家火，又走進來問道：「你們曾偷過閶門外開布店張木匠張權的東西麽？」都道：「没有。」楊洪道：「既没有，爲何曉得你們事露，連日叫人來叮囑，要快些了你們性命？你們各自去想一想，或者有些什麽冤讎？」衆强盗真個各去胡思亂想。内中一個道：「是了，是了！三月前我曾在閶門外一個布店買布，爲争等子，頭上起被我痛罵了一場。想是他懷恨在心，故此要來傷我們性命。」楊洪便趁勢道：「這等，不消説起是了。但不過是件小事，怎麽就要害許多人的性命？那人心腸却也太狠！」衆强盗見説，一個個咬牙切齒。楊洪道：「你們要報讎，有甚難處！明日解審時，當堂招他是個同夥，一向打劫的贓物，都窩在他家。況他又是騾發，咬實了，必然難脱，却教他陪你吃苦。況他家中有錢，也落得他使用。」又説道：「切不要就招，待拷問到後邊，衆口一詞招出，方像真的。」衆人俱各歡喜，道：「還是楊阿叔有見識。」楊洪又説了他出身細底，又分付莫與夥計們得知。「他們通得了錢，都是一路。」衆强盜牢記在心。楊洪見事已諧，心中歡喜，依舊將門鎖好，又來到府前打聽，侯同知晚上回府，便會同了衆捕快，次日解官。有詩爲證：

只因强盜設捕人，誰知捕人賽强盜！
買放真盜扳平民，官法縱免幽亦報。

次早，衆捕快都至楊洪家裏，寫了一張解呈，拿了贓物，帶着這班强盜來到總捕廳前伺候。不多時，侯爺升堂。楊洪同衆捕快將强盜解進，跪在廳前，把解呈遞上，稟道：「前日在平望地方，擒獲强盜一起五名，正是打劫龐縣丞的真贓真盜，解在臺下。」侯爺將解呈看了，五個强盜，都有姓名：計文、吉适、袁良、段文、陶三虎。點過了名，又將贓物逐一點明，不多什麼東西，便問捕快道：「聞得龐縣丞十分貪污，囊橐甚多，俱被劫去，如何只有這幾件粗重東西？其餘的都在那裏？」衆捕快稟道：「小的們所獲，只有這幾件，此外并没有了。或者他們還窩在那處，老爺審問便知。」侯爺唤上强盗問道：「你一班共有幾人？做過幾年？打劫多少人家？贓物都窩頓在何處？從實細説，饒你刑罰！」衆强盗一一招稱：「只有五個，并無别人。劫過東西，俱已花費，止存這些，餘外更没有窩頓所在。」侯爺大怒，討過夾棍，一齊夾起。纔套得上，都喊道：「還有幾名，都已逃散，只有一個江西木匠張權，住在閶門外邊，向來打劫銀兩都窩在他家。如今見開布店。」侯爺見異口同聲，認以爲實，連忙起籤，差原捕楊洪等，押着兩名强盗作眼，同去擒拿張權，起贓連解。那三名鎖在庭柱上，等解到同審。侯爺再理别事。

且説楊洪同衆人押着强盗，一徑望閶門而去。趙昂也在府前打聽，看見楊洪，已知事妥。自己躲過一邊，却教手下人遠遠跟去，看其動静。楊洪到了張權門首，立住脚道：「這裏是了。」只見張權在店中做生意，擠着許多主顧，打發不開。楊洪分開衆人，托地跳進店裏，將鏈子望張權頸上便套。張權叫聲：「阿呀！却是爲何？」楊洪伸開手，兩個大巴掌，駡道：「你這强盗！還要問甚？你打劫許多東西，在家好快活，却帶累我們，不時比捕。」張權連聲叫苦道：「這是那裏説起！」正要分辨時，衆捕人押着强盗，望裏邊去了。楊洪恐怕衆人揀好東西藏過，忙將張權鎖好，又取出鐵扭上了，也牽入裏面起贓。那時驚得一家無處躲避。門前買布的，與夥計討了銀錢，自往別處去買。看的人擁做一屋。衆捕快將一應細軟都搜括出來，只揀銀兩衣飾，各自溜過，其餘打起幾個大包，連店中布疋，盡情收拾。張權夫妻抱頭大哭道：「不知這場横禍那裏飛來！」兩下分捨不得。捕人上前拆開，牽着便走。那些鄰里不曉得的，認以爲真，便道：「我説他一向家事不濟，如何忽地買起房屋，開這樣大舖子，又與兒子定親？只道他掘了藏，原來却做了這行生意，故此有錢。」有幾個相識曉得些的，與他分剖説：「是個好人！這些東西是親家王員外扶持的。不知爲甚被人扳害？」衆人那裏肯信。一路上説好説歹，不止一個，都跟來看。

且説楊洪一班押張權到了府中，俟爺在堂立等回話。解將進去，跪下，把東西放做一堂。楊洪禀道：「張權拿到了。」俟爺教放下柱上三個强盜同審，又將東西逐一驗過。張權上前泣訴道：「爺爺，小人是個良民，從來與這班人不曾識面，何嘗與他同盜，其實是霹空陷害，望爺爺超拔！」俟爺喝道：「既不曾同盜，這些贓物那裏來的？」張權道：「這東西是小人自己掙的，并非贓物。」乃對衆强盜道：「我從不曾認得你們，有甚寃讎，今日害我？」衆强盜道：「我們本不欲招你出來，只因熬刑不過，一時招出。你也承認罷，省得受那痛苦！」張權高聲叫屈道：「你這些千刀萬剮的强盜，得了那個錢財，却來害我！」衆强盜道：「張權，仁心天理，打劫龐縣丞，是你起的禍根。其他雖不曾同去，拿來的東西俱放在你家營運，如何賴得？」張權又禀道：「爺爺，小人住在此地，將有二十年了，并不曾與人角口一番，怎敢爲此等犯法之事！若有此情，必然搬向隱僻所在去了，豈敢還在鬧市上開店？爺爺不信，可拘四鄰地方來問，便知小人平素。」侯爺見他苦苦折辨不招，對衆强盗道：「你這班人，想必把真强盗隱匿，陷害平人。」教都夾起來。衆皂隸一齊向前動手，夾得五個强盗殺猪般叫喊，只是一口咬定張權是個同夥，不肯改口，又道：「爺爺，他是小木匠，那個不曉得是個窮漢，如何驟然置買房屋，開起恁樣大布店來？只這個就明白了。」侯爺道：「是。你是個窮木匠，爲何忽地驟富？這個須没得辨！」喝教也夾起來。張權上前再三分辨，是親家王員外扶持的銀子。侯爺那裏肯聽。可憐張權何嘗經此痛苦，今日上了夾棍，又加乙百杠子，死而復蘇，熬煉不過，只得枉招。侯爺見已招承，即放了夾棍，各打四十毛板，將招由做實，依律都擬斬罪。贓物貯庫。張權房屋家私，盡行變賣入官。畫供已畢，上了脚鐐手杻，發下司獄司監禁。連夜備文申報上司。正是：

閉門家裏坐，禍從天上來。

話分兩頭。且説陳氏見丈夫拿去，哭死在地，虧養娘救醒。便教家人夥計隨去看個下落，順便報與二子。廷秀弟兄正在書院讀書，見報父親被强盗攀了，嚇得魂飛魄散，撇下書本，帶跌而奔，先生也隨將來看。裏邊徐氏曉得，連忙教幾個家人探聽。廷秀弟兄隨了家人，赶到府中，父親已是解進衙門，立在外邊打探。聽得辨了半日，也上夾棍。着了急，便要望裏邊去稟。被先生一把扯住，道：「你若進去，也被粘住身子，那個出頭去辨冤？」二子見先生之言有理，便住了脚。聽父親夾得聲音悽慘，都叫起屈來，被把門人驅逐出外邊。

少頃，見兩個人扶着父親出來，兩眼閉着，半死半活，又曉得問實斬罪，上前抱住放聲大哭，一個字也説不出。張權耳内聞得兒子聲音，方纔掙眼一看，淚如珠湧，欲待分付幾聲，被楊洪走上前，一手推開廷秀，扶挾而行，脚不點地，直至司獄司前，交與禁子，開了監門，扶將進去。廷秀弟兄，欲要也跟入去，禁子那裏肯容！連忙將監門閉上。可憐二子哭倒在地。那先生同夥計家人，隨後也到，將廷秀扶起道：「事已至此，哭亦無益，且回家去，再作區處。」二子無奈，只得收淚，對禁子道：「列位大叔在上，可憐老父是含冤負屈之人，凡事全仗照管，自當重報。」禁子道：「小官人，常言道：『靠山吃山，靠水吃水。』做公的買賣，千錢賒不如八百現。我們也不管你冤屈不冤屈，也不想甚重報。有，便如今就送與我們，凡事自然看顧一分。若没有，也便罷了，决無人來催討。那遠話兒且請收着，等你不及。」廷秀道：「今日不曾準備在此，明早即來相懇。」禁子道：「既恁樣，放心請回，我們自理會得。」

廷秀弟兄同衆人轉來，也不到丈人家裏，一徑出閶門，去看母親。走至門首，只見侯同知已差人將房子鎖閉，兩條封皮，交叉封着。陳氏同養娘都在門首啼哭。一見兒子到來，相抱而哭。真個是痛上加痛，悲中轉悲。旁邊看的人，無不垂淚稱冤。那夥計并家人，見恁般光景，也不相顧，各自去尋活路。母子計議，無處投奔。只得同到丈人家裏暫住，再作區處。

到了王員外門口，廷秀先進去報知。徐氏與女兒出來迎接。相見已罷，請入房裏。那時趙昂已往楊洪家去探聽。瑞姐曉得，也來相見。廷秀母子將前後事情哭訴一番，徐氏也覺慘傷，玉姐暗自流淚，只有瑞姐心中歡喜，假意勸慰。當晚徐氏準備酒肴款待。陳氏水米不沾，一味悲泣，徐氏解勸不止。到次日，廷秀與母親商議，要牢中去看父親，說：「昨日已許了禁子東西。如今一無所有，如何是好？」正没做理會，徐氏走來知得，便去取出十兩銀子，遞與廷秀道：「你且先將去用，若少時，再對我說。等你父親回家，就易處了。」陳氏謝道：「屢承親家厚恩，無門可報！今日又來累及親家損鈔，今生不能相報，死當銜結，以報大恩！」徐氏道：「說那裏話！親翁在患難之際，員外又不在家，不能分憂。些小東西，何足爲謝！」

當下弟兄二人，將銀留了八兩，把二兩封好，央先生同到司獄司前，送與禁子。禁子嫌少，又增了一兩，方纔放二人進去。先生自在外邊等候。禁子引二子來到後監，見父親倒在一個壁角邊亂草之上，兩腿皮開肉綻，脚鐐手杻，緊緊鎖牢，淹淹止存一息。二子一見，猶如亂箭攢心，放聲號哭，奔向前來，叫聲：「爹爹，孩兒在此！」把他扶將起來。那張權睜開眼見了兒子，嗚嗚的哭道：「兒，莫不是與你夢中相會麼？」廷秀說：「爹爹，那裏説起，降着這場横禍！到此地位，如何是好？」張權撫着二子道：「我的兒，做爹的爲了一世善人，不想受此惡報，死于獄底。我死也罷了，只是受了王員外厚恩，未曾報得，不能瞑目！你們後來倘有成人之日，勿要忘了此人。」廷秀道：「爹爹，且寬心將養身子，待孩兒拚命往上司衙門訴冤，務必救爹爹出去。」張權搖着手道：「不可，不可！如今乃是强盗當堂扳實，并不知何人誣陷，去告誰好？況侯同知見任在此，就准下來，他們官官相護，必不肯翻招，反受一場苦楚。況你年紀幼小，有甚力量幹此大事？我受刑已重，料必不久。也别没甚話分付，只有你母親，早晚好好伏侍，即如與我一般。用心去讀書，倘有好日，與爹争口氣罷。」説罷，父子又哭。

冤情説到傷心處，鐵石人聞也斷腸。

旁邊有一人，名喚种義，昔年因路見不平，打死人命，問絞在監，見他父子如此哭泣，心中甚不過意，便道：「你們父子且勿悲啼。我种義平生熱腸仗義，故此遭了人命。昨日見你進來，只道真是强盗，不在心上。誰想有此冤枉！我种義豈忍坐視！二位小官人放心回去讀書。今後令尊早晚酒食，我自支持，不必送來。棒瘡目下雖凶，料必不至傷身。其餘監中一應使用，有我在此，量他

【眉批】絶處逢生，此是善人之報。

決不敢來要你銀子。等待新按院按臨，那時去伸冤，必然有個生路。」廷秀弟兄聽說，連忙叩拜道：「多蒙義士厚意。老父倘有出頭之日，決不忘報！」种義扶起道：「不要拜謝！且扶令尊到我房中去歇息。」二子便去攙張權起來。張權腿上疼痛，二子年幼力弱，那裏掙扎得起。种義忍不住，自己揎拳裸袖，向前扶起，慢慢的逐步捱到前邊种義房中。就教他睡在自己床舖上，取出棒瘡膏，與張權貼好。廷秀見有倚靠，略略心寬，取出二兩銀子，送與种義，爲盤纏之費。种義初時不肯受，廷秀弟兄再三哀懇，方纔受了。父子留戀不忍分離。怎奈天色漸晚，禁子催促，只得含淚而別。出了監門，尋着先生，取路回家。

廷秀弟兄一路商議：「母親住在王家，終不穩便。不若就司獄司左近賃間房子居住，早晚照管父親，却又便當。」計議已定，到家與母親説知。次日將餘下的銀兩，

賃下兩間房屋，置辦幾件日用家火。廷秀告知徐氏，説母親自要去住，徐氏與玉姐苦留不住，只得差人相送，又贈些銀米禮物。陳氏同二子領着養娘，進了新房。自到牢中看覷丈夫。相見之間，哀苦自不必説。弟兄二人住過三四日，依原來到王家讀書。終是挂念父親，不時出入，把學業都荒廢了。

不題廷秀。且説趙昂自從陷害張權之後，又與妻子計較，要撚廷秀出門。那婆娘道：「要他出門，也甚容易。止要多費幾兩銀子。」趙昂道：「有甚妙計？你且説來，便費幾兩銀子，也是甘心的。」那婆娘道：「要他出去，除非將家中大小男女都把銀子買囑停當。等父親回時，七張八嘴，都説廷秀偷東西在外鬪賭。他見衆人説話相同，自然半信半疑。那時我與你再把冷話去激發，必定赶他出門。待廷秀去後，且再算計玉姐。」趙昂依着老婆，把銀子買囑家中婢僕。這些小人，那知禮義，見了銀子，誰不依允。

不則一日，王憲京中解糧回家，合家大小都來相見。惟有廷秀因母親有病，歸家探看，不在眼前。那時文秀已是久住在家，伏侍母親，不在話下。王員外便問：「三官如何不見？」衆人俱推不知。徐氏便接過口來，把張權被人陷害前後事情，細説一遍，又道：「想他看候父親去了。」王員外聞言，心中驚訝。少頃，廷秀歸來相見。王員外又細詢他父親之事。廷秀哭訴一番，哀求搭救。王員外道：「你自去讀書，待我心定了，與你計較這事。」廷秀拜謝，自歸書房。到次日早上，記挂母親，也不與先生說知，又回去候問。不想王員外一起身，便來拜望先生，又不見了廷秀，問先生時，說清早出外去了。王員外心中便有幾分不喜。與先生敘了些間闊之情，查點廷秀功課，却又甚少。先生怕主人見怪，便道：「令郎自從令親家被陷之後，不時往來看覷，學業也荒疏了。」王員外見說廢了功課，愈加不樂。別了先生，走到外邊。見書童進來，便問道：「可曉得三官那裏去了？」那書童已得過趙昂銀子，一見家主問時，便答道：「三官這一向不時在外闞賭，整幾夜不回。」王員外似信不信。喝退書童，心中疑惑，又去訪問家中童僕，都是一般言語。古語道得好：「衆口鑠金，積毀銷骨。」王員外平昔極是愛惜廷秀，被衆人讒言一說，即信以爲真，暗暗懊悔道：「當初指望他讀書成人，做了這事。不想張權問罪在牢，其中真假未知。他又不學長俊，闞賭兼全，後來豈不誤了女兒終身？昔年趙昂和瑞姐曾來勸諫，只爲一時之惑，反將他來嗔責。如今却應了他們口嘴，如何是好！」委決不下，在廳中團團走轉。

那時這些奴僕，都將家主訪問之事，報與趙昂。趙昂大喜，已知計中八九，到外邊來打探。恰好遇着丈人，不等王員外開口，便道：「小婿今日又有一句話要說。只恐岳父又要見怪，不好説得。」王員外道：「往事休題！你説，如今有甚事情？」趙昂道：「從岳父去後，張木匠做了强盗，問成死罪在牢。小婿初時，還只道是被人誣陷。據他鄰里説來，却真有這事。况且三官趁岳父不在家中，日逐以看父爲由，留戀闞賭。親鄰曉得的，無不議論：岳父扳個强盗親家，招個敗子女婿。連小婿也無顔見人。當初若聽了小婿之言，决没有今日之事！」起初王員外已有八九分不悦，又被趙昂這班言語一説，凑成一十二分，氣得啞口無言，沉吟半晌，方纔道：「當初是我一時見不到，錯怪了你，成就這事。如今懊悔無及！」趙昂便道：「依小婿之見，尚有挽回。」王員外忙問道：「你且説怎地可以挽回？」趙昂道：「若是畢姻過了，這便無可奈何。如今幸喜未曾成親，岳父何不等廷秀回家，責駡一場，驅逐出門，一面速央媒妁尋個門當户對人家，將玉姐嫁去。他年紀又小，又無親族，何人與他理論這事！設或告到官司，見已婚配，必無斷與之理。况且是强盗之子，官府自然又當別論。是恁樣，還不被人笑話。若不聽小婿之言，後來使玉姐身無所依，出乖露醜，玷辱門風，那時懊悔却不遲了？」王員外若是個有主意的，還該往別處訪問個的確，也不做了有始無終薄倖之人。只因他是個直性漢子，不曾轉這念頭，遂聽信了趙昂言語，點頭道是。曉得渾家平昔喜歡廷秀，恐怕攔阻，也不到後邊與他説知，同趙昂坐在廳中，專等廷秀回來，不題。

且説廷秀至家，看過母親，也恐丈人尋問，急急就回來。到廳前見丈人與趙昂坐着説話，便上前作揖。王憲也不回禮，變着臉問道：「你不在學中讀書，却到何處去游蕩？」廷秀看見辭色不善，心中驚駭。答道：「因母親有病，回去探看。」王員外道：「這也罷了。且問你，自我去後，做有多少功課？可將來看。」廷秀道：「只爲爹爹被陷，終日奔走，不曾十分讀書，功課甚少。」王員外怒道：「當初指望你讀書有些好日，故此不計貧富，繼你爲子，又聘你爲婿。那知你家是個不良之人，做下恁般勾當，玷辱我家。你這畜生，又不學好，乘我出外，終日游蕩鬬賭，被人耻笑！我的女兒從小嬌養起來，若嫁你恁樣無籍，有甚出頭日子？這裏不是你安身之處，快快出門，饒你一頓孤拐。若再遲延，我就要打了。」那些童僕，看見家主盤問這事，恐怕叫來對證，都四散走開。

廷秀見丈人忽地心變，心中苦楚，哭倒在地，道：「孩兒父子蒙爹爹大恩，正圖報效，不幸被人誣陷，懸望爹爹歸家救拔。不知何人嗔怪孩兒，搬鬥是非，離間我父子。孩兒倘有不到之處，但憑責罰，死而無怨。若要孩兒出門，這是斷然不去！」一頭説，一頭哭，好不悽慘。趙昂恐丈人回心轉來，便襯道：「三官，只是你不該這樣没正經，如今哭也遲了。」廷秀道：「我何嘗幹這等勾當，却霹空生造！」趙昂道：「這話一發差了。那個與你有讎，造言謗你？况岳父又不是肯聽是非的。必定做下一遭兩次，露人眼目。如今岳父察聽的實，方纔着惱，怎麽反歸怨别人？」廷秀道：「有那個看見的，須叫他來對證！」王員外罵道：「畜生！若要不知，除非莫爲。你在外胡行，那個不曉得，尚要抵賴。」便搶過一根棒子，劈頭就打，道：「畜生！還不快走！」廷秀反向前抱住痛哭道：「爹爹就打死也决不去的。」趙昂急忙扯開道：「三官，岳父是這樣執性的，你且依他暫去，待氣平了，少不得又要想你，那時却不原是父子翁婿。如今正在氣惱上，你便哭死，料必不聽。」廷秀見丈人聲勢兇狠，趙昂又從旁尖言冷語幫扶，心中明白是他攛掇，料道安身不住，乃道：「既如此，待我拜謝了母親去罷。」王員外那裏肯容，連先生也不許他見。趙昂推着廷秀背上，往外而走，道：「三官，你怎麽恁樣不識氣，又要見岳母做甚？」將他攛出大門而去，正是：

人情若比初相識，到底終無怨恨心。

且説徐氏在裏邊聽得堂中喧嚷哭泣，只道王員外打小厮們，那裏想到廷秀身上，故此不在其意。童僕們也没一個露些聲息。到午後聞得先生也打發去了，心下有些疑惑，問衆家人，都推不知。至晚，王員外進房，詢問其故，纔曉得廷秀被人搬了是非趕逐去了。徐氏再三與他分辨，勸員外原收留回來。怎奈王員外被纔言蠱惑，立意不肯，反道徐氏護短。那玉姐心如刀割，又不敢在爹媽面前明言，只好背地裏啼哭。徐氏放心不下，幾遍私自差人去請他來見。那些童僕與趙昂通是一路，只推尋訪不着。

按下徐氏母子。且説廷秀離了王家，心中又苦又惱，不顧高低，亂撞回來。只見文秀正在門首，問道：「哥哥如何又走轉來？」廷秀氣塞咽喉，那裏答得出半個字兒。文秀道：「哥哥因甚氣得這般模樣？」廷秀停了一回，方將上項事説與兄弟。文秀道：「世態炎凉，自來如此，不足爲異。只是王員外平昔待我父子何等破格，今纔到家，驀地生起事端。趙昂又在旁幫扶，必然都是他的緣故。如今且莫與母親説知，恐曉得了，愈加煩惱。」廷秀道：「賢弟之言甚是。」次日，來到牢中，看覷父親。那時張權虧了种義，棒瘡已好，身體如舊。廷秀也將其事哭訴。張權聞得，嗟嘆王員外有始無終。种義便道：「恁般説起來，莫不你的事情，也是趙昂所爲？」張權道：「我與他素無讎隙，恐没這事！」廷秀道：「只有定親時，聞得他夫妻説我家是木匠，阻當岳父不要贅我。岳父不聽，反受了一場搶白。或者這個緣故上起的。」种義道：「這樣説，自然是他了。如今且不要管是與不是，目下新按院將到鎮江，小官人可央人寫張狀子去告。只說趙昂將銀買囑捕人强盜，故此扳害，待他們自去分辨。若果然是他陷害，動起刑具，少不得內中有人招稱出來。若不是時，也沒甚大害。」張權父子連聲道是。廷秀作别出監。兄弟商議停當，央人寫下狀詞，要往鎮江去告狀。

常言道：「機不密，禍先行。」這樣事體，只宜悄然商議。那張權是個老實頭，不曾經歷事體的。种義又是粗直之人，説話全不照管，早被一個禁子聽見。這禁子與楊洪乃是姑舅弟兄，聞此消息，飛風便去報知。楊洪聽得，吃了一嚇，連忙來尋趙昂商議。走到王員外門首，不敢直入。見個小厮進去，央他傳報説：「有府前姓楊的，要尋趙相公説話。」趙昂料是楊洪，即便出來相見，問道：「楊兄有甚話説？」楊洪扯到一個僻静所在，將：「張廷秀已曉得你我害他，即日要往按院去告狀。倘若准了，到審問時，用起刑具，一時熬不得，招出真情，反坐轉來，却不自害自身！幸喜表弟聞得來報，故此特來商議。」趙昂聽了，驚得半晌説不出話來，乃道：「如此却怎麽好？」楊洪道：「一不做，二不休，尊相便拚用幾兩銀子，我便拚折些工夫，連這兩個小厮一并送了，方纔斬草除根。」趙昂道：「銀子是小事，只没有個妙策。」楊洪道：「不打緊，他們是個窮鬼，料道雇船不起，少不得是趁船。我便裝起捕盗船來，教我兄弟同兩個副手，泊在閶門。再令表弟去打聽了起身日子，暗隨他出城，招攬下船。我便先到鎮江伺候。孩子家那知路徑。載他徑到江中，攛入水裏，可不乾浄？」趙昂大喜。教楊洪少待，便去取出三十兩銀子，送與楊洪道：「煩兄用心，務除其根！事成之日，再當厚謝。」楊洪收了銀子，作别而去。

且説廷秀打聽得將及過江，㈢央人寫了狀詞，要往鎮江去告。那時陳氏病體痊愈，已知王員外赶逐回來，也只索無奈。見説要去告狀，對廷秀道：「你從未出路，獨自個去，我如何放心。須是弟兄同行，路上還有些商量。」廷秀道：「若得兄弟去便好，只是母親在家無人伏侍。」陳氏道：「來往不過數日，况有養娘在家陪伴，不消牽挂。」廷秀依着母親，收拾盤纏，來到監中，别過父親，背上行李，徑出閶門來搭船。剛走到渡僧橋，只聽得背後有人叫道：「二位小官人往那裏去？」廷秀道：「往鎮江去。」那人道：「到鎮江有便船在此，又快當，又安穩。」廷秀聽説有便船，便立住脚，與文秀説道：「若是便船，到强如在航船上挨擠。」文秀道：「任憑哥哥主張。」廷秀對船家説道：「你船在那裏？可就開麽？」船家道：「我們是本府理刑廳捉來差往公幹的，私已搭一二人，路上去買酒吃。若没人也就罷了，有甚擔閣。」廷秀道：「既如此，帶了我們去。」船家引他下了船，住在稍上。

少頃，只見一人背着行李而來，稍公接着上船。那人便問：「這兩個孩子是何人？」稍公道：「這兩個小官人，也要往鎮江的，容小人們帶他去，趁幾文錢，路上買酒吃。望乞方便。」那人道：「止這兩個，便容了你，多便使不得。」稍公道：「只此兩個，也是偶然遇着，豈敢多搭。」説罷，連忙開船。

你道這人是何等樣人？就是楊洪兄弟楊江，稍公便是副手。當下楊江問道：「二位小官人姓甚，住在何處？到鎮江去何幹？」廷秀説了姓名居處，又説父親被人陷害緣由，如今要往按院告狀。楊江道：「原來是好人家兒女，可憐，可憐！你住在稍上不便，也到艙中來坐。」廷秀道：「如此多謝了！」弟兄搬到艙中住下。楊江一路殷勤，到買酒肉相請，又許他到衙門上看顧。弟兄二人，感激不盡。那船乃是捕盗的快船，趁着順風，連夜而走，次日傍晚就到了鎮江。船家與廷秀討了船錢，假意催促上岸。廷秀取了行李，便要起身。楊江道：「你這船家，忒煞不行方便！這兩位小官人，從不曾出路的。此時天色已晚，教他那裏去尋宿處？」又向廷秀道：「莫要理他！今夜且在舟中住了，明早同上涯去尋寓所安下，就到察院前去打聽按院幾時按臨，却不又省了今夜房錢？」廷秀弟兄只認做好人，連聲稱謝，依原把包裹放下。楊江取出錢鈔，教稍公買辦些酒肉，分付移船到穩處安歇。稍公答應，將船直撑出西門閘外，沿江闊處停泊。稍公安排魚肉，送入艙裏。楊江滿斟苦勸，將廷秀弟兄灌得大醉，人事不醒，倒在艙中。那時楊洪已約定在此等候。稍公口中呼哨一聲，便跳下船。即忙解纜開船，悄悄的摇出江口，順溜而下。過了焦山，到一寬闊處，取出索子，將他弟兄綑綁起來，恰如兩隻餛飩相似。二子身上疼痛，從醉夢中驚醒，掙扎不動，却待喊叫，被楊洪、楊江扛起，向江中撲通的攛將下去。眼見得二子性命休了：

可憐世上聰明子，化作江中浪宕魂。

你想長江中是何等樣水！那水從四川、湖廣、江西一路上流衝將下來，猶如滾湯一般緊急，到了鎮江，直溜入海，就是落下一塊砂石，少不得隨流而下。偏有廷秀弟兄，攛入水中，却反逆流上去。楊洪、楊江望見，也道奇怪，撥轉船頭赶上，各提起篙子，照着頭上便射。説時遲，那時快，篙子離身不上一尺，早被三四個大浪，將二子直湧開去，連船險些兒掀翻，那篙子便不能傷。楊江料道必無活理，原移至沿口泊下。次早開船，歸到蘇州，回覆了趙昂。趙昂心中大喜，又找了三十兩銀子。楊洪亢自嫌少，兩下面紅頸赤而别。不在話下：

且説河南府有一人，唤做褚衛，年紀六十已外，平昔好善，夫妻二人，吃着一口長齋，并無兒女，專在江南販布營生。一日正裝着一大船布疋，出了鎮江，望河南進發。行不上三十餘里，天色將晚，風逆浪大，只得隨幫停泊江中。睡到夜半，聽得船旁像有物蹚響，他也不在其意。方欲合眼，又像有人推醒一般，那船旁蹚得越響了，隱隱又有人聲。心中奇怪，爬起來，開了蓬窗，打一看時，只見水面上浮着一人，口內微微有聲。褚衛慌忙叫起水手，撈救上船。打起火來看時，却是十五六歲一個小厮，生得眉清目秀，渾身綁縛，微微止有一息。與他解下索子，燒起熱湯灌了幾口，那孩子漸漸醒轉，嘔出許多清水。褚衛將乾衣與他換了，詢其緣故。小厮哭訴道：「小人名唤張文秀，只因父親被人陷害在牢，同哥哥廷秀來鎮江按院告狀，趁了個便船，説是蘇州理刑差人，一路假意殷勤照顧。昨夜到了鎮江，又留住在船，將酒灌醉我弟兄，雙雙綁入水中。正不曉得他是何人，害我等性命！天幸得遇恩人救拔，但不知恩人高姓大號？這裏是何處？離鎮江多少路了？怎地送得小人歸家，决不忘恩！」褚衛本是好善之人，見他説得苦楚，心下十分可憐。初時到有送他回去之念，忽地想起：「鎮江到此乃是逆水，怎麽反淌了上來？莫非此子後來有些好處，暗中自有鬼神護佑麽？我今尚無子嗣，何不留他回去做個螟蛉之子，却不是好？」乃哄他道：「我是河南褚衛，販布回去。這裏離鎮江已遠，有乙千餘里，怎能送你歸家？况昨夜謀你的必是對頭差來心腹，故此下這樣毒手。今若依舊回家，必然又尋别事來害你。我今又無兒子，若不棄嫌，認做父子，隨歸家去。明年帶你下來，訪出昨夜之人，然後去告理，救你父親，可不好麽？」文秀雖然記挂父母，到此無可奈何，只得依允。就拜褚衛爲父，改名褚嗣茂，帶上河南不題。

且説張廷秀被楊洪綑入水中，自分必死。不想半沉半浮，被大浪直湧到一個沙洲邊蘆葦之旁。到了天明，只見船隻甚多，俱在江心中往來，叫喊不聞。至午後，有一隻船旁洲而來，廷秀連喊救命。那船攏到洲邊，撈上船去，割斷繩索，放將起來，且喜得毫無傷損。廷秀舉眼看船中時，却是兩個中年漢子，十來個小厮，約莫俱有十六七歲。你道是何等樣人？元來是浙江紹興府孫尚書府中戲子。那兩個中年人，一個是師父潘忠，一個是管箱的家人，領着行頭往南京去做戲，在此經過，恰好救了廷秀。取幾件乾衣與他换了，問其緣故。廷秀把父親被害，要到按院伸冤，被船上謀害之事，哭訴一遍，又道：「多蒙救了性命。若得送我回家，定然厚報。」那潘忠因班中裝生的啞了喉嚨，正要尋個頂替。見廷秀人物標致，聲音響亮，恰又年紀相彷，心下暗喜道：「若教此人起來，到好個生脚。」心下懷了這個私念，就是順路往蘇州去，誆道也還不肯放他轉身，莫説如今却是逆路。當下潘忠道：「我們乃紹興孫尚書府中子弟，到南京去做生意，那有工夫拗轉去，送你回家？如今到京已近，不如隨我們去住下，慢慢覓便人帶你歸家。你若不肯時，我們也不管閒帳。原送你到沙洲上，等候别個便船帶回去罷。」廷秀聽得説出這話，連忙道：「既然不是順路，情願隨列位到京。」潘忠道：「這便使得。」廷秀自己雖然得了性命，却又想着兄弟必定死了，不住流淚。那日乃是順風，晚間便到南京。次早入城，尋寓所安下。

那孫府戲子，原是有名的。一到京中，便有人叫去扮演。廷秀也隨着行走。過了數日，潘忠對廷秀道：「衆人在此做生意，各要趁錢回去養家的，誰個肯白白養你！總然有便帶你回家，那盤費從何而來？不如暫學些本事，吃些活飯，那時回去，却也容易。」廷秀思想：「虧他們救了性命，空手坐食，心上已是過意不去。」又聽了潘忠這班説話，愈覺羞慚，暗道：「我只指望圖個出身日子，顯祖揚宗，那知霹空降下這場没影奇禍，弄得家破人亡，父南子北，流落至此！若學了這等下賤之事，還有甚麽長俊？如不依他，定難存住。」却又想道：「昔日箕子爲奴，伍員求乞，他們都是大豪傑，在患難之際，也只得從權，我今日到此地位，也顧不得羞耻了。且暫度幾時，再作區處。」遂應承了潘忠，就學個生脚。他資性本來聰慧，教來曲子，那消幾遍，却就會了。不勾數日，便能登場。扮來的戲，出人意表，賢愚共賞，無一日空閒。在京半年有餘，積攢了些銀兩，想道：「如今盤纏已有，好回家了。」誰想潘忠先揣知其意，悄悄溜過了他的銀子，廷秀依舊一雙空手，不能歸去。潘忠還恐他私下去了，行坐不離。

廷秀脱身不得，只得住下。這叫做：

情知不是伴，事急且相隨。

話分兩頭。却説陳氏自從打發兒子去後，只愁年幼，上司衙門利害，恐怕言語中差錯，再不想到有人謀害。巴到十日之外，風吹草動，也認做兒子回了，急出門觀看。漸漸過了半月二十日，一發專坐在門首盼望。那時還道按院未曾到任，在彼等候。後來聞得按院鎮江行事已完，又按臨别處。得了這個消息，急得如煎盤上螞蟻，没奔一頭處。急到監中對丈夫説知，央人遍貼招帖，四處尋訪，并無踪迹，正不知何處去了。夫妻痛哭懊悔道：「早知如此，不教他去也罷！如今冤屈未伸，到先送了兩個孩兒，後來倚靠誰人？」轉思轉痛，愈想愈悲。初時還癡心妄想，有歸家日子；過了年餘，不見回來，料想已是死了。招魂設祭，日夜啼啼哭哭。一個養娘却又患病死了，止留得孤身孑影，越發悽慘。正是：

屋漏更遭連夜雨，船遲又遇打頭風。

且説王員外自那日聽信了趙昂言語，將廷秀逐出，意欲就要把玉姐另配人家。一來恐廷秀有言，二來怕人誹議，未敢便行。次後聞得廷秀弟兄往鎮江按院告狀，只道他告賴親這節，老大着忙，口雖不言，暗自差人打聽。漸漸知得二子去後，不知死活存亡。有了這個消耗，不勝歡喜，即央媒尋親。媒人得了這句口風，互相傳說開去。那些人家只貪王員外是個無子富翁，那管曾經招過養婿，數日間就有幾十家來相求。玉姐初時見逐出廷秀，已是無限煩惱，還指望父親原收留回來，總然不留回家，少不得嫁去成親。後來微聞得有不好的信息，也還半信半疑。今番見父親流水選擇人家改嫁，料想廷秀死是實了，也怕不得羞耻，放聲哭上樓去。

原來王員外的房屋，却是一帶樓子，下邊老夫妻睡處，樓上乃玉姐卧室。當下玉姐在樓上啼哭，送來茶飯也不要吃。他想道：「我今雖未成親，却是從幼夫妻。他總無禄夭亡，我豈可偷生改節！莫説生前被人唾駡，就是死後亦有何顏見彼！與其忍耻苟活，何若從容就死。一則與丈夫争氣，二則見我這點真心。只有母親放他不下，事到如今，也説不得了。」想一回，哭一回，漸漸哭得前聲不接後氣。那徐氏把他當做掌上之珠，見哭得恁般模樣，急得無法可治，口中連連的勸他：「莫要哭。且説爲甚緣故？」自己却又鼻涕眼淚流水淌出來。玉姐只得從實説出。徐氏勸道：「兒，不要睬那老没志氣！凡事有我在此做主。明日就差人去訪問三官下落。設或真有些山高水低，好歹將家業分一半與你守節。若老没志氣執意要把你改嫁，我拚得與他性命相博。」又對丫鬟道：「快去叫員外來，説個明白。」又分付：「倘有人在彼，莫説别話。」丫鬟急忙忙的來請。誰想王員外因有個媒人説一個新進學小秀才來求親，聞得才貌又美，且是名門舊族，十分中意，款留媒人酒飯。正説得濃釅，飲得高興。丫鬟説聲：「院君相請。」只當耳邊風，如何肯走起身。丫鬟站勾腿酸脚麻，只得進去回覆。

徐氏百般苦勸，剛剛略止，又加個趙昂老婆闖上樓來，重新哭起。你道却是爲何？那趙昂擺布了張權，赶逐了廷秀，還要算計死了玉姐，獨吞家業，因無機會，未曾下手。今見王員外另擇人匹配，滿懷不樂，又没個計策阻攩，在房與老婆商議。這時聽得玉姐不願，在樓啼哭，却不正中其意！故此瑞姐走來，故意説道：「妹子，你如何不知好歹？當初爹爹一時没志氣，把你配個木匠之子，玷辱門風，如今去了，另配個門當户對人家，乃是你萬分造化了，如何反恁地哭泣？難道做强盗的媳婦，木匠的老婆，到勝似有名稱人家不成？」玉姐被這幾句話，羞得滿面通紅，顛倒大哭起來。徐氏心中已是不悦，瑞姐還不達時務，扯做娘的到半邊，低低説道：「母親，莫不妹子與小殺才背地裏做下些蹊蹺勾當，故此這般牽挂？」只這句話，惱得徐氏兩太陽火星直爆，把瑞姐劈面一啐，又恐怕氣壞了玉姐，不敢明説，止道：「你是同胞姊妹，不懷個好念。我方勸得他住，却走來激得重復啼哭，還要放恁樣冷屁！由他是强盗媳婦，木匠老婆罷了，着你甚急，胡言亂語！」瑞姐被娘這場搶白，羞慚無地，連忙下樓，一頭走一頭説道：「護短得好！只怕走盡天下，也没見人家有這樣無耻閨女。早是不曾做親，便恁般疼老公。若是生男育女的，真個要同死合棺材哩。虧他到掙得一副好老臉皮，全没一毫羞耻。」夾七夾八一路嚷去，明明要氣玉姐上路。徐氏怕得合氣，由他自説，只做不聽見。

玉姐正哭得頭昏眼暗，全不覺得。

看看到晚，王員外吃得爛醉。小厮扶進來，自去睡了，竟不知女兒這些緣故。徐氏陪伴玉姐坐至更餘，漸漸神思困倦，睡眼朦朧，打熬不住，向玉姐道：「兒，不消煩惱，總在明早，還你個决裂。夜深了，去睡罷。」推至床上，除去簪釵，和衣揬在被裏，下了帳幔，又分付丫鬟們照管火燭。大凡人家使女，極是貪眠懶做，十個裏邊，難得一個長俊。徐氏房中共有七八個丫鬟，有三個貼身伏侍玉姐，就在樓上睡卧。那晚守到這時侯，一個個拗腰凸肚，巴不能睡卧，見徐氏勸玉姐睡了，各自去收拾家火，專等徐氏下樓，關上樓門，盡去睡了。徐氏下得樓來，看王員外醉卧正酣，也不去驚動他，將個燈火四面檢點一遍，解衣就寢。不題。

且説玉姐睡在床上，轉思轉苦，又想道：「母親雖這般説，未必爹爹念頭若何。總是依了母親，到後終無結果。」又想起：「母親忽地將姐姐搶白，必定有甚惡話傷我，故此這般發怒。我乃清清白白的人，何苦被人笑耻！不如死了，到得乾净！」又哭了一個更次，聽丫鬟們都齁齁熟睡，樓下也無一些聲息。遂抽身起來，一頭哭，一頭檢起一條汗巾，走到中間，掇個杌子墊脚，把汗巾搭在梁上做個圈兒，將頭套入。兩脚登空，嗚呼哀哉！正是：

難將幽恨和人說，願向泉臺訴丈夫。

也是玉姐命不該絶。剛上得吊，不想一個丫鬟，因日間玉姐不要吃飯，瞞着那兩個丫鬟，私自收去，盡情飽啖。到晚上，夜飯亦是如此。睡到夜半，心胸漲漫，肚腹疼痛，起身出恭，床邊却摸不着了净桶。那恭又十分緊急，叫苦連連。原來起初性急要睡，忘記擔得，心下想着，精赤條條跑去尋那净桶。因睡得眼目昏迷，燈又半明半滅，不看見玉姐挂在梁間，心慌意急，撲的撞着，連杌子跌倒樓板上。一聲響亮，樓下徐氏和丫鬟們，都從夢中驚覺。王員外是個醉漢，也嚇醒了，忙問：「樓上什麽響？」那丫鬟這一交跌去，杌子磕着了小腹，大小便齊流，撒做一地，滚做一身，擡頭仔細看時，嚇得叫聲：「不好了！玉姐吊死也！」員外聞言，驚得一滴酒也無了，直跳起身，一面尋衣服，一面問道：「這是爲何？」徐氏一聲兒，一聲肉，哭道：「都是你這老天殺的害了他！還問怎的？」

王員外没心腸再問，忙忙的尋衣服，只在手邊混過，那裏尋得出個頭腦。偶扯着徐氏一件襖子，不管三七二十一，披在身上。又尋不見鞋子，赤着脚赶上樓去。徐氏止摸了一條裙子，却没有上身衣服。只得把一條單被捲在身上，到拖着王員外的鞋兒，隨後一步一跌，也哭上來。那老兒着了急，走到胡梯中間，一脚踏錯，谷碌碌滚下去，又撞着徐氏，兩個直跌到底，絞做一團。也顧不得身上疼痛，爬起來望上又跑。那門却還閉着，兩個拳頭如發擂般亂打。樓上樓下丫鬟一齊起身，也有尋着裙子不見布衫的，也有摸了布衫不見褲子的，也有兩隻脚穿在一個褲管的，也有反披了衣服摸不着袖子的。東扯西拽，你奪我争，紛紛亂嚷。那撒糞的丫鬟也自揩抹身子，尋覓衣服，竟不開門。王員外打得急了，三個丫鬟都提着衣服來開。老夫妻推門進去，徐氏望見女兒這個模樣，心腸迸裂，放聲大哭。

到底男子漢有些見識，王員外忍住了哭泣，赶向前將手在身上一摸，遍體火熱，喉間厮琅琅痰響，叫道：「媽媽莫要哭，還可救得！」便雙手抱住，教丫鬟拿起杌子上去解放，一面又教扇些滚湯來。徐氏聞説還可救得，真個收了眼淚，點個燈來照看。那丫鬟扶起杌子，捏着一手腌臢，向鼻邊一聞，臭氣難當，急叫道：「杌上怎有許多污穢？」恰好徐氏將燈來照，見一地尿糞。王員外踏在中間，還不知得。徐氏只認是女兒撒的，將火望下一撇道：「這東西也出了，還有甚救！」又哭起來。元來縊死的人若大小便走了，便救不得。當下王員外道：「莫管他！且放下來看。」丫鬟帶着一手腌臢，跕上去解放，心慌手軟，如何解得開。王員外不耐煩，教丫鬟尋柄刀來，將汗巾割斷，抱向床上，輕輕解開喉間死結，叫徐氏嘴對嘴打氣。接連打了十數口氣，只見咽喉氣轉，手足展施。又灌了幾口滚湯，漸漸蘇醒，還嗚嗚而哭。徐氏也哭道：「起先我恁樣説了，如何又生此短見？」玉姐哭道：「兒如此薄命，總生于世，也是徒然，不如死休！」

王員外方問徐氏道：「適來説我害了他，你且説個明白。」徐氏將女兒不肯改節的事説出。王員外道：「你怎地這般執迷！向日我一時見不到，賺了你終身。如今畜生無了下落，别配高門，乃我的好意，爲何反做出這等事來，險些把我嚇死！」玉姐也不答應，一味哭泣。徐氏嚷道：「老無知！你當初稱贊廷秀許多好處，方過繼爲子，又招贅爲婿，都是自己主張，没有人攛掇。後來好端端在家，也不見有甚不長俊，又不知聽了那個横死賊的説話，剛到家，便赶逐出去，致使無個下落。縱或真個死了，也隔一年半載，看女兒志向，然後酌量而行。何况目今未知生死，便瞞着我鬧轟轟尋媒説親，教他如何不氣！早是救醒了還好，倘然完了帳，却怎地處？如今你快休了這念頭，差人四下尋訪。若還無恙，不消說起。設或真有不好消息，把家業分一半與他守節。如若不聽我言語，逼迫女兒一差兩訛，與你須干休不得！」王員外見女兒這般執性，只得含糊答應，下樓去了。

徐氏又對玉姐道：「兒，我已說明了，不怕他不聽。莫要哭罷！且脫去腌臢衣服睡一覺，將息身子。」也不管玉姐肯不肯，流水把衣帶亂扯。玉姐被娘逼不過，只得脫衣睡臥。亂到天明，看衣服上并無一毫污穢。那丫鬟隱瞞不過，方纔實說，把衆丫鬟笑得勾嘴歪。自此之後，玉姐住在樓上，如修行一般，足迹不走下來。王員外雖不差人尋覓廷秀，將親事也只得閣過一邊。徐氏恐女兒又弄這個把戲，自己伴他睡臥，寸步不離。見丈夫不着急尋問，私自賞了家人銀子，【眉批】主母遣僕，亦須用賄，末世非錢不行，信哉！差他體訪。又教去與陳氏討個消耗。正是：

但願應時還得見，須知勝似岳陽金。

且說趙昂的老婆被做娘的搶白下樓，一路惡言惡語，直嚷到自己房中，說向丈夫。又道：「如今總是抓破臉了，待我朝一句，暮一句，好歹送這丫頭上路。」到次早，聞得玉姐上吊之事，心中暗喜，假意走來安慰，背地裏在王員外面前冷言酸語挑撥。又悄地將錢鈔買囑玉姐身邊丫鬟，分付如下次上吊，由他自死，莫要聲張。又打聽得徐氏差人尋訪廷秀，也多將銀兩買定，只説無處尋覓。趙昂見了丈人，馬前健假殷勤，隨風倒舵，掇臀捧屁，取他的歡心。王員外又爲玉姐要守着廷秀，觸惱了性子，到愛着趙昂夫婦小心熱鬧，每事言聽計從。

趙昂諸色趁意，自不必説，只有一件事在心上打攪。你道是甚的事？乃是楊洪這樁。那楊洪因與他幹了兩樁大事，不時來需索。趙昂初時打發了幾次，後來頗覺厭煩，只是難好推托。及至送與，却又争多競寡。落後回了兩三遍，楊洪心中懷恨，口出怨言。趙昂恐走漏了消息，被丈人知得，忍着氣依原餽送。楊洪見他害怕，一發來得勤了。趙昂無可奈何，想要出去躲避幾時。恰好王員外又點着白糧解户，趁這個機會與丈人商議，要往京中選官，願代去解糧，一舉兩便。王員外聞女婿要去選官，乃是美事，又替了這番勞碌，如何不肯。又與丈人要了千金，爲幹缺之用。親朋餞行已畢，臨期又去安放了楊洪，方纔上路。

話分兩頭。再説張廷秀在南京做戲，將近一年，不得歸家。一日，有禮部一位官長唤去承應。那官長姓邵名承恩，進士出身，官爲禮部主事，本貫浙江台州府寧海縣人氏。夫人朱氏，生育數胎，止留得一個女兒，年纔一十五歲，工容賢德俱全。那日却是邵爺六十誕辰，同僚稱賀，開筵款待。廷秀當場扮演，却如真的一般，滿座稱贊。

那邵爺深通相法，見廷秀相貌堂堂，後來必有好處；又恐看錯了，到半本時，喚廷秀近前仔細一觀，果是個未發積的公卿，只可惜落于下賤。問了姓名，暗自留意。到酒闌人散，分付衆戲子都去，止留正生在此，承應夫人，明日差人送來。潘忠恐廷秀脱身去了，滿懷不欲，怎奈官府分付，可敢不依！連聲答應。引着一班徒弟自去。

廷秀隨着邵爺直到後堂。只見堂中燈燭輝煌，擺着卓榼，夫人同小姐向前相迎，衆家人各自遠遠站立。廷秀也立在半邊。堂中伏侍，俱是丫鬟之輩。先是小姐拜壽，然後夫人把盞稱慶。邵爺回敬過了，方纔就坐，喚廷秀叩見夫人，在旁唱曲。廷秀唱了一套，邵爺問道：「張廷秀，我看你相貌魁梧，决非下流之人。你且實説，是何處人氏？今年幾歲了？爲甚習此下賤之事？細細説來，我自有處。」廷秀見問，向前細訴前後始末根由，又道：「小的年已十八，如今扮戲，實出無奈，非是甘心爲此。」邵爺聞言，嗟嘆良久，乃道：「原來你抱此大冤。今若流爲戲子，那有出頭之日！既曾讀書，必能詩詞，隨意作一首來，看是何如。」即令左右取過文房四寶，放在旁邊一隻卓上。廷秀拈起筆來，不解思索，頃刻而成，呈上。邵爺舉目觀看，乃是一首壽詞，詞名《千秋歲》，詞云：

瓊臺琪草，玄鶴翔雲表。華筵上，笙歌繞。玉京瑶島客，笑傲乾坤小。齊拍手，唱道長春人不老。北闕龍章耀，南極祥光照。海屋内，籌添了。青鳥銜箋至，傳報群仙到。同嵩祝，萬年稱壽考。

邵爺看了這詞，不勝之喜，連聲稱好，乃道：「夫人，此子才貌兼美，定有公卿之分。意欲螟蛉爲子，夫人以爲何如？」夫人道：「此乃美事，有何不可！」邵爺對廷秀道：「我今年已六十，尚無子嗣，你若肯時，便請個先生教你，也强如當場獻醜。」廷秀道：「若得老爺提拔，便是再生之恩。但小人出身微賤，恐爲父子玷辱老爺。」邵爺道：「何出此言！」當下四雙八拜，認了父母，又與小姐拜爲姊妹。就把椅子坐在旁邊，改名邵翼明，分付家人都稱大相公，如有違慢，定行重責，不在話下。

且説潘忠那晚眼也不合，清早便來伺候。等到午上，不見出來，只得央門上人稟知。邵爺唤進去説道：「張廷秀本是良家之子，被人謀害，虧你們救了，暫爲戲子。如今我已收留了。你們另自合人罷。」教家人取五兩銀子賞他。潘忠聽見邵爺留了廷秀，開了口半晌還合不下，無可奈何，只得叩頭作謝而去。邵爺即日就請個先生，收拾書房讀書。廷秀雖然荒廢多時，恰喜得晝夜勤學，埋頭兩個多月，做來文字，渾如錦繡一般。邵爺好不快活。那年正值鄉試之期，即便援例入監。到秋間應試，中了第五名正魁，喜得邵爺眼花没縫。廷秀謝過主司，來稟邵爺，要到蘇州救父。邵爺道：「你且慢着！不如先去會試。若得聯科，謀選彼處地方，查訪仇人正法，豈不痛快！倘或不中，也先差人訪出仇家，然後我同你去，與地方官説知，拿來問罪。如今若去，便是打草驚蛇，必被躲過，可不勞而無功，却又錯了會試！」廷秀見説得有理，只得依允。那時邵爺滿意欲將小姐配他，因先繼爲子，恐人談論，自不好啓齒，倩媒略露其意。廷秀一則爲父冤未泄，二則未知玉姐志向何如，不肯先作負心之人。與邵爺説明，止住此事，收拾上京會試。正是：

未行雪耻酬兇事，先作攀花折桂人。

話分兩頭。且説張文秀自到河南，已改名褚嗣茂。褚長者夫妻珍重如寶，延師讀書。文秀因日夜思念父母兄長，身子雖居河南，那肝腸還挂在蘇州，那有心情看到書上。眼巴巴望着褚長者往下路去販布，跟他回家。誰知褚長者年紀老邁，家道已富，褚媽媽勸他棄了這行生意，只在家中營運。文秀聞得這個消息，一發憂鬱成病。褚長者請醫調治，再三解勸。約莫住了一年光景，正值宗師考取童生。文秀帶病去赴試，便得入泮。常言道：「福至心靈。」文秀入泮之後，到將歸家念頭撇過一邊，想道：「我如今進身有路了，且赶一名遺才入場。倘得僥倖聯科及第，那時救父報仇，豈不易如翻掌？」有了這股志氣，少不得天隨人願，果然有了科舉，三場已畢，名標榜上。赴過鹿鳴宴，回到家中拜見父母。喜得褚長者老夫妻天花亂墜。那時親鄰慶賀，賓客填門，把文秀好不奉承。多少富室豪門，情願送千金禮物聘他爲婿。文秀一心在父親身上，那裏肯要！忙忙的約了兩個同年，收拾行李，帶領僕從起身會試。褚長者老夫妻直送到十里外，方纔分別。

在路曉行夜宿，非止一日，到了京都，覓個寓所安下。也是天使其然，廷秀、文秀兄弟恰好作寓在一處。左右間壁，時常會面。此時居移氣，養移體，已非舊日枯槁之容了。然骨韻猶存，不免睹影思形。只是一個是浙江邵翼明貴介公子，一個是河南褚嗣茂富室之兒，做夢也不想到親弟兄頭上。不一日，三場已畢，同寓舉人候榜，拉去行院中游串，作東戲耍。只有邵、褚二人，堅執不行。褚嗣茂遂於寓中治榼，邀請邵翼明閒講，以遣寂寞。兩下坐談，愈覺情熱。嗣茂遂問：「邵兄何以不往曲中行走？莫非尊大人家訓嚴切？」翼明潸然下淚答道：「小弟有傷心之事，就是今日會試，亦非得已，况於閒串，那有心情，只是尊兄爲何也不去行走？如此少年老成，實是難得。」嗣茂凄然長嘆道：「若説起小弟心事，比仁兄加倍不堪。還仗仁兄高發，替小弟做個報仇泄恨之人。」翼明見話頭有些相近，便道：「你我雖則隔省同年，今日天涯相聚，便如骨肉一般。兄之仇，即吾仇也。何不明言，與小弟知之？」嗣茂沉吟未答，連連被逼，只得敘出真情。纔説得幾句，不待詞畢，翼明便道：「原來你就是文秀兄弟，則我就是你哥哥張廷秀！」兩下抱頭大哭，各敘冒姓來歷。且喜都中鄉科，京都相會。一則以悲，一則以喜。

分明久旱逢甘雨，賽過他鄉遇故知。
莫問洞房花燭夜，且看金榜挂名時。〔三〕

春榜既發，邵翼明、褚嗣茂俱中在百名之内。到得殿試，弟兄俱在二甲。觀政已過，翼明選南直隸常州府推官。嗣茂考選了庶吉士，入在翰林；救父心急，遂告個給假，與翼明同回蘇州。一面寫書打發家人歸河南，迎褚長者夫妻至蘇州相會，然後入京，不題。

弟兄二人離了京師，由陸路而回。到了南京，廷秀先來拜見邵爺，老夫婦不勝歡喜。廷秀禀道：「兄弟文秀得河南褚長者救撈，改名褚嗣茂，亦中同榜進士，考選庶吉士，與兄同回，要見爹爹。」邵爺大驚道：「天下有此奇事？快請相見！」家人連忙請進。文秀到了廳上，扯把椅兒正中放下，請邵爺上坐，行拜見之禮。邵爺那裏肯要，説道：「豈有此理！足下乃是尊客，老夫安敢僭妄？」文秀道：「家兄蒙老伯收録爲子，某即猶子也，理合拜見。」兩下謙讓一回，邵爺只得受了半禮。文秀又請老夫人出來拜見。邵爺備起慶喜筵席，直飲至更餘方止。次日，本衙門同僚知得，盡來拜訪。弟兄二人，以次答拜。

是日午間小飲，邵爺問文秀道：「尊夫人還是向日聘在蘇州？還是在河南娶的？」文秀道：「小姪因遭家難，尚未曾聘得。」邵爺道：「元來賢姪還没有姻事。老夫不揣，止有一女，年十六歲了。雖無容德，頗曉女紅。賢姪倘不棄嫌，情願奉侍箕帚。」文秀道：「多感老伯俯就，豈敢有違！但未得父母之命，不敢擅專。」廷秀道：「爹爹既有這段美情，俟至蘇州，禀過父母，然後行聘便了。」邵爺道：「這也有理。」正話間，只聽得外邊喧嚷，教人問時，却是報邵爺升任福建提學僉事。邵爺不覺喜溢于面，即分付家人犒勞報事的去了。廷秀弟兄起身把盞稱賀。邵爺道：「如今總是一路，再過幾日同行何如？」廷秀道：「待兒輩先行，在蘇州相候罷。」邵爺依允。

次日即雇了船隻，作别邵爺，帶領僕從，離了南京，順流而下，只一日已抵鎮江。分付船家，路上不許泄漏是常州理刑，舟人那敢怠慢。過了鎮江、丹陽，風水順溜，兩日已到蘇州，把船泊在胥門馬頭上。弟兄二人只做平人打扮，帶了些銀兩，也不教僕從跟隨，悄悄的來得司獄司前。望見自家門首，便覺悽然淚下。走入門來，見母親正坐在矮凳上，一頭績麻，一邊流淚。上前叫道：「母親，孩兒回來了！」哭拜于地。陳氏打磨淚眼，觀看道：「我的親兒，你們一向在那裏不回？險些想殺了我！」相抱大哭。二子各將被害得救之故，細説一遍，又低低説道：「孩兒如今俱得中進士，選常州府推官，兄弟考選庶吉士。只因記挂爹媽，未去赴任，先來觀看母親。但不知爹爹身子安否？」陳氏聽見兒子都已做官，喜從天降，把一天愁緒撇開，便道：「你爹全虧了种義，一向到也安樂。如今恤刑坐于常熟，解審去了，只在明後日回來。你既做了官，怎地救得出獄？」

廷秀道：「出獄是個易事。但没處查那害我父子的仇人，出這口惡氣。」文秀道：「且救出了爹爹，再作區處。」廷秀又問道：「向來王員外可曾有人來詢問？媳婦還是守節在家，還是另嫁人了？」陳氏道：「自你去後，從無個小廝來走遭。我又日逐啼哭，也没心腸去問得。到是王三叔在門首經過説起，方曉得王員外要將媳婦改配，不從，上了吊救醒的。如今又隔了年餘，不知可能依舊守節？我幾遍要去，一則養娘又死，無人同去；二則想他既已斷絶我家，去也甘受怠慢，故此却又中止。你今只記他好處，休記他歹處，總使媳婦已改嫁，明日也該去報謝。」廷秀聽了這話，又增一番悽慘，齊答道：「母親之言有理！」廷秀向文秀道：「爹爹又不在此，且去尋一乘轎來，請母親到船上去罷。」文秀即去雇下。陳氏收拾了幾件衣服，其餘粗重家火，盡皆棄下。上了轎子，直至河口下船。可憐母子數年隔別，死裏逃生；今日衣錦還鄉，方得相會。這纔是：

弟兄同榜錦上添花，母子相逢雪中送炭。

次早，二人穿起公服，各乘四人轎，來到府中。太爺還未升堂，先來拜理刑朱推官。那朱四府乃山東人氏，父親朱布政與邵爺却是同年。相見之間，十分款洽。朱四府道：「二位老先生至此，緣何館驛中通不來報？」廷秀道：「學生乃小舟來的，不曾干涉驛遞，故爾不知。」朱四府道：「尊舟泊在那一門？」廷秀道：「舟已打發去了，在專諸巷王玉器家作寓。」朱四府又道：「還在何日上任？」廷秀道：「尚有冤事在蘇，還要求老先生昭雪，因此未曾定期。」朱四府道：「老先生有何冤事？」廷秀教朱爺屏退左右，將昔年父親被陷前後情節，細細説出。朱四府驚駭道：「元來二位老先生乃是同胞，却又罹此奇冤！待太老先生常熟解審回時，即當差人送到寓所，查究仇家治罪。」弟兄一齊稱謝。别了朱四府，又來拜謁太守，也將情事細説。俗語道：「官官相爲。」見放着兄弟兩個進士，莫説果然冤枉，便是真正强盜，少不得也要周旋。當下太守説話，也與朱四府相同。廷秀弟兄作謝相别，回到船裏。對兄弟道：「我如今扮作貧人模樣，先到專諸巷打探，看王員外如何光景。你便慢慢隨後衣冠而來。」商議停當，廷秀穿起一件破青衣，戴個帽子，一徑奔到王員外家來。【眉批】到底曾做過戲子的，會發科打諢。

且説趙昂二年前解糧至京，選了山西平陽府洪同縣縣丞。這個縣丞，乃是數一數二的美缺，頂針捱住。趙昂用了若干銀子，方纔謀得。在家侯缺年餘，前官方滿，擇吉起身。這日在家作别親友，設戲筵款待，恰好廷秀來打探，聽得裏邊鑼鼓聲喧，想道：「不知爲甚恁般熱鬧？莫不是我妻子新招了女婿麼？」心下疑惑，又想道：「且闖進去，看是何如？」望着裏邊直撞，劈面遇見王進。廷秀叫聲：「王進，那裏去？」王進認得是廷秀，吃了一驚，乃道：「呀，三官一向如何不見？」廷秀道：「在遠處頑耍，昨日方回。我且問你，今日爲何如此鬧熱？可是玉姐新招了女夫麼？」王進在急遽間，不覺真心吐露，乃道：「阿彌陀佛！玉姐爲了你，險些送了性命，怎説這話！」

廷秀先已得了安家帖，便道：「你有事自去。」王進去後，又望裏面而來。到了廳前，只見賓客滿座，童僕紛紜。分開衆人，上前先看一看，那趙昂在席上揚揚得意，戲子扮演的却是王十朋《荆釵記》。心中想道：「當日丈人赶逐我時，趙昂在旁冷言挑撥，他今日正在興頭上，我且羞他一羞。」便捱入廳中，舉着手團團一轉道：「列位高親請了！」廷秀昔年去時，還未曾冠，今日身材長大，又戴着帽子，衆親眷便不認得是誰。廷秀覆身向王員外道：「爹爹拜揖！」終須是日逐相見的眼熟，王員外舉眼觀看，便認得是廷秀，也吃一驚，想道：「聞得他已死了，如何還在？」又見滿身襤褸，不成模樣，便道：「你向來在何處？今日到此怎麼？」廷秀道：「孩兒向在四方做戲，今日知趙姨丈榮任，特來扮一出奉賀。」王員外因女兒作梗，不肯改節，初時見了到有個相留之念，故此好言問他；今聽説在外做戲，惱得登時紫漲了面皮，氣倒在椅上，喝道：「畜生！誰是你的父親？還不快走！」廷秀道：「既不要我父子稱呼，叫聲岳丈何如？」王員外又怒道：「誰是你的岳丈？」廷秀道：「父親雖則假的，岳丈却是真的，如何也叫不得？」趙昂一見了廷秀，已是嚇勾，面如土色，暗道：「這小殺才，已撇在江裏死了，怎生的全然無恙？莫非楊洪得了他銀子放走了，却來哄我？」又聽得稱他是姨丈，也喝道：「張廷秀，那個是你的姨丈，到此胡言亂語？若不走，教人打你這花子的孤拐！」廷秀道：「趙昂，富貴不壓于鄉里。你便做得這螞蟻官兒，就是這等輕薄。我好意要做出戲兒賀你，反恁般無禮！」趙昂見叫了他名字，一發大怒，連叫家人快鎖這花子起來。

那時王三叔也在座間，説道：「你們不要亂嚷。是親不是親，另日自説。既是他會做戲，好情來賀你，只當做戲子一般，演一出兒頑頑，有何不可，却這般着惱！」推着廷秀背道：「你自去扮起來，不要聽他們。」衆親戚齊拍手道：「還是三叔説得有理！」將廷秀推入戲房中，把紗帽員領穿起，就頂王十朋《祭江》這一折。廷秀想起玉姐曾被逼嫁上吊，恰與玉蓮相彷，把胸中真境敷演在這折戲上，渾如王十朋當日親臨。衆親鼻涕眼淚都看出來，連聲喝采不迭。只有王員外、趙昂又羞又氣。

正做之間，忽見外面來報，本府太爺來拜常州府理刑邵爺、翰林褚爺，慌得衆賓客并戲子都存坐不住，戲也歇了。【眉批】情節好。王員外、趙昂急奔出外邊，對賫帖的道：「并没甚邵爺、褚爺在我家作寓。」賫帖的道：「邵爺今早親口説寓在你家，如何没有？」將帖子撇下道：「你們自去回覆。」竟自去了。王員外和趙昂慌得手足無措，便道：「怎得個會説話的回覆？」廷秀走過來道：「爹爹，待我與你回罷。」王員外這時，巴不得有個人兒回話，便是好了，見廷秀肯去，到將先前這股怒氣撇開，乃道：「你若回得，甚好。」看他還穿着紗帽、員領，又道：「既如此，快去換了衣服。」廷秀道：「就是恁樣罷了，誰耐煩去換！」趙昂道：「官府事情，不是取笑的。」廷秀笑道：「不打緊，凡事有我在此，料道不累你。」王員外道：「你莫不風了？」廷秀又笑道：「就是風了，也讓我自去，不干你們事。」只聽得鋪兵鑼響，太守已到。王員外、趙昂着了急，撇下廷秀，都進去了。廷秀走出門前，恰好太守下轎。兩下一路打恭，直至茶廳上坐下攀談。吃過兩杯茶，談論多時，作別而去。有詩爲證：

誰識毘陵郘理刑，就是場中王十朋？
太守自來賓客散，仇人暗裏自心驚。

却説玉姐日夕母子爲伴，足迹不下樓來。那趙昂妻子因老公選了官，在他面前賣弄，他也全然不理。這一日外邊開筵做戲，瑞姐來請看戲，玉姐不肯。連徐氏因女兒不願，也不走出來瞧。少頃，瑞姐見廷秀在廳前這番鬧炒，心下也是駭異。又看見當場扮戲，故意跑進來報道：「妹子，好了！你日逐思想妹夫，如今已是回了，見在外邊扮戲。」玉姐只道是生這話來笑他，臉上飛紅，也不答應。徐氏也認是假話，不去采他。瑞姐見他們冷淡，又笑道：「再去看妹夫做戲。」即便下樓。

不一時，丫頭們都進來報，徐氏還不肯信，親至遮堂後一望，果是此人，心下又驚又喜，暗嘆道：「如何流落到這個地位？」瑞姐道：「母親，可是我説謊麽？」徐氏不去應他，竟歸樓上説與女兒。玉姐一言不發，腮邊珠淚亂落。徐氏勸道：「兒不必苦了，還你個夫妻快活過日。」勸了一回，恐王員外又把廷秀逐去，放心不下，復走出觀看，只見趙昂和瑞姐望裏邊亂跑，隨後王員外也跑進來。你道爲何？元來王員外、趙昂，太守到時，與衆賓客俱躲入裏邊，忽見家人報道：「三官陪着太守坐了説話。」衆人通不肯信，齊至遮堂後張看，果然兩下一遞一答説話。王員外暗道：「元來這冤家已做官了，却喬妝來哄我？懊悔昔時錯聽了讒言，將他逐出。幸喜得女兒有志氣，不曾改嫁，還好解釋。不然，却怎生處？只是適來又傷了他幾句言語，無顏相見，且叫媽媽來做個引頭。」故此亂跑。自古道：「賊人心虛。」那趙昂因有舊事在心，比王員外更是不同，嚇得魂魄俱無。報知妻子，跑回房裏，忙忙收拾打帳，明日起身，躲避這個冤家，連酒席也不想終了。正是：

早知今日，悔不當初！

且説王員外跑來撞見徐氏，便喊道：「媽媽，小女婿回了。」徐氏道：「回了便罷，何消恁般大驚小怪！」王員外道：「不要説起，適來如此如此。我因無顏見他，特請你去做個解冤釋結。」徐氏得了這幾句話，喜從天降，乃道：「有這等事！」教丫鬟上樓報知玉姐，與王員外同出廳前。廷秀正送了太守進來，衆親眷都來相迎。徐氏道：「三官，想殺我也！你在何處去了？再無處尋訪。」廷秀方上前請老夫婦坐下，納頭便拜。王員外用手扶住道：「賢婿，老夫得罪多矣，豈敢又要勞拜！」廷秀道：「某實不才，不能副岳丈之望，何云有罪！」拜罷起來，與衆親眷一一相見已畢。廷秀道：「趙姨丈如何不見？快請來相會。」童僕連忙進去。趙昂本不欲見他，又恐不出去，反使他疑心，勉强出來相見，説道：「適來言語衝撞，望勿記懷！」廷秀道：「我是不達，自取其辱，怎敢怪姨丈？」趙昂羞慚無地。王員外見廷秀冷言冷語，乃道：「賢婿，當初一時誤聽讒言，錯怪你了，如今莫計較罷。」徐氏道：「你這幾年却在那裏？怎地就得了官？」廷秀乃將被人謀害，直至做官前後事細説，却又不説出兄弟做官的緣由。衆親眷聽了，無不嗟嘆，乃道：「只是有甚冤家下此毒手，如今可曉得麽？」廷秀道：「若是曉得，却便好了。」那時廷秀便説，旁邊趙昂臉上一回紅，一回白，好不着急。直聽到不曉得這句，方纔放下心腸。王三叔道：「不要閒講了，且請坐着。待我借花獻佛，奉敬一杯賀喜。」衆親眷多要遜廷秀坐第一位，廷秀不肯。再三謙讓不過，只得依了他，竟穿着行頭中冠帶，向外而坐。戲子重新登場定戲。這時衆親眷把他好不奉承。徐氏自歸樓上，不在話下。

且説張權解審恤刑，却原是楊洪這班人押解。元來捕人拿了强盗，每至審録，俱要原捕押解，其中恐有冤枉，便要對審，故此脱他不得。那楊洪臨起解時，先來與趙昂要來若干盤纏，與兄弟楊江一齊同去。及至轉來，將張權送入獄中，弟兄二人假意來回覆趙昂，又要需索他東西。到了專諸巷内，一路聽得人説太守剛纔到王家拜望。

楊洪弟兄疑惑道：「趙昂是個監生官，如何太爺去拜他？且又不是屬下。」到了王家門首，只聽得裏邊便鬧熱做戲，門前静悄悄不見一人，却又不敢進去，坐在門前石頭上，等候人出來傳信。剛剛坐得，忽見一乘四人轎擡到門口歇下，走出一位少年官員。他二人連忙立起。那官員是誰？便是庶吉士張文秀。【眉批】文秀一來更好。他跨入門來，擡頭看見二人，到吃一嚇，認得一個是楊洪，一個是謀他性命的公差，想道：「元來是他一路，不知爲何坐在此間？」且不説破，竟望裏邊而去。楊洪已不認得，對兄弟道：「趙昂多大官兒，却有大官府來拜？」你道楊洪如何便不認得了文秀？當初謀他命時，還是一個小厮，如今頂冠束帶，换了一番景象，如何便認得出。文秀乃切骨之仇，日夜在心，故此一經眼，即便認得。

且説文秀走入裏邊，早有人看見，飛報進去道：「又有一位官府來拜了。」説聲未了，文秀已至廳前。衆親眷并戲子們看見，各自四散奔開，又單撇下廷秀一人。王員外原在遮堂後張看。這官員却又比先前太守不同，廷秀也不與他作揖，跕起來説道：「你來了。」那官府道：「如何見我來都走散了？」廷秀忍不住笑。文秀道：「且莫笑！有句緊話在此。」附耳低聲道：「便是謀你我的公差與楊洪，都坐在外面。」廷秀驚道：「有這等事！如何坐在這裏？其中可疑。快些拿住，莫被他走了。」一面討過冠帶，換下身上行頭。文秀即差衆家人出去擒拿。廷秀一面討過冠帶，換去行頭。

且説衆人赶出去，揪翻楊洪弟兄，拖入裏邊來。楊洪只道是趙昂的緣故，口中罵道：「忘恩負義的賊！我與你幹了許多大事，今日反打我麽？」正在亂時，報道：「理刑朱爺到了。」衆家人將楊洪推在半邊。廷秀弟兄出來相迎，就在茶廳上坐下。廷秀耐不住，乃道：「老先生，天下有這般快事！謀害愚弟兄的强盗，今日自來送死，已被拿住。」朱四府道：「如今在那裏？」廷秀教衆人推到面前跪下。廷秀道：「你二人可認得我了？」楊洪道：「小人却不認得二位老爺。」文秀道：「難道昔年趁船到鎮江告狀，綁入水中的人就不認得了？」二人聞言，已知是張廷秀弟兄。嚇得縮做一堆。朱四府道：「且問你有甚冤仇，謀害他一家？」二人道：「没甚冤仇。」朱四府道：「既無仇隙，如何生此歹心？」二人料然性命難存，想起趙昂平日送的銀子，又不爽利，怎生放得他過！便道：「不干小人之事，都是趙昂與他有仇，要謀害二位老爺父子，央小人行的。」廷秀弟兄聞言失驚道：「元來正是這賊！我與他有何冤仇，害我父子？」朱四府道：「趙昂是何人？住在那裏？」廷秀道：「是個粟監，就居于此間。」朱四府喝聲：「快拿！」手下人一聲答應，蜂擁進去，將趙昂拿出。那時驚得一家兒啼女喊，正不知爲甚。衆親都從後門走了，戲子見這等沸亂，也自各散去訖。

趙昂見了楊洪二人，已知事露，并無半言。朱四府即起身回到府中，先差人至獄内將張權釋放，討乘轎子送到王家。然後細鞫趙昂。初時抵賴，用起刑具，方纔一一吐實。楊洪又招出兩個摇船幫手，頃刻也拿到來。趙昂、楊洪、楊江各打六十，依律問斬，兩個幫手各打四十，擬成絞罪，俱發司獄司監禁。朱四府將廷秀父子被陷始末根由，備文申報撫按，會同題請，不在話下。

且説廷秀弟兄送朱四府去後，回至裏邊，易了公服。那時王員外已知先來那官便是張文秀，老夫婦齊出來相見，問朱四府因甚拿了趙昂，廷秀訴出其情。王員外咬牙切齒，恨道：「原來都是這賊的奸計！」正説間，丫鬟來報：「瑞姐吊死了！」原來瑞姐知得事露，丈夫拿去，必無活理，自覺無顔見人，故此走了這條徑路。【眉批】玉姐吊不死而瑞姐死，天道亦不僭矣。王員外與徐氏因恨他夫妻生心害人，全無苦楚。一面買棺盛殮，自不必説。王員外分付重整筵席款待，一面差人到舟迎取陳氏。一時間家人報道：「朱爺差人送太老爺來了。」廷秀弟兄、王員外一齊出去相迎。恰好陳氏轎子也至，夫妻子母一見，相抱而哭。正是：

苦中得樂渾如夢，死裏逃生喜欲狂。
一家骨肉重相聚，千載令人笑趙昂。

張權道：「我只道此生永無見期了，不料今日復能父子相逢！」一路哭入堂中，先向王員外、徐氏稱謝。王員外再三請罪。然後二子叩拜，將趙昂設謀陷害前後情，一一細訴。說到傷心之處，父子又哭。不想哭興了，正忘記打發了朱爺差人。那差人央家人們來稟知，廷秀發個謝帖，賞差人三錢銀子而去。當下徐氏邀陳氏自歸後房，玉姐下樓拜見。姑媳又是一番悽楚。少頃，筵宴已完，內外兩席，直飲至夜半方止。次日，廷秀弟兄到府中謝過朱四府，打發了船隻，一家都住于王員外家中。等邵爺到後，完姻赴任。廷秀又將邵爺願招文秀爲婿的事，稟知父母。備下聘禮，一到便行。半月之後，邵爺方至，河南褚長者夫妻也到，常州府迎接的吏書也都到了。那時王員外門庭好不熱鬧。廷秀主意，原作成王三叔爲媒，先行禮聘了邵小姐，然後選起吉期，弟兄一齊成親。到了是日，王員外要誇炫親戚，大開筵宴，廣請賓朋，笙簫括地，鼓樂喧天。花燭之下，烏紗絳袍，鳳冠霞帔，好不氣象。恰好兩對新人，配着四雙父母。有詩爲證：

四姓親家皆富貴，一雙夫婦倍歡娛。
枕邊忽叙傷心話，血淚猶然灑繡幮。

那府縣官聞知，都來稱賀。三朝之後，各自分別起身。張權夫妻隨廷秀常州上任，諸長者與文秀自往京中，邵爺自往福建。王員外因家業廣大，脱身不得，夫妻在家受用。不則一日，聖旨倒下，依擬將趙昂、楊洪、楊江處斬。按院就委廷秀監斬。行刑之日，看的人如山如海，都道趙昂自作之孽，親戚中無有憐之者。連丈人王員外也不到法場來看。正是：

善惡到頭終有報，只争來早與來遲。
勸君莫把欺心使，湛湛青天不可欺。

廷秀念种義之恩，托朱爺與他開招釋罪。又因父親被人陷害，每事務必細詢，鞫出實情，方纔定罪，爲此聲名甚著。行取至京，升爲給事。文秀以散館點了山西巡按。那張權念祖塋俱在江西，原歸故里，恢復舊業，建第居住。後來邵爺與諸長者身故，廷秀弟兄各自給假，爲之治喪營葬。待三年之後，方上表，復了本姓。廷秀生得三子，將次子繼了王員外之後，三子繼邵爺之後，以表不負昔年父子之恩。文秀亦生二子，也將次子紹了褚長者香火。張權夫婦壽至九旬之外，無疾而終。王員外夫妻亦享遐齡。廷秀弟兄俱官至八座之位，至今子孫科甲不斷。詩云：

由來白屋出公卿，眼底窮通未可憑。
凡事但將天理念，安心自有福來迎。

【校記】

〔一〕「一徑」，底本作「一經」，據衍慶堂本改。

〔二〕「將及過江」，衍慶堂本作「按院已到」。

〔三〕「挂名」，底本作「挂明」，據衍慶堂本改。

第二十一卷　張淑兒巧智脱楊生

自昔財爲傷命刃，從來智乃護身符。
賊髡毒手謀文士，淑女雙眸識俊儒。
已幸餘生逃密網，誰知好事在窮途。
一朝獲把封章奏，雪怨酬恩顯丈夫。

話説正德年間，有個舉人，姓楊名延和，表字元禮，原是四川成都府籍貫。祖上流寓南直隸揚州府地方做客，遂住揚州江都縣。此人生得肌如雪暈，唇若朱塗，一個臉兒恰像羊脂白玉碾成的。那裏有什麽裴楷，那裏有什麽王衍，這個楊元禮，便真正是神清氣清第一品的人物。更兼他文才天縱，學問夙成，開着古書簿葉，一隻手不住的翻，吸力豁剌，不勾吃一杯茶時候，便看完一部。人只道他查點篇數，那曉得經他一展，逐行逐句，都稀爛的熟在肚子裏頭。一遇作文時節，鋪着紙，研着墨，蘸着筆尖，颼颼聲，簌簌聲，直揮到底，好像猛雨般灑滿一紙，句句是錦繡文章。真個是：

筆落驚風雨，書成泣鬼神。
終非池沼物，堪作廟堂珍。

七歲能書大字，八歲能作古詩，九歲精通時藝，十歲進了府庠，次年第一補廩。父母相繼而亡，丁憂六載。元禮因爲少孤，親事也都不曾定得。喜得他苦志讀書，十九歲便得中了鄉場第二名。不得首薦，心中悶悶不樂，嘆道：「世無識者。」不耐煩赴京會試，那些叔伯親友們，那個不來勸他及早起程。又有同年兄弟六人，時常催促同行。那楊元禮雖説不願會試，也是不曾中得解元，氣忿的説話，功名心原是急的。

一日，被這幾個同年們催逼不過，發起興來，整治行李。原來父母雖亡，他的老尊原是務實生理的人，却也有些田房遺下。元禮變賣一兩處爲上京盤纏，同了六個鄉同年，一路上京。那六位同年是誰？一個姓焦名士濟，字子舟；一個姓王名元暉，字景照；一個姓張名顯，字弢伯；一個姓韓名蕃錫，字康侯；一個姓蔣名義，字禮生；一個姓劉名善，字取之。六人裏頭，只有劉、蔣二人家事凉薄些兒，那四位却也一個個殷足。那姓王的家私百萬，地方上叫做小王愷，〔一〕説起來連這舉人也是有些緣故來的。那時新得進身，這幾個朋友，好不高興，帶了五六個家人上路。一個個人材表表，氣勢昂昂，十分齊整。怎見得？但見：

輕眉俊眼，繡腿花拳。風笠飄飖，雨衣鮮燦。玉勒馬，一聲嘶破柳堤煙；碧帷車，數武碾殘松嶺雪。右懸雕矢，行色增雄；左插鮫函，威風倍壯。揚鞭喝躍，途人誰敢争先；結隊驅馳，村市盡皆驚盼。正是：處處緑楊堪繫馬，人人有路透長安。

這班隨從的人打扮出路光景，雖然懸弓佩劍，實落是一個也動不得手的。大凡出路的人，第一是老成二字最爲緊要。一舉一動，俱要留心。【眉批】好話，出行的不可不聽。千不合，萬不合，是貪了小便宜。在山東兗州府馬頭上，各家的管家打開了銀包，兑了多少銅錢，放在皮箱裏頭，壓得那馬背郎當，擔夫瘆軟。一路上見的，只認是銀子在内，那裏曉得是銅錢在裏頭。行到河南府滎縣地方相近，離城尚有七八十里。路上荒凉，遠遠的聽得鐘聲清亮。擡頭觀看，望着一座大寺：

蒼松虬結，古栢龍蟠。千尋峭壁，插漢芙蓉；百道鳴泉，灑空珠玉。螭頭高拱，上逼層霄；鴟吻分張，下臨無地。顫巍巍恍是雲中雙闕，光燦燦猶如海外五城。

寺門上有金字牌扁，名曰「寶華禪寺」。這幾個連日鞍馬勞頓，見了這麽大寺，心中歡喜。一齊下馬停車，進去游玩。但見稠陰夾道，曲徑紆回，旁邊多少舊碑，七橫八豎，碑上字迹模糊，看起來唐時開元年間建造。

正看之間，有小和尚疾忙進報。隨有中年和尚，油頭滑臉，擺將出來，見了這幾位冠冕客人踱進來，便鞠躬迎進。逐一位見禮看坐，問了某姓某處，小和尚掇出一盤茶來吃了。那幾個隨即問道：「師父法號？」那和尚道：「小僧賤號悟石。列位相公有何尊幹，到荒寺經過？」衆人道：「我們都是赴京會試的，在此經過，見寺宇整齊，進來隨喜。」那和尚道：「失敬，失敬！家師遠出，有失迎接，却怎生是好？」說了三言兩語，走出來分付道人擺茶果點心，便走到門前觀看。只見行李十分華麗，跟隨人役，個個鮮衣大帽。眉頭一蹙，計上心來，暗暗地歡喜道：「這些行李，若謀了他的，儘好受用。我們這樣荒僻地面，他每在此逗留，正是天送來的東西了。見物不取，失之千里。不免留住他們，再作區處。」轉身進來，就對衆舉人道：「列位相公在上，小僧有一言相告，勿罪唐突。」衆舉人道：「但說何妨。」和尚道：「說也奇怪，小僧昨夜得一奇夢，夢見天上一個大星，端端正正的落在荒寺後園地上，變了一塊青石。小僧心上喜道：必有大貴人到我寺中。今日果得列位相公到此，今科狀元，決不出七位相公之外。小僧這裏荒僻鄉村，雖不敢屈留尊駕，但小僧得此佳夢，意欲暫留過宿。

列位相公，若不棄嫌，過了一宿，應此佳兆。只是山蔬野蔌，怠慢列位相公，不要見罪。」

衆舉人聽見説了星落後園，决應在我們幾人之内，欲待應承過宿，只有楊元禮心中疑惑，密向衆同年道：「這樣荒僻寺院，和尚外貌雖則殷勤，人心難測。他苦苦要留，必有緣故。」衆同年道：「楊年兄又來迂腐了。我們連主僕人夫，算來約有四十多人，那怕這幾個鄉村和尚。若楊年兄行李萬有他虞，都是我衆人賠償。」楊元禮道：「前邊只有三四十里，便到歇宿所在。還該赶去，纔是道理。」却有張弢伯與劉取之，都是極高興的朋友，心上只是要住，對元禮道：「且莫説天色已晚，赶不到村店。此去途中，尚有可慮。現成這樣好僧房，受用一宵，明早起身，也不爲誤事。若年兄必要赶到市鎮，年兄自請先行，我們不敢奉陪。」那和尚看見衆人低聲商議，楊元禮聲聲要去，便向元禮道：「相公，此處去十來里有黄泥壩，歹人極多。此時天色已晚，路上難保無虞。相公千金之軀，不如小房過夜，明日蚤行，差得幾時路程，却不安穩了多少？」【眉批】大凡近理之言，容易入耳，小人所以中君者，往往如此。元禮被衆友牽制不過，又見和尚十分好意，况且跟隨的人見寺裏熱茶熱水，也懶得赶路，【眉批】和尚們熱茶熱水不是容易吃的。向主人道：「這師父説黄泥壩晚上難走，不如暫過一夜罷。」元禮見説得有理，只得允從。衆友分付擡進行李，明早起程。

那和尚心中暗喜中計，連忙備辦酒席，分付道人宰鷄殺鵝，烹魚炮鱉，登時辦起盛席來。這等地面那裏買得湊手？原來這寺和尚極會受用，件色鷄鵝等類，都養在家裏，因此捉來便殺，不費工夫。【眉批】好個出家人，只此一節便非佳東道矣。

佛殿旁邊轉過曲廊，却是三間精緻客堂，上面一字兒擺下七個筵席，下邊列着一個陪卓，共是八席，十分齊整。悟石舉杯安席，衆同年序齒坐定。吃了數杯之後，張哾伯開言道：「列位年兄，必須行一酒令，纔是有興。」劉取之道：「師父，這裏可有色盆？」和尚道：「有，有。」連喚道人取出色盆，斟着大杯，送第一位焦舉人行令。焦子舟也不推遜，吃酒便擲，取么點爲文星，擲得者卜色飛送。衆人嘗得酒味甘美，上口便乾。原來這酒不比尋常，却是把酒來浸米，麯中又放些香料，用些熱藥，做來顏色濃釅，好像琥珀一般。上口甘香，吃了便覺神思昏迷，四肢疼軟。【眉批】易入耳者，必非嘉言；好上口者，必非佳味。曉人凡事須於得意之處斟酌。這幾個會試的路上吃慣了歪酒，水般樣的淡酒，藥般樣的苦酒，還有尿般樣的臭酒，這晚吃了恁般濃醞，加倍放出意興來。猜拳賭色，一杯復一杯，吃一個不住。那悟石和尚又叫小和尚在外厢陪了這些家人，叫道人支持這些轎夫馬夫，上下人等，都吃得泥爛。

只有楊元禮吃到中間，覺酒味香濃，心中漸漸昏迷，暗道：「這所在那得恁般好酒！且是昏迷神思，其中決有緣故。」就地生出智着來，假做腹痛，吃不下酒。那些人不解其意，却道：「途路上或者感些寒氣，必是多吃熱酒，纔可解散，如何倒不用酒？」一齊來勸。那和尚道：「楊相公，這酒是三年陳的，小僧輩置在床頭，不敢輕用。今日特地開出來，奉敬相公。腹内作痛，必是寒氣，連用十來大杯，自然解散。」楊元禮看他勉强勸酒，心上愈加疑惑，堅執不飲。衆人道：「楊年兄爲何這般掃興？我們是暢飲一番，不要負了師父美情。」和尚合席敬大杯，只放元禮不過，心上道：「他不肯吃酒，不知何故？我也不怕他一個醒的跳出圈子外邊去。」又把大杯斟送。元禮道：「實是吃不下了，多謝厚情。」和尚只得把那幾位抵死勸酒。却説那些副手的和尚，接了這些行李，衆管家們各揀潔净房頭，鋪下鋪蓋，這些吃醉的舉人，大家你稱我頌，亂叫着某狀元，某會元，東歪西倒，跌到房中，面也不洗，衣也不脱，爬上床磕頭便睡，齁齁鼻息，響動如雷。這些手下人也被道人和尚們大碗頭勸着，一發不顧性命，吃得眼定口開，手痠脚軟，做了一堆矬倒。

却説那和尚也在席上陪酒，他便如何不受酒毒？他每分付小和尚，另藏着一把注子，色味雖同，酒力各别。間或客人答酒，只得呷下肚裏，却又有解酒湯，在房裏去吃了，不得昏迷。酒散歸房，人人熟睡。那些賊禿們一個個磨拳擦掌，思量動手。悟石道：「這事須用乘機取勢，不可遲延。萬一酒力散了，便難做事。」分付各持利刃，悄悄的步到卧房門首，聽了一番，思待進房，中間又有一個四川和尚，號曰覺空，悄向悟石道：「這些書獃不難了當，必須先把跟隨人役完了事，纔進内房，這叫做斬草除根，永無遺患。」悟石點頭道：「説得有理。」遂轉身向家人安歇去處，撥開房門，見頭便割。這班酒透的人，匹力撲六的好像切菜一般，一齊殺倒，血流遍地。其實堪傷！

却説那楊元禮因是心中疑惑，和衣而睡。也是命不該絶，在床上展轉不能安寢。側耳聽着外邊，只覺酒散之後，寂無人聲。暗道：「這些和尚是山野的人，收了這殘盤剩飯，必然聚吃一番，不然，也要收拾家火，爲何寂然無聲？」又少頃，聞得窗外悄步，若有人聲，心中愈發疑異。又少頃，只聽得外廂連叫「嗳喲」，又有模糊口聲。又聽得匹撲的跳響，慌忙跳起道：「不好了，不好了！中了賊僧計也！」隱隱的聞得脚踪聲近，急忙裏用力去推那些醉漢，那裏推得醒。也有木頭般不答應的，也有胡胡盧盧説困話的。推了幾推，只聽得呀的房門聲響。元禮顧不得别人，事急計生，聳身跳出後窗，見庭中有一顆大樹，猛力爬上，偷眼觀看。只見也有和尚，也有俗人，一夥兒擁進房門，持着利刃，望頸便刺。元禮見衆人被殺，驚得心摇膽戰，也不知墻外是水是泥，奮身一跳，却是亂棘叢中。欲待蹲身，又想後窗不曾閉得，賊僧必從天井内追尋，此處不當穩便。用力推開棘刺，滿面流血，鑽出棘叢，拔步便走，却是硬泥荒地。帶跳而走，已有二三里之遠。雲昏地黑，陰風淅淅，不知是什麽所在，却都是廢塚荒丘。又轉了一個彎角兒，却見一所人家，孤丁丁住着，板縫内尚有火光。元禮道：「我已筋疲力盡，不能行動。此家燈火未息，只得哀求借宿，再作道理。」正是：

青龍白虎同行，凶吉全然未保。

元禮低聲叩門，只見五十來歲一個老嫗，點燈開門。見了元禮，道：「夜深人静，爲何叩門？」元禮道：「昏夜叩門，實是學生得罪。争奈急難之中，只得求媽媽方便，容學生暫息半宵。」老嫗道：「老身孤寡，難好留你。且尊客又無行李，又無隨從，語言各别，不知來歷，决難從命！」元禮暗道：「事到其間，不得不以實情告他。」「媽媽在上，其實小生姓楊，是揚州府人，會試來此，被寶華寺僧人苦苦留宿。不想他忽起狼心，把我們六七位同年都灌醉了，一齊殺倒。只有小生不醉，幸得逃生。」老嫗道：「噯喲！阿彌陀佛，不信有這樣事！」元禮道：「你不信，看我面上血痕。我從後庭中大樹上爬出，跳出荆棘叢中，面都刺碎。」老嫗睁睛看時，果然面皮都碎。對元禮道：「相公果然遭難，老身只得留住。相公會試中了，看顧老身，就有在裏頭了。」元禮道：「極感媽媽厚情！自古道：『救人一命，勝造七級浮圖。』我替你關了門，你自去睡。我就在此卓兒上假寐片時，一待天明，即便告別。」老嫗道：「你自請穩便。那個門没事，不勞相公費心。老身這樣寒家，難得會試相公到來。常言道：『貴人上宅，柴長三千，米長八百。』我老身有一個姨娘，是賣酒的，就住在前村。我老身去打一壺來，替相公壓驚，省得你又無舖蓋，冷冰冰地睡不去。」元禮只道脱了大難，心中又驚又喜，謝道：「多承媽媽留宿，已感厚情，又承賜酒，何以圖報？小生倘得成名，决不忘你大德。」媽媽道：「相公且寬坐片時。有小女奉陪，老身暫去就來。女兒過來，見了相公。你且把門兒關着，我取了酒就來也。」那老嫗分付女兒幾句，隨即提壺出門去了，不提。

却説那女子把元禮仔細端詳，若有嗟嘆之狀。元禮道：「請問小姐姐今年幾歲了？」女子道：「年方一十三歲。」元禮道：「你爲何只管呆看小生？」女子道：「我看你堂堂容貌，表表姿材，受此大難，故此把你仔細觀看。可惜你滿腹文章，看不出人情世故。」元禮驚問道：「你爲何説此幾句，令我好生疑異？」女子道：「你只道我家母親爲何不肯留你借宿？」元禮道：「孤寡人家，不肯黄夜留人。」女子道：「後邊説了被難緣因，他又如何肯留起來？」元禮道：「這是你令堂惻隱之心，留我借宿。」女子道：「這叫做燕雀處堂，不知禍之將及。」元禮益發驚問道：「難道你母親也待謀害我不成？我如今孤身無物，他又何所利于我？小姐姐，莫非道我傷弓之鳥，故把言語來嚇詐我麽？」女子道：「你只道我家住居的房屋，是那個的房屋？我家營運的本錢是那個的本錢？」元禮道：「小姐姐説話好奇怪！這是你家事，小生如何知道？」女子道：「妾姓張，有個哥哥叫做張小乙，是我母親過繼的兒子，在外面做些小經紀。他的本錢，也是寶華寺悟石和尚的，這一所草房也是寺裏搭蓋的。哥哥昨晚回來，今日到寺裏交納利錢去了，幸不在家。若還撞見相公，決不相饒。」元禮想道：「方纔衆和尚行兇，内中也有俗人，一定是張小乙了。」便問道：「既是你媽媽和寺裏和尚們一路，如何又買酒請我？」女子道：「他那裏真個去買酒！假此爲名，出去報與和尚得知。少頃他們就到了，你終須一死！我見你丰儀出衆，決非凡品，故此對你説知，放你逃脱此難！」

元禮嚇得渾身冷汗，抽身便待走出。女子扯住道：「你去了不打緊，我家母親極是利害，他回來不見了你，必道我泄漏機關。這場責罰，教我怎生禁受？」元禮道：「你若有心救我，只得吃這場責罰，小生死不忘報。」女子道：「有計在此！你快把繩子將我綁縛在柱子上，你自脱身前去。我口中亂叫母親，等他回來，只告訴他説你要把我强姦，綁縛在此。被我叫喊不過，也怕母親歸來，只得逃走了去。必然如此，方免責罰。」【眉批】這女子儘有智數，可敬，可敬！又急向箱中取銀一錠與元禮道：「這正是和尚借我家的本錢。若母親問起，我自有言抵對。」元禮初不欲受，思量前路盤纏，尚無毫忽，只得受了。把這女子綁縛起來，心中暗道：「此女仁智兼全，救我性命，不可忘他大恩。不如與他定約，異日娶他回去。」便向女子道：「小生楊延和，表字元禮，年十九歲，南直揚州府江都縣人氏。因父母早亡，尚未婚配。受你活命之恩，意欲結爲夫婦，後日娶你，決不食言。小姐姐意下如何？」女子道：「妾小名淑兒，今歲十三歲。若不棄微賤，永結葭莩，死且不恨。只是一件：我母親通報寺僧，也是平昔受他恩惠，故爾不肯負他。請君日後勿復記懷。事已危迫，君無留戀。」【眉批】既放釋元禮，又出脱母親，直恁周密，真女中豪俠也。元禮問言一畢，抽身往外便走。纔得出門，回頭一看，只見後邊一隊人衆，持着火把，蜂擁而來。元禮魂飛魄喪，好像失心風一般，望前亂跌，也不敢回頭再看。

話分兩頭。單提那老嫗打頭，川僧覺空持棍在前，悟石隨後，也有張小乙，通共有二十餘人，氣吽吽一直赶到老嫗家裏。女子聽得人聲相近，亂叫亂哭。老嫗一進門來，不見了姓楊的，只見女子被縛，嚇了一跳，道：「女兒爲何倒縛在那裏？」女子哭道：「那人見母親出去，竟要把我强姦，道我不從，竟把繩子綁縛了我。被我亂叫亂嚷，只得奔去。又轉身進來要借盤纏，我回他没有，竟向箱中摸取東西，不知拿了甚麽，向外就走。」那老嫗聞言，好像落湯鷄一般，口不能言，連忙在箱子内查看，不見了一錠銀子，叫道：「不好了！我借師父的本錢，反被他掏摸去了。」衆和尚不見楊元禮，也没工夫逗留，連忙向外追赶。又不知東西南北那一條路去了。走了一陣，只得嘆口氣回到寺中，跌脚嘆道：「打蛇不死，自遺其害。」事已如此，無可奈何。且把殺死衆尸，埋在後園空地上。開了箱籠被囊等物，原來多是銅錢在内，銀子也有八九百兩，把些來分與覺空，又把些分與衆和尚、衆道人等，也分些與張小乙。人人歡喜，個個感激。又另把些送與老嫗，一則買他的口，一則賠償他所失本錢，依舊作借。

却説那元禮脱身之後，黑地裏走來走去，原只在一笪地方，氣力都盡，只得蹲在一個冷廟堂裏頭。天色微明，向前又走，已到滎縣。剛待進城，遇着一個老叟，連叫：「老侄，聞得你新中了舉人，恭喜，恭喜！今上京會試，如何在此獨步，没人隨從？」那老叟你道是誰？却就是元禮的叔父，叫做楊小峰，一向在京生理，販貨下來，經由河間府到往山東。劈面撞着了新中的姪兒，真是一天之喜。元禮正值窮途，撞見了自家的叔父，把寶華寺受難根因，與老嫗家脱身的緣故，一一告訴。楊小峰十分驚詫。挽着手，拖到飯店上吃了飯，就把身邊隨從的阿三送與元禮伏侍，又借他白銀一百二三十兩，又替他叫了騾轎，送他進京。正叫做：

不是一番寒徹骨，怎得梅花撲鼻香。

元禮別了小峰，到京會試，中了第二名會魁，嘆道：「我楊延和到底遜人一籌！然雖如此，我今番得中，一則可以踐約，二則得以伸冤矣。」殿試中了第一甲第三名，入了翰林。有相厚會試同年舒有慶，他父親舒珽，正在山東做巡按。元禮把六個同年及從人受害本末，細細與舒有慶説知。有慶報知父親，隨着府縣拘提合寺僧人到縣。即將爲首僧人悟石、覺空二人，極刑鞫問，招出殺害舉人原由。押赴後園，起尸相驗，隨將衆僧拘禁。此時張小乙已自病故了。舒珽即時題請滅寺屠僧，立碑道傍，地方稱快。後邊元禮告假回來，親到廢寺基址，作詩吊祭六位同年，不題。

却説那老嫗原係和尚心腹，一聞寺滅僧屠，正待逃走。女子心中暗道：「我若跟隨母親同去，前日那楊舉人從何尋問？」正在憂惶，只見一個老人家走進門來，問道：「這裏可是張媽媽家？」老嫗道：「老身亡夫，其實姓張。」老叟道：「令愛可叫做淑兒麼？」老嫗道：「小女的名字，老人家如何曉得？」老叟道：「老夫是揚州楊小峰，我姪兒楊延和中了舉人，在此經過，往京會試。不意這裏寶華禪寺和尚忽起狼心，謀害同行六位舉人，并殺跟隨多命。姪兒幸脱此難。現今中了探花，感激你家令愛活命之恩，又謝他贈了盤纏銀一錠，因此托了老夫到此説親。」老嫗聽了，嚇呆了半晌，無言回答。那女子窺見母親情慌無措，扯他到房中説道：「其實那晚見他丰格超群，必有大貴之日。孩兒惜他一命，只得贈了盤纏放他逃去。彼時感激孩兒，遂訂終身之約。孩兒道：『母親平昔受了寺僧恩惠，縱去報與寺僧知道，也是各不相負，你切不可懷恨。』他有言在先，你今日不須驚怕。」楊小峰就接淑兒母子到揚州地方，賃房居住。等了元禮榮歸，隨即結姻。老嫗不敢進見元禮，女兒苦苦代母請罪，方得相見。老嫗匍伏而前。元禮扶起行禮，不提前事。却説後來淑兒與元禮生出兒子，又中辛未科狀元，子孫榮盛。若非黑夜逃生，怎得佳人作合？這叫做：夫妻本是前生定，曾向蟠桃會裏來。有詩爲證：

春闈赴選遇强徒，解厄全憑女丈夫。
凡事必須留後着，他年方不悔當初。

【校記】

〔一〕「叫做」，底本衍一「做」字，據衍慶堂本删。

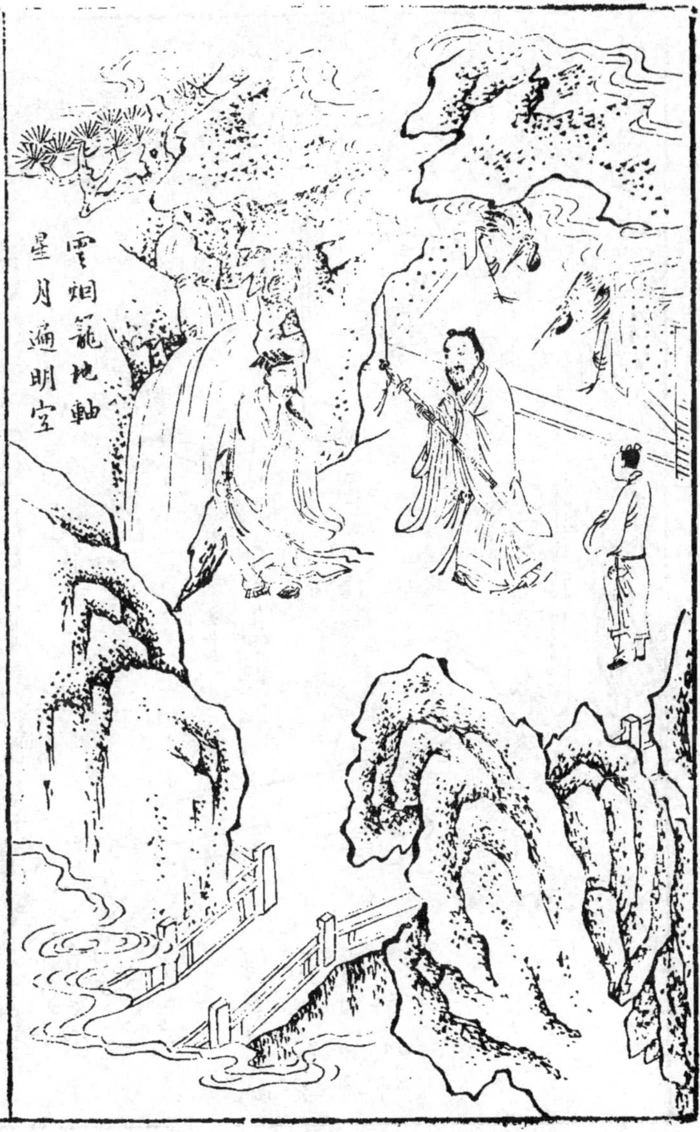
雲烟籠地軸
星月遍明空

丹只是劍
劍只是丹
得劍知丹
得丹知劍

第二十二卷　呂洞賓飛劍斬黃龍（一）

暮宿蒼梧，朝游蓬島，朗吟飛過洞庭邊。岳陽樓酒醉，借玉山作枕，容我高眠。出入無踪，往來不定，半是風狂半是顛。隨身用，提籃背劍，貨賣雲煙。人間飄蕩多年，曾占東華第一筵。推倒玉樓，種吾奇樹；黃河放淺，栽我金蓮。捽碎珊瑚，翻身北海，稽首虛皇高座前。無難事，要功成八伯，行滿三千。

這隻詞兒，名曰《沁園春》，乃是一位陸地大羅神仙所作。那位神仙是誰？姓呂名岩，表字洞賓，道號純陽子。自從黃糧夢得悟，根隨師父鍾離先生，每日在終南山學道。或一日，洞賓曰：「弟子蒙我師度脱，超離生死，長生妙訣，俺道門中輪回還有盡處麽？」師父曰：「如何無盡？自從混沌初分以來，一小劫該十二萬九千六伯年，世上混一，聖賢皆盡；一大數，二十五萬九千二伯年，儒教已盡；阿修劫，三十八萬八千八伯年，俺道門已盡；襄劫，七十七萬七千七伯年，釋教已盡，此是劫數。」洞賓又問：「我師，閻浮世上，高低闊遠，南北東西，俱有盡處麽？」師父曰：「如何無盡處？且説中原之地，東至日出，西至日没，南至南蠻，北至幽燕，兩輪日月，一合乾坤，四伯座軍州，三千座縣分，七伯座巡檢司，此是中原之地。」洞賓曰：「弟子欲游中原，從何而起？從何而止？」師曰：「九九之數屬陽，先從山前九州，山後九州，兩淮三九二十七軍州，河北四九三十六軍州，關西五九四十五軍州，西川六九五十四軍州，荆湖七九六十三軍州，江南九九八十一軍州，海外潮陽四州，共計四伯座軍州。」洞賓曰：「四伯座軍州，有多少人煙？」師曰：「世上三山、六水、一分人煙。」

洞賓又問：「我師成道之日，到今該多壽數？」師父曰：「數看漢朝四伯七年，晉朝一百五十七年，唐朝二百八十八年，宋朝三百一十七年，算來計該一千年一百歲有零。」洞賓曰：「師父計年一千一百歲有零，度得幾人？」師父曰：「只度得你一人。」洞賓曰：「緣何只度得弟子一人？只是俺道門中不肯慈悲，度脱衆生。師父若教弟子三年嚴限，只在中原之地，度三千餘人，興俺道家。」師父聽得説，呵呵大笑：「吾弟住口！世上衆生不忠者多，不孝者廣。不仁不義衆生，如何做得神仙？吾教汝去三年，但尋得一個來，也是汝之功。」洞賓曰：「只就今日拜辭吾師，弟子雲游去了。」師父曰：「且住，且住！你去未得。吾有法寶，未曾傳與汝。道童，與吾取過降魔太阿神光寶劍來。」道童取到。師父曰：「此劍是吾師父東華帝君傳與吾，吾傳與汝。」這洞賓雙膝跪下：「領我師法旨。」師父曰：「此劍能飛取人頭，言説住址姓名，念呪罷，此劍化爲青龍，飛去斬首，口中銜頭而來，【眉批】借此劍斬人間無義漢，大快！有此靈顯。有呪一道，飛去者如此如此；再有收回呪一道，如此如此。」言罷，洞賓納頭拜授，背了劍曰：「告吾師，弟子只今日拜辭下山去。」師曰：「且住，且住！你去未得。汝若要下山，依我三件事，方可去。」洞賓曰：「告我師，不知那三件事？」師曰：「第一件，到中原之地，休尋和尚鬪，依得麽？」洞賓曰：「依得。」師曰：「第二件，將吾寶劍去要將回來，休失落了，依得麽？」洞賓曰：「依得。」師曰：「第三件，與你三年限滿，休違了。如違了限，即當斬首滅形，依得麽？」洞賓曰：「依得。」【眉批】蛇行虎走，便是大道爲公。師父大喜道：「好去，好去！」洞賓曰：「蒙我師傳法與弟子，年代劫數，地理路途，寶劍法語，弟子都省悟了。今作詩一首，拜謝吾師。弟子下山度人去也！」詩曰：

> 二十四神清，三千功行成。
> 雲煙籠地軸，星月遍空明。
> 玉子何須種，金丹豈用耕？

個中玄妙訣，誰道不長生！

吟詩已罷，師父呵呵大笑：「吾弟，汝去三年，度得人也回來，度不得人也回來，休違限次，寶劍休失落了，休惹和尚鬧。速去速回！」洞賓拜辭師父下山，却不知度得人也度不得？正是：

情知語是鈎和綫，從頭釣出是非來。

這洞賓一就下山，按落雲頭，來到閻浮世上，尋取有緣得道之士。整整行了一年，絶無踪迹。有詩爲證：

自隱玄都不記春，幾回滄海變成塵。
我今學得長生法，未肯輕傳與世人。

洞賓行了一年，没尋人處，如之奈何？眉頭一縱，計上心來。在山中曾聽得師父説來，直上太虛頂上觀看，但是紫氣現處，五霸諸侯；黑氣現處，山妖水怪；青氣現處，得道神仙。去那無人煙處，喝聲：「起！」一道雲頭直到太虛頂上。東觀西望，遠遠見一處青氣充天而起。洞賓道：「好！此處必有神仙。」雲行一萬，風送八千，料來千里路；雲頭一片，去心留不住。看看行到青氣現處，不知何所。洞賓喚：「土地安在？」一陣風過處，土地現形，怎生模樣：

衣裁五短，帽裹三山。手中藜杖老龍形，腰間皂絲黑虎尾。

土地唱喏：「告上仙，呼喚小聖，不知有何法旨？」洞賓曰：「下界何處？青氣現者，誰家男子婦人？」土地道：「下界西京河南府。在城銅駝巷口有個婦人殷氏，約年三十有餘，不曾出嫁。累世奉道，積有陰果。此女唐朝殷開山的子孫，七世女身，因此青氣現。」洞賓曰：「速退。」風過處，土地去了。却說洞賓墜下雲端，化作腌臢道人，直入城來。到銅駝巷口，見牌一面，上寫「殷家澆造細心耐點清油臘燭」。鋪中立着個女娘，魚魫冠兒，道裝打扮，眉間青氣現。洞賓見了，叫聲好，不知高低。正是：

踏破鐵鞋無覓處，得來全不費工夫。

洞賓叫聲「稽首」，看那娘子，正與澆臘燭待詔說話。回頭道：「先生過一遭。」洞賓上前一看，見怒氣太重，叫聲「可惜」，去袖内拂下一張紙來，上有四句詩曰：

出山罰愿度三千，尋遍閻浮未結緣。

特地來時真有意，可憐殷氏骨難仙。

詩後寫道：「口口仙作。」這個女娘見那道人袖中一幅紙拂將下來，交人拾起看時，二「口」爲「吕」，知是吕祖師化身，便教人急忙赶去，尋這個先生。先生化陣清風不見了。殷氏心中懊悔。正是：「無緣對面不相逢！」只因這四句詩，風魔了這女娘一十二年。後來坐化而亡。

只說洞賓不覺又早一年光景，無尋人處。再去太虛頂上觀看，只見一疋馬飛來。到面前下馬離鞍，背上宣筒裏取出請書來：「告上仙：東京開封府馬行街居住，奉道信官王惟善，於今月十四日，請道一壇，就家庭開建奉真清醮三伯六十分位齋。請往來道士二千員，恭爲純陽真人度誕之辰。特賫請狀拜請。」洞賓聽說：「吾忘其所以，來朝是吾生日。符官有勞心力遠來！」符官曰：「小聖直到終南山，見老師父說，上仙在中原之地，特尋到此，得見上仙。」洞賓於荆筐籃内，取一個仙果，與符使吃了。拜謝上馬而去。

洞賓一道雲頭直到東京人不到處，墜下雲頭，立住了脚。若還這般模樣，被人識破。把頭一擺，喝聲：「變！」變作一個腌臢疥癩先生入城。行到馬行街，只見揚旛挂榜做好事，上朝請聖邀真。洞賓却好到。人若有願，天必從之。且看那齋主有緣度他？洞賓到壇上看，却是個中貴官太尉，好善奉真修道，眉間微微有些青氣。洞賓肚内思量：「此人時節未到，顯些神通化他。初心不退，久後成其正果。」洞賓吃罷齋，支襯錢五伯文，白米五斗。洞賓言曰：「貧道善能水墨畫，用水一碗，也不用筆，取將絹一疋，畫一幅山水相謝齋襯。」衆人稟了太尉，取絹一幅與先生。先生磨那碗墨水，去絹上一潑，壞了那幅絹。太尉見道：「這厮無禮，捉弄下官，與我拿來！」先生見太尉焦躁，轉身便去。衆人赶來，只見先生化陣清風而去。但見有幅白紙吊將下來，衆人拿白紙來見太尉，太尉打開看時，有四句言語道：

齋道欲求仙骨，及至我來不識。
要知貧道姓名，但看絹畫端的。

太尉教取恰纔壞了的絹，再展開來看。不看時萬事全休，看了納頭便拜。見甚麽來？正是：

神仙不肯分明説，誤了閻浮世上人。

王太尉取污了絹來看時，完然一幅全身呂洞賓，纔信來的先生是神仙，悔之不及！將這幅仙畫送進入後宮，太后娘娘裱褙了，内府侍奉。王太尉奏過，將房屋宅子納還朝廷，伴當家人都散了，直到武當山出家。山中採藥，遭遇純陽真人，得度爲仙。

【眉批】據此，則呂祖已度二人矣。這是後話。

且説洞賓呂先生三年將滿限期，一人不曾度得，如之奈何？心中悶倦。只得再在太虛頂上觀看青氣現處。只見正南上有青氣一股，急駕雲頭望着青氣現處。約行兩個時辰，見青氣至近，喝聲：「住！」唤：「此間山神安在？」風過處，山神現形。金盔金甲錦袍，手執着開山斧，躬身唱喏：「告上仙，有何法旨？」洞賓曰：「下方青氣現處，是個甚麼人家？」山神曰：「下界江西地面，黄州黄龍山下有個公公，姓傅，法名永善，廣行陰隲，累世積善。因此有青氣現。」洞賓曰：「速退。」聚則成形，散則爲氣。先生墜下雲來，直到黄龍山下傅家庭前，正見傅太公家齋僧。直至草堂上，見傅太公。先生曰：「結緣增福，開發道心。」太公曰：「先生少怪！老漢家齋僧不齋道。」洞賓曰：「齋官，儒釋道三教，從來總一家。」太公曰：「偏不敬你道門！你那道家説謊太多。」洞賓曰：「太公，那見俺道家説謊太多？」太公曰：「秦皇漢武，尚且被你道家捉弄，何况我等！」先生曰：「從頭至尾説，俺道家怎麽捉弄秦皇漢武？」太公曰：「豈不聞白氏《諷諫》曰：

海漫漫，直下無底傍無邊。雲濤雪浪最深處，人傳中有三神山。山上多生不死藥，服之羽化爲神仙。秦皇漢武信此語，方士年年採藥去。蓬萊今古但聞名，煙水茫茫無覓處。海漫漫，風浩浩，眼穿不見蓬萊島。不見蓬萊不肯歸，童男童女舟中老。【眉批】何以知之？徐福狂言多誑誕，上元太乙虚祈禱。君看驪山頂上茂陵頭，畢竟悲風吹蔓草。何况玄元聖祖五千言，不言藥，不言仙，不言白日上青天。」

傳太公言畢，先生曰：「我道家説謊，你那佛門中有甚奇德處？」太公曰：「休言靈山活佛，且説俺黄龍山黄龍寺黄龍長老慧南禪師，講經説法，廣開方便之門；普度群生，接引菩提之路。説法如雲，度人如雨。法座下聽經聞法者，每日何止數千，盡皆歡喜。幾曾見你道門中闡揚道法，普度群生，只是獨吃自痾，【眉批】這到是。因此不敬道門。」吕先生不聽，萬事全休；聽得時，怒氣填胸，問太公：「這和尚今日説法麽？」太公道：「一年四季不歇，何在乎今日！」吕先生不別太公，提了寶劍，徑上黄龍山來，與慧南長老鬥聖。誰勝誰贏？正是：

蝸角虚名，蠅頭微利，算來直恁甘忙！事皆前定，誰弱與誰强？且趁閒身未老，儘容他些子疏狂。百年裏，渾教是醉，三萬六千場。思量，能幾許？憂愁風雨，一半相妨。幸對清風明月，簟紋展簾幕高張。江南好，千鍾美酒，一曲《滿庭芳》。

却纔説不了，吕先生徑望黄龍山上來，尋那慧南長老。話中且説黄龍禪師擂動法鼓，鳴鐘擊磬，集衆上堂説法，正欲開口啓齒，只見一陣風，有一道青氣撞將入來，直衝到法座下。長老見了，用目一觀，暗暗地叫聲苦：「魔障到了！」便把手中界尺，去卓上按住大衆道：「老僧今日不説法，不講經，有一轉語問你大衆，其中有答得的

麽?」言未了,去那人叢裏走出那先生來道:「和尚,你快道來。」長老曰:

老僧今年膽大,黄龍山下扎寨。
袖中颺起金鎚,打破三千世界。

先生呵呵大笑道:「和尚!前年不膽大,去年不膽大,明年亦不膽大,只今年膽大!你再道來。」和尚言:「老僧今年膽大。」先生道:「住!

貧道從來膽大,專會偷營劫寨。
奪了袖中金鎚,留下三千世界。」

衆人聽得,發聲喊,好似:

一風撼折千竿竹,百萬軍中半夜潮。

衆人道:「好個先生,答得好!」長老拿界方按定,衆人肅静。先生道:「和尚,這四句只當引子,不算輸贏。我有一轉語,和你賭賽輸贏,不賭金珠富貴。」去背上拔出那口寶劍來,插在磚縫裏,雙手拍着:「衆人聽貧道説:和尚贏,斬了小道;小道贏,要斬黄龍。」先生説罷,諕得人人失色,個個吃驚。只見長老道:「你快道來!」先生言:

鐵牛耕地種金錢,石刻兒童把綫穿。

一粒粟中藏世界，半升鐺内煮山川。
白頭老子眉垂地，碧眼胡僧手指天。
休道此玄玄未盡，此玄玄内更無玄。

先生説罷，便問和尚：「答得麽？」黄龍道：「你再道來。」先生道：「鐵牛耕地種金錢。」黄龍道：「住！」和尚言：

自有紅爐種玉錢，比先毫髮不曾穿。
一粒能化三千界，大海須還納百川。
六月爐頭噴猛火，三冬水底納凉天。
誰知此禪真妙用，此禪禪内又生禪。

先生道：「和尚輸了，一粒化不得三千界。」黄龍道：「怎地説，近前來，老僧耳聾！」先生不知是計，趲上法座邊，被黄龍一把捽住：「我問你：一粒化不得三千界，你一粒怎地藏世界？且論此一句。我且問你：半升鐺内煮山川，半升外在那裏？」【眉批】好辯者必窮。先生無言可答。和尚道：「我的禪大合小，你的禪小合大。本欲斬你，佛門戒殺。饒你這一次！」手起一界尺，打得先生頭上一個疙瘩，【眉批】佛祖亦未見好勝，多此一界尺。通紅了臉。衆人一齊賀將起來。先生没出豁，看着黄龍長老，大笑三聲，三搖頭，三拍手，拏了寶劍，入了鞘子，望外便走。衆人道：「輸了呀！」黃龍禪師按下界方：「大衆！老僧今日大難到了。不知明日如何？有一轉語曰：

五五二十五，會打賀山鼓。黃龍山下看相撲，却來這裏吃一賭。大地甜瓜徹底甜，生擦瓜兒連蒂苦。

大衆，你道甚麽三鼓掌，三搖頭，三聲大笑，作甚麽生？咦！

本是醍醐味，番成毒藥讎。
今夜三更後，飛劍斬吾頭。」

禪師道罷，衆人皆散。和尚下座入方丈，集衆道：「老僧今日對你們説，夜至三更，先生飛劍來斬老僧。老僧有神通，躲得過；神通小些，沒了頭。你衆僧各自小心。」衆僧合掌下跪：「長老慈悲，救度則個！」黃龍長老點頭。伸兩個指頭，言不數句，話不一席，救了一寺僧衆。正是：

勸君莫結冤，冤深難解結。
一日結成冤，千日解不徹。
若將恩報冤，如湯去潑雪。
若將冤報冤，如狼重見蠍。

我見結冤人，盡被冤磨折。

黄龍長老道：「衆僧，牢關門户，休點燈燭。各人裹頂頭巾，戴個帽兒，躲此一難，來日早見。」衆僧出方丈，自言自語：「今日也説法，明日也説法，説出這個禍來！一寺三百餘僧，有分切西瓜一般，都被切了頭去。」膽大的在寺里，膽小的連夜走了。且説長老唤門公來。門公到面前唱個喏。長老道：「近前來。」耳邊低低道了言語，門公領了法旨自去。天色已晚，鬧了黄龍寺中半夜不安迹。

話中却説吕先生坐在山巖裏，自思：「限期已近，不曾度得一人。師父説道：休尋和尚鬧！被他打了一界尺，就這般干罷？和尚，不是你便是我！飛將劍去斬了黄龍，教人説俺有氣度。若不斬他，回去見師父如何答應？」擡頭觀看，星移斗轉，正是三更時分，取出劍來，分付道：「吾奉本師法旨，帶將你做護身之寶，休誤了我。你去黄龍山黄龍寺，見長老慧南禪師，不問他行住坐卧間，速取將頭來。」念念有詞，喝聲道：「疾！」豁剌剌一聲響亮，化作一條青龍，徑奔黄龍寺去。吕先生喝聲采，去了多時，約莫四更天氣，却似石沉滄海，綫斷風箏，不見回來。急念收呪語，念到有三千餘遍，不見些兒消息。吕先生荒了手脚：「倘或失了寶劍，斬首滅形！」連忙起身，駕起雲頭，直到黄龍寺前墜下雲頭。見山門佛殿大門一齊開着，却是長老分付門公，教他都不要關閉。呂先生見了道：「可惜早知這和尚不準備，直入到方丈，一劍揮爲兩段。」徑到方丈裏面，兩枝大紅燭點得明晃晃地，焚着一爐好香，香煙繚繞，禪床上坐着黄龍長老。長老高聲大叫：「多口子！你要劍，在這裏！進來取去。」呂先生揭起簾子，走將入方丈去，道：「和尚，還我劍來！」長老用手一指，那口劍一半插在泥里。呂先生肚裏思量：「我去拔劍，被他暗算，如之奈何？」道：「和尚，罷，罷，罷！你還了我劍，兩解手。」長老道：「多口子，老僧不與你一般見識。本欲斬了你，看你師父面。」洞賓聽得，直恁利害！就拔劍在手，斬這厮！大踏步向前，雙手去拔劍，却便似萬萬斤生鐵鑄牢在地上，盡平生氣力來拔，不動分毫。黄龍大笑：「多口子，自古道：

人無害虎心，虎無傷人意。

我要還了你劍，教你回去見師父去，你心中却要拔劍斬吾！吾不還你劍，有氣力拔了去。」呂先生道：「他禁法禁住了，如何拔得去！」便念解法，越念越牢，永拔不起。呂先生道：「和尚，還了我劍罷休。」長老道：「我有四句頌，你若參得透，還了你劍。」先生道：「你道來！」和尚懷中取出一幅紙來，紙上畫着一個圈，當中間有一點，下面有一首頌曰：

丹在劍尖頭，劍在丹心裏。
若人曉此因，必脱輪回死。

吕先生見了，不解其意。黄龍曰：「多口子，省得麽？」洞賓頓口無言。黄龍禪師道聲：「俺護法神安在？」風過處，護法神現形。怎生打扮？

頭頂金盔，紺紅撒髮朱纓。渾身金甲，妝成慣帶，手中拿着降魔寶杵，貌若顔童。

護法神向前問訊：「不知我師呼召，有何法旨？」黄龍曰：「護法神，與我將這多口子押入困魔巖，待他參透禪機，引來見吾。每日天厨與他一個饅頭。」護法神曰：「領我師法旨。」護法神道：「先生快請行！」吕先生道：「那裏去？」護法神曰：「走，走！如不走，交你認得三洲感應護法韋馱尊天手中寶杵！只重得八萬四千斤，你若不走，直壓你入泥裏去！」吕先生自思量：「師父教我不要惹和尚！」只得跟着護法神入困魔巖參禪。不在話下。

却説黄龍寺僧衆，五更都到方丈參見長老。長老道：「夜來驚恐你們。」衆僧曰：「得蒙長老佛法浩大，無些動静。」長老道：「你們自好睡，却好鬧了一夜。」衆僧道：「没有甚執照？」長老用手一指，衆人見了這口寶劍，却似：

分開八片頂陽骨，傾下半桶冰雪水。

衆僧一齊禮拜，方見長老神通廣大，法力高强。山前山後，城裏城外，男子女人，僧尼道俗，都來方丈，看劍的人，不知其數。鬧了黄龍山，鼎沸了黄州府。

却説吕先生坐在困魔巖，耳畔聽得鬧嚷嚷地，便召山神。山神現形唱喏，問：「寺中爲甚熱鬧？」山神曰：「告上仙：城裏城外人都來看這口寶劍，人人拔不起，因此熱鬧。」洞賓道：「速退。」山神去了。先生自思：「鬧了黄州，師父知道，怎地分説？自首免罪。」韋天不在，走出洞門，駕雲而起。且説韋天到困魔巖，不見了吕先生，徑來方丈報與黄龍禪師：「走了吕先生，不知吾師要赶他也不赶？」禪師道：「護法神，免勞生受。且回天宫。」化陣清風而去。

却説吕先生一道雲頭，直到終南山洞門口立着，見道童向前稽首，道童施禮。吕先生道：「道童，師父在麽？」道童言：「老師父山中採藥，不在洞中。」吕先生徑上終南山尋見師父，雙膝跪下，俯伏在地。鍾離師父呵呵大笑，自已知道了，道：「弟子引將徒弟來了？不知度得幾人？先將劍來還我。」吕先生告罪説：「不是處，望乞老師父將就解救弟子！」師父曰：「吾再三分付，休惹和尚們。你頭上的胳膊，尚且未消，有何面目見吾？你神通短淺，法力未精，如何與人鬥勝？徒弟不曾度得一個，妝這辱門敗户的事！俺且饒你初犯一次，速去取劍來。」吕先生：「拜告吾師，免弟子之罪。此劍被他禁住了，不能得回。」師父言：「吾修書一封，將去與吾師兄辟支佛看，自然還你。不可輕易，休損壞了封皮。」去荆筐籃裹，取出這封書來。吕先生見了，納頭便拜：「吾師過去未來，俱已知道。」得了書，直到黄龍寺墜下雲來。伽藍通報長老：「吕老先生在方丈外聽法旨。」黄龍道：「喚他進來。」伽藍曰：「吾師有請！」洞賓直到方丈裹，合掌頂禮：「來時奉本師法旨，有封書在此。」長老已知道，教取書來。吕先生雙手獻上。長老拆開，上面一個圓圈，圈外有一點在上，下有四句偈曰：

丹只是劍，劍只是丹。
得劍知丹，得丹知劍。

黄龍曰：「覷汝師父面皮，取了劍去。」洞賓向前，將劍輕輕拔起：「拜謝吾師。吕岩請問：吾師法語『圈子裹一點』，本師法語『圈子上一點』，不知是何意故？」黄龍曰：「你肯拜我爲師，傳道與你。」吕先生言：「情願皈依我佛。」前三拜，後三拜，禮佛三拜，三三九拜，合掌跪膝諦聽。黄龍曰：「汝在座前言『一粒粟中藏世界』，小合大圈子上一點。吾答『一粒能化三千界』，大合小圈子内一點。這是道！吾傳與你。」吕先生聽罷，大徹大悟，如漆桶底脱：「拜謝吾師，弟子回終南山去拜謝師父。」黄龍曰：「吾傳道與汝，久後休言自會，或詩或詞留爲表記。」就取文房四寶將來。呂先生磨墨醮筆，作詩一首。詩曰：

捽碎葫蘆踏折琴，生來只念道門深。
今朝得悟黄龍術，方信從前枉用心。

作詩已畢，拜辭了黄龍禪師，徑回終南山，見了本師，納還了寶劍。從此定性，脩真養道，數百年不下山。功成行滿，成陸地神仙。正是：

朝騎白鹿升三島，暮跨青鸞上九霄。

後府人於鳳翔府天慶觀壁上，見詩一首，字如龍蛇之形，詩後大書「回道人」三字。詳之，知爲純陽祖師也。詩曰：

得道年來八百秋，不曾飛劍取人頭。
玉皇未有天符至，且貨烏金混世流。

【校記】

〔一〕「呂洞賓」，底本目録作「呂純陽」，此據正文卷目。

月明如晝
玉宇無塵

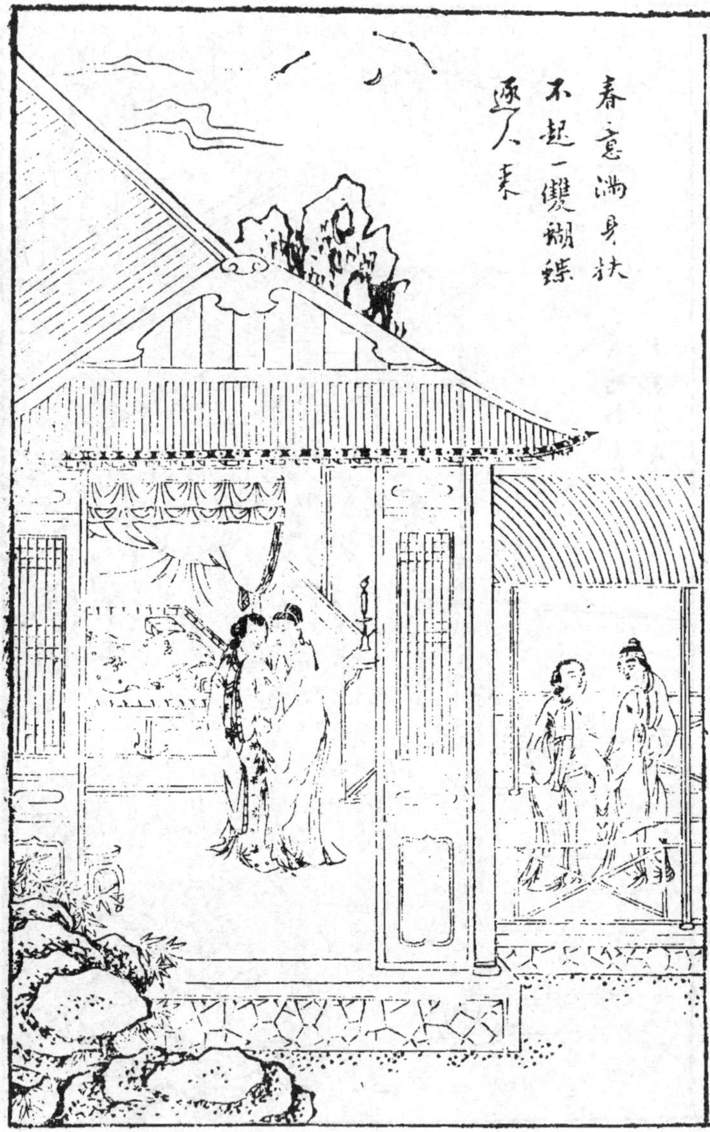
春意滿身扶
不起一雙蝴蝶
逐人來

第二十三卷　金海陵縱欲亡身

昨日流鶯今日蟬，起來又是夕陽天。
六龍飛轡長相窘，何忍乘危自着鞭。

這四句詩，是唐朝司空圖所作。他説流光迅速，人壽無多，何苦貪戀色欲，自促其命。看來這還是勸化平人的。平人所有者，不過一身一家，就是好色貪淫，還只心有餘而力不足。若是貴爲帝王，富有四海，何令不從，何求不遂，假如商惑妲己，周愛褒姒，漢嬖飛燕，唐溺楊妃，他所寵者止于一人，尚且小則政亂民荒，大則喪身亡國，何況漁色不休，貪淫無度，不惜廉耻，不論綱常。若是安然無恙，皇天福善禍淫之理，也不可信了。

如今説這金海陵，乃是大金國一朝聰明天子。只爲貪淫無道，蔑禮敗倫，坐了十二年寶位，改了三個年號，初次天德三年，二次貞元也是三年，末次正隆六年。到正隆六年，大舉侵宋，被弑于瓜洲。大定帝即位，追廢爲海陵王。後人將史書所載廢帝海陵之事，敷演出一段話文，以爲將來之戒。正是：

後人請看前人樣，莫使前人笑後人。

話説金廢帝海陵王初名迪古，後改名亮，字元功，遼王宗幹第二子也。爲人善飾詐，慓急多猜忌，殘忍任數。年十八，以宗室子爲奉國將軍，赴梁王宗弼軍前任使。梁王以爲行軍萬户，遷驃騎上將軍。未幾，加龍虎衛上將軍，累遷尚書右丞，留守汴京，領行臺尚書省事。後召入爲丞相。初熙宗以太祖嫡孫嗣位。海陵念其父遼王本是長子，己亦是太祖嫡孫，合當有天下之分，遂懷覬覦，專務立威以壓伏人心，後竟弑熙宗而篡其位。心忌太宗諸子，恐爲後患，欲除去之。與秘書監蕭裕密謀。裕傾險巧詐，因構致太傅宗本、秉德等反狀。海陵殺宗本，遣使殺秉德、宗懿及太宗子孫七十餘人，秦王宗翰子孫三十餘人。【眉批】慘毒。宗本已死，裕乃取宗本門客蕭玉，教以具款反狀，令作主名上變，遍詔天下。天下冤之。蕭裕以誅宗本功爲尚書右丞，累遷至平章政事，專恣威福，遂以謀逆賜死。此是後話。

且説海陵初爲丞相，假意儉約，妾媵不過三數人。乃踐大位，侈心頓萌，淫志蠱惑。自徒單皇后而下，有大氏、蕭氏、耶律氏，俱以美色被寵。凡平日曾與淫者，悉召入内宫，列之妃位。又廣求美色，不論同姓、異姓，名分尊卑，及有夫無夫，但心中所好，百計求淫，多有封爲妃嬪者。諸妃名號，共有十二位，昭儀至充媛九位，婕妤、美人、才人三位，殿直最下，其他不可舉數。大營宫殿，以處妃嬪。一木之費，至二千萬。牽一車之力，至五百人。宫殿之飾，遍傅黄金，而後絢以五采。金屑飛空如落雪，一殿之費，以億萬計。成而復毁，務極華麗。這俱不必題起。

且説昭妃阿里虎，姓蒲察氏，駙馬都尉没里野女也。生而妖嬈嬌媚，嗜酒跌宕。初未嫁時，見其父没里野，修合美女顫聲嬌、金鎗不倒丹、硫磺箍、如意帶等春藥，【眉批】此豈可使兒女見邪？不知其何所用，乃竊以問侍婢阿喜留可道：「此名何物？何所用？而郎罷囝急急治之？」【眉批】囝，音囤。郎罷囝，虜人呼父之稱。阿喜留可道：「此春藥也。男子與婦人交，不能久戰者，則用之以取樂。」阿里虎問道：「何爲交合？」阿喜留可道：「鷄踏雄，犬交戀，即交合之狀也。」阿里虎道：「交合有何妙處，而人爲之？」阿喜留可道：「初試之時，亦覺難當，試再試三，便覺暢美。」阿里虎聞其言，哂笑不已，情若有不禁者。問道：「爾從何處得知如此？」阿喜留可笑道：「奴奴曾嘗此味來。」無何，阿里虎嫁于宗室子阿虎迭，生女重節，七歲。阿虎迭伏誅，阿里虎不待閉喪，携重節再醮宗室南家。南家故善淫，阿里虎又以父所驗方，修合春藥，與南家晝夜宣淫。重節熟睹其醜態，阿里虎恬不諱也。【眉批】阿里虎無行，其父教之；重節無行，其母教之。家訓豈可不慎！久之，南家髓竭而死。南家父突葛速爲南京元帥都監，知阿里虎淫蕩醜惡，莫能禁止。因南家死，遂攜阿里虎往南京，幽閉一室中，不令與人接見。阿里虎向聞海陵善嬲戲，好美色，恨天各一方，不得與之接歡，至是沉鬱煩懣，無以自解。且知海陵亦在南京，乃自圖其貌，題詩于上。詩曰：

阿里虎，阿里虎，夷光、毛嬙非其伍。一旦夫死來南京，突葛爬灰真吃苦。【眉批】淫口誣人。有人救我出牢籠，脱却從前從後苦。

題畢，封緘固密，拔頭上金簪一枝，銀十兩，賄囑監守閽人，送于海陵。

海陵稔聞阿里虎之美，未之深信。一見此圖，不覺手舞足蹈，羡慕不止。于是托人達突葛速，欲娶之。突葛速不從。海陵故意揚言，突葛速有新臺之行，欲突葛速避嫌而出之。突葛速知海陵之意，只不放出。【行側批】是。及篡位三日，詔遣阿里虎歸父母家，以禮納之宫中。阿里虎益嗜酒喜淫，海陵恨相見之晚。數月後，特封賢妃，再封昭妃。

一日，阿虎迭女重節來朝。重節爲海陵再從兄之女，阿里虎其生母也。留宿宫中，海陵猝至，見重節年將及笄，姿色顧眄迥異諸女，不覺情動，思有以中之。【眉批】得隴望蜀。而虞阿里虎之沮已，乃高張燈燭，令室中輝煌如晝。自傅淫藥，與阿里虎及諸侍嬪裸逐而淫，以動重節。重節聞其嬉笑聲，潛起以聽，鑽穴隙窺之，神癡心醉，幾欲破户趨前，羞縮自止。海陵嬲謔至四鼓方止。諸嬪咸滅燭就寢，寂然無聲。獨重節咬指撫心，倏起倏卧，席不得暖，只得和衣擁被，長嘆歪眠。忽聞阿里虎床復有聲，欲再起窺之，頭岑岑不止，倚枕聽之，又聞有擊户聲，重節不應。擊聲甚急，重節問爲誰，海陵捏作侍嬪取燈聲，以促其開。重節强起，拔去門拴，海陵突入，摟抱接唇。【眉批】强淫喪心，豈人君所爲哉。重節欲脱身逃去，海陵力挽就榻中，以手探其股間，則單裙無裩，兩股滑膩如脂，乃撫摩調弄。重節情亦動，乃以袖掩面，任其作爲，不虞創之特甚。争奈海陵興發如狂，陽鉅如杵，略加點破，猩紅濺于裙幅。重節于是時皺眉嚙齒，嬌聲顫作，幾不欲生，再三求止。遂輕輕款款，若點水蜻蜓；止止行行，如貪花蜂蝶。盤桓一夜，謔浪千般。

　　置阿里虎于不理者將及旬矣。阿里虎欲火高燒，情煙陡發，終日焦思，竟忘重節之未出宫也。【眉批】未老健忘，乃淫心自迷耳。命諸侍嬪偵察海陵之所在。一侍嬪曰：「帝得新人，撇却舊人矣。」阿里虎驚問道：「新人爲誰？幾時取入宫中？」侍嬪答道：「帝幸阿虎重節于昭華宫，娘娘因何不知？」阿里虎面皮紫漲，怒發如火，搥胸跌脚，詬詈重節。侍嬪道：「娘娘與之争鋒，恐惹笑耻。且帝性躁急，禍且不測。」阿里虎道：「彼父已死，我身再醮，恩義久絶，我怕誰笑話！我誓不與此淫種俱生，【眉批】不知是何人種？帝亦奈我何哉！」侍嬪道：「重節少艾，帝得之勝百斛明珠。娘娘齒長矣！【行側批】掃。自當甘拜下風，【行側批】激。何必發怒？」阿里虎聞誚，愈怒道：「帝初得我，誓不相捨。【行側批】癡。詎意來此淫種，奪我口食！【行側批】恨。」乃促步至昭華宫。見重節方理妝，一嬪捧鳳釵于側。遂向前批其頰，【行側批】躁。罵道：「老漢不仁，不顧情分，貪圖淫樂，固爲可恨！汝小小年紀，又是我親生兒女，也不顧廉耻，便與老漢苟合，豈是有人心的！」重節亦怒，罵道：「老賤不知禮義，不識羞耻，明燭張燈，與諸嬪裸裎奪漢，求快于心。我因來朝，踏此淫網，求生不得生，求死不得死，正怨你這老賤，【眉批】罵得是。只圖利己，不怕害人，造下無邊惡孽，如何反來打我！」兩下言語不讓一句，扭做一團，結做一塊。衆多侍嬪，從中勸釋。阿里虎忿忿歸宫。

重節大哭一場，悶悶而坐。頃之，海陵來，見重節面帶憂容，兩頰淚痕猶濕，便膝近前，偎其臉問道：「汝有恁事，如此煩惱？」重節沉吟不答。侍嬪道：「昭妃娘娘批貴人面頰，辱駡陛下，是以貴人失歡。」海陵聞之，大怒道：「汝勿煩惱！我當别有處分。」是日，阿里虎回宫，益嗜酒無賴，詆訾海陵不已。海陵遣人責讓之。阿里虎恬無忌憚，暗以衣服遺前夫南家之子。海陵偵知之，怒道：「身已歸我，突葛速之情猶未斷也！」由是寵衰。

海陵制，凡諸妃位，皆以侍女服男子衣冠，號「假廝兒」。【眉批】異妝。有勝哥者，身體雄壯若男子，給侍阿里虎本位，見阿里虎憂愁抱病，夜不成眠，知其欲心熾也，乃托宮豎市角先生一具以進。阿里虎使勝哥試之，情若不足，興更有餘。【眉批】會排遣。嗣是，與之同卧起，日夕不須臾離。厨婢三娘者不知其詳，密以告海陵道：「勝哥寔是男子，扮作女耳，給侍昭妃非禮。」海陵曾幸勝哥，知其非男子，不以爲嫌，惟使人誡阿里虎勿箠三娘。阿里虎怒三娘之泄其隱也，搒殺之。海陵聞昭妃閣有死者，想道：「必三娘也。若果爾，吾必殺阿里虎。」偵之，果然。是月爲太子光英生月，海陵私忌不行戮。徒單后又率諸妃嬪爲之哀求，乃得免。【眉批】賢后。勝哥畏罪，先仰藥而亡。阿里虎聞海陵將殺己，又見勝哥先死，亦絶粒不食，日夕焚香籲天，以冀脱死。逾月，阿里虎已委頓不知所爲。海陵乃使人縊殺之，【眉批】阿里虎淫報。并殺侍婢箠三娘者，因此不復幸昭華宫。出重節爲民間妻，【眉批】海陵好色寡恩，其使存殁，俱銜恨矣。後屢召幸，出入昭妃位焉。

柔妃彌勒者，耶律氏之女，生有國色，族中人無不奇之。年十歲，色益麗，人益奇。彌勒亦自謂異于衆人，每每沾嬌誇詡。其母與鄰母善，時時迭爲賓主。鄰母之子哈密都盧年十二歲，丰姿頗美，閒嘗與彌勒兒戲于房中，互相嘲謔，遂及于亂。説話的，那十二歲的孩兒，和那十歲的女兒，曉得甚麽做作，祇無過是頑耍而已，怎麽就説個「亂」字？看官們有所不知，北方男女，生得長大倜儻，容易知事。況且這些騷達子幹事不瞞着兒女，他們都看得慣熟了，故此小小年紀，便弄出事來。

光陰荏苒，約摸有一年多光景。一日也是合當敗露。彌勒正在房中洗浴，忘記上了門閂，恰好哈密都盧闖進房來。彌勒忙忙叫他回去，説：「娘要來看添湯。」那哈密都盧見彌勒雪白身子在那浴盆中，有如玉柱一般，歡喜得了不得，偏要共盆洗浴，彌勒苦不肯容。正在拗執喧鬧，其母突至，哈密都盧乘間逸去。母大怒，將彌勒痛箠戒訓，關防嚴密，再不得與哈密都盧綢繆歡狎。

倏經天德二年，彌勒年已踰笄。海陵聞其美也，使禮部侍郎迪輦阿不取之于汴京。迪輦阿不者，華言蕭拱也，爲彌勒女兄擇特懶之夫，芳年美貌，頗識風情。一見彌勒，心神摇動，懼憚海陵，强自沮遏。不意彌勒久别哈密都盧，欲火甚爇，見迪輦阿不生得標致，心裏便有幾分愛他。只是船隻各居，難以通情達意。彌勒遂心生一計，詐言鬼魅相侵，夜半輒喊叫不止。【眉批】好計。相從諸婢，無可奈何，只得請迪輦阿不同舟共濟，果爾寂然。從婢實不察其隱衷也。于是眉目相調，情興如火，彼此俱不能遏。遇晚，便同席飲食，謔浪無所不至。所以不遽上手者，迪輦阿不謂彌勒真處子，恐點破其軀，海陵見罪故耳。一晚，維舟傍岸，大雨傾盆，兩下正欲安眠，忽聞歌聲聒耳。迪輦阿不慮有穿窬，坐而聽之，乃岸上更夫倡和山歌，歌云：

雨落沉沉不見天，八哥兒飛到畫堂前。

燕子無窠梁上宿，阿姨相伴姐夫眠。【眉批】歌合人心，以當媒妁。

迪輦阿不聽見此歌，嘆道：「作此歌者，明是譏誚下官。豈知下官并没這樣事情。諺云『羊肉不吃得，空惹一身臊』也！」嘆息未畢，又聞得窣窣似有人行。定睛一看，只見彌勒踽踽涼涼，緩步至床前矣。迪輦阿不驚問：「貴人何所見而來？」彌勒道：「聞歌聲而來，官人豈年高耳聾乎？」迪輦阿不道：「歌聲聒耳，下官正無以自明。貴人何不安寢？」彌勒道：「我不解歌，欲求官人解一個明白。」迪輦阿不遂將歌詞四句逐一分析講解。彌勒不覺面赤耳熱，偎着迪輦阿不道：「山歌原來如此，官人豈無意乎？」迪輦阿不跪于床前，告道：「下官心非木石，豈能無情，但懼主上聞知，取罪不小。」彌勒便摟抱他起來説道：「我和官人是至親瓜葛，不比別人。到主上跟前，我自有道理支吾，不必懼怕。」當下兩個興發如狂，就在舟中成其雲雨。【眉批】色來迷人，人亦自迷，一時身命俱傾，可不慎歟！但見：

蜂忙蝶戀，弱態難支。水滲露滋，嬌聲細作。一個原是慣熟風情，一個也曾略嘗滋味。慣熟風情的，到此夜盡呈伎倆；略嘗滋味的，喜今番方稱情懷。一個道：大漢果勝似孩童。一個道：小姨又强如阿姊。一個顧不得女身點破，一個顧不得王命緊嚴。鴛鴦雲雨百年情，果然色膽天來大。

一路上朝歡暮樂，荏苒耽延。道出燕京，迪輦阿不父蕭仲恭爲燕京留守，見彌勒面貌，知非處女，乃嘆道：「上必以疑殺拱矣。」〔一〕却不知拱之果有染也。已而入宫，彌勒自揣事必敗露，惶悔無地。【眉批】心虛。見海陵來，涕交頤下，戰慄不敢迎。海陵淫興大作，遂列燭兩行，命侍嬪脱其衣而淫之。彌勒掩飾不來，只得任其做作。海陵見非處女，大怒道：「迪輦阿不乃敢盜爾元紅，可惱可恨！」呼宫豎綑綁彌勒，審鞫其詳。彌勒泣告道：「妾十三歲時，爲哈密都盧所淫，以至于是，與迪輦阿不實無干涉。」海陵叱問：「哈密都盧何在？」彌勒道：「死已久矣。」海陵道：「哈密都盧死時幾歲？」彌勒道：「方十六歲。」海陵怒道：「十六歲小孩童，豈能巨創汝耶？」彌勒泣告道：「賤妾死罪，實與迪輦阿不無干！」海陵笑道：「我知道了。是必哈密都盧取汝元紅，〔二〕迪輦阿不乘機入彀也。」彌勒頓首無言。即日遣出宫，致迪輦阿不于死。

彌勒出宫數月，海陵思之，復召入，封爲充媛，封其母張氏華國夫人，伯母蘭陵郡君蕭氏爲鞏國夫人。越日，海陵詭以彌勒之命，召迪輦阿不妻擇特懶入宫亂之，笑曰：「迪輦阿不善矖混水，朕亦淫其妻以報之。」【眉批】殺夫淫妻，何以服人。進封彌勒爲柔妃，以擇特懶給侍本位，時行幸焉。

崇義節度使烏帶之妻定哥，姓唐姑氏，眼横秋水，如月殿姮娥；眉插春山，似瑶池玉女。説不盡的風流萬種，窈窕千般。海陵在汴京時，偶于簾子下瞧見定哥美貌，不覺魄散魂飛，癡呆了半晌，自想道：「世上如何有這等一個美婦人！倒落在别人手裏，豈不可惜！」便暗暗着人打聽是誰家宅眷。探事人回覆：「是節度使烏帶之妻，極是好風月有情趣的人，只是没人近得他。他家中侍婢極多，止有一個貴哥是他得意丫鬟，常川使用的。這貴哥也有幾分姿色。」

海陵就思量一個計策，差人去尋著烏帶家中時常走動的一個女待詔，叫他到家裏來，與自己篦了頭，賞他十兩銀子。【眉批】無針不引綫，大家最宜慎防此輩。這女待詔曉得海陵是個猜刻的人，又怕他威勢，千推萬阻，不敢受這十兩銀子。海陵道：「我賞你這幾兩銀子，自有用你處，你不要十分推辭。」女待詔道：「但憑老爺分付。若可做的，小婦人盡心竭力去做就是，怎敢望這許多賞賜。」海陵笑道：「你不肯收我銀子，就是不肯替我盡心竭力做了。你若肯爲我做事，日後我還有擡舉你處。」女待詔道：「不知要婦人做恁麼事？」海陵道：「大街南首高門樓內，是烏帶節度使衙內麼？」女待詔答道：「是節度使衙。」海陵道：「聞你常常在他家中篦頭，果然否？」女待詔道：「他夫人與侍婢，俱用小婦人篦頭。」海陵道：「他家中有一個丫鬟，叫做貴哥，你認得否？」女待詔道：「這個是夫人得意的侍婢，與小婦人極是相好，背地裏常常與小婦人東西，照顧着小婦人。」海陵道：「夫人心性何如？」女待詔道：「夫人端謹嚴厲，言笑不苟。只是不知爲甚麼歡喜這貴哥？憑着他十分惱怒，若是貴哥站在面前一勸，天大的事也冰消了。所以衙內大小人都畏懼他。」

海陵道：「你既與貴哥相好，我有一句話央你傳與貴哥。」女待詔道：「貴哥莫非與老爺沾親帶骨麼？」海陵道：「不是。」女待詔道：「莫非與衙內女使們是親眷往來，老爺認得他麼？」海陵也說：「不是。」女待詔道：「莫非原是衙內打發出去的人？」海陵道：「也不是。」女待詔道：「既然一些沒相干，要小婦人去對他說恁麼話？」海陵道：「我有寶環一雙、珠釧一對，央你轉送與貴哥，說是我送與他的。你肯拿去麼？」女待詔道：「拿便小婦人拿去。只是老爺與他既非遠親，又非近鄰，平素不相識，平白地送這許多東西與他。倘他細細盤問時，叫小婦人如何答應？」海陵道：「你説得有理，難道教他猜啞謎不成？我説與你聽，須要替我用心委曲，不可誤事。」(三)女待詔道：「分付得明白，婦人自有處置。」海陵道：「我兩日前在簾子下看見他夫人立在那裏，十分美貌可愛，只是無緣與他相會。打聽得他家只有你在裏面走動，夫人也只歡喜貴哥一人，故此賞你銀子，央你轉送這些東西與他，要他在夫人跟前通一個信兒，引我進去，博他夫人一宵恩愛。」女待詔道：「偷寒送暖，大是難事，況且他夫人有些古怪兜搭，婦人如何去做得？」海陵怒道：「你這老虔婆，敢説三個不去麽？我目下就斷送你這老猪狗！」只這一句，嚇得女待詔毛髮都竪了，抖做一團道：「婦人不説不去，只説這件事必須從容緩款，性急不得。怎麽老爺就發起惱來？」海陵道：「我如今也不惱你了。只限你在一個月内，要圓成這事，不可十分怠緩。」

女待詔唯唯連聲，跑到家中，算計了一夜，没法入脚。只得早早起來，梳洗完畢，就把寶環珠釧藏在身邊，一徑走到烏帶家中。迎門撞見貴哥。貴哥問道：「今日有何事？來得恁早？」女待詔道：「有一個親眷，爲些小官事，有兩件好首飾，托我來府中變賣些銀兩，是以早來。」貴哥道：「首飾在那裏？我用得的麽？」女待詔道：「正是你們用得的，你换了他的倒好。」貴哥道：「要幾貫錢？拿與我看一看。」女待詔道：「到房中纔把與你看。」貴哥引他到了自家房内，便向厨櫃裏搬些點心果子請他吃，問他討首飾看。那女待詔在身邊摸出一雙寶環放在卓子上，那環上是四顆祖母緑鑲嵌的，果然耀日層光，世所罕見。貴哥一見，滿心歡喜，便説：「他要多少銀子？」女待詔道：「他要二千兩一隻，四千兩一雙。」貴哥舔啖道：【眉批】舔啖，伸舌也。「我只説幾貫錢的東西，我便兑得起。若説這許多銀子，莫説我没有，就是我夫人一時間也拿不出來，只好看看罷。」又道：「待我拿去與夫人瞧一瞧，也識得世間有這般好首飾。」女待詔道：「且慢着！我有句話與你説個明白，拿去不遲。」貴哥道：「有話儘説，不必隱瞞。」

女待詔道：「我承你日常看顧，感恩不盡。今日有句不識進退的話，説與你聽，你不要惱我，不要怪我。」貴哥道：「你今日想是風了。你在府中走動多年，那一日不説幾句話，怎的今日説話我就怪你惱你不成？你説！你説！」女待詔道：「這環兒是一個人央我送你的，不要你的銀子。還有一雙珠釧在此。」連忙向腰間摸出珠釧，放在卓子上。【眉批】作事有次第。貴哥見了，笑道：「你這婆子説話真個風了！我從幼兒來在府中，再不曾出門去，又不曾與恁人相熟，爲何有人送這幾千兩銀子的首飾與我？想是那個要央人做前程，你婆子在外邊，指着我老爺的名頭，説騙他這些首飾。

今日露出馬脚，恐怕我老爺知道，你故此早來府中説這話騙我？」女待詔道：「若是這般説，我就該死了。你將耳朵來，我悄悄説與你聽。」貴哥道：「這裏再没有人來聽的，你輕輕説就是了。」

女待詔道：「這寶環珠釧，不是别人送你的，是那遼王宗幹第二世子，見做當朝右丞，領行臺尚書省事完顔迪古老爺央我送來與你的。」貴哥笑道：「那完顔老爺不是那白白凈凈没髭鬚的俊官兒麽？」【眉批】便説得着了。女待詔道：「正是那俊俏後生官兒。」貴哥道：「這到希奇了！他雖然與我老爺往來，不過是人情體面上走動，既非府中族分親戚，又非通家兄弟，并不曾有杯酌往來。若説起我，一面也不曾相見，他如何肯送我這許多首飾？」女待詔道：「説來果忒希奇，忒好笑！我若不説，便不是受人之托，終人之事；我若輕輕説出來，連你也吃一個大驚。」貴哥笑道：「果是恁麽事情？你須説個明白。」女待詔纔定了喘息，低了聲音，附着貴哥耳朵説道：【眉批】言出如山，老婆子原有膽氣。「數日前完顔右丞在街上過，恰好你家夫人立在簾子下面，被他瞧見了。他思量要與你夫人會一會兒，没個進身的路頭。打聽得只有你在夫人跟前説得一句話，故此央我拿這寶環珠釧送與你，要你做個針兒將綫引。你説希奇也不希奇，好笑也不好笑！」貴哥道：「癩蝦蟆躲在陰溝洞裏，指望天鵝肉吃，【眉批】真妄想。忒差做夢了！夫人好不兜搭性子！侍婢們誰敢在他跟前道個不字？莫說眼生面不熟的人要見他，就是我老爺與他做了這幾年夫妻，他若不喜歡時，等閒不許他近身。怎麽完顔右丞做這個大春夢來！」女待詔道：「依你這般說，大事成不得了。我依先拿這環釧送還了他，兩下撒開，省得他來絮聒。」

那貴哥口裏雖是這般回復，恰看了這兩雙好環釧，有些眼黄地黑，心下不割捨得還他，便對女待詔道：「你是老人家，積年做馬泊六的主子，又不是少年媳婦，不曾經識事的，又不是頭生兒，爲何這般性急？凡事須從長計較，三思而行。世上那裏有一鍬掘個井的道理？」女待詔道：「不是我性急，你説的話，没有一些兒口風，教我如何去回復右丞？不如送還了他這兩件首飾，倒得安静。」貴哥道：「説便是這般説，且把這環釧留在我這裏，待我慢慢地看覷個方便時節，蹴探一個消息回話你。若有得一綫的門路，我便將這物件送了夫人。你對右丞説，另拿兩件送我何如？」女待詔道：「這個使得。只是你須要小心在意，緊差緊做，不可丢得冰洋了。我過兩三日就來討個消息，好去回復右丞。」説畢，叫聲聒噪去了。貴哥便把這東西，放在自己箱内，躊躕算計，不敢提起。

一夕晚，月明如畫，玉宇無塵。定哥獨自一個坐在那軒廊下，倚著欄杆看月。貴哥也上前去站在那裏，細細地瞧他的面龐。果是生得有沉魚落雁之容，閉月羞花之貌。只是眉目之間，覺道有些不快活的意思。便猜破他的心事八九分，淡淡的説道：【眉批】清夜蕭瑟，風月逗人，此夫人觸景傷懷，小妮子乘機鼓舌也。「夫人獨自一個看月，也覺得淒涼，何不接老爺進來，杯酒交歡，同坐一看，更熱鬧有趣。」定哥皺眉，答道：「從來説道人月雙清。我獨自坐在月下，雖是孤另，還不辜負了這好月。若接這腌臢濁物來，舉杯邀月，可不被嫦娥連我也笑得俗了！」貴哥道：「夫人在上，小妮子蒙恩擡舉，却不曉得怎麽樣的人叫做趣人，怎麽樣的叫做俗人？」定哥笑道：「你是也不曉得，我説與聽。你日後揀一個知趣的纔嫁他，若遇着那般俗物，寧可一世没有老公，不要被他污辱了身子。」【眉批】芳心盡露。

貴哥道：「小妮子望夫人指教。」定哥道：「那人生得清標秀麗，倜儻脱灑，儒雅文墨，識重知輕，這便是趣人。那人生得醜陋鄙猥，粗濁蠢惡，取憎討厭，齷齪不潔，這便是俗人。我前世裏不曾栽修得，如今嫁了這個濁物，那眼稍裏看得他上！到不如自家看看月，倒還有些趣。」貴哥道：「小妮子不知事，敢問夫人，比如小妮子，不幸嫁了個俗丈夫，還好再尋個趣丈夫麽？」【眉批】貴哥大是妙口。呆裏藏乖，冷中着熱，似慢而實緊。定哥哈哈的笑了一聲道：「這妮子倒説得有趣！世上婦人只有一個丈夫，那有兩個的理？這就是偷情，不正氣的勾當了。」貴哥道：「小妮子常聽人説有偷情之事，原來不是親丈夫就叫偷情了。」定哥道：「正是！你他日嫁了丈夫，莫要偷情。」貴哥帶笑説道：「若是夫人包得小妮子嫁得個趣丈夫，又去偷什麽情！儻或像了夫人今日，眼前人不中意，常常討不快活吃，不如背地裏另尋一個清雅文物、知輕識重的，與他悄地往來，也曉得人道之樂。終不然人生一世，草生一秋，就只管這般悶昏昏過日子不成？那見得那正氣不偷情的就舉了節婦，名標青史？」

定哥半晌不語，方纔道：「妮子禁口，勿得胡言！恐有人聽得，不當穩便。」貴哥道：「一府之中，老爺是主父，夫人是主母，再無以次做得主的人。老爺又趁常不在府中。夫人就真個有些小做作，誰人敢説個不字？况且説話之間，何足爲慮。」定哥對着月色，嘆了一口氣，欲言還止。貴哥又道：「小妮子是夫人心腹之人，夫人有甚心話，不要瞞我。」定哥道：「你方纔所言，我非不知。只是我如今好似籠中之鳥，就有此心，眼前也没一個中得我意的人，空費一番神思了。假如我眼裏就看得一個人中意，也没個人與我去傳消遞息，他怎麽到得這裏來？」貴哥道：「夫人若果有得意的人，小妮子便做個紅娘，替夫人傳書遞柬，怎麽夫人説没人敢去？」定哥又迷迷的笑一聲，不答應他。【眉批】知音者，芳心自懂。貴哥轉身就走，定哥叫住他道：「你往那裏去？莫不是你見我不答應，心下著了忙麼？我不是不答應，只笑你這小妮子説話倒風得有趣。」貴哥道：「小妮子早間拾得一件寶貝，藏放在房裏，要去拿來與夫人識一識寶。」定哥道：「恁麼寶貝？那裏拾得來的？我又不是識寶的三叔公。」

貴哥也不回言，忙忙的走回房中，拿了寶環珠釧，遞與定哥，道：「夫人，這兩件首飾，好做得人家的聘禮麼？」定哥拿在手裏看了一回道：「這東西那裏來的？果是好得緊。隨你恁麼人家下聘，也没這等好首飾落盤。除非是皇親國戚、駙馬公侯人家，纔拿得這樣東西出來。你這妮子如何有在身邊？實實的説與我聽。」貴哥道：「不敢瞞夫人説，這是一個人央着女待詔來我府裏做媒，先行來的聘禮。」定哥笑道：「你這妮子真個害風了！我無男無女，又没姑娘小叔，女待詔來替那個做媒？」貴哥道：「他也不説男説女，也不説姑娘小叔。他説的媒遠不遠千里，近只在目前。」定哥道：「難道女待詔來替你做媒？」貴哥道：「小妮子那得福來消受這寶環珠釧？」定哥道：「難道替侍女中那一個做媒不成？算來這些妮子，一發消受不起了。」貴哥道：「使女們如何有福消受這件？只除是天上仙姬，瑤臺玉女，像得夫人這般人物，纔有福受用他。」

定哥笑道：「據你這般説，我如今另尋一個頭路去做新媳婦，作興女待詔做個媒人，你這妮子做個從嫁罷。」貴哥跪在地上道：「若得夫人作成女待詔，小妮子情願從嫁夫人。」定哥又嘻嘻地笑了一聲，把貴哥打一掌道：「我一向好看你，你今日真真害風，説出許多風話來！倘若被人聽見，豈不連我也没了體面？」貴哥道：「不是妮子胡言亂道，真真實實那女待詔拿這禮物來聘夫人。」定哥柳眉倒竪，星眼圓睁，勃然怒道：「我是二品夫人，不是小户人家孤孀嫠婦，他怎敢小覷我，把這樣没根蒂的話來傒落我！明日對老爺説，着人去拿他來，拷打他一番，也出這一口氣。」貴哥道：「夫人且莫惱怒，待小妮子悄悄地説出來，鬥夫人一場好笑。俗語云：『不説不笑，不打不叫。』只怕小妮子説出來，夫人又笑又叫。」【眉批】巧夫人許多做作，狡丫頭許多説法。定哥一向是喜歡貴哥的，大凡有事發怒，見了貴哥就解散了，何况他今日自家的言語唐突，怎肯與他計較？故此順口説道：「你説我聽。」那一腔怒氣直走到爪哇國去了。

貴哥道：「幾日前頭有一個尚書右丞，打從俺府門首經過，瞧見夫人立在簾子下面，生得嬌嬈美艷，如毛嬙、飛燕一般。他那一點魂靈兒就掉在夫人身上，歸家去整整的昏迷癡想了兩日，〔四〕再不得凑巧兒遇見夫人。因此上托這女待詔送這兩件首飾與夫人，求夫人再見一面。夫人若肯看覷他，便再在簾子下與他一見，也好收他這兩件環釧。况這個右丞，就是那完顔迪古，好不生得聰俊灑落，極是有福分的官兒！

算來夫人也曾瞧見他來。」定哥回嗔作喜道：「莫不是常來探望老爺的那少年官兒麽？生得到也清俊文雅。只是這個人心性是不常的。」【眉批】如何就知他心性不常？這相法果高。貴哥哈哈的笑道：「從來相面的先生，與人對坐着半日，從頭看到脚下，又相手摸腰，還只知面不知心。夫人略瞧右丞一瞧，連心都瞧見了，豈不是兩心相照？」定哥道：「丫頭莫要嚷！我且問你，那女待詔怎麽樣對你説？你怎麽樣回話那女待詔？」

貴哥道：「那女待詔是個老作家，恐怕一句説出來，惹是非到了身上，便伸進吐出，團團圈圈，遠遠地説將來。我説：『老婆子，你不消多説了，以定是有那個人兒看上了我家夫人，你思量做個馬百六，何苦扯扯拽拽排布這個大套子？』【眉批】周旋女待詔甚好。那女待詔便拍手拍脚的笑起來，説道：『好個乖乖姐姐，像似被人開過聰明孔了，一猜就猜着。』被小妮子照臉一口啐唾，【眉批】自己又推開得好。駡他道：『老虔婆，老花娘！你自没廉耻，被千人萬人開了聰明孔，纔學得這箆頭生意。我是天生天化，踏着尾羓頭便動的，那個和你這虔婆取笑！』那女待詔道：『好姐姐，你不須發惱，我不過是趁口取笑你，難道你這般决烈索性的姐姐，身邊就肯添個影人兒。』小妮子道：『你這般説，且饒你去。不許在此胡纏！』那女待詔又道：『我特特爲着夫人來，被你搶白這一頓，怎麽教我就去了？【眉批】急脉緩受。你且把夫人平日的性格説説我聽。我是劈面相、聞聲相、揣骨相、麻衣相、達磨相，一下裏就知道他的心事了。』小妮子便道：『若問别樣心事，我實實不曾曉得。若説我夫人正色治家，嚴肅待衆，見我們一些笑容也是没有的，誰敢在他跟前把身子側立立兒？』那女待詔道：『若依這般説，就恭喜賀喜我這馬百六穩穩地做成了。』【眉批】大奇。小妮子道：『你這般胡嘲亂講！莫不惹得打下截來！』他道：『我是依着相書上相來的。』小妮子道：『相書上那一本有如此説話？』他道：『俗語説得好！嬉嬉哈哈，不要惹他，臉兒狠狠，一問就肯。』【眉批】此等諢話，何處得來？

定哥正呷着一口茶，聽見貴哥這些話，不覺笑了一聲，噴茶滿面，罵道：「這虔婆一味油嘴，明日叫他來，打他幾個耳聒子纔饒他！」説罷話時，鑪煙已盡，織女横斜，漏下二鼓矣。貴哥伏侍定哥歸房安置，就問道：「這兩件寶貝放在那裏好？」【眉批】又探他。定哥道：「且放在我首飾箱内，好好鎖着。」貴哥依言收拾不題。

恰説貴哥得了定哥這個光景，心中揣定有八九分穩的事也，安眠了一夜。到次日清晨，定哥在妝閣梳裹，貴哥跕在那裏伏侍他。看見他眉眼欣欣，比每日歡喜的不了，便從傍插一嘴道：「夫人，今日何不着人去叫那虔婆來，打他一頓？」【眉批】詭詐挑人。定哥笑道：「且從容，那婆子自然來。」貴哥道：「不是小妮子性急，實是氣那老虔婆不過！」定哥道：「當怒火炎，惟忍水制，【眉批】寬容中窾。你不消性急。」貴哥又悄悄道：「大凡做事，只該一促一成。倘或夜長夢多，這般一個標致人物，被人摟上了，那時便遲了。」定哥道：「他自標致，要他做恁麽？」貴哥道：「不是小妮子多言，老爺常常不在家，夫人獨自一個，頗是淒冷。小妮子又要溺尿，犇不得夫人的脚。待這標致人來替夫人犇一犇，也强如冬天用湯婆子，夏天用竹夫人。」定哥道：「丫頭多嘴，我不要你管！」貴哥道：「小妮子蒙夫人擡舉，故替夫人耽憂。怎麽説個管着夫人？」

定哥也不答應他的説話，向身邊鈔袋内摸出十兩一錠的銀子，遞與貴哥道：「我把這銀子賞賜你，拿去打一雙鐲兒戴在臂膊上，也是伏侍我一場恩念，你不可與衆人知道。」貴哥叩頭接了銀子，對定哥道：「一絲爲定，萬金不移。夫人既酬謝了媒婆，媒婆即着人去尋女待詔，約那人晚上到府中來。」定哥掩口胡盧道：「黄花女兒做媒，自身難保！世間那有未出嫁的媒婆？」貴哥道：「虔婆也是女兒身，難道女兒就做不得虔婆？」定哥又笑道：「你説話真個乖巧好笑！只是人生路不熟，羞答答的，怎好去約他？」貴哥道：「別的事怕羞，這事兒只有小妮子、女待詔知道，怕恁麽羞！俗語道得好：『羞一羞，抽一抽。羞兩羞，抽兩抽。只顧羞，只顧抽。若不羞，便不抽。』」

【眉批】有此婢子，那得不壞事。定哥道：「好女兒，你怎麽學得這許多鬼話兒在肚裏？」兩個一遞一句，説得梳妝事畢。貴哥便走到廳上，分付當直的去叫女待詔來：「夫人要篦頭絞面。」當直的道：「夫人又不出去燒香赴筵席，爲何要絞面？」貴哥道：「夫人面上的毛，可是養得長的，你休多管閑事！」當直的道：「少刻女待詔來，姐姐的毛一發央他絞一絞，省得養長了拖着地。」【眉批】好調笑。貴哥啐了一聲，進裏面去了。

不移時，女待詔到了。見過定哥。定哥領他到妝閣上去篦頭，只叫貴哥在傍伏侍，其餘女使一個也不許到閣兒上來。女待詔到得妝閣上頭，便打開家伙包兒，把篦箕一個個擺列在卓子上，恰是一個大梳，一個通梳，一個掠兒，四個篦箕，又有剔子、剔帚，一雙簪子，共是十一件家伙。纔把定哥頭髮放散了，用手去前前後後，左邊右邊蒲睃摸索，捏了一遍，纔把篦箕篦上兩三篦箕。貴哥在傍，把嘴一努，那女待詔就知其意，順口兒開科説道：「夫人，頭垢氣色及時，主有喜事臨身。」貴哥插嘴道：「應在幾時得喜？」女待詔道：「只在早晚之間，主有非常喜慶。」定哥道：「朝廷没有覃恩，我又不討封贈，有恁麽非常的喜事？」女待詔道：「該有個得活寶的喜氣。」貴哥插嘴道：「除了西洋國出的走盤珠，緬甸國出的緬鈴，只有人纔是活寶。若説起人時，府中且是多得緊，夫人恰是用不着的。你説恁麽活寶不活寶？」女待詔道：「人有幾等人，物有幾等物，寶有幾等寶，活也有幾等活。你這姐姐只好躲在夫人跟前拆白道緑，喝五吆三，那曾見希奇的活寶來？」定哥心中雖是熱燥得緊，只是口裏説不出來。貴哥又問女待詔道：「你今日來篋頭，還是來獻寶？」定哥便把女待詔推了一推道：「小妮子多嘴饒舌，你莫聽他！」貴哥便向女待詔瞅了一眼。女待詔道：「要活寶時儘有，只怕夫人不用。」貴哥道：「夫人正用得着這活寶。」【眉批】猜謎。定哥道：「還不噤聲！誰許你多説？」貴哥道：「我站在此，禁不住口。我且站遠些個。」説罷，洋洋的走過一邊。

定哥便道：「婆子，我且問你，那人幾時見我來？有恁話對你説？你怎麽大膽就敢替他來誘騙我？」【眉批】撇清。女待詔道：「夫人勿罪！待老婆子細細告訴夫人。這個月那一日，夫人立在朱簾下邊，瞧看那往來的人。恰好説的那人打從府門過，看見夫人容貌，便嘆道：『天下怎麽有這等一個美人，倒被别人娶了去，豈不是我没福！』」定哥笑道：「這不是那人没福。」貴哥聽得，又走來插嘴道：「不是那人没福，是誰没福？」女待詔道：「是我婆子没福。」貴哥道：「怎麽是你没福？」女待詔道：「若是夫人不曾出閣，我去對那人説，做上一頭媒，豈不撰那人百十兩媒錢？」貴哥道：「夫人倒肯作成你撰百十兩銀子，只怕那人没福受享着夫人。」定哥道：「他派演天漢，官居右相，那裏少金釵十二，粉黛成行。説他没福，看來倒是我没福！」女待詔道：「夫人乾浄識得人。只是那人情重，眼睛裏不輕意看上一個人。夫人如何得没福！」一邊説，一邊篦頭。

三個人説得火滚般熱，竟没了一些避忌。這定哥歡天喜地，開箱子取出一套好衣服、十兩雪花銀，賞與女待詔道：「婆子，今日篦得頭好，權賞你這些東西。我日後還要重重酬你。」女待詔千恩萬謝，收藏過了，纔附着定哥耳朵説道：「請問夫人，還是婆子今日去約那人來？還是明日去約他？」定哥面皮通紅，答應不出。【眉批】自着鬼迷，能無慚色？貴哥道：「老虔婆作事顛倒，説話好笑。今日是一個黄道大吉日，諸樣順溜的。况且那人數日前就等你的回復，他心裏好不急在那裏。你如今忙忙去約他晚上來，他還等不得日落西山，月升東海，怎麽説個明日？」【眉批】這丫頭善能提綫索。定哥笑道：「癡丫頭，你又不曾與那人相處幾時，怎麽連他的心事先瞧破來？」貴哥道：「小妮子雖然不曾與那人相處，恰是穿鐵草鞋，走得人的肚子過。」定哥又冷笑了一聲，低頭弄着裙帶子。女待詔道：「婆子如今去約那人。夫人把恁麽物件爲信？」貴哥將定哥一枝鳳頭金簪拿在手中，遞與女待詔。那簪兒有何好處：

葉子金出自異邦，色欺火赤；細抽絲攢成雙鳳，狀若天生。頂上嵌猫兒眼，閃一派光芒，衝霄耀日；口中銜金剛鑽，垂兩條珠結，似舞如飛。常綰青絲，好像烏雲中赤龍出現；今藏翠袖，宛然九天降丹詔前來。這女待詔將着這一件東西，明是個消除孽障救苦天尊，解散相思五瘟使者。

貴哥把簪兒遞與女待詔道：「這個就是信物了。」定哥笑道：「這妮子好大膽，擅動我的首飾！」貴哥笑道：「小妮子頭一次大膽，望夫人饒恕則個。」定哥道：「饒你，饒你！」女待詔歡天喜地，接着簪兒出門，一徑跑到海陵府中。

海陵正坐在書房裏面。女待詔便走到那裏，朝着海陵道：「老爺恭喜，老爺賀喜！」海陵道：「我托你的事，如今已是七八日了，我正在此惱你。你今日來賀恁麼喜？」女待詔道：「老婦人如今不做待詔了，是一個橄定三秦扶炎劉的韓信，臨潼鬥寶尊周室的子胥，懷揣令旨兵符來救那困圍城的烈丈夫，怎麼還説個惱字！」海陵欣欣然道：「早知你幹成了功勞，却是錯怪了也。」那女待詔把前前後後的話，細細陳説了一遍，纔向袖中取出那同心結的鳳頭簪兒，遞與海陵道：「這便是皇王令旨，大將兵符，一到即行，不許遲滯。」歡喜得那海陵滿身如蟲鑽虱咬，皮燥骨輕，坐立不牢，道：「這事虧着你了。只是我恁麼時候好去？從那一條路入脚？」女待詔道：「黄昏時候，老爺把幅巾籠了頭，穿上一件緇衣，只説夫人着婆子請來宣卷的尼姑，從左角門進去，萬無一失。」海陵笑道：「這婆子果然是智賽孫吴，謀欺陸賈。連我也走不出這個圈套了。」忙取銀二十兩賞他。女待詔道：「前日送與貴哥的寶環珠釧，貴哥就送與夫人作聘禮了。老爺今晚過去，須索另尋兩件去送與他。」海陵道：「環兒釧子，我還有兩對，比前日的更好，原留着送夫人的。夫人既收了那兩對，我晚上另帶這兩對去送與他。你須先和他約會一個端正，後頭好常常來往。」

女待詔應允，去見定哥，把海陵的説話回復了一遍。定哥滿面堆下笑來，叫貴哥送他出門，囑付道：「師父早些來。」女待詔一頭走，悄悄地對貴哥説：「完顔老爺再三囑謝你，説晚上另有環兒釧子送你，比前日又好。你須要温存撫惜他，不要只推在夫人身上。」貴哥啐了一聲，道：「好一個包前包後的馬百六。」兩下散去。

看看天色晚了，定哥便分付前後關門，男婦各歸房去。大小侍婢，俱各早早歇息，不許東穿西走，只留貴哥一個在房伏侍。【眉批】偏是這夜分付得緊。不覺譙樓鼓響，遠寺鐘鳴。這海陵瞞了徒單夫人，一個從人也不帶着，獨自一個走到女待詔家中，敲門叫道：「待詔在否？」只見女待詔提了一盞小燈籠，走將出來開門。看見海陵黑魆魆的獨自立在街上，便道：「請進來，坐坐去。」海陵道：「這是什麽時候了，還説坐坐？」女待詔道：「譬如他那裏還不招架子，怎的這般性急？」海陵笑一聲，拽了手就走。女待詔道：「放尊重些，不要連婆子也取笑。」

兩個提着這盞小燈籠，遮遮掩掩，走到烏帶府衙角門首，輕輕敲上一下。那裏面走出一個丫鬟，也拿了一碗小紗燈兒，迎門相叫。海陵走進門去，丫鬟便一地裏拴上了門。女待詔扯扯海陵道：「顔師父，這個便是貴哥姐姐。」海陵聽了女待詔話，便千揖萬揖，謝了貴哥。又在袖子裏取出兩雙環共釧，與他道：「屢勞姐姐費心，這物件權表寸心，望姐姐勿嫌輕薄。」女待詔從傍攛掇道：「老爺仔細看一看，不要錯認了。若論這般一個好姐姐，就受老爺這聘禮也不爲過。」海陵笑道：「原蒙姐姐錯愛，纔敢唐突。若論小生這般人物，豈不辱莫了姐姐。」女待詔道：「老爺不必過謙，姐姐不要害怕。你兩個何不先吃個合巹杯兒？」海陵道：「婆婆説得極是。只是酒在那裏？杯兒在那裏？」女待詔犇着他兩個的頭道：「好個不聰明的老爺，杯兒就在嘴上，好酒就在嘴裏。你兩個香噴噴美甜甜唚一個嘴，就是合巹杯了。」海陵道：「果是小生呆蠢，見不到此。」便摟着貴哥，要與他做嘴。那貴哥扭頭揑頸，不肯順從。被海陵攔腰抱住，左湊右湊。貴哥拗不過，只得做了個肥嘴。海陵就用出那水磨的工夫，咂咂咬咬，多時還不放鬆。女待詔笑道：「好姐姐，酒便少吃些，莫要貪杯吃醉了，撒酒風。」【眉批】嘲笑得趣。海陵便照女待詔肩胛上拍一下道：「老虔婆，一味胡言，全不理三個人説説道道，走到定哥房中。只見燈燭輝煌，杯盤羅列，珍羞畢備，水陸兼陳。恰便似會親見禮，男男女女鬥新妝；慶喜芳筵，色色般般堆美品。海陵近前下拜，定哥慌忙答禮，分賓主坐下。女待詔道：「今日該坐床撒帳。你兩個又不是親家翁，如何對面坐着？」【眉批】撮合到底。拖定哥過來坐在海陵身邊。貴哥嘻嘻地笑道：「你纔做媒婆，又做攙扶婆了。」海陵道：「這個叫做一當兩，大家免思想。」他兩個并肩同坐，一遞一杯，席前各叙相慕之意。女待詔坐在傍邊，左斟右勸。貴哥捧着酒壺，立在椅子背後，看他們調情鬥口，覺得臉上熱了又冷，冷了又熱。約莫酒至半酣，女待詔道：「歡娛夜短，寂寞更長，早結同心，莫教錯過。」便收拾過酒肴几案，拽上了門關，自和貴哥去睡了。他兩個携歸羅帳，各逞風流，解扣輕摹，卸衣交頸。説不盡百媚千嬌，魂飛魄蕩。正是：

春意滿身扶不起，一雙蝴蝶逐人來。

顛倒約有兩個更次，還像鰾膠一般，不肯放開。兩個狂得無度，方纔合眼安息。

那女待詔也鼾鼾的睡着不醒。只有貴哥一個聽他們一會，又走起來睃他們一會，耳聞目擊這許多侮弄的光景，弄得没情没緒，輾轉無聊，眼也合不上。【眉批】全指紅娘。看看譙樓上鐘鳴漏盡，畫角高吹，貴哥只得近前叫道：「鷄將鳴矣，請早起身，以圖再會。」海陵從魂夢中爬起來，披衣就走。定哥也披了衣服，要送海陵。海陵叫他將息，不要他起來。定哥分付貴哥：「好好送爺出去，你就進來。」

貴哥便掌了燈，悄悄地一重重開了門送海陵。海陵走得幾步，見側邊一間廂房凈蕩蕩没有人，便摟住貴哥求歡。貴哥道：「夫人極是疑心重的，我進去得遲，他豈不怪。」海陵道：「你是有功之人。夫人也要酬謝你的，定不作酸。」一頭説，一頭就抱了貴哥走進廂房。恰好有舊椅子一張，靠着壁邊，海陵就那椅子上，與貴哥行事。原來貴哥年紀只得十五六歲，烏帶雖是看上他，幾番要偷摸他，怕着定哥，不曾到手。他只睃見定哥與海陵這般恩愛，只道怎地快樂，所以欣然相就。不道初時如此疼痛，連聲告饒。海陵亦愛惜他，不敢恣意，却又捨不得放手，摩弄多時，纔出角門而去。

却説定哥見貴哥送海陵去，許久不轉，疑有别事，忙忙的濳踪躡足立在角門裏等他。見他慢慢地轉來，便將身子影在黑地裏，聽他説些甚話。只見他一路關門，口裏喃喃的説道：「這樁事有甚好處，却也當一件事去做他，真是好笑。」一頭説，一頭笑，望房裏走，只道没人聽見。不料定哥影着身子，跟着他走到房裏。轉身去關房門，纔看見定哥立在房門外，唬了一跌，羞得當不得。定哥扶他起來道：「你和他幹得好事，我都瞧見了。」貴哥道：「并不幹恁麽事。」定哥道：「你賴到那裏去？若是別一個，我實是容不得。他是你引進來的，果然不比我那濁物。如今正要和他來往，難道倒多你不成？只是你日後不要僭我的先頭。」【眉批】終是作酸。貴哥道：「小妮子安敢僭先。只望夫人饒恕。」説畢，大家歡歡喜喜，坐到天明。不題。

從此以後，海陵不時到定哥那裏通宵作樂。貴哥和定哥兩個就像姊妹一般，不相嫌忌。漸漸的侍女們也都知道，只是不敢管他閒事。所不知者，烏帶一人而已。

光陰似箭，約摸着往來有數個月。海陵是漁色的人，又尋着别個主兒去弄，有好一程不到定哥這裏。這定哥偷垂淚眼，懶試新妝，冷落凄凉，埋怨懊悔，叫貴哥着人去尋女待詔，要他寄個信兒與海陵，催他再來。那女待詔又病倒在床上，走來不得。定哥捺不住那春心鼓動，欲念牢騷。過一日有如一年，見了烏帶就似眼中釘一般，一發惹動心中煩惱，没法計較。家奴中有個閻乞兒，年紀不上二十，且是生得乾净活脱。定哥看上了他，又怕貴哥不肯，不敢開言。凑着貴哥往娘家去了，便輕移蓮步，獨自一個走到廳前，只做叫閻乞兒分付説話，就與他結上了私情。怎見得私情好處：

一個是幽閨乍曠，一個是女色初侵。幽閨乍曠，有如餓虎擒羊；女色初侵，好似蒼鷹逐兔。鴛鴦枕上，羅襪縱横；翡翠衾中，雲鬟散亂。定哥許多欲爲之興趣，此際方酬；乞兒一段鏖戰之精神，今宵畢露。惟願同心天地老，何妨暮暮與朝朝。

如此往來，非止一夜。一日貴哥回來，看見定哥容顔不似前番愁悶，便問：「那人是幾時來的？」定哥道：「那人何曾肯來。不是跳槽，決是奉命往他方去了。我日夜在此想你，怨你，你爲何今日纔回？」貴哥道：「夫人如何是想我？如何是怨我？」定哥道：「虧你引得那人來，這便是想你；那人如今再不來，這便是怨你。」貴哥見定哥這樣説話，心中有七八分疑惑，只是不敢問。停不移時，定哥叫貴哥到房中，要對他説些恁麽話，却又臉紅了，不説，半吞半吐的束住了嘴。

貴哥立了一會，只得問道：「夫人呼唤小妮子來，畢竟要分付些話。怎的又不開口？」定哥嘆口氣道：「你去得這幾日，我惹下一樁事在這裏，要和你商議！故此叫你來。及至你到我跟前，我又説不出了。」貴哥道：「夫人平日没一句話不對小妮子説的，怎麽今日這般含糊疑慮？」定哥道：「我不好説得，我受了乞兒的虧。」貴哥道：「乞兒不過是抄化無賴的人，受了他虧，夫人若肯饒他，便不打緊。若不肯饒他，着當直的送到五城兵馬司，打他一頓板子，重重的枷，枷示他兩三個月，就出氣了。」

定哥道：「不是這個乞兒，所以要和你計較一個長便。」貴哥道：「不是這個乞兒，却是那個乞兒？」定哥道：「是家中的閣乞兒。」貴哥道：「若是閣乞兒衝激了夫人，一發好懲治的了。夫人自己不耐煩打他，也不消送官府，只待老爺回來，着着實實的打他幾百，赶逐他離了府門就勾了，有恁麽長便短便要計較得？」

定哥附着貴哥的耳朵道：「不是這般説話。數日前我被閣乞兒强姦了，不好對别個説得，只等你回來，和你商議一個長便。」貴哥笑道：「府中規矩，從來不許男子擅入中堂。便是那人來，也有個女待詔做牽頭，小妮子做脚力，纔走得進來。這狗才怎的敢闖進繡房，强姦夫人？真是夫人受虧了，這狗才的膽不知是怎麽樣大的。但不知他是日間闖來的，是夜間闖來的？」定哥的臉，紅了又白，白了又紅，羞慚滿面道：「不瞞你説，是夜裏進來的。」貴哥笑道：「據夫人説來是和姦，不是强姦了。不要説乞兒有罪，連夫人也有個罪了。」定哥道：「我睡着在床上，不知他怎地走將進來把我騙了。」貴哥笑道：「這狗才倒是個啄木鳥。」【眉批】黠婢子譏誚入神。定哥也笑道：「他怎的是個啄木鳥？」貴哥道：「小妮子聞得那啄木鳥，把尖嘴在那樹上，畫了幾畫，摇了幾摇，那樹木裏頭的蠹蟲兒，自然鑽出來，等這鳥兒吃。夫人的房門謹謹拴上的，房中又有侍妾們相伴着，不知這狗才把甚的在夫人門上畫得幾畫，摇得幾摇，夫人的房門就自開了？豈不是個啄木鳥？」定哥笑道：「好姐姐，你又來取笑。我實實與你説，那人許久不來，我心裏着實怨他。你又不在家中，沒有一個知我心的，我冷落不過，故此將就容納了乞兒。你如今既回來，我就斷絕了他，再不許他進來就是。」貴哥道：「蕭何律法，和姦也合杖開。夫人這説話，正合着律法，但憑夫人自家裁處。只怕那蟲兒不肯躲，又要鑽出來湊着他。」兩個正在説話，當直的報説烏帶回來，大家驚得面如土色，忙忙出去迎接。不在話下。

當時定哥雖對貴哥説了這一番，心中却不捨得斷絕乞兒，依先暗暗地赶着空兒幹事，只不敢通宵作樂。貴哥明知其事，也只做不知，不去參破他。婢中有個小底藥師奴，一日撞遇定哥和乞兒在軒廊下説話，跑來告訴貴哥。貴哥叮囑他，叫他不要多管，惹夫人責罰，故此小底藥師奴也不對人説。乞兒常常來撩撥貴哥，要圖貴哥打做一家，貴哥只是不理他。一日，乞兒張着眼錯，把貴哥一把摟住了要㖞嘴，被貴哥罵道：「你這狗才，身上惹下了淩遲的罪兒，還不知死活，又來撩我。我説出來時，只怕你這狗才死無葬身之地。」那乞兒吃了這一場搶白，暗暗對定哥説，纔絕了這個念頭，再不敢來詭弄貴哥。

後來海陵即了大位，烏帶還做崇義節度使。每遇元會生辰，使家奴葛魯葛温詣闕上壽。定哥亦使貴哥候問兩宮太后起居。海陵一見貴哥，就想起昔日的情意，因貴哥傳語定哥道：「自古天子亦有兩后者，能殺汝夫以從我，當以汝爲后。」貴哥歸，具以海陵言告定哥。定哥笑道：「少時醜惡，事已可耻。今兒女已成立，豈可更爲此事，以貽兒女羞？」【眉批】詞氣持正，勉飾前非。蓋與閻乞兒相得，不忍捨之也。海陵聞其言，又使人對定哥説道：「汝不忍殺汝夫，我將族滅汝家。」定哥大恐，乃以子烏荅補爲辭，説：「彼常侍其父，無隙可乘。」海陵即召烏荅補爲符寶祇候。定哥與貴哥商議道：「事不可止矣。」因烏帶酒醉，令家奴葛魯葛温縊殺烏帶。【眉批】可恨。時天德三年七月也。

烏帶死，海陵僞爲哀傷，以禮厚葬之。使小底藥師奴傳旨定哥，告以納之之意。定哥將行，貴哥爲從。小底藥師奴詭之曰：「夫人行矣，閻乞兒何以爲情？」定哥懼其泄于海陵也，以奴婢十八口賂之，使無言與閻乞兒私事。定哥入宫，海陵册爲娘子。貞元元年封貴妃，大愛幸，許以爲后，賜其家奴孫梅進士及第。海陵每與定哥同輦游瑶池，諸妃步從之。閻乞兒以妃家舊人，得給侍本位。後海陵嬖倖愈多，定哥希得見。一日獨居樓上，海陵與他妃同輦從樓下過。定哥望見，號呼求去，詛駡海陵。海陵佯爲不聞而去。

定哥益無聊，賴欲復與乞兒通，乃使比丘尼向乞兒索所遺衣服以調之。乞兒識其意，笑曰：「妃今日富貴，忘我耶？」定哥欲以計納乞兒于宮中，恐閽者察其隱，乃先令侍兒以大篋盛褻衣其中，遣人載之入宮。【眉批】婦人亦知效楊德祖故智耶？閽者索之，見篋中皆褻衣，閽者已悔懼。定哥使人詰責閽者曰：「我天子妃，親體之衣，爾故玩視，何也？我且奏聞之。」閽者惶懼，甘死罪，請後不敢再視。定哥乃使尼以大篋盛乞兒載入宮中，閽者果不敢復索。乞兒入宮十餘日，定哥得恣情歡謔，喜出望外。然樂不可極，不得已，使衣婦人衣，雜諸侍婢，抵暮混出。貴哥聞其事，以告海陵。海陵乃縊死定哥，搜捕乞兒及比丘尼，皆伏誅。封貴哥莘國夫人。小底藥師奴以匿定哥姦事，杖百五十，後亦賜死。

麗妃石哥者，定哥之妹，秘書監文之妻也。海陵與之私，欲納之宮中，乃使文庶母按都瓜主文家。海陵謂按都瓜曰：「必出而婦，不然，我將別有所行。」按都瓜以語文。文難之，按都瓜曰：「上謂別有所行，是欲殺汝也。豈以一妻殺其身乎？愚癡諒不至此。」文不得已，乃與石哥相持，慟哭而別。是時海陵至中都迎石哥，于中都納之。一日，海陵與石哥坐便殿，召文至前，指石哥問道：「卿還思此人否？」文答道：「『侯門一入深如海，從此蕭郎是路人。』微臣豈敢再萌邪思？」【眉批】可憐。海陵大喜道：「卿爲人大忠厚。」乃以迪輦阿不之妻擇特懶償之，使爲夫婦。及定哥縊死，遣石哥出宫。不數日，復召入，封爲昭儀。正隆元年封柔妃，二年進封麗妃。

昭媛察八者，姓耶律氏，嘗嫁奚人蕭堂古帶。海陵聞其美，强納之，封爲昭媛。以蕭堂古帶爲護衛。察八見海陵嬪御甚多，每以新歡間阻舊愛，不得已，勉意承歡，而心實戀戀堂古帶也。一日，使侍女以軟金鵪鶉袋子數枚，題詩一首，遺蕭堂古帶。詩云：

> 一入深宫盡日閒，思君欲見淚闌珊。
> 今生不結鴛鴦帶，也應重過望夫山。

堂古帶得之，懼禍及己，謁告往河間驛。無何，事覺。海陵召問之。堂古帶以實聞。海陵道：「此非汝之罪也，罪在思汝者，吾爲汝結來生緣。」乃登寶昌樓，手刃察八，墮樓下死。諸后妃股慄，莫能仰視。并誅侍女之遺軟金鵪鶉袋者。

海陵殺諸宗室，擇其婦女之美者，皆欲納之宫中，乃諷宰相道：「朕嗣續未廣，此黨人婦女，有朕中外親，納之宫中，何如？」徒單貞以告蕭裕。蕭裕道：「近殺宗室，中外異議紛紜，奈何復爲此耶？」徒單貞以其語復海陵。海陵道：「吾固知裕不肯從。」乃使貞自以己意諷蕭裕，必欲裕等請行此事。貞不獲辭，乃對裕説道：「上意已有所屬。公固止之,禍將及矣。」蕭裕道:「必不肯已,惟上擇一人納之。」徒單貞道:「必須公等白之。」裕知不可止,乃具奏,遂納秉德弟糺里妻高氏、宗本子莎魯剌妻、宗固子胡里剌妻、胡失來妻,又納叔曹國王子宗敏妻阿懶于宮中。貞元元年,封爲昭妃。大臣奏宗敏屬近尊行,不可。乃令阿懶出宮,而封高氏爲修儀,加其父高邪魯瓦輔國上將軍,母完顔氏封密國夫人。又宋王宗望女壽寧縣主什古,梁王宗弼女靜樂縣主蒲剌,及習撚宗雋女師姑兒,皆海陵從姊妹也。混同郡君莎里古真及其妹餘都,太傅宗本女也,爲海陵再從姊妹。表兄張定安妻奈剌忽,麗妃妹蒲魯胡只皆有夫。惟什古喪夫。

海陵無所忌耻,使高師姑、内哥、阿古等傳達言語,皆與之私。内中莎里古真色最美而善淫。高師姑對他説道:「上之好美色,汝所知也。汝之美,主上能捨汝乎?主上于汝爲再從姊妹。出閤之日,服制無矣。相遇猶路人。然汝曷不入侍于上,以博恩寵?」莎里古真笑而從之,入見海陵。海陵幸之,竭盡精力,博得古真一笑。【眉批】妙絶。次日,以其夫撒速近侍局直宿,海陵謂撒速道:「爾妻年少,遇爾直宿,不可令宿于家,當令宿于妃位。」撒速默然不敢出一語。每召古真入,海陵必親伺候,于廊下立。久不至,則坐于高師姑膝上,以望之。高師姑道:「陛下尊爲天子,嬪御滿前,何勞苦如此？」海陵笑道：「我固以天子爲易得耳，此等期會乃可貴也。」莎里古真一至，則捧惜擁持，無所不用其極，惟恐古真之不悦己。然古真在外頗恣淫佚，恃寵笞決其夫，其夫亦不能制。見官之尊貴、人之有才者，及美貌而饒於淫具者，必招徠之，與之交合，不以爲耻。海陵聞之，大怒道：「爾愛貴官，有貴如天子者乎？爾愛人才，有才兼文武似我者乎？爾愛娛樂，有豐富偉岸過我者乎？」怒甚，氣咽不能言。莎里古真恬不爲意，嘻嘻的道：「我只笑爾無能耳。」海陵又大怒，遣之出宮。後復思之，屢召入焉。【眉批】以海陵之暴，而莎里古真玩弄之有餘，才耶？貌耶？抑有天幸也。

其妹餘都，牌印鬆古剌妻也。海陵嘗私之，謂之曰：「汝貌雖不揚，而肌膚潔白可愛，勝莎里古真多矣。」餘都恚曰：「古真既有貌，陛下何不易其肌膚，作一全人？」海陵道：「我又不是閻羅天子，安能取彼易此？」餘都道：「從今以後，妾不敢復承幸御矣。」海陵慰之曰：「前言戲之耳。汝毋以我言爲實，而生怨恚也。」進封壽陽縣主，出入貴妃位。又使内哥召什古，出入昭妃位。

什古者，將軍瓦剌哈迷妻也。瓦剌哈迷豐軀偉幹，長九尺有奇，力能扛鼎，氣可吞牛。一夕常淫二三姬，不則滿身抽徹難熬，必提掇重物，以泄其氣。每與什古交合，什古輒嬌顫蹁時，瞑目欲死。後因瓦剌哈迷從征陣亡，什古不耐寡居，遂與門下少年相通，恨不暢意。少年乃覓淫藥傳之，通宵不倦，什古笑道：「今日差强人意。」後有知之者，遂嘲少年爲「差强人」以笑。海陵聞什古之善嬲也，遂使内哥傳語什古道：「爾風流跌宕，冠絶一時，然沉溺下僚，未見風流元帥，豈不虚負此生？主上陽尊九五，傑出大僚，爾何不獨當一隊分沾雨露，以自快乎？」什古笑道：「主上雖雄，諒不能敵瓦剌哈迷之半。況且後宫森列，何必召妾？」内哥道：「主上屬意爾久矣。爾若不往，恐上怒不測。」什古不得已，乃入宫焉。海陵乘其未至，先于小殿暖位置琴阮其中。什古來朝，見禮畢，海陵携其手，坐于膝上，調琴撥阮以悦其心，進封昭寧公主。乃檢《洞房春意》一册，戲道：「朕今宵與汝將此二十四勢次第試之。」什古笑道：「陛下既欲挑戰，妾敢不爲應兵。」海陵未盡其勢之半，意欲少息，什古抱持道：「陛下可謂善戰矣！第恨具少弱耳！」海陵悪然道：「瓦剌哈迷之具何如？」什古道：「大異于是。」海陵不悦道：「汝齒長矣，汝色衰矣，朕不棄汝，汝之大幸，何得云爾。」什古愧恨而罷。翌日出宫，潛以其狀對少年説道：「帝之交合，果有傳授，非空搏也。」少年不謹，以其語泄之于人。人笑謂少年道：「帝今作差强人矣。」

奈剌忽者，蒲只哈剌赤女也，修美潔白，見者無不嘖嘖。及笄，嫁于節度使張定安爲妻。定安爲海陵表兄。海陵未冠時，常過定安家嬉戲，即與奈剌忽同席，接談謔笑竟日，遂與之私。無何，張定安受熙宗命，出使于宋。海陵與奈剌忽通宵行樂，遂如夫婦。房中侍婢，無得免者。不料熙宗詔海陵赴梁王軍前聽用。海陵只得辭别奈剌忽而去，不復再見。直至即位，方纔又召奈剌忽出入柔妃位。

女使闢懶有夫在外，海陵欲幸之，封以縣君，召之入宫。惡其有娠，乃命人煎麝香湯，躬自灌之，且揉拉其腹。闢懶欲全性命，乃乞哀道：「苟得乳娩，當不舉，以待陛下。」海陵道：「若待大産，則汝陰寬衍，不可用矣。」竟揉墮其胎。越數日幸之。闢懶惡路不浄，海陵之陽，濡染不潔，顧視而笑。作口號道：

秃秃光光一個瓜，忽然紅水浸根芽。
今朝染作紅瓜出，不怕瓜田不種他。

闢懶笑而答道：

淺淺平平一個溝，鮎魚在内恣遨游。
誰知水滿溝中淺，變作紅魚不轉頭。

海陵又道：

黑松林下水潺湲，點點飛花落滿川。
魚銜桃浪游春水，銜破松林一片煙。

闢懶又答道：

古寺門前一個僧，袈裟紅映半邊身。

從今撇却菩提路，免得頻敲月下門。

海陵笑道：「爾可謂善于應對矣！」

蒲察阿虎迭女义察，海陵姊慶宜公主所生。幼養于遼王宗幹府中，及笄而嫁秉德之弟特里。秉德伏誅，义察當連坐。太后使梧桐請于海陵，由是得免。海陵遂白太后欲納之。太后道：「是兒始生，先帝親抱至吾家養之，至于成人。帝雖舅，猶父也。豈可爲此非禮之事？」海陵屈于太后而止。义察跌宕喜淫，不安其室，遂與完顏守誠有奸。守誠本名遏里來，芳年淑艾，白皙過人，更善交接。义察絶愛之，太后竊知其事，乃以之嫁宗室安達海之子乙補剌。乙補剌不勝其欲，义察日與之反目。海陵不知其故，數使人諷乙補剌出之，因而納之。太后初不知也。义察思念守誠，愁眉不展，每侍海陵，强爲笑樂，轉背即詛詈不已。偵者以告海陵。海陵怒道：「朕乃不如完顏守誠耶？」遂搗殺守誠，欲并殺义察，又得太后求哀，乃釋放出宫。無何，义察家奴告义察痛守誠之死，日夜呪詛，語涉不道。海陵乃自臨問，責义察道：「汝以守誠死詈我耶？守誠不可得見矣。朕今令汝往見之。」遂殺义察而分其尸。

大宗正阿里虎妻蒲速碗，乃元妃之妹也，大有姿色，而持身頗正。因入見元妃，留宿於宮中。迨晚，海陵强之同坐飲宴。蒲速碗正色固拒，退食于元妃之幕，將周身衣服謹繫牢結，坐而不卧，以防海陵之辱己。果然，譙樓鼓急，畫角聲催，銀缸半滅半明，神思乍醒乍倦。海陵突至，强抱求歡，蒲速碗再四不從。海陵淩逼不已，相持相拒，將及更餘，海陵乃以力制之，怒發如雷，聲如乳虎，喝教侍婢共挾持之，盡斷其中外衣帶。蒲速碗氣索力疲，支撑不住，叫不得撞天的寃屈，只得緊閉着雙眼，放開了兩手，任憑着海陵百謔千嘲，千抽萬迭，就像喉嚨氣斷，死了不得知的一般。這海陵像心像意，侮弄了許多時節，見蒲速碗没有一些兒情趣，到也覺得没意思，興盡而去。元妃問蒲速碗道："妹妹，你平昔的興在那裏去了？今日做出這般模樣。"蒲速碗道："姐姐，你可是有人氣的？古來那娥皇、女英，都是未出嫁的女子，所以帝堯把他嫁得舜哥天子。我是有丈夫的，若和你合著個老公，豈不惹人笑殺，連姐姐也做人不成了。"元妃道："事到其間，連我也做不得主。俗語説得好：『只好隨鄉入鄉。』那裏顧得人笑耻。"蒲速碗道："姐姐，你説得好話兒，這話兒只當不説罷。世上那有百世太平、千年天子？你倘或被人凌辱，你心裏過去得否？"元妃慘沮，不出一聲。過了一夜，次日早晨，蒲速碗辭朝歸去，再不入宮朝見。雖是海陵假托别樣名目來宣召他，他也只以疾辭道：「臣妾有死而已，不能復見娘娘。」海陵亦付之無可奈何也。【眉批】可見諸人還是自家心肯，未可全咎海陵耶。

張仲軻者，幼名牛兒，乃市井無賴小人，慣説傳奇小説，雜以俳優詼諧語爲業。〔五〕其舌尖而且長，伸出可以舐著鼻子。海陵嘗引之左右，以資戲笑。及即位，乃以爲秘書郎，使之入直宮中，遇景生情，乘機謔浪，略無一些避忌。海陵嘗與妃嬪雲雨，必撤其帷帳，使仲軻説淫穢語于其前，以鼓其興。或令之躬身曲背，襯墊妃腰；或令之調搽淫藥，撫摩陽物。又嘗使妃嬪裸列于左右，海陵裸立于中間，使仲軻以絨繩縛己陽物，牽扯而走，遇仲軻駐足之妃，即率意嬲弄，仲軻從後推送出入，不敢稍緩。故凡妃嬪之陰，仲軻無不熟睹之者。

有一室女，齠年稚齒，貌美而捷于應對，海陵喜之。每每與他姬侍淫媾時，輒指是女對仲軻説道：「此兒弱小，不堪受大含弘，朕姑待之，不忍見其痛苦。」仲軻呼「萬歲」。一日，海陵晝醉，隱几而卧。仲軻暫息于檐下。此女恐海陵之寒，提袍覆其肩。海陵驚醒，醉眼矇矓，見是此女，即摟抱於懷，遂乘興幸之，竟忘其質之弱，年之小也。此女果不能當，涕泗交下。海陵忙拔出其陽，女陰中血流不止。海陵憐惜之，呼仲軻以舌餂其血。仲軻但稱死罪，不敢仰視。海陵再三强仲軻餂之，女羞縮自起而止。

海陵對仲軻道：「汝亦鬚眉男子，非無陽者，朝朝暮暮，見朕與妃嬪嬲戲，汝之陽亦崛强否？汝可脱去下衣，俾朕觀之。」仲軻道：「殿陛尊嚴，宫闈謹肅，臣何等人，敢裸露五形，以取罪戾！」海陵道：「朕欲觀汝之陽物，罪不在汝，朕不汝責。」仲軻叩首求免，海陵敕内豎盡褫其衣。仲軻俯身蹲踞于地，以雙手掩于胯前。海陵又敕内豎以繩綁縛仲軻，仰卧于凳上。其陽直竪而起，亦大而長，僅有海陵三分之二。諸妃嬪見者，皆掩面而笑。海陵道：「汝等莫笑，此亦人道耳。設使室女當之，未必不作痛也。」妃嬪又笑。久之，見其痿縮不舉，始釋其縛。

又嘗召侍臣聚于一殿，各露其穢，以相比并。大者列爲第一，班賞以摧殘不用宫女一人，給與陽侯牙牌一面。【眉批】陽侯，名亦新。中者列爲第二，班賞以楮鈔百錠，給與陽伯牙牌一面。不及二等者爲最下，不入選。除正殿朝參奏事，大酺宴賞，依次叙爵外，凡入宫直宿，内殿賜飲，即不論官爵崇卑，悉照牙牌，列成班次，以爲笑樂。【眉批】此是何等世界。雖徒單貞亦不能免。百人之中，與海陵相伯仲者居其一，父叔事海陵者居其二，奴視海陵者百不得一也。時人爲謡歌云：

朝廷做事忒興陽，自做銓司開選場。
政事文章俱不用，惟須腰下硬幫幫。【眉批】二語大刻。

那歌謠直傳到海陵耳朵裏，海陵也只當不得知，一味頭只是作樂淫謔。不要說起那宮中嬪御，就是官庶婦人，曾蒙幸者，海陵也列在宮人數內。雖有丈夫的，皆分番出入，聽其淫亂。海陵還不足意，欲把這些婦人隨意幸之。限于更番不便，乃盡遣其丈夫往上京去了，恰把這些婦人都留在宮中。每當行幸，即令撤蔽去圍帳，教坊司近前奏樂，幸已方止。再幸再奏。一幸必及數婦，徒以盡己之興，而諸婦皆不暢所欲，人人嗟怨。嘗幸室女，必乘興狠觸，不顧女之創痛。有不遂其情者，令妃嬪牽制其手足，使不得動。嘗與妃嬪同坐，必自擲一物于地，使近侍環視之，他視者殺。又誡宮中給使男子，於妃嬪位舉首者刓其目。出入不得獨行，便旋須四人偕往。所司執刀監護，不由路者斬之。日入後，下階砌行者死。告者賞錢百萬。男女倉猝互相觸，先聲言者賞三品官，後言者死。齊言者皆釋之。

有梁珫者，本大臭家奴，隨元妃入宮，以閹豎事海陵。珫性便佞，善迎合人意。海陵特見寵信，言無不從。珫嘗構求海上仙方，遠覓興陽異物，修合媚藥，以奉海陵。海陵試之，頗有效驗，益肆淫蠱。中外嬪御婦女殆將萬人，猶恨不得絕色以逞心意。珫乃極言宋劉貴妃絕色傾國。海陵道：「汝試言其容止。」珫道：「鬢髮膩理，姿質纖穠，體欺皓雪之容光，臉奪英華之濯艷。顧影徘徊，光彩溢目。承迎盼睞，舉止絕倫；智算過人，歌舞出衆。」海陵聞言大喜，自此決南征之意。

將行，命縣君高師姑預貯紫綃帳、畫石床、鷓鴣枕、却塵褥、神絲繡被、瑟瑟幕、紋布巾。帳輕疏而薄，視之如無所礙。雖屬隆冬，而風不能入，盛暑則清涼自至。其色隱隱焉，忽不知其帳也，乃鮫綃之類。床文如錦繡，石體甚輕，郅支國所獻。枕以七寶合爲鷓鴣，褥色殷鮮，光軟無比，云是却塵獸毛所爲，出自句驪國。被繡三千鴛鴦，仍間以奇花異葉，上綴靈粟之珠如粟粒，五色輝煥。其幕色如瑟瑟，闊三丈，長百尺，輕明虛薄，無以爲比，向空張之，則疏朗之紋，如碧絲之貫其珠，雖大雨暴降，不能濕漏，云以蛟人瑞香膏所傅故也。紋布巾，即手巾也，潔白如雪光，軟如綿，拭水不濡，用之彌年，不生垢膩，乃得自鬼谷國者。俟得劉貴妃時用之。【眉批】算計得好，全無把穩。更帶九玉釵、蠲忿犀、如意玉、龍綃衣、龍髯紫拂。釵刻九鸞，皆九色，其上有字「白玉兒」，工巧妙麗，殆非人製。犀圓如彈丸，帶之令人蠲忿怒。玉類桃實，上有七孔，云是通明之象。衣重無一二兩，傅之不盈一握。拂色紫如爛椹，可長三尺，削水晶爲柄，刻紅玉爲環紐，或風雨晦暝，臨流沾灑，則光彩動摇，奮然如怒。置於堂中，則日無蠅蟲，夜無蚊蚋。拂之爲聲，則鷄犬無不驚逸；垂之池潭，則鱗介之屬，悉俯伏而至。引水于空中，則成瀑布；燒燕肉燻之，則焞焞焉若生雲霧，云得于洞庭湖中者。

俟得劉貴妃，則以賜之。海陵件件色色，都打點端正。不想探事人來，報説：「劉貴妃已辭世矣。」海陵好不痛惜。忙傳下號令，説滅却宋時，把他死尸也擡來瞧一瞧，完了心中一念。這纔是：

生前不結鴛鴦帶，死後空勞李少君。

世宗時爲濟南尹，夫人烏林答氏，玉質凝膚，體輕氣馥，綽約窈窕，轉動照人。海陵聞其美，思有以通之。而烏林答氏端方嚴慤，無隙可乘。一日，傳旨召之。世宗忿，抗旨不使之去。烏林答氏泣對世宗道：「妾之身，王之身也。一醮不再，妾之志也，寧肯爲上所辱？第妾不應召則無君，王不承旨則不臣。上坐是以殺王，王更何辭以免？我行當自勉，不以累王也。」【眉批】詎意濁世中瞥見烈婦人，信乎！天地正氣皆由人心自出耳。世宗涕泣，不忍分離。烏林答氏毅然就道。一路上淒其沮鬱，無以爲情。行至良鄉地方，乃將周身衣服，縫紉固密，題詩一首于衣裾上，遂自殺。詩云：

世態翻如掌，君心狠似狼。
兇狂圖快樂，淫逆滅綱常。
我死身無辱，夫存姓亦香。
敢勞傳旨客，持血報君王。

烏林答氏既死，使者以訃聞。海陵僞爲哀傷，命歸其櫬於世宗。世宗發櫬視之，面色如生，血凝喉吻，撫尸痛悼，以禮葬焉。後世宗在位二十九年，不復立后者，以烏林答氏之死節也。【眉批】節義。此是後話。

却説海陵大舉南侵，造戰船於江上，毁民廬舍以爲材，煮死人膏以爲油，費財用如泥沙，視人命如草菅。既發兵南下，群臣因萬民之嗟怨，立曹國公烏禄爲帝，即位遼陽，改名雍，改元大定，遥降海陵爲王。海陵聞之，嘆道："朕本欲削平江南，然後改元大定。今日之事，豈非天乎？"因出素所書"一着戎衣，天下大定"改元事以示群臣。【眉批】奇事。遂召諸將，謀帥師北還。至瓜洲，浙西路都統制耶律元宜等謀弒之。箭入帳中，海陵以爲宋兵追至。及視箭，曰："此我兵也。"欲取弓還射，忽又中一箭仆地，延安少尹納合斡魯補先刃之。手足猶動，遂縊殺之。妃嬪等數十人皆遇害。後世宗數海陵過惡，不當有王封土，不當在諸王塋域。乃降廢爲海陵王，復降爲庶人。改葬于西南四十里。後人有詞嘆云：

世上誰人不愛色，惟有海陵無止極。
未曾立馬向吴山，大定改元空嘆息。
空嘆息，空嘆息，國破家亡回不得。

孤身客死倩人憐，萬古傳名爲逆賊。

【校記】

〔一〕「拱」，底本作「珙」，據上文及《金史·后妃傳》改。

〔二〕「哈密都盧」，底本作「哈密多盧」，據衍慶堂本改。

〔三〕「不可誤事」，底本作「不可悦事」，衍慶堂本作「不可亂事」，據《海陵佚史》改。

〔四〕「整整的」，底本及衍慶堂本作「整整欣」，據《海陵佚史》改。

〔五〕「俳優」，底本及衍慶堂本均作「排優」，據《海陵佚史》改。

玉樹歌殘舞
袖斜

興亡自古
漫賦悲

第二十四卷　隋煬帝逸游召譴

《玉樹》歌殘舞袖斜，景陽宫裏劍如麻。

曙星自合臨天下，千里空教怨麗華。

這首詩，單表隋文帝篡周滅陳，奄有天下，一統太平，真個治得外户不閉，路不拾遺。初時已立太子勇爲東宫，却因不得母后獨孤氏歡心。原來文帝獨孤皇后最是妒忌，文帝畏而愛之。常言：「前代帝王，骨肉分争，皆因嫡庶相猜相忌，致有禍胎。今吾家五子同母，傍無異生之子，後來安享太平，絶無後患。」不想太子勇嫡妃元氏無寵，抑鬱而死，專寵雲定興之女。所生子女，皆是庶出。獨孤皇后心中甚是不憤，每每在文帝前譖愬太子勇之短。文帝極是懼内的，聽他言話，太子勇日漸日疏。

却有第二子晉王廣，爲揚州都總管，生來聰明俊雅，儀容秀麗。十歲即好觀古今書傳，至於方藥、天文地理、百家技藝術數，無不通曉。却只是心懷叵測，陰賊刻深，好鈎索人情深淺，又能爲矯情忍詢之事。刺探得太子勇失愛母后，日夜思所以間之，日與蕭妃獨處，後宮皆不得御幸。每遇文帝及獨孤皇后使來，必與蕭妃迎門候接，飲食款待，如平交往來。臨去，又以金錢納諸袖中。以故人人到母后根前，交口同聲，譽稱晉王仁孝聰明，不似太子寡恩傲禮，專寵阿雲，致有如許狁犢。獨孤皇后大以爲然，日夜譖之於文帝，説太子勇不堪承嗣大統。後來晉王廣又多以金寶珠玉，結交越公楊素，令他讒廢太子。楊素是文帝第一個有功之臣，言無不從。皇后譖之於内，楊素毁之於外。文帝積怒太子勇，已非一日。竟廢太子勇爲庶人，幽之别宫，却立晉王廣爲太子。受命之日，地皆震動。識者皆知其奪嫡陰謀。獨楊素殘忍深刻，揚揚得意，以爲「太子由我得立」。威權震天下，百官皆畏而敬之。

後來獨孤皇后崩，後宫却得近倖。文帝有一位宣華夫人陳氏，陳宣帝之女也。隋滅陳，配掖庭。性聰慧，姿貌無雙。及皇后崩後，始進位爲貴人。專房擅寵，後宫莫及。文帝寢疾於仁壽宫，夫人與太子廣同侍疾。平旦，夫人出更衣，爲太子所逼。夫人拒之，髮亂神驚，歸於帝所。文帝怪其容色有異，問其故，夫人泫然泣曰：「太子無禮。」文帝大恚曰：「畜生何足付大事，獨孤誤我！」蓋指皇后也。因呼兵部尚書柳述、黄門侍郎元巖、司空越公楊素等曰：「召我兒來。」述等將呼太子廣，帝曰：「勇也。」楊素曰：「國本不可屢易，臣不敢奉詔。」帝氣哽塞，回面向内不言。素出，語太子廣曰：「事急矣。」太子廣拜素曰：「以終身累公。」有頃，左右報素曰：「帝呼不應，喉中呦呦有聲。」素急入，文帝已崩矣。陳夫人與諸後宮相顧悲慟。晡時，太子廣遣使者齎金合，緘封其際，親書封字以賜夫人。夫人見之惶懼，以爲藥酒，不敢發。使者促之，乃開，見盒中有同心結數枚。宫人咸相慶曰：「得免死矣。」陳夫人恚而却坐，不肯致謝。宫人咸逼之，乃拜使者。太子夜入，烝焉。

明日發喪，使人殺故太子勇而後即位。左右扶太子上殿。太子足弱，欲倒者數四，不能上。楊素叱去左右，以手扶接，太子援之乃上。百官莫不嗟嘆。楊素歸謂家人曰：「小兒子吾已提起教作大家，即不知能了當否？」素恃己有功，於帝多呼爲郎君。時宴内宫，宫人偶遺酒污素衣。素叱左右引下加撻焉。帝甚不平，隱忍不發。一日，帝與素釣魚於後苑池上，并坐，左右張傘以遮日。帝起如廁，回見素坐赭傘下，風骨秀異，神彩毅然。帝大忌之。帝每欲有所爲，素輒抑而禁之，由是愈不快於素。會素死，帝曰：「使素不死，夷其九族。」先是，素一日欲入朝，見文帝執金鉞逐之，曰：「此賊，吾欲立勇，竟不從吾言。今必殺汝。」素驚怖入室，召子弟二人語曰：「吾必死矣。出見文帝如此如此。」移時而死。

帝自素死，益無忌憚，沉迷女色。一日顧詔近侍曰：「人主享天下之富，亦欲極當年之樂，自快其意。今天下富安，外內無事，正吾行樂之日也。今宮殿雖壯麗顯敞，苦無曲房小室，幽軒短檻。若得此，則吾期老於其中也。」近侍高昌奏曰：「臣有友項昇，浙人也。自言能構宮室。」翌日，詔召問之。昇曰：「臣乞先進圖本。」後日進圖，帝覽之，大悦，即日詔有司供具材木，凡役夫數萬，經歲而成。樓閣高下，軒窗掩映，幽房曲室，玉欄朱楯，互相連屬，回環四合，牖户自通，千門萬户，金碧相輝，照耀人耳目。金虬伏於棟下，玉獸蹲於户傍。壁砌生光，瑣窗曜日，工巧之極，自古未之有比也。費用金寶珠玉，庫藏爲之一空。人誤入其中者，雖終日不能出。帝幸之，大悦，顧左右曰：「使真仙游其中，亦當自迷也，可目之曰『迷樓』。」詔以五品官賜昇，仍給内庫金帛千疋賞之。詔選良家女數千以居樓中。帝每一幸，經月不出。

是月，大夫何稠進御女車。車之制度絶小，祇容一人，有機伏於其中。若御童女，則以機礙女之手足，女纖毫不能動。【眉批】纖毫不能動，有何情趣？帝以處女試之，極喜，召何稠謂之曰：「卿之巧思，一何神妙如此！」以千金贈之。稠又進轉關車，可以升樓閣，如行平地。車中御女，則自摇動。帝尤喜悦，謂稠曰：「此車何名？」稠曰：「臣任意造成，未有名也，願賜佳名。」帝曰：「卿任其巧意以成車，朕得之，任其意以自樂，可命名『任意車』也。」帝又令畫工繪畫士女交合之圖數十幅，懸於閣中。其年上官時自江外得替回，鑄烏銅鑑數十面，其高五尺，而闊三尺，磨以成鏡爲屏，環於寢所，詣闕投進。帝以屏納迷樓中，而御女於其傍，纖毫運轉，皆入於鑑中。帝大喜曰：「繪畫得其形象耳，此得人之真容也，勝繪圖萬倍矣。」

帝日夕沉荒於迷樓，罄竭其力，亦多倦息。又闢地周二百里爲西苑，役民力常百萬，内爲十六院。聚巧石爲山，鑿池爲五湖四海，詔天下境内所有鳥獸草木，驛送京師。詔定西苑十六院名：

景明　迎暉　棲鸞　晨光　明霞　翠華　文安　積珍　影紋　儀鳳　仁智　清修　寶林　和明　綺陰　絳陽

每院擇宫中佳麗謹厚有容色美人實之，選帝常幸御者爲之首。分派宦者，主出入易市。又鑿五湖，每湖四方十里。東曰翠光湖，南曰迎陽湖，西曰金光湖，北曰潔水湖，中曰廣明湖。湖中積土石爲山，構亭殿，屈曲環遶澄泓，皆窮極人間華麗。又鑿北海，周環四十里，中有三山，效蓬萊、方丈、瀛州，其上皆臺榭回廊，其下水深數丈。開通五湖北海，通行龍鳳舸。帝多泛東湖，因製《湖上曲·望江南》八闋云：

湖上月，偏照列仙家。水浸寒光鋪枕簟，浪摇晴影走金蛇。偏稱泛靈槎。

光景好，輕彩望中斜，清露冷侵銀兔影，西風吹落桂枝花。開宴思無涯。

其二云：

湖上柳，煙裏不勝催。宿霧洗開明媚眼，東風摇弄好腰肢。煙雨更相宜。

環曲岸，陰覆畫橋低。綫拂行人春晚後，絮飛晴雪暖風時。幽意更依依。

其三云：

湖上雪，風急墮還多。輕片有時敲竹户，素華無韻入澄波。望外玉相磨。

湖水遠，天地色相和。仰面莫思粱苑賦，朝來且聽玉人歌。不醉擬如何？

其四云：

湖上草，碧翠浪通津。修帶不爲歌舞緩，濃鋪堪作醉人茵。無意襯香衾。

晴霽後，顔色一般新。游子不歸生滿地，佳人遠意正青春。留詠卒難伸。

其五云：

湖上花，天水浸靈芽。淺蕊水邊匀玉粉，濃苞天外剪明霞。只在列仙家。

開爛熳，插鬢若相遮。水殿春寒幽冷艷，玉軒晴照暖添華。清賞思何賒。

其六云：

湖上女，精選正輕盈。猶恨乍離金殿侣，相將盡是采蓮人。清唱謾頻頻。

軒内好，嬉戲下龍津。玉管朱弦聞盡夜，踏青鬥草事青春。玉輦從群真。

其七云：

湖上酒，終日助清歡。檀板輕聲銀甲緩，醅浮香米玉蛆寒。醉眼暗相看。

春殿晚，仙艷奉杯盤。湖上風光真可愛，醉鄉天地就中寬。帝主正清安。

其八云：

湖上水，流遶禁園中。斜日暖摇清翠動，落花香暖衆紋紅。蘋末起清風。

閒縱目，魚躍小蓮東。泛泛輕摇蘭棹穩，沉沉寒影上仙宫。遠意更重重。

帝常游湖上，多令宫中美人歌唱此曲。

大業六年，後苑草木鳥獸，繁息茂盛；桃蹊柳徑，翠陰交合；金猿青鹿，動輒成群。自大内開爲御道，直通西苑，夾道植長松高柳。帝多宿苑中，去來無時。侍御多夾道而宿，帝往往於中夜即幸焉。

道州貢矮民王義，眉目濃秀，應對敏捷，帝尤愛之。常從帝游，終不得入宫，曰：「爾非宫中物也。」義乃出，自宫以求進。【眉批】豎貂又有對子。帝由是愈加憐愛，得出入内寢。義多卧御榻下。帝游湖海回，多宿十六院。一夕中夜，帝潛入棲鸞院。時夏氣暄煩，院妃慶兒卧於簾下。初月照軒，甚是明朗。慶兒睡中驚魘，若不救者。帝使義呼慶兒。帝自扶起，久方清醒。帝曰：「汝夢中何故而如此？」慶兒曰：「妾夢中如常時，帝握妾臂，游十六院。至第十院，帝入坐殿上。俄時火發，妾乃奔走，回視帝坐烈焰中，驚呼人救帝，久方睡覺。」帝自强解曰：「夢死得生，火有威烈之勢。吾居其中，得威者也。」後帝幸江都被弑。帝入第十院，居火中，此其應也。

一夕，帝因觀殿壁上有廣陵圖，帝注目視之移時，不能舉步。時蕭后在側，謂帝曰：「知他是甚圖畫？何消帝如此挂心？」帝曰：「朕不愛此畫，只爲思舊游之處耳。」於是以左手憑后肩，右手指圖上山水及人煙村落寺宇，歷歷皆如在目前，謂蕭后曰：「朕昔征陳後主時游此，豈期久有天下，萬機在躬，便不得豁然於懷抱也。」言訖，容色慘然。蕭后奏曰：「帝意在廣陵，何如一幸？」帝聞之，言下恍然，即日召群臣，言欲至廣陵，旦夕游賞。議當泛巨舟，自洛入河，自河達海入淮，至廣陵。群臣皆言：「似此程途，不啻萬里，又孟津水緊，滄海波深，若泛巨舟，事恐不測。」時有諫議大夫蕭懷静，乃皇后弟也，奏曰：「臣聞秦始皇時，金陵有王氣，始皇使人鑿斷砥柱，王氣遂絶。今睢陽有王氣，又陛下喜在東南，欲泛孟津，又慮危險。况大梁西北有故河道，乃是秦將王離畎水灌大梁之處。乞陛下廣集兵夫，於大梁起首開掘，西自河陰，引孟津水入，東至淮陰，放孟津水出。此間地不過千里，况於睢陽境内經過。一則路達廣陵，二則鑿穿王氣。」帝聞奏大喜。出敕朝堂，有敢諫開河者斬。

乃命征北大總管麻叔謀爲開河都護，以蕩寇將軍李淵爲開河副使。淵稱疾不赴，即以左屯衛將軍令狐達代之。詔發天下丁夫，男年十五以上、五十以下者皆至，如有隱匿者斬三族。凡役夫五百四十三萬餘人，晝夜開掘，急如星火。又詔江淮諸州，造大船五百隻，使命促督。民間有配著造船一隻者，家産破用皆盡，猶有不足，枷項笞背，然後鬻賣子女以供官費。到得開河功役漸次將成，龍舟亦就。帝大喜，將幸江都，命越王侗留守東都。宫女半不隨駕，爭攀號留。且言遼東小國，不足以煩大駕，願遣將征之。帝意不回。作詩留別宫人云：

我夢江都好，征遼亦偶然。
但存顏色在，離别只今年。

車駕既行，師徒百萬。離都旬日，長安貢御車女袁寶兒，年十五，腰肢纖墮，騃憨多態。帝寵愛特厚。時洛陽進合蒂迎輦花，云：「得之嵩山塢中，人不知其名，採花者異而貢之。」會帝駕適至，因以「迎輦」名之。帝令寶兒持之，號曰「司花女」。時詔虞世南草《征遼指揮德音敕》，寶兒持花侍側，注視久之。帝謂世南曰：「昔傳飛燕可掌上舞，朕常謂儒生飾於文字，豈人能若是乎？及今得寶兒，方昭前事。然多憨態，今注目於卿。卿才人，可便作詩嘲之。」世南應詔，爲絶句云：

學畫鴛黄半未成，垂肩嚲袖太憨生。
緣憨却得君王寵，長把花枝傍輦行。

帝大悦。

既至汴京，帝御龍舟，蕭后乘鳳舸。於是吴越取民間女年十五六歲者五百人，謂之「殿脚女」，至龍舟鳳舸。每船用綵纜十條，每條用殿脚女十人，嫩羊十口，令殿脚女與羊相間而行。時方盛暑，翰林學士虞世基獻計，請用垂柳栽於汴渠兩隄上。一則樹根四散，鞠護河隄，二則牽舟之人庇其陰，三則牽舟之羊食其葉。上大喜，詔民間獻柳一株，賞一疋絹。百姓競獻之。又令親種。帝自種一株，群臣次第皆種，方及百姓。時有謡言曰：「天子先栽，然後百姓栽。」栽與灾同音，蓋妖讖也。栽畢，取御筆寫賜垂柳姓楊，曰楊柳也。

時舳艫相繼，連接千里，自大梁至淮口，聯綿不絶。錦帆過處，香聞數里。一日，帝將登龍舟，憑殿脚女吴絳仙肩，喜其媚麗，不與群輩等，愛之，久不移步。絳仙善畫長蛾眉，帝色不自禁。回輦，召絳仙，將拜婕妤。蕭后性妒忌，故不克諧。帝寢興罷，擢爲龍舟首檝，號曰「崆峒夫人」。由是殿脚女争效爲長蛾眉。司宫吏日給螺子黛五斛，號爲「蛾緑」。螺子黛出波斯國，每顆直十金。後徵賦不足，雜以銅黛給之。獨絳仙得賜螺黛不絶。帝每倚簾視絳仙，移時不去，顧内謁者曰：「古人言秀色若可餐，如絳仙真可療饑矣。」因吟《持檝篇》賜之曰：

舊曲歌桃葉，新妝艷落梅。
將身傍輕檝，知是渡江來。

詔殿脚女千輩唱之。時越溪進耀光綾，綾紋突起，有光彩。帝獨賜司花女及絳仙，他人莫預。蕭后恚憤不懌。由是二姬稍稍不得親幸，帝常登樓憶之，題《東南柱》二篇云：

黯黯愁侵骨，綿綿病欲成。
須知潘岳鬢，强半爲多情。

又云：

不信長相憶，絲從鬢裏生。
閒來倚檻立，相望幾含情。

殿脚女自至廣陵，悉命備月觀行宫，絳仙輩亦不得親侍寢殿。有郎將自瓜州宣事回，進合歡果一器。帝命小黄門以一雙馳騎賜絳仙。遇馬上摇動，合歡蒂解，絳仙拜賜，因附紅箋小簡上進曰：

驛騎傳雙果，君王寵念深。
寧知辭帝里，無復合歡心。

帝覽之，不悦，顧小黄門曰：「絳仙如何辭怨之深也？」黄門拜而言曰：「適走馬摇動，及月觀，果已離解，不復連理。」帝因言曰：「絳仙不獨容貌可觀，詩意深切，乃女相如也。亦何謝左貴嬪乎？」帝嘗醉游後宫，偶見宫婢羅羅者，悦而私之。羅羅畏蕭后，不敢迎帝，因托辭以程姬之疾，不可薦寢。帝乃嘲之曰：

個人無賴是横波，黛染隆顱簇小蛾。
幸好留儂伴成夢，不留儂住意如何？

帝自達廣陵，沉湎滋深，荒淫無度，往往爲妖祟所惑。嘗游吴公宅鷄臺，恍惚間與陳後主相遇。帝幼年與後主甚善，乃起迎之，都忘其已死。後主尚唤帝爲殿下。後主戴青紗皂幘，青綽袖，長裾，緑錦純緣紫紋方平履。舞女數十，羅侍左右。中有一女殊色，帝屢目之。後主云：「殿下不識此人耶？即張麗華貴妃也。每憶桃葉山前乘戰艦與此妃北渡。爾時麗華最恨，方倚臨春閣，試東郭㕙紫毫筆，書小砑紅綃，作答江令『璧月』句未終，見韓擒虎躍青驄馬，擁萬甲騎直來衝人，都不存去就之禮，以至有今日。」【眉批】極急迫事，却叙得都雅，此唐人手筆之妙。言罷，即以緑文測海酒蠡，酌紅粱新醸勸帝。帝飲之甚歡，因請麗華舞《玉樹後庭花》。麗華白後主，辭以抛擲歲久，自井中出來，腰肢粗巨，無復往時姿態。【眉批】似夢話。帝再三强之，乃徐起舞，終一曲。後主問帝：「蕭妃何如此人？」帝曰：「春蘭秋菊，各一時之秀也。」後主復誦詩十數篇。帝不記之，獨愛《小窗詩》及《寄侍兒碧玉詩》。《小窗詩》云：

午醉醒來晚，無人夢自驚。
夕陽如有意，偏傍小窗明。

《寄碧玉》云：

離别腸應斷，相思骨合銷。
愁魂若非散，憑仗一相招。

麗華拜求帝賜一章，帝辭以不能。麗華笑曰：「嘗聞『此處不留儂，會有留儂處』，安得言不能耶？」帝强爲之，操筆立成，曰：

見面無多事，聞名爾許時。
坐來生百媚，實個好相知。

麗華捧詩，赧然不懌。後主問帝：「龍舟之游樂乎？始謂殿下致治在堯舜之上，今日仍此逸游。大抵人生各圖快樂，向時何見罪之深耶？三十六封書，至今使人怏怏不悦。」帝忽悟其已死，叱之曰：「何今日尚呼我爲殿下，復以往事相訊耶？」恍惚不見，帝兀然不自知，驚悸移時。

帝後御龍舟，中道聞歌者甚悲，其辭曰：

我兄征遼東，餓死青山下。
今我挽龍舟，又困隋隄道。
方今天下饑，路糧無些小。
前去三千程，此身安可保。
寒骨枕荒沙，幽魂泣煙草。
悲損門內妻，望斷吾家老。
安得義男兒，焚此無主尸。
引其孤魂回，負其白骨歸。【眉批】讀之可泣。

帝聞其歌，遽遣人求其歌者，至曉不得其人。帝頗徬徨，通夕不寐。帝知世祚已去，意欲遂幸永嘉，群臣皆不願從。揚州朝百官，天下朝貢使無一人至者，有來者，在途遭兵奪其貢物。帝猶與群臣議，詔十三道起兵，誅不朝貢者。

帝深識玄象，常夜起觀天，乃召太史令袁充，問曰：「天象如何？」充伏地泣涕曰：「星文大惡，賊星逼帝座甚急，恐禍起旦夕，願陛下遽修德滅之。」帝不樂，乃起，入便殿，索酒自歌曰：

宮木陰濃燕子飛，興亡自古漫成悲。
他日迷樓更好景，宮中吐豔戀紅輝。

歌竟，不勝其悲。近侍奏：「無故而歌甚悲，臣皆不曉。」帝曰：「休問。他日自知也。」俯首不語。召矮民王義問曰：「汝知天下將亂乎？」義泣對曰：「臣遠方廢民，得蒙上貢，進入深宮，久承恩澤，又常自宮，以近陛下。天下大亂，固非今日，履霜堅冰，其漸久矣。臣料大禍，事在不救。」帝曰：「子何不早告我也？」義曰：「臣惟不言，言即死久矣。」帝乃泣下沾襟，曰：「子爲我陳敗亂之理，朕貴知其故也。」

明日，義上書曰：

臣本南楚卑薄之地，逢聖明出治之時，不愛此身，願從入貢。臣本侏儒，性尤蒙滯。出入左右，積有年歲。濃被聖私，皆踰素望。侍從乘輿，周旋臺閣。臣雖至鄙，酷好窮經，頗知善惡之本源，少識興亡之所以。還往民間，周知利害，深蒙顧問，方敢敷陳。自陛下嗣守元符，體臨大器，聖神獨斷，諫諍莫從。大興西苑，兩至遼東。龍舟踰萬艘，宫闕遍天下。兵甲常役百萬，士民窮乎山谷。征遼者百不存十，殁葬者十未有一。帑藏全虚，穀粟湧貴。乘輿竟往，行幸無時。兵人侍從，常守空宫。遂令四方失望，天下爲墟。方今有家之村，存者可數。子弟死於兵役，老弱困於蓬蒿。兵尸如嶽，餓莩盈郊。狗彘厭人之肉，鳶魚食人之餘。臭聞千里，骨積高原。陰風無人之墟，鬼哭寒草之下。目斷平野，千里無煙。萬民剥落，不保朝昏。父遺幼子，妻號故夫。孤苦何多，餓荒尤甚。亂離方始，生死誰知。人主愛人，一何至此？陛下聖性毅然，孰敢上諫？或有鯁言，即令賜死。臣下相顧，箝結自全。龍逄復生，安敢議奏。左右近臣，阿諛順旨，迎合帝意，造作拒諫。皆出此途，乃逢富貴。陛下惡過，從何得聞？方今又敗遼師，再幸東土，社稷危於春雪，干戈遍於四方。生民已入塗炭，官吏猶未敢言。陛下自惟，若何爲計？陛下欲興師，則兵吏不順；欲行幸，則將衛莫從。適當此時，何以自處？陛下雖欲發憤修德，特加愛民，聖慈雖切救時，天下不可復得。大勢已去，時不再來。巨厦之崩，一木不能支；洪河已决，掬壤不能救。臣本遠人，不知忌諱，事急至此，安敢不言。臣今不死，後必死兵。敢獻此書，延頸待盡。

帝省義奏，曰：「自古安有不亡之國、不死之主乎？」義曰：「陛下尚猶蔽飾己過。陛下常言：『吾當跨三皇，超五帝，下視商周，使萬世不可及。』今日之勢如何？能自復回都輦乎？」帝再三加嘆。義曰：「臣昔不言，誠愛生也；今既具奏，願以死謝。天下方亂，陛下自愛。」少選，左右報曰：「義自刎矣。」【眉批】王義既能死，何不前死於諫乎？帝不勝悲傷，命厚葬焉。

時值閽裴虔通、虎賁郎將司馬德戡、左右屯衛將軍宇文化及將謀作亂，因請放官奴，分直上下。帝可其奏，即下詔云：

寒暑迭用，所以成歲功也；日月代明，所以均勞逸也。故士子有游息之談，農夫有休養之節。咨爾髦衆：服役甚勤，執勞無怠；埃垢溢於爪髮，蟣虱結於兜鍪，朕甚憫之。俾爾休番，從便嬉戲，無煩方朔滑稽之請，而從衛士遞上之文。朕於侍從之間，可謂恩矣，可依前件施行。

不數日，忽中夜聞外切切有聲。帝急起，衣冠御内殿，坐未久，左右伏兵俱起。司馬德戡携白刃向帝。帝叱之曰：「吾終年重禄養汝，吾無負汝，汝何得負我！」帝常所幸朱貴兒在帝傍，謂德戡曰：「三日前，帝慮侍衛秋寒，詔宫人悉絮袍褲，帝自臨視。造數千領，兩日畢功。前日班賜，爾等豈不知也？何敢迫脇乘輿？」乃大罵德戡。德戡斬之，血濺帝衣。德戡前數帝罪，且曰：「臣實言陛下。但今天下俱叛，二京已爲賊據。陛下歸亦無門，臣生亦無路。臣已虧臣節，雖欲復已，不可得也，願得陛下首以謝天下。」乃携劍逼帝。帝復叱曰：「汝豈不知諸侯之血入地，大旱三年，況天子乎？死自有法。」命索藥酒，不得。左右進練巾，逼帝入閤自經死。蕭后率左右宮娥，輟床頭小版爲棺斂，粗備儀衛，葬於吴公臺下，即前此帝與陳後主相遇處也。

初，帝不愛第三子齊王暕，見之常切齒。每行幸，輒録以自隨。及是難作，謂蕭后曰：「得非阿孩耶？」阿孩，齊王暕小字也。司馬德戡等既弑帝，即馳遣騎兵執齊王暕於私第，倮跣，驅至當街。暕曰：「大家計必殺兒，願容兒衣冠就死。」猶意帝遣人殺之。父子見殺，至死不明，可勝痛悼。

後唐文皇太宗皇帝提兵入京。見迷樓，太宗嘆曰：「此皆民膏血所爲。」乃命放出諸宮女，焚其宮殿，火經月不滅。前謡前詩，無不應驗，方知煬帝非天亡之也。後人有詩：

千里長河一旦開，亡隋波浪九天來。
錦帆未落干戈起，惆悵龍舟不更回。

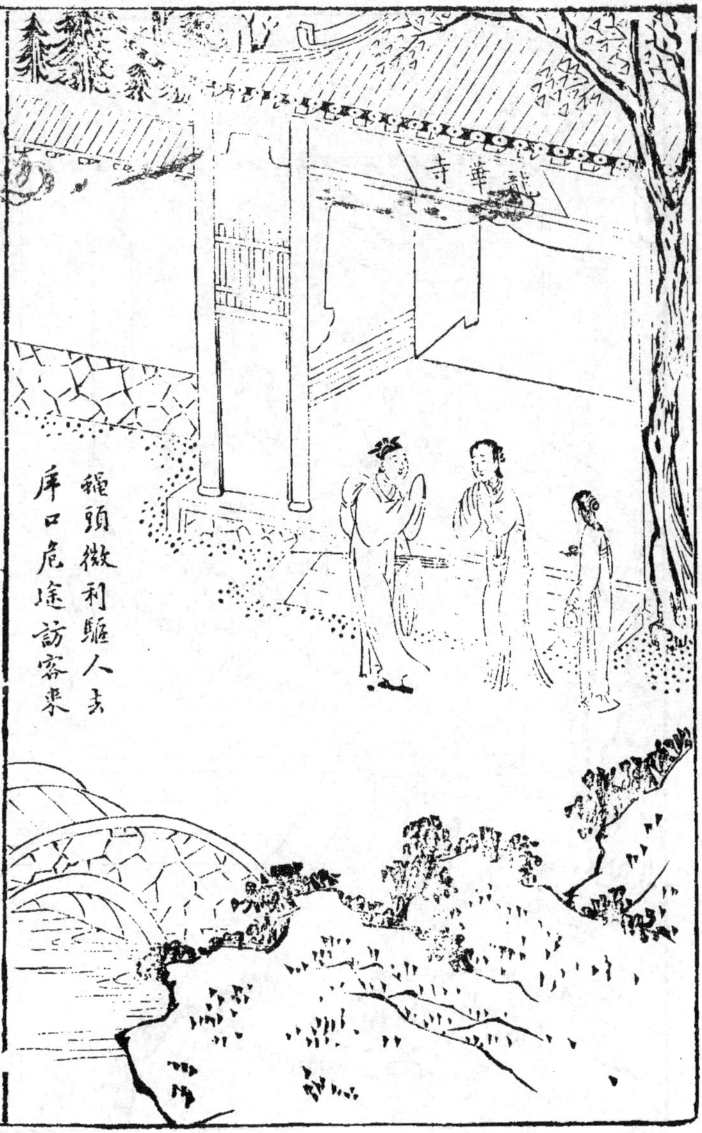
蠅頭微利驅人去
虎口危途訪客來

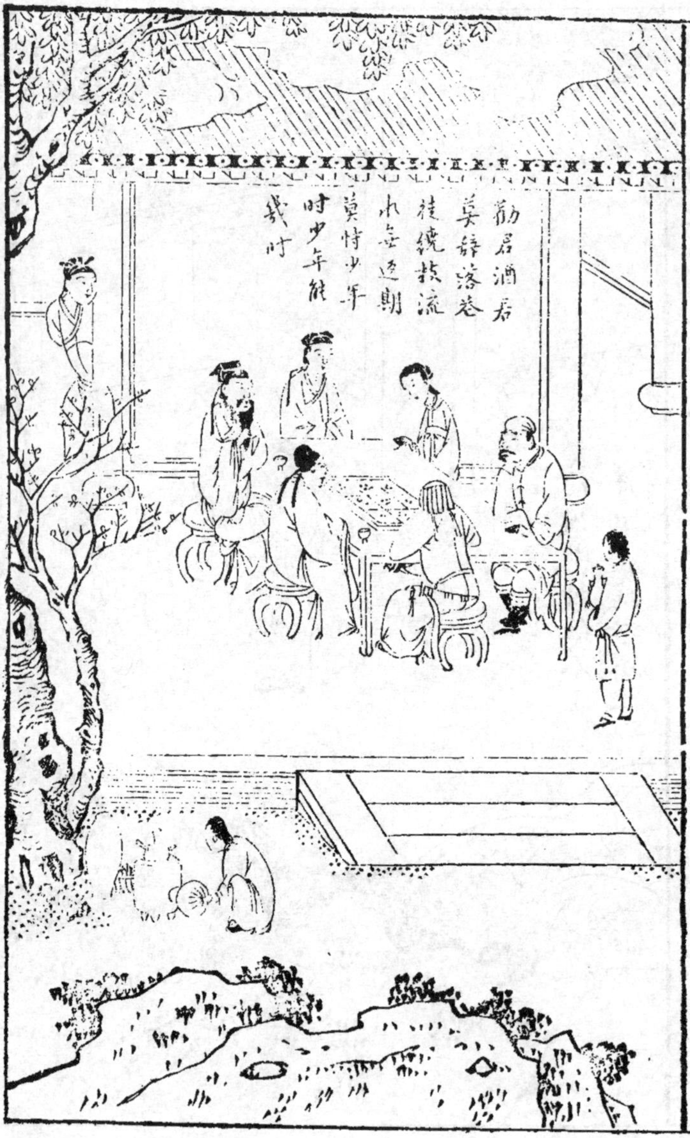
劝君酒君
莫辞落卷
徒饶鼓流
水无返朝
莫恃少年
时少年能
几时

第二十五卷　獨孤生歸途鬧夢

東園蝴蝶正飛忙，又見羅浮花氣香。
夢短夢長緣底事？莫貪磁枕誤黃粱。

昔有夫妻二人，各在芳年，新婚燕爾，如膠似漆，如魚似水。剛剛三日，其夫被官府喚去。原來爲急解軍糧事，文書上僉了他名姓，要他赴軍前交納。如違限時刻，軍法從事。立刻起行，身也不容他轉，頭也不容他回，只捎得個口信到家。正是上命所差，蓋不由己，一路趲行，心心念念想着渾家。又不好向人告訴，只落得自己悽惶。行了一日，想到有萬遍。是夜宿於旅店，夢見與渾家相聚如常，行其夫婦之事。自此無夜不夢。到一月之後，夢見渾家懷孕在身，醒來付之一笑。且喜如期交納錢糧，太平無事，星夜赶回家鄉。繳了批回，入門見了渾家，歡喜無限。那一往一來，約有三月之遥。嘗言道：「新娶不如遠歸。」夜間與渾家綢繆恩愛，自不必說。其妻叙及別後相思，因説每夜夢中如此如此。所言光景，與丈夫一般無二，果然有了三個月身孕。若是其夫先説的，内中還有可疑，却是渾家先叙起的。可見夢魂相遇，又能交感成胎，只是彼此精誠所致。如今説個鬧夢故事，亦由夫婦積思而然。正是：

夢中識想非全假，白日奔馳莫認真。

話説大唐德宗皇帝貞元年間，有個進士複姓獨孤，雙名遐叔，家住洛陽城東崇賢里中。自幼穎異，十歲便能作文。到十五歲上，經史精通，下筆數千言，不待思索。父親獨孤及官爲司封之職。昔年存日，曾與遐叔聘下同年司農白行簡女兒娟娟小姐爲妻。那娟娟小姐，花容月貌，自不必説；刺繡描花，也是等閒之事。單喜他深通文墨，善賦能詩。若教去應文科，穩穩裏是個狀元。與遐叔正是一雙兩好，彼此你知我見，所以成了這頭親事。不意遐叔父母連喪，丈人丈母亦相繼棄世，功名未遂，家事日漸零落，童僕也無半個留存，剛剛剩得幾間房屋。

那白行簡的兒子叫做白長吉，是個兇惡勢利之徒，見遐叔家道窮了，就要賴他的婚姻，將妹子另配安陵富家。幸得娟娟小姐是個貞烈之女，截髮自誓，不肯改節。白長吉强他不過，只得原嫁與遐叔。却是隨身衣飾，并無一毫妝奩，止有從幼伏侍一個丫鬟翠翹從嫁。白氏過門之後，甘守貧寒，全無半點怨恨。只是晨炊夜績，以佐遐叔讀書。那遐叔一者敬他截髮的志節，二者重他秀麗的詞華，三者又愛他嬌艷的顏色，真個夫妻相得，似水如魚。白氏親族中，到也憐遐叔是個未發達的才子，十分尊敬。止有白長吉一味趨炎附熱，説妹子是窮骨頭，要跟恁樣餓莩，壞他體面，見了遐叔就如眼中之刺，肉内之釘。遐叔雖然貧窮，却又是不肯俯仰人的。因此兩下遂絶不相往。

時值貞元十五年，朝廷開科取士，傳下黄榜，期於三月間諸進士都赴京師殿試。遐叔别了白氏，前往長安，自謂文才，必魁春榜。那知貢舉的官，是禮部侍郎同平章事鄭餘慶，本取遐叔卷子第一。豈知策上説着：奉天之難，皆因姦臣盧杞竊弄朝權，致使涇原節度使姚令言與太尉朱泚得以激變軍心，劫奪府庫。可見衆君子共佐太平而不足，一小人攪亂天下而有餘。故人君用捨不可不慎。【眉批】此亦他不肯俯仰人一個證佐。元來德宗皇帝心性最是猜忌，説他指斥朝廷，譏訕時政，遂將頭卷廢棄不録。那白氏兩個族叔，一個叫做白居易，一個叫做白敏中，文才本在遐叔之下，却皆登了高科。單單只有遐叔一人落第，好生没趣，連夜收拾行李東歸。白居易、白敏中知得，齊來餞行，直送到十里長亭而别。遐叔途中愁悶，賦詩一首。詩云：

童年挾策赴西秦，弱冠無成逐路人。

時命不將明主合，布衣空惹上京塵。

在路非止一日，回到東都，見了妻子，好生慚赧，終日只在書房裏發憤攻書。每想起落第的光景，便凄然淚下。那白氏時時勸解道：「大丈夫功名終有際會，何苦頹折如此？」遐叔謝道：「多感娘子厚意，屢相寬慰。只是家貧如洗，衣食無聊。縱然巴得日後亨通，難救目前愁困，如之奈何？」白氏道：「俗諺有云：『十訪九空，也好省窮。』我想公公三十年宦游，豈無幾個門生故舊在要路的？你何不趁此閒時，一去訪求？倘或得他資助，則三年誦讀之費有所賴矣。」只這句話頭，提醒了遐叔，答道：「娘子之言，雖然有理，但我自幼攻書，未嘗交接人事，先父的門生故舊，皆不與知。止認得個韋皋，是京兆人，表字仲翔。當初被丈人張延賞逐出，來投先父，舉薦他爲官，甚是有恩。如今他現做西川節度使。我若去訪他，必有所助。只是東都到西川，相隔萬里程途，往返便要經年。我去之後，你在家中用度，從何處置？以此抛撇不下。」白氏道：「既有這個相識，便當整備行李，送你西去，家中事體，我自支持。總有缺乏，姑姊妹家猶可假貸，不必憂慮。」遐叔歡喜道：「若得如此，我便放心前去。」白氏道：「但是路途跋涉，無人跟隨，却怎的好？」遐叔道：「總然有人，也沒許多盤費，只索罷了。」遂即揀了個吉日，白氏與遐叔收拾了寒暑衣裝，帶着丫鬟翠翹，親至開陽門外，一杯餞送。

夫妻正在不捨之際，驟然下起一陣大雨，急奔入路傍一個廢寺中去躲避。這寺叫做龍華寺，乃北魏時廣陵王所建，殿宇十分雄壯。階下栽種名花異果。又有一座鐘樓，樓上銅鐘，響聞五十里外。後被胡太后移入宮中去了。到唐太宗時，有胡僧另鑄一鐘在上，却也響得二十餘里。到玄宗時，還有五百僧衆，香火不絶。後遭安禄山賊黨史思明攻陷東都，殺戮僧衆，將鐘磬毁爲兵器，花果伐爲樵蘇，以此寺遂頹敗。遐叔與白氏看了，嘆道：「這等一個道場，難道没有發心的重加修造？」因向佛前祈禱：「陰空保佑：若得成名時節，誓當捐俸，再整山門。」雨霽之後，登途分别。正是：

蠅頭微利驅人去，虎口危途訪客來。

不題白氏歸家。且説遐叔在路，曉行夜宿，整整的一個月，來到荆州地面。下了川船，從此一路都是上水。除非大順風，方使得布帆。風略小些，便要扯着百丈。你道怎麽叫做百丈？原來就是縴子。只那川船上的有些不同，用着一寸多寬的毛竹片子，將生漆絞着麻絲接成的，約有一百多丈，爲此川中人叫做百丈。在船頭立個轆轤，將百丈盤於其上。岸上扯的人，只聽船中打鼓爲號。遐叔看了，方纔記得杜子美有詩道：「百丈内江船。」又道：「打鼓發船何處郎。」却就是這件東西。又走了十餘日，纔是黄牛峽。那山形生成似頭黄牛一般，三四十里外，便遠遠望見。這峽中的水更溜，急切不能勾到，因此上有個俗諺云：「朝見黄牛，暮見黄牛；朝朝暮暮，黄牛如故。」

又走了十餘日，纔是瞿塘峽。這水一發急緊。峽中有座石山，叫做灔澦堆。四五月間水漲，這堆止留一些些在水面上。下水的船，一時不及回避，觸著這堆，船便粉碎，尤爲利害。遐叔見了這般險路，嘆道：「萬里投人，尚未知失得如何，却先受許多驚恐，我娘子怎生知道？」元來巴東峽江一連三個：第一是瞿塘峽，第二是廣陽峽，第三是巫峽。三峽之中，唯巫峽最長。兩岸都是高山峻嶺，古木陰森，映蔽江面，止露得中間一綫的青天。除非日月正中時分，方有光明透下。數百里内，岸上絶無人煙，惟聞猿聲晝夜不斷。因此有個俗諺云：

巴東三峽巫峽長，猿鳴三聲斷客腸。

這巫峽上就是巫山，有十二個山峰。山上有一座高唐觀，相傳楚襄王曾在觀中夜寢，夢見一個美人願薦枕席。臨别之時，自稱是伏羲皇帝的愛女，小字瑶姬，未行而死，今爲巫山之神。朝爲行雲，暮爲行雨，朝朝暮暮，陽臺之下。那襄王醒後，還想着神女，教大夫宋玉做《高唐賦》一篇，單形容神女十分的艷色。因此，後人立廟山上，叫做巫山神女廟。遐叔在江中遥望廟宇，掬水爲漿，暗暗的禱告道：「神女既有精靈，能通夢寐。乞爲我特托一夢與家中白氏妻子，説我客途無恙，免其愁念。當賦一言相謝，决不敢學宋大夫作此淫褻之語，有污神女香名。乞賜仙鑒。」【眉批】逢廟燒香許願，都是貧士窮途無聊之極思，借此爲神女洗穢，尤大功德。自古道的好：「有其人，則有其神。」既是禱告的許了做詩做賦，也發下這點虔誠，難道托夢的只會行雲行雨，再没有别些靈感？少不得後來有個應驗。正是：

禱祈仙夢通閨閣，寄報平安信一緘。

出了巫峽，再經由巴中、巴西地面，都是大江。不覺又行一個多月，方到成都。城外臨着大江，却是濯錦江。你道怎麽叫做濯錦江？只因成都造得好錦，朝廷稱爲「蜀錦」。造錦既成，須要取這江水再加洗濯，能使顔色倍加鮮明，故此叫做濯錦江。唐明皇爲避安禄山之亂，曾駐蹕於此，改成都爲南京。這便是西川節度使開府之處，真個沃野千里，人煙湊集，是一花錦世界。遐叔無心觀玩，一徑入城，奔到帥府門首，訪問韋皋消息。豈知數月前，因爲雲南蠻夷反叛，統領兵馬征剿去了，須待平定之後，方得回府。你想那征戰之事，可是期得日子定的麽？遐叔得了這個消息，驚得進退無措，嘆口氣道：「常言『鳥來投林，人來投主』，偏是我遐叔恁般命薄。萬里而來，却又投人不着。況一路盤纏已盡，這裏又無親識，只有來的路，没有去的路。天那，兀的不是活活坑殺我也！」

自古道：「吉人自有天相。」遐叔正在帥府門首嘆氣，傍邊忽轉過一個道士問道：「君子何嘆？」遐叔答道：「我本東都人氏，複姓獨孤，雙名遐叔。只因下第家貧，遠來投謁故人韋仲翔，希他資助。豈知時命不濟，早已出征去了。欲待候他，只恐奏捷無期，又難坐守；欲待回去，争奈盤纏已盡，無可圖歸。使我進退兩難，是以長嘆。」那道士説：「我本道家，專以濟人爲事，敝觀去此不遠。君子既在窮途，若不嫌粗茶淡飯，只在我觀中權過幾時，等待節使回府，也不負遠來這次。」遐叔再三謝道：「若得如此，深感深感。只是不好打攪。」便隨着道士徑投觀中而去。我想那道士與遐叔素無半面，知道他是甚底樣人，便肯收留在觀中去住？假饒這日無人搭救，却不窮途流落，幾時歸去？豈非是遐叔不遇中之遇？

當下遐叔與道士離了節度府前，行不上一二里許，只見蒼松翠柏，交植左右，中間龜背大路，顯出一座山門，題着「碧落觀」三個簸箕大的金字。這觀乃漢時劉先主爲道士李寂蓋造的。至唐明皇時，有個得道的叫做徐佐卿，重加修建。果然是一塵不到，神仙境界。遐叔進入觀中，瞻禮法像了，道士留入房内，重新叙禮，分賓主而坐。遐叔舉目觀看，這房收拾得十分清雅。只見壁上挂着一幅詩軸，你道這詩軸是那個名人的古迹？却就是遐叔的父親司封獨孤及送徐佐卿還蜀之作。詩云：

羽客笙歌去路催，故人争勸别離杯。
蒼龍闕下長相憶，白鶴山頭更不回。

元來昔日唐明皇聞得徐佐卿是個有道之士，用安車蒲輪，徵聘入朝。佐卿不願爲官，欽賜馳驛還山，滿朝公卿大夫，賦詩相贈，皆不如獨孤及這首，以此觀中相傳，珍重不啻拱璧。遐叔看了父親遺迹，不覺潸然淚下。道士道：「君子見了這詩，爲何掉淚？」遐叔道：「實不相瞞，因見了先人之筆，故此傷感。」道士聞知遐叔即是獨孤及之子，朝夕供待，分外加敬。

光陰迅速，不覺過了半年，那時韋臯降服雲南諸蠻，重回帥府。遐叔連忙備禮求見，一者稱賀他得勝而回，二者訴説自己窮愁，遠來干謁的意思。正是：

故人長望貴人厚，幾個貴人憐故人。

那韋臯一見遐叔，盛相款宴。正要多留幾日，少盡闊懷，豈知吐蕃贊普，時常侵蜀，專恃雲南諸蠻爲之向導。近聞得韋臯收服雲南，失其羽翼，遂起雄兵三十餘萬，殺過界來，要與韋皋親決勝負。這是烽火緊切的事，一面寫表申奏朝廷，一面興師點將，前去抵敵。遐叔嘆道：「我在此守了半年，纔得相見，忽又有此邊報，豈不是命。」便向節度府中告辭。韋皋道：「吐蕃入寇，滿地干戈，豈還有路歸得。我已分付道士好生管待。且等殺退番兵，道途寧靜，然後慢慢的與仁兄餞行便了。」遐叔無奈，只得依允，照舊住在碧落觀中。【眉批】在家由己，出外由人，游子之苦大率如此，非身歷者不知。不在話下。

且說韋皋統領大兵，離了成都，直至葭萌關外，早與吐蕃人馬相遇。先差通使與他打話道：「我朝自與你國和親之後，出嫁公主做你國贊婆，永不許興兵相犯。如今何故背盟，屢屢擾我蜀地？」那贊普答道：「雲南諸夷，元是臣伏我國的，你怎麼輒敢加兵，侵占疆界？好好的還我雲南，我便收兵回去；半聲不肯，教你西川也是難保。」韋皋道：「聖朝無外，普天下那一處不屬我大唐的？要戰便戰，雲南斷還不成。」原來吐蕃没有雲南夷人向導，終是路徑不熟。却被韋皋預在深林窮谷之間，偏插旗幟，假做伏兵；又教步軍舞着藤牌，伏地而進，用大刀砍其馬脚。一聲砲響，鼓角齊鳴，衝殺過去。那吐蕃一時無措，大敗虧輸，被韋皋追逐出境，直到贊普新築的王城，叫做末波城，盡皆打破。殺得吐蕃尸横遍野，血染成河。端的這場厮殺，可也功勞不小。

韋皋見吐蕃遠遁，即便下令班師，一面差裨將賫捷書飛奏朝廷。一路上：

喜孜孜鞭敲金鐙響，笑吟吟齊唱凱歌聲。

話分兩頭。却説獨孤遐叔久住碧落觀中，十分鬱鬱，信步游覽，消遣客懷。偶到一個去處，叫做升仙橋，乃是漢朝司馬相如在臨邛縣竊了卓文君回到成都，只因家事消條，受人侮慢，題下兩行大字在這橋柱上，説道：「大丈夫不乘駟馬高車，不過此橋。」後來做了中郎，奉詔開通雲南道徑，持節而歸，果遂其志。遐叔在那橋上，徘徊東望，嘆道：「小生不愧司馬之才，娘子儘有文君之貌。只是怎能勾得這駟馬高車的日子？」下了橋，正待取路回觀。此時恰是暮春天氣，只聽得林中子規一聲聲叫道：「不如歸去。」遐叔聽了這個鳥聲，愈加愁悶，又嘆道：「我當初與娘子臨别，本以一年半載爲期，豈知擔閣到今，不能歸去。天那！我不敢望韋皋的厚贈，只願他早早退了番兵，送我歸家，却也免得娘子在家朝夕懸望。」

不覺春去夏來，又過一年有餘，纔等候得韋皋振旅而還。那時捷書已到朝中，德宗天子知得韋皋戰退吐蕃，成了大功，龍顔大喜，御筆加授兵部尚書太子太保，仍領西川節度使。回府之日，合屬大小文武，那一個不奉牛酒拜賀。直待軍門稍暇，遐叔也到府中稱慶。自念客途無以爲禮，做得《蜀道易》一篇。你道爲何叫做《蜀道易》？

當時唐明皇天寶末年，安禄山反亂，却是鄭國公嚴武做西川節度。有個拾遺杜甫，避難來到西川，又有丞相房綰也貶做節度府屬官。只因嚴武性子頗多猜狠，所以翰林供奉李白，做《蜀道難》詞。其尾特云：「錦城雖云樂，不如早歸家。」乃是替房、杜兩公憂危的意思。遐叔故將這「難」字改作「易」字，翻成樂府。一者稱頌韋皋功德，遠過嚴武；二者見得自己僑遇錦城，得其所主，不比房、杜兩公。以此暗暗的打動他。詞云：

吁嗟蜀道，古以爲難。蠶叢開國，山川鬱盤。秦置金牛，道路始刊。天梯石棧，勾接危巒。仰薄青霄，俯挂飛湍。猿猱之捷，尚莫能干。使人對此，寧不悲嘆。自我韋公，建節當闕。蕩平西寇，降服南蠻。風煙寧息，民物殷繁。四方商賈，争出其間。匪無跋涉，豈乏躋攀；若在衽席，既坦而安。蹲鴟療饑，筒布御寒。是稱天府，爲利多端。寄言客子，可以開顔。錦城甚樂，何必思還。

韋皋看見《蜀道易》這一篇，不勝嘆服，便對遐叔説：「往時李白所作《蜀道難》詞，太子賓客賀知章稱他是天上謫下來的仙人，今觀仁兄高才，何讓李白？老夫幕府正缺書記一員，意欲申奏取旨，借重仁兄爲禮部員外，權充西川節度府記室參軍，庶得朝夕領教。不識仁兄肯曲從否？」遐叔答道：「我朝最重科目。凡士子不由及第出身，便做到九棘三槐，終久被人欺侮。【眉批】從來如此，可嘆，可嘆！雖然郭汾陽、李贊皇二公都不□□目名□□古又。〔一〕小生雖則三番落第，壯氣未衰，怎忍把先世科名，一朝自廢？如今叨寓貴鎮，已過歲餘，寒荆白氏在家，久無音信。朝夕縈挂，不能去懷。巴得旋旆回府，正要告辭。伏乞俯鑒微情，勿嫌方命。」韋皋謝道：「既是仁兄不允，老夫亦不敢相强。只是目下歲暮，冰雪載途，不好行走。不若少待開春，治裝送别，未爲晚也。」遐叔一來見韋皋意思殷勤，二來想起天氣果然寒冷，路上難行，又只得住下。

捱過殘臘，到了新年，又早是上元佳節。原來成都府地沃人稠，本是西南都會。自唐明皇駐蹕之後，四方朝貢，皆集於此，便有京都氣象。又經嚴鄭公鎮守巴蜀，專以平静爲政，因此閭閻繁富，庫藏充饒。現今韋皋繼他，降服雲南諸夷，擊破吐蕃五十萬衆，威名大振。這韋皋最是豪傑的性子，因見地方寧定，民心歸附，預傳號令，分付城内城外都要點放花燈，與民同樂。那道令旨傳將出去，誰敢不依。自十三至十七，共是五夜，家家門首扎縛燈棚，張挂新奇好燈，巧樣煙火，照耀如同白晝。獅蠻社火，鼓樂笙簫，通宵達旦。韋皋每夜大張筵宴，在散花樓上，單請遐叔慶賞元宵。剛到下燈之日，遐叔便去告辭。韋皋再三苦留，終不肯住。乃對遐叔説道：「仁兄歸心既决，似難相强。只是老夫還有一杯淡酒，些小資裝，當在萬里橋東，再與仁兄叙别，幸勿固拒。」即傳令撥一船隻，次日在萬里橋伺候，送遐叔東歸，又點長行軍士一名護送。

到明早，韋皋設宴在萬里橋餞別遐叔，親舉金杯，説道：「此橋最古，昔諸葛孔明送費褘使吴，道是萬里之行，實始于此，這橋因以得名。今仁兄青雲萬里，亦由今始，願努力自愛。老夫蟬冠雖敝，拱聽泥金佳報，特爲仁兄彈之。」一連的勸了三杯，方纔捧出一個錦囊，説道：「老夫深荷令先公推薦之力，得有今日。止因王事鞅掌，未得少酬大恩，有累遠臨，豈不慚汗？但今盜賊生發，勢難重挈。老夫聊備三百金，權充路費。此外别有黄金萬兩，蜀錦千端，俟道路稍寧，專人奉送。【眉批】古人交誼之重如此。勿謂老夫輕薄，爲負恩人也。」又唤過軍士分付道：「一路小心服事，不可怠慢。」軍士叩頭答應。遐叔再三拜謝道：「不才受此，已屬過望，敢煩後命。」領了錦囊，軍士跟隨上船。那韋皋還在橋上，直等望不見這船，然後回府。不在話下。

且説遐叔别了韋皋，開船東去。原來下水船，就如箭一般急的，不消兩三日，早到巫峽之下。遠遠的望見巫山神女廟，想起：「當時從此經過，暗祈神女托夢我白氏娘子，許他賦詩爲謝。不知這夢曾托得去不曾托得去？我豈可失信。」便口占一首以償宿願。詩云：

古木陰森一綫天，巫峰十二鎖寒煙。
襄王自作風流夢，不是陽臺雲雨仙。

題畢，又向着山上作禮稱謝。
過了三峽，又到荊州。不想送來那軍士，忽然生起病來，遐叔反要去服事他。又行了幾日，來到漢口地方。自此從汝寧至洛陽，都是旱路。那軍士病體雖愈，難禁鞍馬馳驟。遐叔寫下一封書信，留了些盤費，即令隨船回去，獨自個收拾行李登岸，却也會算計，自己買了一頭生口，望東都進發。約莫行了一個月頭，纔到洛陽地面，離着開陽門只有三十餘里。是時天色傍晚，一心思量赶回家去，策馬前行。又走了十餘里路，早是一輪月上。趁着月色，又走了十來里，隱隱的聽得鐘鳴鼓響，想道：「城門已閉，縱赶到也進城不及了。此間正是龍華古寺，人疲馬乏，不若且就安歇。」解囊下馬，投入山門。不爭此一夜，有分教：
蝴蝶夢中逢佚女，鷺鷥杓底聽嬌歌。
話分兩頭。且說白氏自龍華寺前與遐叔分別之後，雖則家事荒凉，衣食無措，猶喜白氏女工精絶，翰墨傍通。况白姓又是個東京大族，姑姊妹間也有就他學習針指的，也有學做詩詞的，少不得具些禮物爲酬謝之資，因此儘堪支給。但時時記念丈夫臨別之言，本以一年爲約，如何三載尚未回家？况聞西川路上有的是一綫天、人鮓甕、蛇倒退、鬼見愁，都這般險惡地面。所以古今稱説途路艱難，無如蜀道。想起丈夫經由彼處，必多驚恐。别後杳無書信，知道安否如何：「教我這條肚腸，怎生放得？」欲待親往西川，體訪消息：「只我女娘家，又是個不出閨門的人，怎生去得？除非夢寐之中，與他相見，也好得個明白。」因此朝夕懸念。睡思昏沉，深閨寂寞，兀坐無聊，題詩一首。詩云：

西蜀東京萬里分，雁來魚去兩難聞。
深閨只是空相憶，不見關山愁殺人。

那白氏一心想着丈夫，思量要做個夢去尋訪。想了三年有餘，再没個真夢。一日正是清明佳節，姑姊妹中，都來邀去踏青游玩。白氏那有恁樣閒心腸，推辭不去。到晚上對着一盞孤燈，恓恓惶惶的呆想。坐了一個黄昏，回過頭來，看見丫鬟翠翹已是齁齁睡去。白氏自覺没情没緒，只得也上床去睡卧。翻來覆去，那裏睡得安穩，想道：「我直恁命薄，要得個夢兒去會他也不能勾。」又想道：「總然夢兒裏會着了他，到底是夢中的説話，原作不得準。如今也説不得了。須是親往蜀中訪問他回來，也放下了這條腸子。」却又想道：「我家姊妹中曉得，怎麽肯容我去？不如瞞着他們，就在明早悄悄前去。」正想之間，只聽得喔喔鷄鳴，天色漸亮。即忙起身梳裹，扮作村莊模樣，取了些盤纏銀兩，并幾件衣服，打個包裹，收拾完備。看翠翹時，睡得正熟，也不通他知道，一路開門出去。

離了崇賢里，頃刻出了開陽門，過了龍華寺，不覺又早到襄陽地面。有一座寄錦亭。原來苻秦時，有個安南將軍竇滔，鎮守襄陽，挈了寵妾趙陽臺隨任，抛下妻子蘇氏。那蘇氏名蕙，字若蘭，生得才貌雙絶。將一幅素錦，長廣八寸，織成回文詩句，五色分章，計八百四十一字，詩三千七百五十二首，寄與竇滔。【眉批】又引出這段切景的故事。竇滔看見，立時送還陽臺，迎接蘇氏到任，夫妻恩愛，比前更篤。後人遂爲建亭於此。那白氏在亭子上眺望良久，嘆道：「我雖不及若蘭才貌，却也粗通文墨。縱有織錦回文，誰人爲寄，使他早整歸鞭，長諧伉儷乎？」乃口占回文詞一首，題于亭柱上。詞云：

陽春艶曲，麗錦誇文。傷情織怨，長路懷君。惜别同心，膺填思悄。碧鳳香殘，青鸞夢曉。

若倒轉來，又是一首好詞：

曉夢鸞青，殘香鳳碧。悄思填膺，心同别惜。君懷路長，怨織情傷。文誇錦麗，曲艷春陽。

白氏題罷，離了寄錦亭，不覺又過荆州，來到夔府。恰遇天晚，見前面有所廟宇，遂入廟中投宿。擡頭觀看，上面懸一金字扁額，寫着「高唐觀」三個大字，乃知是巫山神女之廟。便于神座前撮土爲香，禱告道：「我白氏小字娟娟，本在東京居住。只爲兒夫獨孤遐叔去訪西川節度韋皋，一别三年，杳無歸信，是以不辭跋涉，萬里相尋，今夕寄宿仙宫，敢陳心曲。吾想神女曾能通夢楚王，况我同是女流，豈不托我一夢？伏乞大賜靈感，顯示前期，不勝虔懇之至。」【眉批】説神女通夢楚王，又信以爲有矣，與遐叔初意不合。夢中作夢，大奇。禱罷而睡。果然夢見神女備細説道：「遐叔久寓西川，平安無恙。如今已經辭别，取路東歸。你此去怎麽還遇得他着？可早早回身家去。須防途次尚有虚驚。保重，保重！」那白氏颯然覺來，只見天已明了，想起神女之言，歷歷分明，料然不是個春夢。遂起來拜謝神女，出了廟門，重尋舊徑，再轉東都。在路曉行暮止，迤逞望東而來。

此時正值暮春天氣，只見一路上有的是紅桃緑柳，燕舞鶯啼。白氏貪看景致，不覺日晚，尚離開陽門二十餘里，便趁着月色，趲步歸家。忽遇前面一簇游人，笑語喧雜，漸漸的走近。你道是甚麽樣人？都是洛陽少年，輕薄浪子。每遇花前月下，打夥成群，携着的錦瑟瑶笙，挈着的青尊翠幕，專慣窺人婦女，逞己風流。白氏見那夥人來得不三不四，却待躲避。原來美人映着月光，分外嬌艷，早被這夥人瞧破。便一圈圈將轉來，對白氏道：「我們出郭春游，步月到此，有月無酒，有酒無人，豈不孤負了這般良夜。此去龍華古寺不遠，桃李大開。願小娘子不棄，同去賞玩一回何如？」那白氏聽見，不覺一點怒氣，從脚底心裏直湧到耳朵根邊，把一個臉都變得通紅了，罵道：「你須不是史思明的賊黨，清平世界，誰敢調弄良家女子。况我不是尋常已下之人，是白司農的小姐，獨孤司封的媳婦，前進士獨孤遐叔的渾家，誰敢囉唣！」怎禁這班惡少，那管甚麼宦家、良家，任你喊破喉嚨，也全不作准。推的推，擁的擁，直逼入龍華寺去賞花。這叫做鐵怕落爐，人怕落套。正是：

分明繡閣嬌閨婦，權做徵歌侑酒人。

且説遐叔因進城不及，權在龍華寺中寄宿一宵。想起當初從此送別，整整的過了三年：「不知我白氏娘子安否，何如？」因誦襄陽孟浩然的詩，説道：「近家心轉切，不敢問來人。」吟詠數番，潸然淚下。坐到更深，尚未能睡。忽聽得墻外人語喧譁，漸漸的走進寺來。遐叔想道：「明明是人聲，須不是鬼。似這般夜静，難道有甚官府到此？」正惶惑間，只見有十餘人，各執苕帚糞箕，將殿上掃除乾净去訖。不多時，又見上百的人，也有鋪設茵席的，也有陳列酒肴的，也有提着燈燭的，也有抱着樂器的，絡繹而至，擺設得十分齊整。遐叔想道：「我曉得了，今日清明佳節，一定是貴家子弟出郭游春。因見月色如畫，殿庭下桃李盛開，爛熳如錦，來此賞玩。若見我時，必被他赶逐。不若且伏在後壁佛卓下，待他酒散，然後就寢。只是我恁般晦氣，在古廟中要討一覺安睡，也不能勾。」即起身躲在後壁，聲也不敢則。

又隔了一回，只見六七個少年，服色不一，簇擁着個女郎來到殿堂酒席之上。單推女郎坐在西首，却是第一個坐位。諸少年皆環向而坐，都屬目在女郎身上。遐叔想道：「我猜是豪貴家游春的，果然是了。只這女郎不是個官妓，便是個上妓，何必這般趨奉他？難道有甚良家女子，肯和他們到此飲宴？莫不是强盗們搶奪來的？或拐騙來的？」只見那女郎側身西坐，攢眉蹙額，有不勝怨恨的意思。

遐叔凝着雙睛，悄地偷看，宛似渾家白氏，吃了一驚。這身子就似吊在冰桶裏，遍體冷麻，把不住的寒顫。却又想道：「呸！我好十分懵憧，娘子是個有節氣的，平昔間終日住在房裏，親戚們也不相見，如何肯隨這班人行走？世上面貌厮像的儘多，怎麽這個女郎就認做娘子？」雖這般想，終是放心不下，悄地的在黑影子裏一步步挨近前來，仔細再看，果然聲音舉止，無一件不是白氏，再無疑惑。【眉批】描寫如畫。却又想道：「莫不我一時眼花錯認了？」又把眼來擦得十分明亮，再看時節，一發絲毫不差。却又想道：「莫不我睡了去，在夢兒裏見他？」把眼䁖䁖，把脚踏踏，分明是醒的，怎麽有此詫異的事：「難道他做閨女時尚能截髮自誓，今日却做出這般勾當。豈爲我久客西川，一定不回來了，遂改了節操？我想蘇秦落第，嗔他妻子不曾下機迎接。後來做了丞相，尚然不肯認他。不知我明早歸家，看他還有甚面目好來見我？」心裏不勝忿怒，磨拳擦掌的要打將出去。因見他人多夥衆，可不是倒捋虎鬚？且再含忍，看他怎生的下場。只見一個長鬚的，舉杯向白氏道：「古語云：『一人向隅，滿坐不樂。』我輩與小娘子雖然乍會，也是天緣。如此良辰美景，亦非易得，何苦恁般愁鬱？請放開懷抱，歡飲一杯，并求妙音，以助酒情。」那白氏本是强逼來的，心下十分恨他，欲待不歌，却又想：「這班乃是無籍惡少，我又孤身在此，怕觸怒了他，一時撒潑起來，豈不反受其辱。」只得拭乾眼淚，拔下金雀釵，按板而歌。歌云：

今夕何夕？存耶？没耶？良人去兮天之涯，園樹傷心兮三見花。

自古道：「詞出佳人口。」那白氏把心中之事，擬成歌曲，配着那嬌滴滴的聲音，嗚嗚咽咽歌將出來，聲調清婉，音韻悠揚，真個直令高鳥停飛，潛魚起舞，滿座無不稱贊。長鬚的連稱：「有勞，有勞。」把酒一吸而盡。遐叔在黑暗中看見渾家并不推辭，就拔下寶釵按拍歌曲，分明認得是昔年聘物，心中大怒，咬碎牙關，也不聽曲中之意，又要搶將出去厮鬧。只是恐衆寡不敵，反失便宜，又只得按捺住了，再看他們。只見行酒到一個黄衫壯士面前，也舉杯對白氏道：「聆卿佳音，令人宿酲頓醒，俗念俱消。敢再求一曲，望勿推却。」白氏心下不悦，臉上通紅，説道：「好没趣，歌一曲儘勾了，怎麽要歌兩曲？」那長鬚的便拿起巨觥説道：「請置監令。有拒歌者，罰一巨觥。酒到不乾，顔色不樂，并歌舊曲者，俱照此例。」白氏見長鬚形狀兇惡，心中害怕，只得又歌一曲。歌云：

嘆衰草，絡緯聲切切。良人一去不復返，今日坐愁鬢如雪。

歌罷，衆人齊聲喝采。黄衫人將酒飲乾，道聲：「勞動。」遐叔見渾家又歌了一曲，愈加忿恨，恨不得眼裏放出火來，連這龍華寺都燒個乾净。那酒却行到一個白面少年面前，説道：「適來音調雖妙，但賓主正歡，歌恁樣凄清之曲，恰是不稱。如今求歌一曲有情趣的。」衆人都和道：「説得有理。歌一個新意兒的，勸我們一杯。」白氏無可奈何，又歌一曲云：

勸君酒，君莫辭。落花徒繞枝，流水無返期。莫恃少年時，少年能幾時？

白氏歌還未畢，那白面少年便嚷道：「方纔講過要個有情趣的，却故意唱恁般冷淡的聲音。請監令罰一大觥。」長鬚人正待要罰，一個紫衣少年立起身來説道：「這罰酒且慢着。」〔二〕白面少年道：「却是爲何？」紫衣人道：「大凡風月場中，全在幫襯，大家得趣。若十分苛罰，反覺我輩俗了。如今且權寄下這杯，待他另換一曲，可不是好。」長鬚的道：「這也説得是。」將大觥放下，那酒就行到紫衣少年面前。白氏料道推托不得，勉强揮淚又歌一曲云：

怨空閨，秋日亦難暮。夫婿絶音書，遥天雁空度。

歌罷，白面少年笑道：「到底都是那些凄愴怨暮之聲，再没一毫艷意。」紫衣人道：「想是他傳派如此，不必過責。」將酒飲盡。行至一個皂帽胡人面前，執杯在手，説道：「曲理俺也不十分明白，任憑小娘子歌一個兒，侑這杯酒下去罷了，但莫要冷淡了俺。」【眉批】夢中一席，全班傀儡都具，儘可作劇。白氏因連歌幾曲，氣喘聲促，心下好不耐煩，聽説又要再歌，把頭掉轉，不去理他。長鬚的見不肯歌，叫道：「不應拒歌。」便抛一巨觥。白氏到此地位，勢不容已，只得忍泣含啼，飲了這杯罰酒，又歌云：

切切夕風急，露滋庭草濕。良人去不回，焉知掩閨泣。

皂帽胡人將酒飲罷，却行到一個緑衣少年，舉杯請道：「夜色雖闌，興猶未淺。更求妙音，以盡通宵之樂。」那白氏歌這一曲，聲氣已是斷續，好生吃力。見緑衣人又來請歌，那兩點秋波中撲簌簌淚珠亂灑。衆人齊笑道：「對此好花明月，美酒清歌，真乃賞心樂事，有何不美？却恁般淒楚，忒煞不韻。該罰，該罰！」白氏恐怕罰酒，又只得和淚而歌。歌云：

螢火穿白楊，悲風入荒草。疑是夢中游，愁迷故園道。

白氏這歌，一發前聲不接後氣，恰如啼殘的杜宇，叫斷的哀猿。滿座聞之，盡覺淒然。只見綠衣人將酒飲罷，長鬚的含着笑說道：「我音律雖不甚妙，但禮無不答。信口謅一曲兒，回敬一杯。你們休要笑話。」衆人道：「你又幾時進了這椿學問？快些唱來。」長鬚的頓開喉嚨，唱道：

花前始相見，花下又相送。何必言夢中，人生盡如夢。

那聲音猶如哮蝦蟆、病老猫，把衆人笑做一堆，連嘴都笑歪了，【眉批】趣甚。說道：「我說你曉得什麼歌曲，弄這樣空頭。」長鬚人到掙得好副老臉，但憑衆人笑話，他却面不轉色。直到唱完了，方答道：「休要見笑。我也是好價錢學來的哩。你們若學得我這幾句，也儘勾了。」衆人聞說，越發笑一個不止。長鬚的由他們自笑，却執起一個杯兒，滿滿斟上，欠身親奉白氏一杯。直待飲乾，然後坐下。

遐叔起初見渾家隨着這班少年飲酒，那氣惱到包着身子，若沒有這兩個鼻孔，險些兒肚子也脹穿了。到這時見衆人單逼着他唱曲，渾家又不勝憂恨，涕淚交零，方纔明白是逼勒來的。這氣到也略平了些。却又想：「我娘子自在家裏，爲何被這班殺才劫到這個荒僻所在？好生委決不下。我且再看他還要怎麽？」只見席上又輪到白面的飲酒，他舉着金杯，對白氏道：「適勞妙歌，都是憂愁怨恨的意思，連我等眼淚不覺吊將下來，終覺敗興。必須再求一風月艷麗之曲，我等洗耳拱聽，幸勿推辭。」遐叔暗道：「這些殺才，劫掠良家婦女，在此歌曲，還有許多嫌好道歉。」那白氏心中正自煩惱，況且連歌數曲，口乾舌燥，聲氣都乏了，如何肯再唱？低着頭，只是不應。那長鬚的叫道：「違令。」又拋下一巨觥。

這時遐叔一肚子氣怎麽再忍得住？暗裏從地下摸得兩塊大磚橛子，先一磚飛去，恰好打中那長鬚的頭；再一磚飛去，打中白氏的額上。只聽得殿上一片嚷將起來，叫道：「有賊，有賊。」東奔西散，一霎眼間蚤不見了。那遐叔走到殿上，四下打看，莫説一個人，連這鋪設的酒筵器具，一些没有踪迹。好生奇怪。嚇得眼跳心驚，把個舌頭伸出，半晌還縮不進去。那遐叔想了一會，嘆道：「我曉得了。一定是我的娘子已死，他的魂靈游到此間，却被我一磚把他驚散了。」這夜怎麽還睡得着？等不得金鷄三唱，便束裝上路。

天色未明，已到洛陽城外。捱進開陽門，經奔崇賢里，一步步含着眼淚而來。遥望家門，却又不見一些孝事。那心兒裏就是十五六個吊桶打水，七上八落的跳一個不止。進了大門，走到堂上，撞着梅香翠翹，連忙問道：「娘子安否，如何？」口内雖然問他，身上却擔着一把冷汗，誠恐怕説出一句不吉利的話來。只見翠翹不慌不忙的答道：「娘子睡在房裏，説今蚤有些頭痛，還未曾起來梳洗哩。」遐叔聽見翠翹説道娘子無恙，這一句話就如分娩的孕婦，囫圇一聲，孩子頭落地，心下好不寬暢。只是夜來之事，好生疑惑，忙忙進到卧房裏面問道：「夜來做甚不好睡，今蚤走不起？」白氏答道：「我昨夜害魘哩。只因你别去三年，杳無歸信，我心中時常憂憶。夜來做成一夢，要親到西川訪問你的消息。直行至巫山地面，在神女廟裏投歇。那神女又托夢與我，説你已離巴蜀，蚤晚到家，休得途中錯過，枉受辛苦。我依還尋着舊路而回。將近開陽門二十餘里，踏着月色，要赶進城，忽遇一夥少年，把我逼到龍華寺玩月賞花。飲酒之間，又要我歌曲。整整的歌了六曲，還被一個長鬚的屢次罰酒。不意從空中飛下兩塊磚橛子，一塊打了長鬚的頭，一塊打了我的額角上，瞥然驚醒，遂覺頭痛。因此起身不得，還睡在這裏。」遐叔聽罷，連叫：「怪哉，怪哉！怎麽有恁般異事。」白氏便問有何異事。遐叔把昨夜寺中宿歇，看見的事情，從頭細説一遍。白氏見說，也稱奇怪，道：「元來我昨夜做的却是真夢。但不知這夥惡少是誰？」遐叔道：「這也是夢中之事，不必要深究了。」

說話的，我且問你：那世上說謊的也儘多，少不得依經傍注，有個邊際，從没有見你恁樣說瞞天謊的祖師。那白氏在家裏做夢，到龍華寺中歌曲，須不是親身下降，怎麽獨孤遐叔便見他的形像？這般没根據的話，就騙三歲孩子也不肯信，如何哄得我過？看官有所不知：大凡夢者，想也，因也。有因便有想，有想便有夢。【眉批】明論通理。那白氏行思坐想，一心記挂着丈夫，所以夢中真靈飛越，有形有像，俱爲實境。那遐叔亦因想念渾家，幽思已極，故此雖在醒時，這點神魂，便入了渾家夢中。此乃兩下精神相貫，魂魄感通，淺而易見之事，怎說在下掉謊？正是：

只因別後幽思切，致使精靈暗往回。

當下白氏說道：「夢中之事，所見皆同，這也不必說了。且問你：一去許久，并無音耗，雖則夢中在巫山廟祈夢，蒙神女指示，說你一路安穩，干求稱意。我想蜀道艱難，不知怎生到得成都？便到了成都，不知可曾見韋臯？便見了韋臯，不知贈得你幾何？」遐叔驚道：「我當初經過巫峽，聽說山上神女頗有靈感，曾暗祈他托汝一夢，傳個平安消息。不道果然夢見，真個有些靈感。只是我到得成都，偶值韋臯兩次出征，因此在碧落觀整整的住了兩年半，路上走了半年，遂致擔閣，有負初盟。猶喜得韋皋故人情重，相待甚厚。若不是我一意告辭，這番晚還被他留住，未得回來。」將那路途跋涉，旅邸淒涼，并韋皋款待贈金，差人遠送，前後之事，一一細説。夫妻二人感嘆不盡。把那三百金日逐用度，遐叔埋頭讀書。

約莫半年有餘，韋皋差兩員將校，賫書送到黄金一萬兩，蜀錦一千疋。遐叔連忙寫了謝書，款待來使去後，對白氏道：「我先人出仕三十餘年，何嘗有此宦橐。我一來家世清白，二來又是儒素。只前次所贈，以足度日，何必又要許多？且把來封好收置，待我異日成名，另有用處。」白氏依着丈夫言語收置。不題。

且説唐朝制科，率以三歲爲期。遐叔自貞元十五年下第，西游巴蜀，却錯了十八年這次，直到二十一年，又該殿試時分。打疊行囊，辭别白氏，上京應舉。那知貢舉官乃是中書門下侍郎崔群，素知遐叔才名，有心檢他出來取作首卷，呈上德宗天子，御筆親題狀元及第。【眉批】强似暗中摸索，不壓衆望。那遐叔有名已久，榜下之日，那一個不以爲得人。舊例游街三日，曲江賜宴，雁塔題名。欽除翰林修撰，專知制誥。謝恩之後，即寫家書，差人迎接白氏夫人赴京，共享富貴。

且説白氏在家，掐指過了試期，眼盼盼懸望佳音。一日，正在閨房中，忽聽得堂前鼎沸，連忙教翠翹出去看時，恰正是京中走報的來報喜。白氏問了詳細，知得丈夫中了頭名狀元，以手加額，對天拜謝。整備酒飯，管待報人。頃刻就嚷遍滿城。白氏親族中俱來稱賀。那白長吉昔日把遐叔何等奚落，及至中了，却又老着臉皮，備了厚禮也來稱賀。那白氏是個記德不記讎的賢婦，念着同胞分上，將前情一筆都勾。相見之間，千歡萬喜。白長吉自捱進了身子，無一日不來掇臀捧屁。就是平日從不往來、極疏冷的親戚，也來殷勤趨奉，到教白氏應酬不暇。那賫書的差人，星夜赶至洛陽，叩見白氏，將書呈上。白氏拆開，看到書後有詩一首，云：

玉京仙府獻書人，賜出宮袍似爛銀。
寄語機中愁苦婦，好將顔面對蘇秦。

白氏看罷，微微笑道：「原來相公要迎我至京。」遂留下差人，擇吉起程。那時府縣撥送船夫，親戚都來餞送。白長吉親送妹子至京。遐叔接入衙門，夫妻相見，喜從天降。白長吉向前請罪。遐叔度量寬弘，全無芥蒂，即便擺設家筵款待。不題。

不想那年德宗皇帝晏駕，百官共立順宗登位。不上半年，順宗也就崩了。又立憲宗登位，改元元和元年。到四月間，遐叔蚤升任翰林院學士，知制誥如故。你道他爲何升得恁驟？元來大行皇帝的遺詔與新帝登極的詔書，前後四篇，都出遐叔之作。

這是朝廷極大手筆，以此累功，不次遷擢。恰好五月間，有大赦天下詔書，遐叔乘這個機會，就討了宣赦的差。夫妻二人，衣錦還鄉。親戚們都在十里外迎接，府縣官也出郭相迎。

遐叔回到家中，焚黄謁墓，殺猪宰羊，做慶喜筵席，遍請親鄰。飲酒中間，說起龍華寺曾許下願心，要把韋臯送來的黄金萬兩，蜀錦千匹，都捨在寺裏，重修寶殿，再整山門。即便選擇吉辰，興動工役。其時白敏中以中書侍郎請告歸家。白居易新授杭州府太守，回來赴任。兩個都到遐叔處賀喜。見此勝緣，各各布施。那州縣官也要奉承遐叔，無一個不來助工。眼見得這龍華寺不日建造起來，比初時越加齊整。但見：

寶殿嵯峨侵碧落，山門弘敞壓閻浮。

却說韋臯久鎮蜀中，自知年紀漸老，萬一西蕃南夷，有些決撒，恐損威名，上表固請骸骨，因薦遐叔自代。奉聖旨：「韋臯鎮蜀多年，功勞積著，可進光禄大夫、右丞相、同平章事，封襄國公，馳驛回朝。獨孤遐叔累掌絲綸，王言無忝，訪之輿望，僉謂通材，可加兵部侍郎，領西川節度使。仍着走馬赴任，無得遲誤。欽此。」遐叔接了詔書，恐怕違了欽限，便同白氏夫人乘傳而去。未到半路，蚤有韋臯差官迎接，約定在夔府交代。恰好巫山神女廟正在夔府地方。遐叔與白氏乘此便道，先往廟中行香，謝他托夢的靈感，然後與韋皋相見。叙過寒温，送過敕印，把大小軍政一一交盤明白，纔吃公宴。當日遐叔就回了席。明蚤，點集車騎隊伍，護送韋皋還朝。從此上任之後，專務鎮静，軍民安堵，威名更勝。朝廷累加褒賞。直做到太保兼吏兵二部尚書，封魏國公。白氏誥封魏國夫人。夫妻偕老，子孫榮盛。有詩爲證：

夢中光景醒時因，醒若真時夢亦真。
莫怪癡人頻做夢，怪他説夢亦癡人。

【校記】

〔一〕此下疑有缺字。

〔二〕「且慢着」，底本及衍慶堂本作「且謾着」，據文意改。

衣冠暫解人間累
鱗甲俄看水上生

當面神仙猶不識
生前定事怎能知

第二十六卷　薛録事魚服證仙

借問白龍緣底事？蒙他魚服區區。雖然縱適在河渠。失其雲雨勢，無乃困余且。【眉批】且，音疽。　要識靈心能變化，須教無主常虚。非關喜裏乍昏愚。莊周曾作蝶，薛偉亦爲魚。

話説唐肅宗乾元年間，有個官人姓薛名偉，吴縣人氏，曾中天寶末年進士。初任扶風縣尉，名聲頗著。升爲蜀中青城縣主簿。夫人顧氏，乃是吴門第一個大族，不惟容止端麗，兼且性格柔婉。夫妻相得，愛敬如賓。不覺在任又經三年，大尹升遷去了。上司知其廉能，即委他署攝縣印。那青城縣本在窮山深谷之中，田地磽瘠，歷年歲歉民貧，盗賊生發。自薛少府署印，立起保甲之法，凡有盗賊，協力緝捕。又設立義學，教育人材。又開義倉，賑濟孤寡。每至春間，親往各鄉，課農布種，又把好言勸諭，教他本分爲人。因此處處田禾大熟，盗賊盡化爲良民。治得縣中真個夜不閉户，路不拾遺。百姓戴恩懷德，編成歌謡，稱頌其美。歌云：

秋至而收，春至而耘。吏不催租，夜不閉門。百姓樂業，立學興文。教養兼遂，薛公之恩。自今孩童，願以名存。將何字之？「薛兒」「薛孫」。

那薛少府不但廉謹仁慈，愛民如子，就是待那同僚，却也謙恭虚己，百凡從厚。元來這縣中有一個縣丞，一個主簿，兩個縣尉。那縣丞姓鄒名滂，也是進士出身，與薛少府恰是同年好友。兩個縣尉，一個姓雷名濟，一個姓裴名寬。這三位官人，爲官也都清正，因此臭味相投。每遇公事之暇，或談詩，或奕棋，或在花前竹下，開樽小飲，彼來此往，十分款洽。

一日正值七夕，薛少府在衙中與夫人乞巧飲宴。元來七夕之期，不論大小人家，少不得具些酒果爲乞巧穿針之宴。你道怎麽叫做乞巧穿針？只因天帝有個女兒，唤做織女星，日夜辛勤織紝。天帝愛其勤謹，配與牽牛星爲婦。〔二〕誰知織女自嫁牛郎之後，貪歡眷戀，却又好梳妝打扮，每日只是梳頭，再不去調梭弄織。天帝嗔怒，罰織女住在天河之東，牛郎住在天河之西。一年只許相會一度，正是七月七日。到這一日，却教喜鵲替他在天河上填河而渡。因此世人守他渡河時分，皆於星月之下，將綵綫去穿針眼。穿得過的，便爲得巧；穿不過的，便不得巧，以此卜一年的巧拙。你想那牛郎、織女眼巴巴盼了一年，纔得相會，又只得三四個時辰，忙忙的叙述想念情悰，還恐說不了，那有閑工夫又到人間送巧？豈不是個荒唐之說。

且說薛少府當晚在庭中，與夫人互相勸酬，不覺坐到夜久更深，方纔入寢。不道却感了些風露寒凉，遂成一病，渾身如炭火燒的一般，汗出如雨。漸漸三餐不進，精神減少，口裏只說道：「我如今頃刻也捱不過了，你們何苦留我在這裏？不如放我去罷。」你想病人說出這樣話頭，明明不是好消息了，嚇得那顧夫人心膽俱落。難道就這等坐視他死了不成？少不得要去請醫問卜，求神許願。元來縣中有一座青城山，是道家第五洞天。山上有座廟宇，塑着一位老君，極有靈感。真是祈晴得晴，祈雨得雨，祈男得男，祈女得女，香火最盛。因此夫人寫下疏文，差人到老君廟祈禱。又聞靈籤最驗，一來求他保祐少府，延福消灾；二來求賜一籤，審問凶吉。其時三位同僚聞得，都也素服角帶，步至山上行香，情願減損自己陽壽，代救少府。剛是同僚散後，又是合縣父老，率着百姓們，一齊拜禱。顯見得少府平日做官好處，能得人心如此。只是求的籤是第三十二籤。那籤訣道：

百道清泉入大江，臨流不覺夢魂凉。
何須別向龍門去？自有神魚三尺長。

差人抄這籤訣回衙，與夫人看了，解說不出，想道：「聞得往常間人求的皆如活見一般，不知怎地我們求的却說起一個魚來，與相公的病全無着落。是吉是凶，好生難解。」以此心上就如十五六個吊桶打水，七上八落的，轉加憂鬱，又想道：「這籤訣已不見怎的，且去訪個醫人來調治，倒是正經。」即差人去體訪。却訪得成都府有個道人李八百，他說是孫真人第一個徒弟，傳得龍宮秘方有八百個，因此人都叫他做李八百。真個請他醫的，手到病除，極有神效。他門上寫下一對春聯道：

藥按韓康無二價，杏栽董奉有千株。

但是請他的，難得就來。若是肯來，這病人便有些生機了。他要的謝儀，却又與人不同：也有未曾開得藥箱，先要幾百兩的；也有醫好了，不要分文酬謝，止要吃一醉的。也有聞召即往的，也有請殺不去的。甚是捉他不定，大抵只要心誠他便肯來。夫人知得有這個醫家，即差下的當人賫了禮物，星夜赶去請那李八百。恰好他在州裏，一請便來。夫人心下方覺少寬。豈知他一進門來，還不曾胗脉，就道：「這病勢雖則像個死的，却是個不死的。也要請我來則甚？」當下夫人備將起病根由，并老君廟裏占的籤訣盡數說與太醫知道，求他用藥。那李八百只是冷笑道：「這個病從來不上醫書的。我也無藥可用。唯有死後常將手去摸他胸前。若是一日不冷，一日不可下棺。待到半月二旬之外，他思想食吃，自然漸漸蘇醒回來。那老君廟籤訣，雖則靈應，然須過後始驗，非今日所能猜度得的。」到底不肯下藥，竟自去了。也不知少府這病當真不消吃藥，自然無事？還是病已犯拙，下不得藥的，故此托辭而去？正是：

青龍共白虎同行，吉凶事全然未保。

夫人因見李八百去了，嘆道：「這等有名的醫人，尚不肯下藥，難道還有別一個敢來下藥？定然病勢不救。唯有奄奄待死而已。」只見熱了七日七夜，越加越重。忽然一陣昏迷，閉了眼去，再叫也不醒了。夫人一邊啼哭，一邊教人稟知三位同僚，要辦理後事。那同僚正來問候，得了這個凶信，無不淚下，急至衙中向尸哭了一回，然後與夫人相見，又安慰一番。因是初秋時候，天氣還熱，分頭去備辦衣衾棺槨。到第三日，諸色完備，理當殯殮入棺。其時夫人扶尸慟哭，覺得胸前果然有微微暖氣，以此信着李八百道人的說話，還要停在床裏。只見家人們都道：「從來死人胸前儘有三四日暖的，不是一死便冷，此何足據。現今七月天道，炎熱未退。倘遇一聲雷響，這尸首就登時漲將起來，怎麽還進得棺去？」夫人道：「李道人元說胸前一日不冷，一日不可入棺。如今既是暖的，就做不信他，守到半月二十多日，怎忍便三日內帶熱的將他殮了？況且棺木已備，等我自己日夜守他，只待胸前一冷，就入棺去，也不爲遲。天那！但願李道人的説話靈驗，守得我相公重醒回來，何但救了相公一命，却不連我救了兩命。」衆人再三解説，夫人終是不聽。拗他不過，只得依着。停下少府在床，謹謹看守，不在話下。

却説少府病到第七日，身上熱極，便是頃刻也挨不過。一心思量要尋個清涼去處消散一消散，或者這病還有好的日子。因此悄地裏背了夫人，瞞了同僚，竟提一條竹杖，私離衙齋，也不要一人隨從。倏忽之間，已至城外。就如飛鳥辭籠、游魚脱網一般，心下甚喜，早把這病都忘了。你道少府是個官，怎麼出衙去，就没一個人知道？元來想極成夢，夢魂兒覺得如此，這身子依舊自在床上，怎麼去得？單苦了守尸的哭哭啼啼，無明無夜，只望着死裏求生。豈知他做夢的飄飄忽忽，無礙無拘，到也自苦中取樂。【眉批】莊子云：吾安知死者不悔夫始之祈生耶？達人了脱生死，無苦無樂。

薛少府出了南門，便向山中游去。來到一座山，叫做龍安山。山上有座亭子，乃是隋文帝封兒子楊秀做蜀王，建亭於此，名爲避暑亭。前後左右，皆茂林修竹，長有四面風來，全無一點日影。所以蜀王每到炎天，便率領賓客來此亭中避暑。果然好個清涼去處。少府當下看見，便覺心懷開爽：「若使我不出城，怎知山中有這般境界？但是我在青城縣做了許多時，尚且不曾到此。想那三位同僚，怎麼曉得？只合與他們知會，同携一尊，爲避暑之宴。可惜有了勝地，少了勝友，終是一場欠事。」眼前景物可人，遂作詩一首。詩云：

偷得浮生半日閒，危梯絶壁自躋攀。
雖然呼吸天門近，莫遣乘風去不還。

薛少府在亭子裏坐了一會，又向山中行去。那山路上没有些樹木蔭蔽，怎比得亭子裏這般凉爽，以此越行越悶。漸漸行了十餘里，遠遠望見一條大江。你道這江是甚麽江？昔日大禹治水，從岷山導出岷江。過了茂州、威州地面，又導出這個江水來，叫做沱江。至今江岸上垂着大鐵鍊，也不知道有多少長，沉在江底，乃是大禹鎖着應龍的去處。元來禹治江水，但遇水路不通，便差那應龍前去。隨你幾百里的高山巨石，只消他尾子一抖，登時就分開做了兩處，所以世稱大禹叫個「神禹」。若不會驅使這樣東西，焉能八年之間，洪水底定？至今泗江水上，也有一條鐵鍊，鎖着水母。其形似獮猴一般。這沱江却是應龍，皆因水功既成，鎖着以鎮後害。豈不是個聖迹？

當下少府在山中行得正悶，况又患着熱症的，忽見這片沱江，浩浩蕩蕩，真個秋水長天一色，自然覺得清凉直透骨髓，就恨不得把三步并做一步，風車似奔來。豈知從山上望時甚近，及至下得山來，又遠還不曾到得沱江，却被一個東潭隔住。這潭也好大哩！水清似鏡一般，不論深淺去處，無不見底。況又映着兩岸竹樹，秋色可掬。少府便脱下衣裳，向潭中洗澡。元來少府是吴人，生長澤國，從幼學得泅水。成人之後，久已不曾弄這本事。不意今日到此游戲，大快夙心。偶然嘆道：「人游到底不如魚健。怎麽借得這魚鱗生在我身上，也好到處游去，豈不更快。」【眉批】奇想所感，遂有奇事。只見旁邊有個小魚，却覷着少府道：「你要變魚不難，何必假借。待我到河伯處，爲你圖之。」説聲未畢，這小魚早不見了，把少府吃上一驚，想道：「我怎知這水裏是有精怪的？豈可獨自一個在裏面洗澡。不如早早抽身去罷。」豈知少府既動了這個念頭，便少不得墮了那重業障。只教：

衣冠暫解人間累，鱗甲俄看水上生。

薛少府正在沉吟，恰待穿了衣服，尋路回去。忽然這小魚來報道：「恭喜。河伯已有旨了。」早見一個魚頭人，騎着大魚，前後導從的小魚，不計其數，來宣河伯詔曰：

城居水游，浮沉異路，苟非所好，豈有兼通。爾青城縣主簿薛偉，家本吴人，官亦散局。樂清江之浩渺，放意而游；厭塵世之喧囂，〔一〕拂衣而去。暫從鱗化，未便終身。可權充東潭赤鯉。嗚呼！縱遠適以忘歸，必受神明之罰；昧纖鈎而貪餌，難逃刀俎之菑。無或失身，以羞吾黨。爾其勉之。

少府聽詔罷，回顧身上，已都生鱗，全是一個金色鯉魚。心下雖然駭異，却又想道：「事已如此，且待我恣意游玩一番，也曉得水中的意趣。」自此三江五湖，隨其意向，無不游適。元來河伯詔書上説充東潭赤鯉，這東潭便似分定的地方一般，不論游到那裏，少不得要回到那東潭安歇。單則那一件，也覺得有些兒不自在。〔三〕【眉批】依舊不得自在，凡有生之類，有形必有礙，所以佛法爲高。

過了幾日，只見這小魚又來對薛少府道：「你豈不聞山西平陽府有一座山，叫個龍門山，是大禹治水時鑿將開的，山下就是黄河。只因山頂上有水接着天河的水，直冲下來，做黄河的源頭，所以這個去處，叫做河津。目今八月天氣，秋潦將降，雷聲先發，普天下鯉魚，無有不到那裏去跳龍門的。你如何不稟辭河伯，也去跳龍門？若跳得過時，便做了龍，豈不更强似做鯉魚？」元來少府正在東潭裏面住得不耐煩，聽見這個消息，心中大喜，即便别了小魚，竟到河伯處所。但見宫殿都是珊瑚作柱，玳瑁爲梁，真個龍宫海藏，自與人世各别。其時河伯管下的地方，岷江、沱江、巴江、渝江、涪江、黔江、平羌江、射洪江、濯錦江、嘉陵江、青衣江、五溪、瀘水、七門灘、瞿塘三峽，那一處鯉魚不來禀辭要去跳龍門的。只有少府是金色鯉魚，所以各處的都推他爲首，同見河伯。舊規有個公宴，就如起送科舉的酒席一般。少府和各處鯉魚一齊領了宴，謝了恩，同向龍門跳去。豈知又跳不過，點額而回。你道怎麽叫做點額？因爲鯉魚要跳龍門，逆水上去，把周身的精血都積聚在頭頂心裏，就如被硃筆在額上點了一點的。以此世人稱下第的皆爲點額，蓋本於此。正是：

龍門浪急難騰躍，額上羞題一點紅。

却説青城縣裏有個漁户叫做趙幹，與妻子在沱江上網魚爲業。豈知網着一個癩頭黿，被他把網都牽了去，連趙幹也幾乎吊下江裏。那妻子埋怨道：「我們專靠這網做本錢，養活兩口。今日連本錢都弄没了，那裏還有餘錢再討得個網來？况且縣間官府，早晚常來取魚，你把甚麽應付？」以此整整争了一夜。趙幹被他絮聒不過，只得裝一個釣竿，商量來東潭釣魚。你道趙幹爲何捨了這條大江，却向潭裏釣魚？元來沱江流水最急，止好下網，不好下釣，故因想到東潭另做此一行生意。那釣鈎上鈎着香香的一大塊油麵，投下水中。〔四〕

薛少府自龍門點額回來，也有許多没趣，好幾日躲在東潭，不曾出去覓食，肚中饑甚。忽然間趙幹的漁船摇來，不免隨着他船游去看看。只聞得餌香，便思量去吃他的。【眉批】名利誘人，何殊香餌。已是到了口邊，想道：「我明明知他餌上有個鈎子。若是吞了這餌，可不被他釣了去？我雖是暫時變魚耍子，難道就没處求食，偏只吃他釣鈎上的？」再去船傍周圍游了一轉，怎當那餌香得酷烈，恰似鑽入鼻孔裏的一般，肚中又饑，怎麽再忍得住？想道：「我是個人身，好不多重，這些一釣鈎怎麽便釣得我起？便被他釣了去，我是縣裏三衙，他是漁户趙幹，豈不認得，自然送我歸縣，却不是落得吃了他的？」方纔把口就餌上一合，還不曾吞下肚子，早被趙幹一掣，掣將去了。這便叫做眼裏識得破，肚裏忍不過。那趙幹釣得一個三尺來長金色鯉魚，舉手加額，叫道：「造化，造化。我再釣得這等幾個，便有本錢好結網了。」少府連聲叫道：「趙幹！你是我縣裏漁户，快送我回縣去。」那趙幹只是不應，竟把一根草索貫了魚腮，放在艙裏。只見他妻子説道：「縣裏不時差人取魚。我想這等一個大魚，若被縣裏一個公差看見，取了去，領得多少官價？不如藏在蘆葦之中，等販子投來，私自賣他，也多賺幾文錢用。」趙幹説道：「有理。」便把這魚拏去藏在蘆葦中，把一領破簑衣遮蓋，回來對妻子説：「若多賣得幾個錢時，拚得沽酒來與你醉飲。今夜再發利市，安知明日不釣了兩個？」

那趙幹藏魚回船，還不多時候，只見縣裏一個公差叫做張弼，來喚趙幹道：「裴五爺要個極大的魚做鮓吃。今早直到沱江邊來唤你，你却又移到這個所在，教我團團尋遍，走得個汗流氣喘。快些揀一尾大的，同我送去。」趙幹道：「有累上下走着屈路了。不是我要移到這裏，只爲前日弄没了網，無錢去買，没奈何，只得權到此釣幾尾去做本錢。却又没個大魚上鈎，止有小魚三四斤在這裏，要便拿了去。」張弼道：「裴五爺分付要大魚，小的如何去回話？」撲的跳下船，揭開艙板一看，果然通是小的，欲要把去權時答應，又想道：「這般寬闊去處，難道没個大魚？一定這厮奸詐，藏在那裏。」即便上岸各處搜看，却又不見。次後尋到蘆葦中，只見一件破簑衣掀上掀下的亂動。張弼料道必是魚在底下，急走上前，揭起看時，却是一個三尺來長的金色鯉魚。趙幹夫妻望見，口裏只叫得苦。

張弼不管三七廿一，提了那魚便走，回頭向趙幹説道：「你哄得我好。待禀了裴五爺，着實打你這厮。」少府大聲叫道：「張弼，張弼！你也須認得我。我偶然游到東潭，變魚耍子。你怎麽見我不叩頭，到提着我走？」張弼全然不禮。只是提了魚，一直奔回縣去。趙幹也隨後跟來。那張弼一路走，少府也一路罵。提到城門口，只見一個把門的軍，叫做胡健，對張弼説道：「好個大魚。只是裴五爺請各位爺飲宴，專等魚來做鮓吃，道你去了許久不到，又飛出籤來叫你，你可也走緊些。」少府擡頭一看，正前日出來的那一座南門，叫做迎薰門，便叫把門軍道：「胡健，胡健！前日出城時節，曾分付你道：我自私行出去的，不要稟知各位爺，也不要差人迎接。難道我出城不上一月，你就不記得了？如今正該去稟知各位爺，差人迎接纔是，怎麽把我不放在眼裏，這等無狀！」豈知把門軍胡健也不聽見，却與張弼一般。

那張弼一徑的提了魚，進了縣門，薛少府還叫駡不止。只見司户吏與刑曹吏，兩個東西相向在大門内下棋。那司户吏道：「好怕人子。這等大魚，可有十多斤重？」那刑曹吏道：「好一個活潑潑的金色鯉魚。只該放在後堂緑漪池裏養他看耍子，怎麽就捨得做鮓吃了？」少府大叫道：「你兩個吏，終日在堂上伏事我的，便是我變了魚，也該認得，【眉批】既變魚，如何認得？好癡，好癡！怎麽見了我都不站起來，也不去報與各位爺知道？」那兩個吏依舊在那裏下棋，只不聽見。少府想道：「俗諺有云：『不怕官，只怕管。』豈是我管你不着，一些兒不怕我？莫不是我出城這幾日，我的官被勾了？縱使勾了官，我不曾離任，到底也還管得他着。且待我見同僚時，把這起奴才從頭告訴，教他一個個打得皮開肉綻。」看官們牢記下這個話頭，待下回表白。

且説顧夫人謹守薛少府的尸骸，不覺過了二十多日，只見肌肉如故，并不損壞。把手去摸着心頭，覺得比前更暖些。漸漸的上至喉嚨，下至肚臍，都不甚冷了，想起道人李八百的説話，果然有些靈驗。因此在指頂上刺出鮮血來，寫成一疏，請了幾個有名的道士，在青城山老君廟裏建醮，祈求仙力，保護少府回生。許下重修廟宇、再塑金身的願心。宣疏之日，三位同僚與通縣吏民，無不焚香代禱，如當日一般。我想古語有云：「吉人天相。」難道薛少府這等好官，況兼合縣的官民又都來替他祈禱，怕就没有一些兒靈應？只是已死二十多日的人，要他依舊又活轉來，雖則老君廟裏許下願的，從無不驗之人，但是閻王殿前投到過的，那有退回之鬼。正是：

須知作善還酬善，莫道無神定有神。

却説是夜，道士在醮壇上面，鋪下七盞明燈，就如北斗七星之狀。元來北斗第七個星，叫做斗杓，春指東方，夏指南方，秋指西方，冬指北方，在天上旋轉的；只有第四個星，叫做天樞，他却不動。以此將這天樞星上一燈，特爲本命星燈。若是燈明，則本身無事，暗則病勢淹纏，滅則定然難救。其時道士手舉法器，朗誦靈章，虔心禳解，伏陰而去，親奏星官，要保祐薛少府重還魂魄，再轉陽間。起來看這七盞燈時，盡皆明亮。覺得本命那一盞尤加光彩，顯見不該死的符驗，便對夫人賀喜道：「少府本命星燈，光彩倍加，重生當在旦夕，切不可過於哀泣，恐驚動他魂魄不安，有難回轉。」夫人含着兩行眼淚謝道：「若得如此，也不枉做這個道場，和那晝夜看守的辛苦。」得了這個消息，心中少覺寬解。豈知朦朧睡去，做成了一夢。明明見少府慌慌忙忙，精赤剥的跑入門來，滿身都是鮮血，把兩隻手掩着脖子，叫道：「悔氣，悔氣。我在江上泛舟，情懷頗暢，忽然狂風陡作，大浪掀天，把舟覆了，却跌在水去。幸遇江神憐我陽壽未絶，贈我一領黄金鎖子甲，送得出水，正待尋路入城，不意遇着剪徑的强人，要謀這領金甲，一刀把我殺了。你若念夫妻情分，好生看守魂魄，送我回去。」夫人一聞此言，不覺放聲大哭，就驚醒了。想道：「適間道士只説不死，如何又有此惡夢？我記得夢書上有一句道：『夢死得生。』莫非他眼下灾悔脱盡，故此身上全無一絲一縷，亦未可知。只是緊緊的守定他尸骸便了。」

到次日，夫人將醮壇上犧牲諸品，分送三位同僚，這個叫做「散福」。其日就是裴縣尉作主，會請各衙，也叫做「飲福」。因此裴縣尉差張弼去到漁户家取個大魚來做鮓，好配酒吃。終是鄒二衙爲着同年情重，在席上嘆道：「這酒與平常宴會不同，乃爲薛公祈禱回生，半是醮壇上的品物。今薛公的生死未知何如，教我們食怎下咽？」裴五衙便道：「古人臨食不嘆，偏是你念同年，我們不念同僚的？聽得道士説他回生，不在昨晚，便是今日。我們且待魚來做鮓下酒。拚吃個酩酊，只在席上等候他一個消息，豈不是公私兩盡？」當日直到未牌時分，張弼方纔提着魚到階下。元來裴五衙在席上作主，單爲等魚不到，只得停了酒，看鄒二衙與雷四衙打雙陸，自己在傍邊吃着桃子。忽回轉頭看見張弼，不覺大怒道：「我差你取魚，如何去了許久？若不是飛籤催你，你敢是不來了麼？」張弼只是叩頭，把漁户趙幹藏過大魚的情節，備細稟上一遍。裴五衙便叫當直的把趙幹拖翻，着實打了五十下皮鞭，打得皮開肉綻，鮮血迸流。你道趙幹爲何先不走了，偏要跟着張弼到縣，自討打吃？也只戀着這幾文的官價，思量領去，却被打了五十皮鞭，價又不曾領得，豈不與這尾金色鯉魚爲貪着香餌上了他的鈎兒一般？正是：

世上死生皆爲利，不到烏江不肯休。

裴五衙把趙幹赶了出去，取魚來看，却是一尾金色鯉魚，有三尺多長，喜道：「此魚甚好，便可付厨上做鮓來吃。」當下薛少府大聲叫道：「我那裏是魚！就是你的同僚，豈可不認得？適纔我受了許多人的侮慢，正要告訴列位與我出這一口惡氣，怎麼也認我做魚，便付厨上做鮓吃？若要做鮓，可不將我殺了？枉做這幾時同僚，一些兒契分安在？」其時同僚們全然不禮。少府便情極了，只得又叫道：「鄒年兄，我與你同登天寶末年進士，在都下往來最爲交厚，今又在此同官，與他們不同，怎麼不發一言，坐視我死？」只見鄒二衙對裴五衙道：「以下官愚見，這魚還不該做鮓吃。那青城山上老君祠前有老大的一個放生池，儘有建醮的人買着魚鱉螺蛤等物投放池内。今日之宴，既是薛衙送來的散福，不若也將此魚投於放生池，纔見我們爲同僚的情分，種此因果。」那雷四衙便從旁贊道：「放魚甚善，因果之説，不可不信。况且酒席上肴饌儘勾多了，何必又要鮓吃？」此時薛少府在階下，聽見嘆道：「鄒年兄好没分曉。既是有心救我，何不就送回衙裏去，怎麽又要送我上山，却不渴壞了我？雖然如此，也强如死在庖人之手。待我到放生池内，依還變了轉來，重穿冠帶，再坐衙門。且莫説趙幹這起狗才，看那同僚把甚嘴臉來見我？」

正在躊躇，又見那裴五衙答道：「老長官要放這魚，是天地好生之心，何敢不聽。但打醮是道家事，不在佛門那一教。要修因果，也不在這上。想道天生萬物，專爲養人。就如魚這一種，若不是被人取吃，普天下都是魚，連河路也不通了。凡人修善，全在一點心上，不在一張口上。【眉批】邪説。故諺語有云：『佛在心頭坐，酒肉穿腸過。』又云：『若依佛法，冷水莫呷。』難道吃了這個魚，便壞了我們爲同僚的心？眼見得好魚不做鮓吃，倒平白地放了他去。安知我們不吃，又不被水獺吃了？總只一死，還是我們自吃了的是。」少府聽了這話，便大叫道：「你看兩個客人都要放我，怎麽你做主人的偏要吃我？這等執拗。莫説同僚情薄，元來賓主之禮，也一些没有的。」元來雷四衙是個兩可的人，見裴五衙一心要做魚鮓吃，却又對鄒二衙道：「裴長官不信因果，多分這魚放生不成了。況今日是他做主人，要以此奉客，怎麼好固拒他？我想這魚不是我等定要殺他，只算今日是他數盡之日，救不得罷了。」當下少府即大聲叫道：「雷長官，你好没主意，怎麼兩邊攛掇！既是勸他放我，他便不聽，你也還該再勸纔是。怎麼反勸鄒年兄也不要救我？敢則你衙齋冷淡，好幾時没得魚吃了，故此待他做鮓來，思量飽餐一頓麼？」只得又叫鄒二衙道：「年兄，年兄。你莫不是喬做人情？故假意勸了這幾句，便當完了你事，再也不出半聲了。自古道得好：『一死一生，乃見交情。』若非今日我是死的，你是活的，怎知你爲同年之情淡薄如此。到底有個放我時節，等我依舊變了轉來，也少不得學翟廷尉的故事，將那兩句題在我衙門之上，與你看看。年兄，年兄，只怕你悔之晚矣！」少府雖則亂叫亂嚷，賓主都如不聞。

當時裴五衙便喚厨役叫做王士良，因有手段，最整治得好鮓，故將這魚交付與他，説道：「又要好吃，又要快當。不然，照着趙幹樣子，也奉承你五十皮鞭。」那王士良一頭答應，一頭就伸過手提魚。急得少府頂門上飛散了三魂，脚板底蕩調了七魄，便大聲哭起來道：「我平昔和同僚們如兄若弟，極是交好，怎麼今日這等哀告，只要殺我？哎，我知道了，一定是妒忌我掌印，起此一片惡心。【眉批】一肚世情，做魚不改。須知這印是上司委把我的，不是我謀來掌的。若肯放我回衙，我就登時推印，有何難哉！」說了又哭，哭了又說。豈知同僚都做不聽見，竟被王士良一把提到厨下，早取過一個砧頭來，放在上面。

少府舉眼看時，却認得是他手裏一向做厨役的，便大叫道：「王士良，你豈不認得我是薛三爺？若非我將吴下食譜傳授與你，看你整治些甚様肴饌出來？能使各位爺這般作興你？你今日也該想我平昔擡舉之恩，快去禀知各位爺，好好送回衙去。却把我來放在砧頭上待要怎的？」豈知王士良一些不禮，右手拏刀在手，將魚頭着實按上一下。激得少府心中不勝大怒，便駡：「你這狗才！敢只會奉承裴五衙，全不怕我。難道我就没擺布你處？」一掙掙起來，將尾子向王士良臉上只一潑，就似打個耳聒子一般，打得王士良耳鳴眼暗，連忙舉手掩面不迭，將那把刀直抛在地下去了。一邊拾刀，一邊却冷笑道：「你這魚既是恁的健浪，停一會等我送你到滚鍋兒裏再游游去。」元來做鲊的，最要刀快，將魚切得雪片也似薄薄的，略在滚水裏面一轉，便撈起來，加上椒料，潑上香油，自然鬆脆鮮美。因此王士良再把刀去磨一下。

其時少府叫他不應，嘆口氣道：「這次磨快了刀來，就是我命盡之日了。想起我在衙雖則患病，也還可忍耐，如何私自跑出，却受這般苦楚。若是我不見這個東潭；

便見了東潭，也不下去洗澡；便洗個澡，也不思量變魚；便思量變魚，也不受那河伯的詔書，也不至有今日。總只未變魚之先，被那小魚十分攛掇；既變魚之後，又被那趙幹把香餌來哄我，都是命裏湊着，自作自受，好埋怨那個？只可憐見我顧夫人在衙，無兒無女，將誰倚靠？怎生寄得一信與他，使我死也瞑目？」正在號咷大哭，却被王士良將新磨的快刀，一刀剁下頭來。正是：三寸氣在，誰肯輸半點便宜；七尺軀亡，都付與一場春夢。【眉批】人人深省。眼見得少府這一番真個嗚呼哀哉了。

未知少府生回日，已見魚兒命盡時。

這裏王士良剛把這魚頭一刀剁下，那邊三衙中薛少府在靈床之上，猛地跳起來坐了。莫説顧夫人是個女娘家，就險些兒唬得死了，便是一家們在那裏守尸的，那一個不摇首咋舌，叫道：「好古怪，好古怪。我們一向緊緊的守定在此，從没個猫兒在他身上跳過，怎麽就把死尸吊了起來？」【眉批】佛家分魂不妄。只見少府嘆了口氣，問道：「我不知人事有幾日了？」夫人答道：「你不要唬我。你已死去了二十五日，只怕不會活哩。」少府道：「我何曾死？只做得一個夢，不意夢去了這許多日。」便唤家人：「去看三位同僚，此時正在堂上，將吃魚鮓。教他且放下了筯，不要吃，快請到我衙裏來講話。」果然同僚們在堂上飲酒，剛剛送到魚鮓，正待舉筯，只見薛衙人禀説：

「少府活轉來了，請三位爺莫吃魚鮓，便過衙中講話。」驚得那三位都暴跳起來，説道：「醫人李八百的把脉，老君廟裏鋪燈，怎麽這等靈驗得緊。」忙忙的走過薛衙，連叫：「恭喜，恭喜！」只見少府道：「列位可曉得麽？適纔做鮓的這尾金色鯉魚便是不才。若不被王士良那一刀，我的夢幾時勾醒。」【眉批】可見萬形皆假，一性爲真。那三位茫茫不知其故，都説道：「天下豈有此事。且請老長官試説一番，容下官們洗耳拱聽。」薛少府道：「適纔張弼取魚到時，鄒年兄與雷長官打雙陸，裴長官在傍吃桃子。張弼禀漁户趙幹藏了大魚，把小魚搪塞。裴長官大怒，把趙幹鞭了五十。這事有麽？」三位道：「果是如此。只是老長官如何曉得恁詳細？」少府道：「再與我唤趙幹、張弼和那把守迎薰門軍士胡健，（五）户曹刑曹二吏，并厨役王士良來，待我問他。」那三位即便差人，都去唤到。

少府問道：「趙幹，你在東潭釣魚，釣得個三尺來長金色鯉魚，你妻子教你藏在蘆葦之中，上頭蓋着舊簑衣；張弼來取魚時，你只推没有大魚，却被張弼搜出，提到迎薰門下。門軍胡健説道：『裴五爺下飛籤催你，你可走快些。』到得縣門，門内二吏東西相向，在那裏下棋。一個説：『這魚大得怕人子，做鮓來一定好吃。』一個説：『魚可愛，只該畜在後堂池裏，不該做鮓。』王士良把魚按在砧頭上，却被魚跳起尾來，臉上打了一下。又去磨快了刀，方纔下手。這事可都有麽？」趙幹等都驚道：「事俱有的。但不知三爺何由知得？」少府道：「這魚便是我做的。我自被釣之後，那一處不高聲大叫，要你們送我回衙，怎麽都不聽我，却是甚主意？」趙幹等都叩頭道：「小的們實是不聽見。若聽見時，怎麽敢不送回。」少府又問裴縣尉道：「老長官要做魚鮓之時，鄒年兄再三勸你放生，雷長官在傍邊攛掇，只是不聽，催喚王士良提去。我因放聲大哭，説：『枉做這幾時同僚，今日定要殺我，豈是仁者所爲？』莫説裴長官不禮，連鄒年兄、雷長官，也更無一言，這是何意？」三位相顧道：「我們何嘗聽見些兒。」一齊起身請罪。少府笑道：「這魚不死，我也不生。已作往事，不必再題了。」遂把趙幹等打發出去。同僚們也作別回衙。將魚鮓投棄水中，從此立誓再不吃魚。元來少府叫哭，那曾有甚麽聲響，但見這魚口動而已。乃知三位同僚與趙幹等，都不聽見，蓋有以也。

且説顧夫人想起老君廟籤訣的句語，無一字不驗。乃將求籤打醮事情，備細説與少府知道，就要打點了願。少府驚道：「我在這裏幾多時，但聞得青城山上有座老君廟，是極盛的香火，怎知道靈應如此。」即便清齋七日，備下明燭净香，親詣廟中償願。一面差人估計木料，妝嚴金像，合用若干工價，將家財俸資湊來買辦，擇日興工。

到第七日早上，屏去左右，只帶一個十二三歲的小門子，自出了衙門，一步一拜，向青城山去。

剛至半山，正拜在地，猛然聽得有人叫道：「薛少府，你可曉得麼？」少府不覺吃了一驚。擡頭觀看，乃是一個牧童，頭戴箬笠，横坐青牛，手持短笛，從一個山坡邊轉出來的。當下少府問道：「你要我曉得甚麽？」那牧童道：「你曉得神仙中有個琴高，他本騎着赤鯉升天去的。只因在王母座上，把那彈雲璈的田四妃覷了一眼，動了凡心，故此兩個并謫人世。如今你的前身，便是琴高；你那顧夫人，便是田四妃。爲你到官以來，迷戀風塵，不能脱離，故又將你權充東潭赤鯉，受着諸般苦楚，使你回頭。你却怎麽還不省得？敢是做夢未醒哩？」少府道：「依你説，我的前身乃是神仙，今已迷惑，又須得一個師父來提醒便好。」牧童道：「你要個提醒的人，遠不遠千里，近只在目前。這成都府道人李八百，却不是個神仙？他本在漢時叫做韓康，一向賣藥長安市上，口不二價。後來爲一女子識破了，故此又改名爲李八百。人只説他傳授得孫真人八百個秘方，正不知他道術還在孫真人之上，實實活過八百多歲了。今你夫妻謫限將滿，合該重還仙籍，何不去問那李八百，教他與你打破塵障？」元來夫人止與少府説得香願的事，不曾説起李八百把脉情由，因此牧童説着李八百名姓，少府一些也不曉得。心下想道：「山野牧童知道甚麼，無過信口胡談，荒唐之說，何足深信。我只是一步一拜，還願便了。」豈知纔回顧頭來，那牧童與牛化作一道紫氣，冲天而去。正是：

當面神仙猶不識，前生世事怎能知。

少府因自己做魚之事，來得奇怪。今番看見牧童化風而去，心下越發惶惑，定道：「連那牧童也是夢中。」好生委決不下。不一時，拜到山頂老君座前，叩謝神明保佑，再得回生。只在早晚還定吉日，償還願心。拜罷起來，看那老君神像，正是牧童的面貌。又見座傍塑着一頭青牛，也與那牧童騎的一般。方悟道：「方纔牧童，分明是太上老君指引我重還仙籍，如何有眼無珠，當面錯過？」乃再拜請罪。回至衙中，備將牧童的話，細細述與夫人知道。夫人方說起：「病危時節，曾請成都府道人李八百來看脉。他說是死而不死之症，須待死後半月二旬，自然慢慢的活將轉來，不必下藥。臨起身時，又說：『這籖訣靈得緊。直到看見魚時，方有分曉。』我想他能預知過去未來之事，豈不真是個仙人。莫說老君已經顯出化身，指引你去；便不是仙人，既勞他看脉一場，且又這等神驗，也該去謝他。」少府聽罷，乃道：「元來又有這段姻緣。如何不去謝他。」又清齋了七日，徒步自往成都府去，訪那道人李八百。

恰好這一日，李八百正坐在醫舖裏面，一見少府，便問道：「你做夢可醒了未？」少府撲地拜下，答道：「弟子如今醒了，只求師父指教，使弟子脱離風塵，早聞大道。」李八百笑道：「你須不是没根基的，要去燒丹煉火。你前世原是神仙謫下，太上老君已明明的對你説破。自家身子，還不省得，還來問人？敢是你只認得青城縣主簿麼？」當下少府恍然大悟，拜謝道：「弟子如今真個醒了。只是老君廟裏香願，尚未償還。待弟子了願之後，即便棄了官職，挈了妻子，同師父出家，證還仙籍，未爲晚也。」遂别了李八百，急回至青城縣，把李八百的話述語夫人知道。夫人也就言上省悟，前身元是西王母前彈雲璈的田四妃，因動塵念墮落。當夜便與少府各自一房安下，焚香静坐，修證前因。

次日，少府將印送與鄒二衙署攝，備文申報上司。一面催趲工役，蓋造殿庭，妝嚴金像，極其齊整。剛到工完之日，那鄒二衙爲着當時許願，也要分俸相助，約了兩個縣尉，到少府衙舍，説知此事。家人只道還在裏邊静坐，進去通報。只見案上遺下一詩，竟不知少府和夫人都在那裏去了。家人拿那首詩遞與鄒二衙觀看，乃是留别同僚吏民的，詩云：

魚身夢幻欣無恙，若是魚真死亦真。

到底有生終有死，欲離生死脱紅塵。

鄒二衙看了這詩，不勝嗟嘆，乃道：「年兄總要出家修行，也該與我們作別一聲，如今覺道忒歉然了。諒來他去還未遠。」即差人四下尋訪，再也没些踪迹。正在驚訝，裴五衙笑道：「二位老長官好不睹事。想他還掉不下水中滋味，多分又去變鯉魚頑耍去了，只到東潭上抓他便了。」

不題同僚們胡猜亂想，再説少府和夫人不往别處，竟至成都去見那李八百。那李八百對着少府笑道：「你前身元是琴高，因爲你升仙不遠，故令赤鯉專在東潭相候。今日依先還你赤鯉，騎坐上升，何如？」又對夫人道：「自你謫後，西王母前彈雲璈的暫借董雙成，如今依舊該是你去彈了。」自然神仙一輩，叫做會中人，再不消甚麽口訣，甚麽心法，都只是一笑而喻。其時少府夫人也對李八百説道：「你先後賣藥行醫，救度普衆，功行亦非小可，何必久混人世？」李八百道：「我數合與你同升，故在此相候。」頃刻間，祥雲繚繞，瑞靄繽紛，空中仙音嘹亮，鸞鶴翱翔，仙童仙女，各執旛幢寶蓋，前來接引。少府乘着赤鯉，夫人駕了紫霞，李八百跨上白鶴，一齊升天。遍成都老幼，那一個不看見，盡皆望空瞻拜，贊嘆不已。至今升仙橋聖迹猶存。詩云：

茫茫宇宙事端新，人既爲魚魚復人。

識破幻形不礙性，休形修性即仙真。

【校記】

〔一〕「牽牛星」，底本作「牽女星」，據衍慶堂本改。

〔二〕「厭」，底本及校本均作「壓」，據文意改。

〔三〕「不自在」，底本及衍慶堂本作「不在」，據眉批改。

〔四〕「投下」，底本作「没下」，據衍慶堂本改。

〔五〕「那」，底本作「守」，據衍慶堂本改。